笔下寻乐记

钱平雷科普文学作品集

钱平雷◎著

上海科学技术文献出版社
Shanghai Scientific and Technological Literature Press

作者简介

先后毕业于上海市提篮桥区中心小学、上海市第58（澄衷）中学、同济大学路桥系桥梁与隧道专业。历任哈尔滨、上海铁路局桥梁工、技术员、助理工程师，上海市铁道学会专职副秘书长、上海铁路局对外经济贸易办公室主任兼中国土木工程公司上海公司总经理、中国铁路对外服务上海公司总经理，上海中星集团副总工程师、世城实业有限公司董事长兼总经理。兼任民盟上海市委常委兼直属科技总支主任委员、上海市政风行风监督员、上海市科协委员、上海市长宁区人大代表、上海市楼宇科技研究会副理事长兼秘书长、上海市科普作家协会副秘书长、上海交通大学兼职研究员、上海大学客座教授等社会兼职。

现任上海城市房地产有限公司副总经理、上海市楼宇科技研究会高级顾问、中国科普作家协会会员、上海市作家协会会员、高级工程师。

参与“21世纪上海对外交通发展战略研究”课题、担任大型科普丛书“原来如此”编委兼（交通分册）主编，均获得上海市科技进步奖二等奖。曾获得中国科协先进工作者、中国铁道学会先进工作者、民盟中央先进个人、上海市统战部先进个人、民盟上海市委“社情民意”先进个人、上海市优秀科普作家、上海铁路局优秀知识分子等荣誉称号。

先后从事土木工程、交通工程、系统工程、对外经贸、国际运输、房地产、居家养老等专业的工作，在桥梁工程、综合交通运输、旅游房地产学、旅游交通学、现代物业管理、智慧楼宇、养老科学等领域，都拥有研究成果或著作。

1988年开始从事科普和散文创作，主要代表作品有散文集《幸福相对论》《幸福就在当下》《幸福永伴你我他》《上海高度》《上海广度》《上海力度》，科普小说《居家养老解困记》，以及科普文章《城市有轨交通将东山再起》《科普——新的经济增长“火箭”的发射台》《何谓智慧城市？》等。2006年参加中国科协“我与科协”征文，以《科协是座大舞台》一文获二等奖。

《50 年后首次同济母校聚会记》插图：与同学在西南楼前合影

《各自忙碌，彼此挂牵》插图：许兴汉在拙作首发式上发言

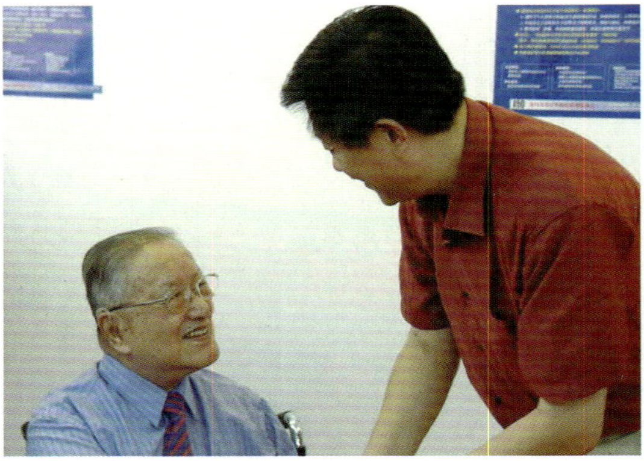

《才子文友张光武》插图：
张光武先生与恩师谈家桢的合影

《同济学友常熟探亲记》插图：在常熟六位同学与学嫂合影

《墨尔本探亲记》插图：婚礼拼图

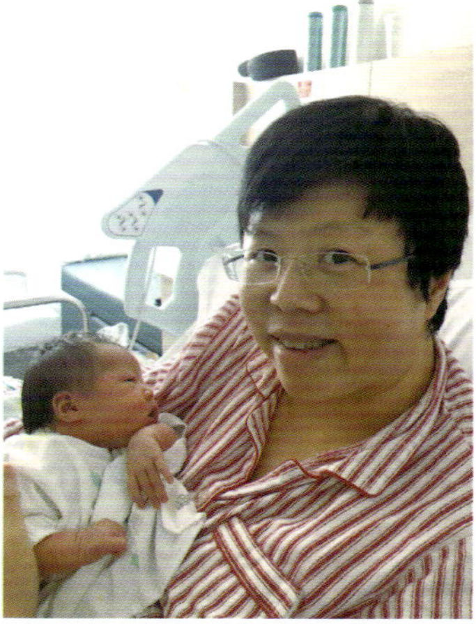

《情深谊长十日记》插图：
幸福的妈妈

《悉尼日记节选》插图：幸福的时刻

《墨尔本探亲记》插图：与顾睿表弟全家合影

《悉尼日记节选》插图：
围着体育场散步的华人朋友

《浓浓同济路桥缘》插图：
50 年后路桥系同学合影

《笔下寻乐记》插图：与妻子在书展上

《谁不说俺家乡好》插图：
我的故居——轮船房子

《西澳纪行》插图：波浪岩

笔下寻乐记

《在上海诞生的“智慧楼宇”是海内外第一座吗？》插图：第一座智慧楼宇授牌仪式

《西澳纪行》插图：在尖峰石阵合影

《我为上海“扎台型”》插图：参加世界人工智能大会

《吴江探胜记》插图：黎里水乡一景

《水乡抒怀》插图：正仪莲润楼和并蒂莲池

一个科技人员的文学情怀（代序）

张光武

钱平雷先生新著《笔下寻乐记》问世，标志着在他的两个作品系列“幸福三部曲”和“上海维度三部曲”大功告成之后，又开启了新的篇章。前两个作品系列，是平雷多年以来的文化夙愿和心血所注，一朝如愿，就像完成两项大工程。这里必须提一下，平雷是一个在自己事业领域内卓有建树的科技人员。他毕业于同济大学路桥系，之后近半个世纪里，他先后服务于铁路局土木工程和楼宇科技，在业界声誉日隆。他先后担任上海中星集团有限公司副总工程师、世城实业有限公司董事长兼总经理，是上海市科协委员、上海市科普作家协会副秘书长，上海交通大学兼职研究员和上海大学客座教授，曾获中国科协先进个人和上海科技进步奖二等奖。就是这样一位理工男，一直坚持文学创作，文思泉涌，笔耕不辍，从1995 年第一本散文集《幸福相对论》问世，历时 24 年，终于如愿以偿，不负初衷，完成两个“三部曲”、六本书，蔚为大观，令人感动，令人敬佩。

中国早期的科学名人，几乎都文理俱佳，我曾披读竺可桢、李四光、吴健雄、杨振宁和谢希德等前辈先贤的文字，常有拍案之叹。可喜的是，我们在他们的后辈钱平雷等人身上，看到了人文精神的延续，看到了科技人的文化情怀和文学追求。

文章无定式，作家毋论出处。近年来，钱平雷这类科技人出身的作家正崛起于文坛，风格别具，锦上添花，殊为难得，又不可或缺，多多益善。

平雷属文，灵感时起，流水行云，格局至宽，用情至深，举凡过去、现在和将来，众多的人和事，他都能编织成章，融于一体，汩汩滔滔，如有神助，娓娓叙来，读之如临其境，感同身受。

平雷的文字，属于纪实文体。纪实的文字，最突出的一点，是真实。真实的故事，真实的记忆，真实的场景再现，真实的感受，真实的感情注入。这些特点，在平雷作品中都得到了充分体现。我喜欢读平雷的文章，因为常常在他真实的文字引领下，被带进他的世界，或者，被带进他和我共同经历过的时代和正在经历着的时代。

一个科学男，何以会有那样持续旺盛的创作精力，会有那样源源不断的创作动力？其实，从他的两个“三部曲”、六本大书中，我们不难找到答案。

对写作的热爱，对生命的热爱，对生活的热爱，对上海这座母亲城市的热爱，是平雷创作源源不尽的动力。在他的笔下，亲情、友情、同学情、师生情、乡土情、城市情，随处如春草滋蔓，撩人情思，感动着读者，这是他作品的生命力所在，正是这种朴实、本色、真诚的生命热量，结结实实打动了读者，形成了一种独特的科技人的作品魅力。他的作品，是一种渗透了科技元素、科技人思维特色的文学作品，是一种当之无愧的文学作品，而不能仅仅将之认识为科普作品或其他非文学类作品，我愿意诚挚地向读者推荐他的散文集“幸福三部曲”和“上海维度三部曲”，这是一个热爱文学的科技人向他热爱着的城市奉上的文学献礼！

意犹未尽，又派生出一个问题，近年来科学工作者的文学创作热情和成果，其实预示了一个带倾向性的现象：

文学和科学的步子走到了一个交叉点上，做文学的人有没有这样想，我不知道；但我知道，做科学又热爱文学并且开始在做文学的，在做的过程中意识到了这一点。因此，做文学的科学人固然有一个补缺的问题，做文学的更有一个亟待补缺的问题。

中国作家群一直有一个问题，眼界、知识面和科学知识底蕴的问题。

其实，在现当代一些大牌文学作品中，科学早已登堂入室了，柯南·道尔、阿加莎·克里斯蒂的侦探小说，丹·布朗的《达·芬奇密码》，在这些遐迩闻名的文学作品中，作者丰实的科学知识痕迹比比皆是。还有儒勒·凡尔纳的作品，当然，他的作品很多是科幻小说，其中《八十一天环游地球》《气球上的五星期》则比较贴近现实。

所以,我想,钱平雷先生的作品发布会,首先应该惊动的是中国作家们,这是一种提醒,一种敦促。我希望这次会议是一个重要的好的开端。

其次,是关于科学文学的冠名问题,科幻文学的旗帜扯得比较久了,有一种社会共识。科学文学、科普文学的名称是否可行?我想,可以用这种名称,也可以暂时不用,重要的是出人出作品。北京出了好的科幻文学,在国际上得了奖。平雷是带艺从军,原来就是热爱文学的科学人,两种底蕴都足,上海有没有这样的基础呢?我没有发言权。但我寄望于不久的将来。

另外,科技工作者出身的作家,不要刻意地带着"我是为普及科学知识来写文学作品的"这样的想法,上海人说有点"硬戗戗"。"碧波推浪坐行稳,春风入怀全无觉。"将科学知识的强项如春雪入土,自然融合在文学作品中,这是我的一点期盼。

最后,想到给这段话做一个结,是不是可以这样说,文学和科学的互动,或者说,文学与科学的互相介入,在我国,虽只是刚刚开始,但这是一个令人充满期待的开始。

前　言

完成了散文集《幸福相对论》《幸福就在当下》和《幸福永伴你我他》，所谓“幸福三部曲”以及《上海高度》《上海广度》和《上海力度》，所谓“上海维度三部曲”的我，已经70多岁了，所有的社会兼职也几乎都卸下来了。本来发誓不再写书的我，由于仍旧有许多事情没有了结，许多感情没有宣泄，尤其是遇到了“百年未有之大变局”，感悟或者感想不断涌现，加上如今微信等网络自媒体如此发达，平时总忍不住要提笔写写，撰写几篇文章，作为自己与亲朋好友交流信息的“敲门砖”。最近在《上海老底子》公众号平台发表了一些我以前在《幸福相对论》《上海广度》等早期出版的散文集中的文章，没想到其中有好几篇文章得到了数以万计人次读者的点击，其阅读人数相比我在“美篇”“有道云”等平台上发布的阅读数呈几何级数增长，据行家们说，这在网络中属于高点击率的文章了。还出现一批我素不相识喜欢我散文的“粉丝”，有的还提出希望我能把已经发表在《上海老底子》的文章编成书籍出版。众所周知，如今要出版一本书谈何容易。重新出版已经公开刊登过文章的书籍，看来是没有可能了，但我把我尚未出版过的文章收集到一起，再出版一本新的散文集还是有可能的。于是我把近两年撰写的各种文章整理了一下，其文字居然已经达到一本书的厚度了。

我把这本书的书名定为《笔下寻乐记》，是因为我觉得散文创作给我带来无可替代的乐趣，尽管这个时期，我仍旧在做些科技方面的案头工作，往往涉及多学科乃至新兴学科的交叉，同样也是写作，这就有点压力，甚至是艰苦的脑力劳动，与散文写作的感觉截然不同。而我这些散文属于“科普散文”,可以让我在科技和人文两个范畴里寻找话题和语言,非常自由地来回走动,因此让我感到轻松和愉悦。无形中还锻炼了我的脑力,所以至今熟悉我的微友还在对我这个古稀老人撰写文章出手之快表示惊讶。我也在与微友的交流中,寻找到乐趣和成就感。

我把本书划分为三大部分:《情感篇》《余热篇》《山水篇》。

《情感篇》首先汇集了我与母校、老师、同学来往和各种活动后的记录和感想。由于自己年事渐高,不少老师、同学逐渐离去,对以往的人和事越来越怀念,也越发强烈。抓紧当下的岁月,去母校,与老师、同学会聚,成为老师和同学们共同的愿望。《50 年后首次同济母校聚会记》《澄衷两甲子华诞亲历记》《同济学友常熟探亲记》就是我对此类活动过程的记录,希望成为日后大家行动不便时,能够幸福地回忆的提示。除了同班同学,我的兴趣还延伸到了哥哥的班级、同校的兄弟班级同学的聚会上,很想看看印象中的这些同学,如今变成了什么模样,《与两个数字有缘师生的一次盛会》《浓浓同济路桥缘》就是此类文章。《同济和上海高校的体育往事》是应同济大学校史馆章华明馆长之邀而写的一点有关学校体育方面的回忆文章,不料由于种种原因,将该文写成了散文,它让我深深地挖掘了早已遗忘的记忆,还让文中被我提及的校友们,在惊异于我的记忆力的同时,也因为还有人在提及他们在学校时的往事,而感到惊喜。

《情感篇》还记录了我与亲朋好友的亲情、爱情和友情。《情深谊长十日记》一文记录了我当上了外公的喜悦;由于《上海老底子》发表文章,引出了几十年未见的老同学、老邻居;纪念了母亲百岁华诞以及自己担任学会秘书长的“告别演出”。以《他也是浦东开发的先行者》一文缅怀了我原来并不了解的岳父陈泽浩先生。《迟到的追思》悼念了良师益友彭镇秋老师。《才子文友张光武》和《各自忙碌,彼此挂牵》颂扬了与我志同道合的老朋友张光武和许兴汉先生的文采和才华,以及感谢他们对我写作的帮助。《悉尼日记节选》《墨尔本探亲记》则是我与在澳洲生活的亲朋好友们交往过程的写照。

《情感篇》中的《谁不说俺家乡好》描写了我对故乡——北外滩的热

爱和思念的乡愁。

本书的第二部分《余热篇》,集中了我这个拥有丰富人生阅历的老头儿,不甘寂寞,继续在各个领域“老有所为”地做些事情的记录。

《笔下寻乐记》是为自己不顾古稀年龄,继续执笔,搞科普散文创作寻找理由和借口。但也在《茫茫文学路》一文中,诉说了当下文学创作的艰辛。《再论“科普文学”是一项创新》《请给“科普文学”一席之地》是为上海科普界探索科普创作的新路子摇旗呐喊,后者曾在中国作家协会主办的《文艺报》刊登。

“社情民意”是知识分子向党和政府发表自己的见解的有效途径。但如何撰写却是许多同仁感到困惑的难题。我根据自己多年来在这个领域取得的一些成绩,向中青年知识分子提供一点经验,并用一些实例发表自己对一些事情的观点和看法,供有关部门参考。《“社情民意”面面观》《“出息本位”刍议》《智慧楼宇产业链是建设系统的发展方向》《文化扶贫的浅见》《北外滩不能没有澄衷文脉》《减轻北京非首都功能的遐想》《请给上海留一点“城市烟火地”》《国之大者——看病泊车》等文章都属于这个范畴。在向有关部门提交意见的同时,也让这些文章具有散文文学的观赏性。

2020年的新冠疫情,牵动了全世界人民的心。广大医务人员和社区工作者为此做出了巨大的贡献。我也与其他国人一样,以《辛劳的守护人》《疫情结束后最希望做的事情》对他们的工作表示由衷的敬佩。

我在上海市楼宇科技研究会担任秘书长期间对发展智慧楼宇做过不少研究,达到了国际先进水平并取得了一些实效。《我为上海“扎台型”》《在上海诞生的“智慧楼宇”是海内外第一座吗?》《厉害了,我的楼!》就是有关这项工作的文学描述。

《“里程碑式人物”趣谈》我自己认为是一篇典型的且文理结合的科普散文。

据我的读者反映,我撰写的游记,是他们最喜欢阅读的文章类型。因为我是读理工科出身的作家。不厌其烦地详细描述,是搞工程的科技人员必不可少的基本功之一，因为施工者是要按照你的叙述去具体实施的。如果你自己都搞不清楚，怎么让别人明白呢？“以其昏昏使人昭昭”是行不通的。这就导致我在撰写游记时，就要比较清楚地了解各个景点的历史背景和主要特点等文化要素，以致看我写的游记，读者有身临其境的感觉。

《山水篇》中像《水乡抒怀》《吴江探胜记》对于上海人来说，记录的是近在咫尺的苏州的一些古镇庙宇，但人们却往往忽略了它们的精彩。《西澳纪行》描写的是中国人一般去澳大利亚旅游不太去的地方，我把那里值得一看的景色，给读者们做一介绍。《真正到过澳洲了》《邦迪海滩现代艺术启蒙记》《我也是可以吃西餐》是对悉尼歌剧院、邦迪海滩这两处澳洲的代表性景点和当地著名菜肴，所谓娱、游、食等这三个旅游要素作深度游所感受的记录。

《回家之际》主要记录了在上海举行的全国菊花展览会上丰富多彩的花卉和花坛，给上海人民留下了难以忘怀的美好印象。《公交13路见证的上海岁月沧桑》是通过一条公交线反映了上海面貌的日新月异。

我从《上海广度》一书出版开始，就不再邀请名人高士为我专门作序了。但人到了这个时段，总希望知道自己的作品究竟具有什么特点。所谓“旁观者清”大概就是这个道理。我发现张光武先生在上海书展举行拙作《上海力度》首发式上的嘉宾发言，不仅很有水平，而且还谈及了我作品的特点。征得张光武先生的同意，我将他的这篇发言记录稿略改几个字拿来作为本书的代序。希望广大读者欣赏张光武先生的文采的同时，也对我的写作风格有所了解。

从《幸福永伴你我他》开始，我的文章基本上都先在“微信”上发布，就会有微友对拙文进行点评。他们的评议往往非常精彩，有些还有画龙点睛的功效，我都如获至宝地把它们抄录下来，附在正文后面，让这些文字成为文章的重要组成部分，一并出版。这次也不例外，仍旧请求出版社的编辑同志按照这个方式出版。也是从《幸福永伴你我他》开始，每本书都有一些照片插入，果然效果奇好，所谓“图文并茂”能够引起读者对文章更大的兴趣。最近我把早年没有照片的文章，交付《上海老底子》编辑部，他们加上了照片后，阅读效果，没有照片与之是不可比拟的。因此本书我还要提供一些照片附在书中。

如今出版书籍的环境发生了巨大的变化，文章主要登载的载体从纸质媒体转移到网络媒体，本书的不少与上海相关的文章都已经在《上海老底子》平台上发表过，而且有的还被《澎湃新闻》等主流媒体转载。但不少读者还是觉得不太过瘾，希望我能以书籍形式出版，读者的期望我也不能辜负，因为正是他们对我文章的欣赏和关注，才是我能够不断写作最主要的原因和动力所在。所以尽管需要克服更多的难题，付出更多的代价，在上海市楼宇科技研究会等组织的支持下，我还是争取到了正式出版的机会。

我自己也没想到我居然还可以不断地出版我的散文集，我想关键还是在于我还有写作源泉，正是这些亲朋好友和组织团体，让我接触他们或者提供参加活动的机会，乃至出版必要的物质条件，这才有了我创作的题材和话题，具备了撰写内容广泛散文的前提，从而达到出版新书的目的。因此首先要感谢上述组织和朋友们，为我提供了写作的必要条件。当然我还是要感谢我的老伴陈天仪女士，因为她承担了几乎全部的家务，这才让我腾出时间继续搞着散文创作和科技研究。

目　　录

余热篇

山水篇

情感篇

50 年后首次同济母校聚会记

一

我们同济大学桥隧专业1964—1969届的同学，毕业至今正好是整整50个年头。由于复杂的原因，我们从来没有以班级的名义，举行过一次同学回母校的聚会，这在历届毕业班级中是很罕见的现象。据我所知，老同学们能够一起返回母校聚会，消解对校园、老师和同学日夜思念的"乡愁"，是大家共同的愿望，也是大家返校的动力。这其中还有一个重要的客观因素，就是一般来说，每个班级总有几个同学留校，或者至少分配在上海工作，他们中只要有了热心人，班级的聚会就能成行。而我们班级居然没有一个同学留校或留在上海工作，更有许多上海籍的同学都在外地成家立业了。尽管班上个别同学由于种种原因，来过上海与同学会面、聚餐，或者还回过母校，拜访过昔日的老师，但都不是以班级聚会的名义进行的。如今随着大家的年事渐高，怀旧的心态也与时俱进，多多少少还都有疾病缠身，甚至数位同学已经与世长辞。因此产生了一种愿望，就是很想与昔日学友重返故地，一起幸福地回忆当年同窗的情景，共度好时光。

今天我们在上海的七位同学，在"同济大学64级桥隧专业同学微信群"的"群主"顾正兰同学的召集下，完成了全班同学的夙愿。尽管2019年我们部分同学已经去过苏州一游，有的同学大病初愈，本来想把本次活动后移到2020年再说。但考虑到徐满、杨妙生同学马上就要分别返回兰州和温哥华，吕前进同学长期居住广州，以后再要凑到七人已经不是一件容易的事情了，顾群主坚持要在六月中旬，趁着上海气候还凉爽的时节，完成这趟聚会。正如周强同学所说，如今年龄大了，活动一次，就赚了一

在校门口合影

次，应该非常珍惜。这就最终促成了今天的聚会。

二

今天（2019.6.16）原定10:00在学校大门口集合，当我在9:30从位于大门右侧的地铁10号线车站上来时，就遇到了顾正兰，她正在询问路人，大门在哪里？实在是学校大门的周围地貌面目全非，连“老同济”也已经找不着北了。原来大门对面的彰武路两侧的邮电局和华东建筑机械厂已经被两座20多层玻璃幕墙大厦所替代，据我所知，分别称为A座和B座，其中A座门口有“同济大学经济与管理学院”的标牌。我曾应邀来这里讲过课，它原来只是建筑工程系的一个“工经”专业，如今发展成为同济大学的一个强大的分支机构。顾正兰说，李齐顺、周强伉俪早在9:15就给她打电话，说已经到达学校了，估计此时他们已经进校找地方休息了，周强前一段时间身体欠佳，他们直到昨天才最终决定参加聚会。于是顾正兰再一次给他俩打电话，告诉他们我们已经来到了，让他们到大门口来碰头。

趁着其他同学尚未到达，我建议顾正兰先以大门门楼为背景拍几张照片。顾正兰对拍摄的质量极为讲究,让我在关键的画面部位,要用手指点一下。这大概会涉及照片放到微信群里,其他同学能否看得清楚的问题,另外,也关系到她这位当年的“班花”美丽的形象是否得到体现。她今天的红开衫配着本白色裙子的服饰,可以看得出是经过精心选择的。这时李齐顺、周强伉俪也到来了。我让他俩先背着大门上“同济大学”四个字合影一张,因为正是由于他们母校同学的经历,助他们成为终身伴侣的一生,母校就是他们的“月下老人”。随后杨妙生、吕前进和徐满也先

陪吕前进合影

后陆续到达，大家用各种“主题”合影留念：三个女同学的合影，杨、李、钱下乡充当“火头军”的合影等等。我建议吕前进与他学生时代的“梦中情人”合影一张。在如今的大学生中，男女同学合影根本不算一件事，但在传统伦理中成长起来的他们，至今还是不能接受两人合影建议的。于是我半开玩笑说，我陪你们一起合影，以避嫌疑。最后，还请了路人为我们七人拍摄合影，才结束了本次活动的“开幕式”，跨进了母校的大门。

三

进入大门，学校“面熟陌生”的场景，迎面扑来。说面熟，由南楼、北楼、图书馆和毛主席塑像形成的大的平面格局依旧。说陌生，如今的南楼、北楼几乎被高大的乔木树丛所“淹没”，人们难以看清它们的外立面。原来只有二层楼的图书馆的天井中，“插”进了两座形如打开的书本的大楼。我们仰视了毛主席塑像，并回忆起当年竖立的情景。我们又发现大路的两侧有许多座位，上面坐了不少带了拉杆箱的中年人。再一看，今天是星期天，但南楼、北楼的大门都被布条路障阻挡，还有保安值班，我们估计大概是在搞自主招生的面试吧？那些中年人应该是应试学生的家长了。我们只好打消去北楼我班当年的教室一看的念头。决定向左转，先去看看我们男同学住了六年的宿舍——西南一楼。在图书馆前方的路上行走时，我们看见东侧的草坪上竖立着上方有“国立同济大学”字样的石幢，它告诉人们，同济大学是具有悠久历史，当年国内仅有的七所国立大学之一。

我们沿着南楼背后通向西南一楼的道路慢慢地行走，看到两侧不少陌生的半新建筑，大家都努力地在脑海里寻找，当年这里的模样。当年的路城食堂原来的平房已经消失了，被一处门洞上面写有“学生第二食堂”字样的园林建筑所替代。西南二楼前的大操场也已经变成用围栏封闭的绿草茵茵的标准足球场了。西南一楼的白墙黛瓦一直在我们行走的视线之中，只不过如今周边的水杉树长得更高了，西南一楼 E 字形的外立面已经很难看到全貌了。前面的小河也不见了，形成了一个小小的广场，有几

与同学在西南楼前合影

位学妹，穿着毕业的学士服装在这里拍照留念。尽管西南一楼已经有年头了，它的窗子的木料也显得苍老，但毕竟我们在这里生活了 6 年，对它有着深厚的感情，大家回忆起当年在楼前用灌木围绕的草坪里打球、聊天的往事。我说，我在以后的梦中多次见到回到西南一楼的情景。当然我们少不了在这里以自己曾经住过的房间窗子为背景拍照留影。也真想让那些没有回到母校来的同学们，此时能够分享我们“回家”的喜悦。

四

离开了男同学的“老家”，我们就朝着女同学的“老家”——西北二楼走去。沿路边“薄壳结构无梁殿”——大礼堂首先映入我们的眼帘。我们顾不得要去西北二楼的目标，先要到呈圆弧形立面的大礼堂门前合影一番，因为这里曾留下了我们多少的记忆啊！这是同济大学最有代表性建筑之一，当年凡是外来的亲朋好友来同济游玩，都要让他们看看这座可容纳 4 千多个座位的大礼堂，这里是每个同济人感到自豪的地方。杨妙生以专家内行的口气说，当年用钢筋混凝土做网架的结构是很了不起的，如果按照如今用钢结构来做，就很简单了。他又说，其实由于历史原因，我们在学校时，从书本上并没有学到多少知识，大部分知识都是以后走上社会后学到的，但校园文化的熏陶，让我们学到了科学的思维方法。杨同学的这一番话，也显示出了同济母校对学子培养的功效，她把一个普通的中学生教育成为一个具有专家苗子的人才。今天回到母校，这里也应该是我们对学校表示感恩最理想的"圣殿"。除了各人拍照留影，或者再度拍摄大礼堂的外形外，徐满同学还特地跑到路边，找来一位学妹，让她为我们七人拍照，因为这里是本次聚会过程的重要节点，必须有一张集体照为证。

在大礼堂前合影

随后我们又继续去找西北二楼，但沿着西北一楼立面的走势寻找过去，发现不是西北二楼，而是西北三楼和西北四楼。后经人指点才找到西北二楼，形状没有什么变化，不过如今学生宿舍都要刷卡才能进入了，三位女同学除了门前合影，还趁别人进出的机会，跑进去看了一番。

时间不早了，我们向文远楼后面的三好坞走去，今天中午的餐厅就在那里。如今的三好坞，从园林的角度来看，小桥流水、亭台楼阁、绿树花草一应俱全，是个休闲的好去处。但就是整个校园的水系仍旧没有畅通，所以水质欠佳，有点污染，美中不足。我们开玩笑说，当年在学校时，我们曾

女同学合影

揶揄地说，同济有给排水专业，但污水处理却弄不好。这个问题 50 多年后，依然如此。

我又让大家朝着文远楼的大草坪方向走几步，让顾正兰回忆一下，1964 年新生联欢会曾在这里举行，她朗诵了“爸爸，你为什么要出卖你的眼睛？”这首诗。声情并茂，引得许多同学惊讶不已，其中王维德同学佩服得五体投地，回到宿舍里连连说：“这个姑娘真不简单！”我的这段话引得大家哈哈大笑，还夸奖我是记忆力“超人”。

五

今天的聚会的“大餐”，是由顾群主做东，宴请各位的。我前些日子曾到这儿来“踩过点”。同济的伙食在上海的大学里排名第一，在上海有“玩在复旦，住在交大，吃在同济，爱在（华）师大”一说。到其他食堂去吃饭需要“饭卡”，只有三好坞餐厅对外。我与这里的徐经理已经认识，她为我们安排了一个很雅致的包房，四面沙发围绕一个方桌，桌面上有转台。在我点菜的时候，杨妙生赶紧打开手提电脑，请各位把事先准备的U盘交给他，他要把前些日子到广东、苏州与同学聚会的录像片拷贝给大家，还让服务员打开高清电视演示了一番，果然效果不错。他表示今后还要去北京看望李广升、范巧芝伉俪；去济南，和那里的姜乃亮、李庆振、刘化民同学见面。也还要制作录像片，为我班的“班级文化”留下宝贵的记忆。徐满则介绍了她最近在南京与张明德同学见面的情况。

我告诉大家，我能成为一名散文作家，还要感谢周强同学，由于当年她曾借给我一本由著名作家秦牧撰写的散文集《艺海拾贝》，给了我散文的“启蒙”，让我知道原来文学中还有这么一种体裁。我的散文集《上海力度》一书在月底可以问世，届时会陆续寄给各位。但这将是我最后一本散文集，我发现自己在写作上没有什么进步，也就准备搁笔了。然而，顾正兰说，不管今后怎样，关于今天的聚会，你还是要再写上一篇的。恭敬不如从命，群主发话了，我还是要执行的。

今天的菜肴品种丰富，有诸如白斩鸡、沙拉、四喜烤麸等冷盘，清炒虾仁、炒鳝丝、八宝辣酱等热炒，咸菜肉丝面、酒酿圆子等点心，摆了满满的一桌，性价比也很高。大家一边品尝着熟悉可口的味道，一边回忆起在学校的那些日子。真可谓酸甜苦辣各味俱有，幸运倒霉事情交替，但如今都成为令人回味的幸福往事了。比如今天在座的七个人都拥有“高级工程师”的职称，光凭着这一点，就要感谢同济母校的栽培，因为这是走上工作岗位后一切的基础。

时间已经不早了，但大家还意犹未尽，顾正兰再三说，再聊一会儿。我们不仅谈及王其兴、陈思源二位在广东的同学，还缅怀了史国定和蒋筱青同学，甚至还有谈论到胡云美、喻渭河、王照莲等路桥系中兄弟班级的同学的话题。服务员都等待收拾餐具了，我们这才依依不舍地离去。当大家都感谢顾群主的盛情款待，并表示今后要AA制时，遭到了顾正兰的否定，我也同意她的意见。如今我们年事已高，能有几次这样的聚会？而且我觉得能有机会招待同窗好友，对自己来说，也是一种心甘情愿的幸福感觉。

六

在返回校门的过程中，大家还想去看看如今在上海颇有名气的“同济樱花大道”，这已经是春光明媚时节的上海著名的一景了。赏花的可谓“人山人海”。但不知道校园里哪一条道路是“樱花大道”，我猜想着，也许从图书馆到大礼堂的那条马路就是？于是领了大家朝着那条路走去，但看看样子也不像。不过该路两侧的建筑——工程试验馆、理化试验馆还能激发起我们的记忆，原来的和平楼和我们路桥系办公楼的民主楼已经不见踪影，被绿地草坪所替代。顾正兰对先前没有进入北楼，仍旧耿耿于怀，尽管那里还是设有路障，但她还是走近该楼的正门，对着刻有“北楼”的门楣，拍了一张照片，留下纪念。我们都对今天的聚会感到高兴，毕竟精力有限，许多地方如“一·二九操场”那一片也就不过去了。

与杨妙生合影

我们都感到同济大学与我们在校时相比，无论知名度还是实力都有大幅度提升。前些日子在网上有消息，同济的土木建筑在世界大学专业排名第一。教育部今年批准的重点项目，同济有 7 项，排名第一，清华大学也只有 6 项，一般大学能有一项就不错了。在所谓的著名的 QS 世界大学排名表上，同济在中国大学中总可以排到10名左右。我们作为同济学子也因此感到自豪。

走到大门口，到了告别的时刻了，大家再一次对今天的聚会表示珍惜和满意，期待各自保重，明年再会。李齐顺、周强被他们儿子派来的小车接走了。其余人都下了地铁站。在月台等待，其余人仍沉浸在对往日校园生活甜蜜的回忆之中。我对徐满说，班中姓徐的同学不止你一个。她马上露出诧异的表情，这又是唱的哪出戏？我告诉她，其实周强和倪国发同学都是姓了他们母亲的姓氏，他俩的父亲都姓徐。顾正兰在旁边证实，周强的父亲姓徐。徐满释然。

真是如同爱因斯坦当年对别人做《相对论》的科普解释一样，当我一个人坐地铁到同济来的时候，一站一站的历程，好像时间过得很慢似的，如今当与同学们意犹未尽地回忆昔日往事交谈时，却觉得时间过得很快。一会儿列车就到了天潼路站，徐满下车了，接着杨妙生也在南京东路站下了，我再过2个站也要下车换乘了。随后，吕前进、顾正兰也将在往后不同的车站下车回到各自家中。我忽然感觉，我们当年到同济大学来上学，就像今天一起乘坐在同一趟地铁的同一节车厢里，是一种缘分，然而，随着时间的流逝，同学们又陆续在不同的车站下了车，目送列车承载着其他同学继续向前方飞驰而去，但给每个同学留下的是刻骨铭心的永久的记忆。

我们班在微信群的作用下，促进了大家心灵的交流和沟通。尽管时间过去了50年，但是母校的召唤，还是迎来了迟来的我们以班级名义的首次聚会。聚会总有散去的那一刻，但下一次的聚会的等待又开始了。但愿人长久，相聚在来年。

2019年6月17日用“美篇”方式首次发布，于2020年8月22日在《上海老底子》公众号平台登载。

后记

我原来不准备再写散文了，由于本次活动的特殊意义，所以又按照同学们的嘱托,很快地写出了《50 年后首次母校聚会记》这篇长达 5 000 多字夹叙夹议的散文,在次日的上午就用“美篇”的方式,配上照片发出去了。除了发布到本班的微信群,也发布在自己的朋友圈里,因为我还是拥有一批读者“粉丝”的,他们都很期待阅读我的文章,我已经有近半年没有撰写散文了。真是没有想到反响之热烈,无论是读者数,还是点赞量,都达到相较我以往文章发布较高的反应水平。尤其是微友撰写的“评议与联想”,也是较多的一次,自然最有感受的还是我们班级的同学,尽管有些同学并不在场,毕竟这也是一次触及他们内心情感的聚会。其次是有过同济经历的校友,他们有身临其境的感受,容易引起共鸣。有些校友的名字,如陈志和、裴光明,我几乎已经将他们遗忘得一干二净,这次他们的点赞,让我在脑海里又重新浮现出他们在校时的印象,很是感慨,真可谓“岁月如梦”啊! 当然还有不少鼓励我继续文学创作的微友写的评语。我历来很珍惜微友们的评语的,这次我也照例将其抄录下来。并发布到朋友圈里,让大家分享。

评议与联想

徐元钊:你还是笔耕不辍。

喻渭河:我将平雷兄的美文发到我们桥一班的微信群里,引起大家交口称赞和佩服! 文章勾起了大家共同的思绪,我们都能想象得出当时的情景,可是没有人能够这样娓娓道来,活色生香! 谢谢平雷兄给了我们一次美的享受! 希望今后还有更多的作品让我们共享!

王燕臻:我清清楚楚记得那年二表哥你带我去你的母校参观,我觉得你的学校好大好大啊! 你还帮我在校门口毛主席塑像前留影,至今我还珍藏着,有时会拿出来看看很兴奋的,谢谢二表哥给我留下了永远的回忆。

钱平天:我已转发给我中学同班赵妙英同学,她是同济大学城建专业 66 届的毕业生。

赵妙英:谢谢你转发了你弟弟钱平雷撰写的《50 年后首次母校聚会

记》这样一篇好文章！文中细腻地描述了整个返校过程，每到一处都洋溢着对母校的深情厚谊，我看了很感动！

张淑华： 怀旧是美德，感恩是品味，友情靠互动，成功靠行动，朋友靠走动。几点集于一身的人是品味高尚的人。

陈文霞： 这篇散文详尽地描述了由于历史原因造成这代大学生对聚会的复杂心态。具有代表意义，值得阅读和回味。

陈素娣： 钱哥的文章依旧是写得那么详尽，具体生动接地气，依旧是那么情感饱满，让人看了还想看。真好！

杨妙生： 平雷神笔，昨天去同济，今天就见文，信手拈来就是一篇好文章，谢谢！

范巧芝： 平雷老同学的文章，写得太好了，如临其境。我毕业离开上海，没有机会去母校。此文代我完成去母校看看的心愿。

徐　满： 谢谢平雷同学写的文章，以后每年都可以翻出来看，回味无穷。

张天成： 同学情谊可念，平雷文笔可赞！

吕前进： 平雷同学写得太好了，确实是高水平，真值得我学习！

顾正兰： 平雷同学作的"美篇"，值得同学留作纪念，写得真好！六年的大学生活让我们怀念至今！50 年后，在母校相聚，真是难得！同学们，好好保重身体，希望来年有更多的同学回来，一起去母校相聚，以表对母校的感恩之情。今天我们取得的成绩，来源于母校的培养，同济大学是工程师的摇篮，我们是在这里开始慢慢成长起来的。谢谢平雷同学！

姜乃亮： 这是一次很有意义的聚会，加之绘声绘色的描述，图文并茂。看到那熟悉而又陌生的校园。一草一木，都勾起了五十多年前的回忆。感恩，我的母校，感恩，我的老师和同窗好友。

张明德： 十分感谢顾正兰、钱平雷两位同学发来的照片和文章，让我们分享了你们重聚的快乐，也重温了母校的风光。

章杏波： 寻踪回忆也是一种享受。

王雪英： 深深的回忆，永久的纪念，写得真好！

黄瑜峰：“人逢喜事精神爽”，看上去钱伯伯的气色很好！

顾亚民：看到了平雷同学的散文与照片，分别50年以班级名义第一次回母校相聚，虽仅七个同学，也属大不易了。此时此地、此人此景，若少了文字的铺就，这真诚的情感又向何处流淌？所以切莫轻言对散文搁笔。文字具有智者的思想，能与大家交流、分享的也一定是朋友圈中的佼佼者，也一定是可约茶、可畅叙之人。对于“优秀原创作品”，诸位微友仅仅点赞是不行的，还得写上些感想，参与互动，那彼此之间的感情自然是更加美好、更加深厚了。还是要为平雷同学的文章点赞的！哈哈！

周文华：为钱作家的散文和顾亚民同学的点评点赞，二位都是学富五车者也。

陈思源：看了七位老同学重回母校的留影及平雷聚会记文，很是羡慕。七位老同学你们那时的心情，也会是我们的心情，兴奋之中会有一丝惆怅，往事依稀……我毕业后约于20世纪90年代初去过一次母校，那时四平路正在扩建，校门两侧围墙尽拆，校门孤立格外醒目，踏着碎石进校园后，秩序井然。南北二楼还如当年，图书馆仍四平八稳，只是中庭中填了高层，挥手的毛主席塑像好像目视着来往行人。穿过图书馆，往深、往侧所见：大礼堂、西南一楼、文远楼、游泳池如初，一·二九礼堂、校办实习工厂已无踪影，三好坞更漂亮了，当然还建了许多漂亮的建筑与小品……又过了二十多年，从老同学发来的照片看，同济四平校区依然是我们心目中的样子，令人欣慰与敬仰！谢谢七位老同学又带我们如亲历了一遍校园，又重温了六载同窗生活与学习的点点滴滴。

与两个数字有缘师生的一次盛会

——记 1961 届部分初、高中澄衷学子的聚会

一

今天(2019 年 9 月 5 日星期四)是我们澄衷中学(曾用名 58 中学)1961 届初三(8)班早就定下今年聚会的日子。早在去年 10 月班级聚会的时候,吴仁、徐水根等班友会召集人就决定,今年的聚会以我为主来筹备。因为年初家中就商定了,9 月 6 日我和妻子要出国探亲,所以徐水根抓紧时机,定在 9 月 5 日举行今年的聚会。我在几个月前,趁着到位于北外滩的一家名叫芳庭酒家吃饭,就早早把今天聚会的餐桌预订了。我选择这家饭店的原因是因为它原来开在我们澄衷中学位于唐山路临街的老教育楼里,当学子们返回母校怀旧聚会时,在这家价格适中的饭店聚餐是很自然的选择。因为如今不允许学校破墙开店,才让这家饭店迁移到如今离学校不远的东大名路上。我第一次来这儿吃饭,还是几年前应邀参加我高中兄弟班级的一次聚会,当时发现了一个奇怪有趣的现象,就是里面围坐在大多数餐桌边的顾客,都是年龄差不多的中老年人,这就是同学聚会的特征。再一了解,原来这里就是以前开在学校里的那家饭店。而且它还有一个优势,就是它离如今风景如画的黄浦江北外滩岸边近在咫尺,同学们还可以在饭后去那儿散步拍照,寻找青少年时代生活过的踪迹,确实是同学聚会的理想去处。后来我多次在此设宴或参加同学或者发小的聚会。于是我就把今年初中同学的聚会安排在这里。

去年年末,我曾去位于江湾的澄衷中学造访过渡校园,想趁着退休教师返校聚会的机会,拜会曾经教过我的老师,并给他们送上我当年出版的

6134 高中班合影

散文集《上海广度》。遗憾的是，可能是老师们年事已高，那天给我上过课的老师一位也没有到场。根据校友会给我提供的名单，我给每一位健在的老师，在书的扉页上写上“请予指正”的字样，并签署我的名字，让校友会的老师在给他们送慰问年货时一并捎去。不久有一位管月伟老师给我来了电话，她很高兴我这个60年前的学生还惦记着她，她还告诉我，她的先生是同济大学的教授，她就住在同济新村里。于是当远在美国的侯馨岳同学返沪探亲时，我就在同济校园里一家对外的餐厅，宴请管老师，还把贺雅珍等同学也一起请来作陪，管老师曾是侯、贺他们初二时的班主任。餐中，谈到我们61届初中班级的聚会，管老师表示，你们聚会我也想参加。于是就有了4班、8班共同举办今年活动的由来。早年这两个班级下乡劳动时也曾在同一批，大家有过共同的经历。

更巧的是，我哥哥钱平天也是原58中学的学生，他们班算起来是61届的高三(4)班。上月月底，我们家族聚会时，他告诉我，张保祥同学从美国回来了，他们班将因此聚会一次，他让我准备一本新书《上海力度》，签了名，送给保祥学兄。对于张保祥学兄，当年我已故的二表哥柴慈钧也是他们班的同学，我们钱、柴两家的兄弟们都熟悉他。我在我的第二本散文集中有一篇回忆哥哥姐姐同学的文章中，还专门提到过他和张光明、张善德等三位与我们表兄弟比较熟悉的张姓学兄。在那篇文章中还提到了赵妙英、李美丽、郭凤珍等被同学排行从阿大到阿五的“班花”给我的印象。其中赵妙英也毕业于同济大学，是我“双重”的学姐。前不久，我写了一篇有关回同济母校参观的文章，哥哥从微信中转发给她，她有“批语”，因此，哥哥建议我也签送一本书给她。本月我们家族聚会时，哥哥说他们也准备在9月5日中午聚会，也想安排在芳庭酒家。于是由我代他联系。那位前台经理对于兄弟同时聚会，也觉得很有趣。为了怕弄错，我们还专门发微信向各班同学说明，联系人分别是兄弟俩，别仅仅说姓“钱”而跑到人家班级里去了。从哥哥发给我的名单中，他们班有好几位我有清晰记忆的同学，我是很想看看他们如今的模样的，毕竟大多数的学兄、学姐在他们毕业后，我再也没有看见过。2015年115周年校庆，他们级友会聚会，我特地跑去，想看看他们4班同学如今的模样，因为召集人生病，结果只有张庆琳一人到会。这次不经意的机会，估计可以让我看到好多人了。哥哥建议让我多准备几本书送给他们作为“见面礼”。柴家在外地的兄弟，从电话里听说我要见到张保祥、夏贤文、曹根韬等学兄，也都很兴奋，让我拍几张照片给他们看看，他们也很想知道，这些以前有过交往的学兄如今的模样。

至此，本文相关的三个班级的活动凑到了一个饭店里。

二

早晨我如约到同济大学附近的公交车站，接到了管老师，她为了今天的聚会，特地派人买了30块“红宝石”名牌奶油小方蛋糕随车带上。又到离此不远的尚汉惠老师姐姐的家接上近期住在这里的尚老师。经过半小时的路程到达饭店，我在车上打电话让吴仁等同学在门口迎候年迈的老师下车。我去停车场的时候，哥哥也驾车到达了。因为我陪伴老师上下车，所以慢了一步，等我停好车到达餐厅，遇到哥哥，他们又已经换了一个单桌的包房，他说有些人临时不来了。我就马上赶去了我们自己预定的包房，两个班级大部分的同学已经到达，管、尚老师正分别在与李立、郑柏林等同学亲切交谈，我也顾不得与大家一一招呼，赶紧按照 100 元/人的标准点好了菜。此时确实如同先前预料的一样，还是有我哥哥班的同学找到我们的包房来的误会发生。我与前台经理打了招呼，请她给予优惠。随后又去看哥哥班级的安排，发现他们班又换回原来的双桌包房了，哥哥苦笑着说，人数又多了起来，他们班从预订到如今，因为人数一直不能确定，已经换了 5 趟包房了。哥哥说，他们是以 1000 元/桌请店方安排菜肴的。这时哥哥给我介绍了我最想看到的学兄张保祥。他无论是服饰还是表情都显得很精神，听说柴、钱两家的兄弟都惦记他，感到很欣慰，还说前几年与柴慈铎还互发电子邮件呢！此时他同桌有一位面熟陌生的学兄让我猜猜他是谁，还提示我说，他原来住在商丘路。啊！他就是曹根韬了！当年三年自然灾害时期，他妈妈是我们这里居民食堂的主管，无论大人小孩都认识她，叫她“舅妈”，对我们很客气，这大概与曹根韬是我哥哥的同学也有一定关系吧！当哥哥刚说“夏贤文”三个字，面前个子矮胖的学兄马上被我认出来了。“阿强”——他的小名立即从我的嘴里跑了出来，当年他住在我们家对面的石库门弄堂——祥裕里，他的弟弟阿耀、阿元等也都是我们的同学或者发小，他在学校里是很有名气的篮球裁判。随后哥哥又介绍了其他同学，有些人确实名字很熟，但与印象已经合不到一起了。

为了让柴家兄弟看到张保祥如今的模样，我让哥哥为我们拍摄了合影。我又拍了夏贤文、曹根韬单独的照片备用。哥哥把事先已经签好名字的《上海力度》先呈送给事先知道要来的几位学兄、学姐。随后哥哥又塞给我一张名单，里面有其他肯定要来的同学的名字，让我签好名字把书送来。

三

我回到自己的包房，冷盘菜肴已经上桌，此时还有预先说要来的侯文英同学未到，大家在等候。我就趁着这个时间，把新书《上海力度》送给每个同学，因为他们大多数以前都拿到过我的书，因此如果本人不要求，我也不再为每个人签名了。但为了表示对老师培育的感恩，给老师的书扉页上，还是要写上"请予指正"的字样。吴仁则向我赠送了他发表在展览会上书法作品的画册。看着侯文英不会来了，于是宴会就开始了，由于两个班级出席的人数不一样，所以我与吴仁坐到了 4 班同学的那一桌。这次活动我是发起者，要把来龙去脉向大家汇报一下，我站在两桌靠近 4 班一桌的附近，介绍了我与管老师是如何取得联系的，又如何与贺雅珍等同学商量举行这次活动的。同时简单地回忆起我们两个班级的交集，1958 年两个班级一起去新杨农场劳动情景，当说到我曾与吴仁谈到 4 班当时有个从香港来的胖同学叫吴孟起时，大家顿时发出"哦"的一声，表示想起来啦！我还说，我们的班主任尚老师原来与 7 班的班主任何世敏老师很要好，为了营造气氛，我已与 7 班同学商量好，明年与 7 班同学再办一次联合聚会，大家表示赞同。随后，我请大家开始举杯用餐。8 班的

介绍活动由来

与 60 年前的老师合影

徐水根同学对我半开玩笑地说，你刚才是对着 4 班说的，你还要对着 8 班师生再说一遍！我“反击”道，不管怎样，今天是以我们 8 班为主的，我们应当对客人多照顾一点。俞顺贺同学在旁边表示支持我的观点。

席间，我告诉同桌的朱云仙同学，她的老邻居阿强也在这里聚会。朱迫不及待地让我领着她前去敬酒。我还记得我们班的朱长兴也曾是他们弄堂的居民，于是一起拉上了他前往。老邻居见面是何等的激动，他们一面在寻找对方在自己心目中的印象，一面迫不及待地询问对方其他家族成员的现状。好笑的是，当我们从那里回到我们包房的途中，这两位都姓朱的男女同学忽然恍然大悟，他们原来彼此也是很熟悉的邻居！岁月如梦啊！

四

回到我们的包房，我根据哥哥给我的名单，把送给其他几位已经到达同学的书签上我的名字和“请予指正”的字样，又一次送去哥哥班级。此时大多数的同学都已经到达,我把书籍一一捧给各位学兄、学姐。但还是漏掉了几位,再一次返回,还让徐仁昌学兄把我给我高中同班同学、他的妹妹徐慧珠的书一起捎去。与巫道光学兄一起回忆当年随他在操场上长跑的情景;又与赵妙英学姐聊聊同济大学路城食堂的美味佳肴。此时我发现只有叫“阿三”的“班花”李美丽学姐仍旧没有到位。

回到包房,我把管老师送给大家的蛋糕一一送给各位,让大家分享老师带来的温馨和幸福,也开玩笑地对李立说,因为你有出息,青出于蓝而胜于蓝,所以老师给你发蛋糕。我还悄悄地告诉8班同学,最近澄衷校友会出版了第一期《澄衷学子》的刊物,按照在校年限先后介绍了19位学子,第一位是胡适,第19位是7班孙行琦的外甥女顾琤琮,一名优秀的检察官。第16、17位分别是我班的郑柏林和我,整个年级就我们两个。大家在惊讶表情中,向我们表示祝贺。我说,这当然要归功于老师的教诲。尚老师在满面笑容中说道,那是你们学生自己的努力。

我又回到自己的餐桌上,一边吃饭,一边在估计100元/人的餐费是否够用,贺雅珍认为菜肴品多量足,估计要超出,我认为按照原来点菜下单,肯定不会超出,但后来叫了2瓶葡萄酒,我就吃不准了。不管怎样先一人交100元再说。结果徐水根拿了两个班级收来的钱去付账,因为我事先的公关,所以买单只需2400多余元,还有几十元的结余。

五

于是我再一次返回哥哥他们的包房,让他们也去结账。此时“阿三”李美丽学姐已经到了位。他们高中毕业后,我再也没有见过她,她自然已经成为白发苍苍的老妪了,但当年苗条的身材却依然保持,没有像一般女士已经发福,而且神态依旧。我很“放肆”地与她开玩笑说,他们班当年说她因为叫“阿三”,哥哥外号叫“三角”,所以是一对。我还把这个八卦写进我的散文集里。李马上说,那是没有的事!我说,我在书中也说是没有的事,否则,我嫂嫂要有意见了!于是乎,大家哈哈大笑。哥哥走过来说,我这个弟弟记忆力特好,我们班级的许多事情,我都忘了,他还记得清清清楚楚。我说，我就是宁波人说的“闲乖”。张保祥笑着说道，你的宁波口音很浓啊！我哥哥说，在大学里同学以为他是从宁波考过来的，叫他“小宁波”。

我对他们说，今天的聚会与两个数字有关系，我们分别是在 1958 年考入第 58 中学的初中和高中的，又在 1961 年毕业，1958 年到今年正好是 61 年。蒋本孝学兄说，还真是的，都与 58 和 61 两个数字有缘！他们班级趁着我在，让我为他们拍摄集体照。我也拿自己的手机乘机拍了几张。随后，他们班级也每人收取 100 元准备结束本次聚会，并让张保祥免交。张保祥坚持也要交，我哥哥表示支持，让他也交。我想，这样可以淡化从海外回来的人的疏远感，自然地融入了自己的集体。我陪着他们班的召集人王善文学兄去结账，让前台经理给予优惠，她们定为 1900 元。我原来以为帮了他们的忙，谁知他们今天只有到了 17 个人，这样还有 200 元的缺额，王善文支付了。哥哥可能觉得过意不去，要付此缺额，但王不肯，也就从命了。我知道后，知道问题出在先前 1000 元/桌的包餐上，人家店家是按 2000 元结算的。但实际优惠打折应该还不止 100 元，因为这 1900 元里还包括了酒水饮料，原来是不在 2000 元包餐费里的。

6134 初中班合影

我回到自己的包房里,大家还在彼此的互相敬酒的欢乐之中,因为考虑到我明天要出国,今天也忙里忙外没有停歇过,于是贺雅珍与李立商量请他驱车把二位老师送回家,李立爽快地答应了。接着进行了今天的最后一个节目——拍集体照,由于人数与场地的不匹配,看来大家年事已高,去北外滩游览的节目没人响应,也不可能在北外滩拍照了,最后只能让两位老师分别与两个班级同学拍合家欢完事,两个班级是无法在一起合影了。

6138 初中班合影

六

我独自驱车回家了,途中回想起今天的聚会,我一会儿与61届初中同学一起,与61年前的老师重新聚会;一会儿又与哥哥班级58年前分开的学兄、学姐们彼此相见,共同回忆起61年前的岁月时光。但其过程如同撰写一篇散文,看上去很散,情节有点东拉西扯,不过文章中却有一条隐蔽的中心线,使全文始终贯穿于中心线的两侧。这条中心线就是61年来蕴藏在我心中对58中学曾经的老师和学友的思念和好奇。有一种说不清楚的原因,我觉得能够获得这种满足,是一种冥冥之中的安排,是可遇而不可求的缘分,它胜过了餐桌上的美味佳肴。事实上,我今天中午也确实没有吃多少美味佳肴，但我得到了精神上莫大的享受，它不仅能让包括柴家表兄弟等分享，也将能让我回味无穷，让我写出今天这篇内容丰富的文章，就是本次盛会的记录！

本文于2020年8月31日在《上海老底子》公众号登载，并在澎湃新闻上传并发布。

《与两个数字有缘师生的一次盛会》后记：这篇文章其实是一篇不好写的散文，因为要把两个年级、三个不同的班级，又分在两处活动的内容，将其在同一个主题下有机地串联在一起。尽管我挖空心思用了“58、61”这两个“最大公约数”，把话题往我构思中的文章“中心线”靠拢，但读者难免因为内容“跳来跳去”感觉不够流畅。我在当天晚上就完成了这篇文章的写作，第二天清早就把这篇不短的文章作成“美篇”通过微信发出去了。令人感到意外的是，反响还十分热烈。尤其是张保祥这位“柴、钱”两家兄弟都熟悉的学兄、曹根韬及其母亲“舅妈”、老邻居夏贤文及其弟弟等，这篇文章勾起了许多曾经与他们有过交集读者青少年时代的回忆，因而激动不已，纷纷在“评议与联想”的栏目下，写了自己的感受。更多的读者通过电话或视频，向我诉说对本文涉及的人和事的怀念。他们沉浸在阅读的感情抒发之中，不厌其烦，忽略了文章的松散。柴慈铎表哥居然还说我5 000多字的文章“不长”。张崇大同学用了一句“你太有才了！”的评语，对我给予赞赏。我把部分老师、同学和读者的文字，摘录如下，请大家分享。

评议与联想

柴慈铎：读了平雷弟《与两个数字有缘师生的一次盛会》大作后，深有感触，觉得这已经不是一篇普通的老同学聚会的文章，它打破了尘封的回忆，穿越了61年的时空，再现了学生时代的情景。整篇文章充满了同学、朋友、邻居，学友、师生之情，这是何等的温馨和浪漫啊！此文虽然不长，但是带给我们的信息量相当大，其中人物的一颦一笑，使我们目不暇接，而大多数又是我们儿时耳熟能详的人。感谢平雷弟的文章和照片，让我们又回到了快乐的学生时代！

管月伟：连日来下雨不断，9 月 5 日竟艳阳高照。迎来了 61 届初三两个班级聚会。当我来到久别多年的同学周围，仿佛又回到昔日的教室里，难抑兴奋激动之情。我不仅还认得出你们，并还能叫得出 4 班多数同学的名字。他们当年的音容笑貌，依然留在我的记忆中。在我多年来的工作历程中，正是同学们支持和肯定，坚定了我从事教学的信心，在澄衷耕耘了三十二年，直到 1990 年才退休。昨天在与同学的交流中，知道了你们秉承澄衷"持诚求真"的校训，在各自的岗位上取得卓著成就，我也为之兴奋，这是母校的光荣，我也分享了。昨天的活动，经办同学辛苦了，为大家忙碌了多天，还特地接送我和尚老师，再次感谢同学们的热情接待，再见！

陈素娣：钱哥的记忆力真的是超强！一次同学老师的聚会竟然能写得这么详细。同学情师生情历历在目，钱哥的优秀也是让人敬佩。芳庭酒店原来是开在我们学校里的，我才知道。好多同学聚会都在芳庭酒店，我也去过，但我不知道它的历史。今天明白了，谢谢！

钱平天：钱平雷以娴熟的文笔配以清晰的照片，详尽描写了三个班级校友的聚会；平雷思维敏捷、记忆力极好，又热心于各项社交活动，听说我班聚会也定在同一天，他热忱帮助我订好酒店，又不厌其烦替我联系饭店改了几次桌数，其中除了兄弟深情，还包含着他对我班老同学的厚谊……我的大表兄柴慈铭(柴慈钧已故之兄)也曾是澄衷中学的学子，比我高两个年级，平雷刚上初一，他们班已是高三，而这两个相距五年级的情况，平雷居然了然于心。他写的文字被慈铭班同学看到了，都大为惊讶，有些事情连他们自己都已忘记了。于是他们与平雷取得联系，一定要请平雷出席他们的班友的活动。

张保祥：平天，您好！请允许我对您为我近两次回沪探亲所赠送考虑周全的礼物，表示衷心的感谢！这彰显了我们之间深厚的友情。同时也请您转达我对平雷弟的谢意，因为他总牵挂我，并赠我他的著作。还请转达我对柴慈钧的弟弟们的问候。他们的哥哥是我高中时代最好的朋友。我一直都很怀念他。

柴慈铎：谢谢你转发的保祥兄的问候，他的经历曲折、艰险，曾受到过不公正待遇和排斥，但他自强不息，自学成才，终于有了现在的成果，很令人钦佩！我前几年在互联网上用电子邮件和他联系了几年（当时也包括你和其他一些人），互通英文书信，偶尔也打打电话，主要还是谈论过去的人和事，以及对一些问题的看法，后来你也知道国内已很少用 QQ、博客、电子邮件了……也就中断了联系。如果他开始用微信，我还是很乐意和他继续联系。

汪美丽：看完钱老师的文章，很有同感。

赵妙英：钱平雷学弟，你真是一个被工科耽误了的作家！谢谢你送给我的佳作！超强记忆，流畅文笔令人惊叹！令人佩服！平雷既能做到以所学专业为主，又能在文学上继续耕耘，这真是好上加好的事情了！

许利利：每次看你的文章总有身临其境的感觉，佩服你的记忆力和写作能力，为你的同学情、师生情点赞，也祝贺你成为十九位澄衷学子中的一位。作为你的同届学友也沾光了，祝你出国探亲快乐！

柴慈钢：感谢分享此文！张保祥先生以前我记得经常到我家来，记得他为学习英语在家里反复听英语原版唱片，还记得他还跑到外滩与印度人用英语交谈，被警察询问之事（好像有这事）；文中所提舅妈，印象深刻，三年自然灾害时期，经常去买饭（好像是叫 191 弄食堂吧）。虽然当时我还尚小，但还有印象。再次谢谢平雷哥的大作！

顾亚民：平雷同学将一次年度同学聚会写得图文并茂、活色生香，可知忆及过去的岁月，经常是不知疲倦的，犹以青少年时光与友情，永不会忘怀。有句诗“我们相爱一生，一生还是太短”，这情感是真实的。

陆　靖：真的很欣赏你的文章，特别是速度之快令人惊讶，文中提到的舅妈，我也有印象，我们毕竟是从那个时代过来的，很有同感，谢谢分享。顺祝你和太太今日启程赴澳路途愉快，一路平安！

毛正峻：有相同的时代，有相似的经历，读着，在我的记忆湖中，静静的水面涟漪，也被你轻轻地牵动起来了。屠格涅夫说“回忆是老年人最大的乐趣，是年轻人任何游戏都替代不了的”，真实不错的。

他也是浦东开发的先行者

——记我的岳父陈泽浩先生

一

清晨打开电视，上海台的早新闻栏目里，播音员在说，今天是“浦东开发开放 30 周年纪念日”，于是我回想起，就在昨天，我在担任上海市政风行风监督员时的一位同事韩曙先生，从微信给我转发来一篇文章《以更大的开放倒逼更深入的改革——专访浦东开发亲历者周汉民》。周汉民以曾经担任“浦东开发联合咨询研究小组成员”的身份，以问答的形式，深情追忆浦东开发开放早期研究与波澜壮阔的奋进历史。1987 年 7 月 7 日上海曾专门组织了一个联合研究小组，除了有海外的华人专家外，其中中方工作组设一位组长、一位副组长，6 位成员。由汪道涵老市长担任顾问，倪天增副市长担任组长，建设局张绍梁局长担任副组长。还有市委、市府研究室、规划院、土地管理局、中国银行金融研究所的 5 位专家，再加上周汉民。其中来自中国银行金融研究所（应该是中国人民银行上海市分行金融研究所）的，就是我的岳父陈泽浩。他们花了一年时间，最终形成的浦东开发可行性报告，主要研究了四大问题，我估计其中第四个问题“资金筹措研究”，大概是以我岳父为主承担的。韩曙在微信中写了一段话：“周汉民回忆浦东改革开放，谈到最初的研究班子，骨干成员中，就有你老丈人陈泽浩先生。可见陈先生当年的学识和专业能力为浦东开发开放所做的贡献多有历史意义。”当我向韩曙表示感谢时，他又写了一段：“不必感谢，我是当年和陈先生合作共事过程中，被陈先生的翩翩风度、丰富的金融专业知识和精准到位的分析建言所深深折服啊！虽然与陈先生相处时间不长,但印象深刻。”说起来,也真惭愧,相比于韩曙,我对我的这位“丈人阿爸”在外面的工作状态,实在知之甚少,到今天当人们在怀念他的时候,我这个女婿回忆过去的日子,觉得还是可以用一篇文章的形式来纪念他的,因为在他 1991 年去世的前后,我从他的亲朋好友那里知道了一些他的轶事。

二

岳父母订婚照

我与我的岳父之间的交流是很少的,不要说我,就是我的岳母和我的妻子,我也很少听见她们与他有什么对话,恐怕她俩对于他的工作,也不会比我知道得更多。除了他为人传统正直的做派以外,他几乎从来不在家里谈论他的工作情况,这大概是他性格内向的原因。岳父在家中不是埋头看书做学问,就是烧菜做饭操持家务,很少发声。我与妻子刚刚结婚时,是住在妻子娘家的,当年的居住条件,就是与岳父母的房间一板之隔。开始我在杭州铁路上班,星期六下午回上海,星期一上午回杭州。后来到上海上班了,我每天晚上是在单位里吃完晚饭再回家的,到家进门时,叫一声“爸爸”,次日上班出门时,说一声“爸爸,我走了”。此外几乎没有更多的话。星期天多半与妻子、女儿去了我父母的家。因此我们之间就始终处在客客气气的氛围之中。后来从我岳母和妻子的淑贞姑妈,即丈人的姐姐那里我才知道并理解,导致岳父内向性格的原因,以及他热爱自己家庭的方式。

我岳父的祖籍是湖北安陆,但由于他的父亲即妻子的祖父陈伯翥老先生是一位学究文人,当时常年在外谋生,他的妻子即岳父的生母也长期随夫游走。岳父的兄弟姐妹都是在北京长大的。陈老先生把子女的抚养事宜托付给了妻弟即岳父的舅舅。那舅舅贪污了外甥的抚养费，降低了他们的生活水准，孩子们经常要吃窝头咸菜。我岳父对自己作为长子的身份很看重，认为需要更多地照顾弟弟，缺乏父爱母爱，有痛苦、有委屈只有自己承受，这就导致了他内向的性格。他的生母很早就离世了，以后他父亲续弦到了上海工作，他们兄弟姐妹也都到了上海，岳父在大夏大学完成了他的学业，进入金融界工作。当他开始考虑成家立业时，发现他的女友与其他男青年也有来往，据说，那位姑娘长得很漂亮，但他还是立刻中断了与她的关系，这是他所不能容忍的事情。随后通过我当教师的岳母的一位医生家长的介绍，与我岳母相识，一见钟情。我岳母告诉他，自己高中毕业后就一直在教书，不太会做家务。岳父说，他会做。就这句话，他确实实践了一辈子，几乎揽下了家中所有的家务。我岳父其实是很热爱自己的家庭和亲人的。由于他和岳母长期忙于工作，所以我妻子天仪从小就随祖父生活，她妹妹跟着外祖父母。岳父每天下班在单位吃完晚饭后，回家途中都要去祖父家看望女儿，辅导孩子学习。有一次妻子与其他女孩玩耍，摔了一跤，门牙折断。岳父心疼不已，回到家中泪水涟涟。妻子和他的妹妹都考上了市重点学校——育才中学，这成了岳父平时很少表露的骄傲。我岳父非常喜欢我的女儿，即他的外孙女，回家含饴弄孙成了他最大的乐趣。

我女儿鹿怡出生在 1978 年，他把中国改革开放后发生的巨大变化给人们的喜悦和外孙女的降生联系在一起。很少与岳母开玩笑的他，对岳母说道："她来了，家里日子也好起来了，以前你没有带过孩子，现在你要'补课'！"他让身为一级教师的岳母推辞返聘，回家带孩子。因为我从事铁路工作，经常出差，照顾家庭较少，所以孩子平时一直与她的外祖父母一起生活，也让他们享受着天伦之乐。岳父作为"大哥"也很尽职，当他的小弟弟要结婚时，他把自己居住条件较好的房子让给了弟弟。我与妻子结婚后，与她们陈家的亲属时有往来，发现他们的兄弟姐妹以及后代们之间的关系很融洽，也曾写了一首诗，并抄录成条幅，表示赞赏。这也应该与淑贞姑妈当大姐，岳父当大哥的榜样有着一定的关系。

我岳母的娘家老人很多，当我与妻子结婚时，她母亲的外婆即她的太外婆还健在，另外，还有外婆和她的两个妹妹也都住在一幢石库门房子里。我听太外婆和外婆以及两位姨婆都说：“泽浩是一个好女婿”，对她们都很孝顺。妻子的表弟妹们也与岳父很亲，叫他“亲亲好伯”。昨天当我把韩曙发来的文章转发给他们时，妻子的表弟顾睿、表妹顾颖他们都有热烈的反响。

三

现在回想起来，其实岳父与我之间的关系也是富有戏剧性的。我们之间都有一个逐渐互相了解的过程。当然首先应该是他对我这个女婿认可的经历。我是“文革”中毕业的大学生，“文革”前只读了两年书，因此岳父对我是否真正具备大学生的水平，是抱有怀疑的态度的。他曾经“考”过我两次。他是1949年前的大学生，英语水平自然很高，一天他拿了一本高中英文课本，让我朗读一下。他不清楚我是一个英语爱好者，虽然发音不够标准，流利程度还是可以的。他无话可说，随后他再朗读了一遍，他那标准的英语发音，也让我这个女婿刮目相看。还有一次，他从他单位里拿回来一道“一元两次方程”的数学题，说他们单位有一位同事，花了一个小时才做出来，让我试试看。我用代数方式，一下子就给了答案，岳父在认可答案的正确后，投来惊奇的眼光。事后岳母告诉我，这道题如果用算术方式解答，要用“配方”的方法，对于一般人来说，早就忘记了，就有一定的难度。那位同事就是绞尽脑汁用的“配方”。岳父认为他的女儿长得很漂亮，而我不是英俊青年，心里有点不愿意，但由于女儿坚持，他也就同意了这桩婚事。以后他大概发现我这个女婿还是一个比较正派的科技人员，有点出息，也就逐渐认可了。在病中他告诉岳母，他走后让她随我们生活养老。

我对于岳父的金融研究究竟在做什么，几乎一点都不了解。现在回想起来，关于金融问题，他只有一次问我一个问题，巴黎公社失败最主要的原因是什么？我说了几个理由，他都否定了，他说，起义者没有掌握自己的金融力量是失败最直接的原因。我原来对我岳父的印象，就是“夕阳无限好，只是近黄昏”。当改革开放大好机遇来临时，他已经处于“接班已老，退休还早”的年龄段。他的学识被人们认可，但已经不可能提升了。他的学生不少被提拔，成了他的上级领导，并得到更优惠的住房等福利待遇，他是否有“怀才不遇”的想法，我也不得而知，因为他从来不会对别人表露。倒是在此阶段，他入了党，还当上了支部书记。在67岁那年他已经办理了退休手续，虽然被返聘，可以不必坐班了，但仍旧每天照旧上下班，甚至提前去办公室打扫卫生和泡开水，充分体现了典型的老一代知识分子那种敬业的情操。

在妻子的亲属中，也有几位很有作为的长辈，如她的五叔陈泽任是我国从事核武器开发的专家。她的小舅顾永生是我国著名的汽车发动机专家，当年为解决发动机国产化问题，被中央领导点名从湖北二汽调来上海大众，担任发动机厂厂长。与他们相比，岳父似乎名气不够大。但后来的日子，我发现并非如此。首先是在岳父的大殓仪式上，汪道涵老市长送了花圈，他与老市长有过什么过从？后听说他是汪市长开发浦东的一名顾问。昨日看了周汉民的文章，才弄清楚岳父在开发浦东过程中与汪老市长的关系。其次，我岳父在金融界的名气还是近年来，也是韩曙在微信中告诉我的。韩曙是上海市财政局下研究部门的负责人，他在2015年春节期间的微信上，看到我写的与陈家家族聚会的消息中，提到七叔陈泽雄，于是给我发来一条消息：“钱总文中说的陈泽浩先生，是否人民银行金融研究所的金融专家，20世纪80年代，上海宏观经济部门合作研究，经常听陈老就金融问题发表高见。那时，陈老风度绝对好，金融所的同仁见到他，绝对毕恭毕敬，他的兄弟陈泽雄，在我们财政局企财处工作，财政专家。陈氏兄弟财金统吃，绝对了得。”过了几天，韩曙又发来一条微信：“陈泽浩先生为上海国际金融中心建设做出过巨大贡献，我们永远怀念他，记住他的无量功德。在当年上海财经界，有‘三顾一陈’之说，三顾者，顾准、顾福佑、顾濂溪，前两位是财政大专家……第三顾是金融专家，与一陈，即陈泽浩，在金融理论界，并称双雄，在改革开放的初期，好多金融方面的金点子都出自他们之手,汪道涵、江泽民、朱镕基的市长咨询会上少不了陈泽浩的出谋划策。”当时我就发现我对我岳父太不了解了。看来相比于五叔、小舅,岳父的名气和贡献并不比他们来得小些。

四

如果把我与我的岳父交流不多,归结于岳父的内向性格,如今看来好像也是有点错觉。据不少人说,岳父在外面还是很活跃,很会说话的。有一次妻子回家对我说,今天爸爸去她们大学做学术辅导报告了,听报告的同事都对她说,你父亲怎么这么会说话啊! 另外,岳父的语言能力也很强,除了英语外,还有一口标准的普通话,因为他在北京长大,他们兄弟姐妹之间交谈,都是说普通话的。他的上海话发音同样也很标准的。他们家曾经雇用广东籍保姆,所以他也会说一口流利的广东话。他们家的邻居都是广东籍的,岳父经常用广东话与他们交谈。著名演员梁波罗原来成家前,住在岳父楼上的他阿姨家,与岳父见面时,他们有时就用广东话在打招呼。

岳父对他的学术地位还是看得很重的,在他病前,单位告诉他,他被评为教授了。他病中我去看望他时,安慰他说他这辈子还是很成功的,都是教授了。他表示遗憾地说,至今没有看到相关文件。他的教授证书是在他去世后才下达的,岳母和妻子把它放在岳父的骨灰盒里一起埋葬了。

昨天我把韩曙发来的文章,转发给几位好友看,让他们一起分享,因为我们正在交换各自在30年前参与和从事浦东开发经历的信息。上海市科协原副主席钱雪元看了这篇文章,写了这么一段话:“原来你的丈人是一位顶级的金融专家,他为浦东开发做出了重大的贡献,了不起! 以他的眼光,选中了你这个乘龙快婿也在情理之中了。”钱主席的话,只说对了前一半,这后一半,当你看了本文后,就会得出这样的结论:岳父对我的了解,是我当了他的女婿以后的事情了。而我也是在他去世后,才逐渐对他有了比较深刻的了解的。

本文于2020年11月17日在《上海老底子》公众号平台登载。

评议与联想

钱丽臻：以平雷的文采来写自己的岳父当然不在话下，而一下子汇集信息和脑海中记忆的内容之多面而生动，形成洋洋大篇，更不能不叹服他的才能。还有就是文笔的真实和质朴，也是我很欣赏的，也是平雷品格的体现。

毛正峻：钱教授的家史了得！

陈素娣：你的岳父太有才了，精英中的精英，金融界的大佬啊！你们一家整个亲戚关系中人才辈出，都是国家建设的功勋，了不起！

钱鹿怡：我小时候是由阿婆公公带大的，一直到我念初一公公过世时。公公和蔼可亲，脾气超好，从来不对我发脾气，最疼我了。令我遗憾的是，公公过世得早，我没有机会孝敬他。

韩　曙：当年经陈先生培养过的年轻人，后来个个都是金融界大咖，其中有朱小华，他曾被朱镕基看中，点将担任过中国人民银行副行长。王华庆，担任过央行纪检组长。王世豪，后来成为首任上海银行行长。有这样顶级金融专家的岳父，就有文章达天下的女婿。

陈梅生：平雷兄，读过此文后，非常感慨，老一辈知识分子为祖国建设，没时间顾家，你岳父母都不容易，他们的贡献，不少上海人还是铭记在心。

顾亚民：这篇权当是平雷同学的一份家史补忆之作吧。温暖的文字叙述了长辈的学识，也让人们仰望他们的性情和品格，如阳光、如清风。感谢平雷同学不断地送来文字的关怀，念兹在兹，情深谊长。

顾　睿：谢谢平雷阿哥分享对姑父陈泽浩先生的回忆，我们对姑妈爱称为好伯，称姑父为亲亲好伯。亲亲好伯性格内向，在我们的记忆中是一位和蔼可亲的长者。亲亲好伯是看着我从小长大的，记得他响应国家号召离开上海赴南京 9424 支援工作，我是家里的唯一为他送行的代表，姑父是去 9424 厂的运输部工作，如同样板戏《红灯记》里李玉和，当上了一名临时的扳道工。往事一幕幕浮现在脑海……亲亲好伯十分敬业，我记得有一次他老人家晚上来我延安中路的家，让我帮忙翻译一段英文，估计就是在研究撰写有关浦东开发的文章。亲亲好伯是我心目中最可敬最可爱的长辈，永远怀念他！

顾　颖：亲亲好伯是个牛人，可惜我当时太小，记忆中是一位和蔼可亲非常能照顾人感受的长辈。

赵美君：欣赏了钱平雷先生出色的作品，为天仪的爸爸点赞！

俞惠秀：钱老师写得很精彩。天仪，您的老父亲令人敬佩，为您感到骄傲。

康明琴：天仪，看了群内各位的点赞，方知陈泽浩先生是你的父亲。于是，一口气读完全文。钱先生的笔触平实、生动，字里行间渗透着对岳父的敬仰之情。我们从中看到了一个学识渊博、不苟言笑，却充满温情的父亲。一位具有家国情怀，值得尊敬和怀念的老人！

张义勇：看了钱先生的文章，才知道陈天仪的父亲是一位浦东改革开放的功臣。天仪，你父亲低调，你也从不夸自己。

戴晓虹：早些年我曾听天仪处长谈论过其父亲，知道陈老先生是一名金融专家。今天看了钱老师的文章，对陈老先生又有了更进一步的了解。原来他是金融界泰斗级的人物，又是浦东开发开放的贡献者，却低调随和，爱事业、爱家庭！钱老师在其岳父的多次考核中，终得其赞赏，看来天仪处长真是拥有一双慧眼啊！

童德华：前几天我就收到平雷的中学同学侯馨岳转发来了这篇文章。可喜、可贺、可敬，这是一份传承和纪念你父亲的最好礼物，人们将永远缅怀他。天仪，你低调为人行事也值得敬重，我也因有此好友感到欣慰，甚念，望你多多保重……钱老师的才华横溢，令人敬佩，问平雷好！

王雪英：天仪，我们是同龄人，彼此也比较熟悉。可今天阅读了您先生真情实感的文章，知道了您的父亲是一位顶级的金融专家，是一位杰出的人物，曾为浦东改革开放做过重大贡献，真了不起！他老人家离世时的情景还历历在目，今天读了此文，令人肃然起敬！

陈国梁：陈泽浩先生令人肃然起敬，钦佩！他是整个知识分子的楷模，低调做人，扎实做事，是我们后来人的好榜样！

钱总，你真是很低调，之前也常有接触过鹿怡的外婆，当时还真不知道外公是一位如此有学问的专家。胡定伦曾经讲过鹿怡有一个一般人不具备的功力，可以一心二用甚或三用，她可以一面打电话一边做其他事情，胡总列举了好几个例子。现在看来，是有家族基因的传承。

胡定伦：我小学同学林毓莲当时是人民银行上海分行副行长，她曾去陈老先生府上拜访过，可知钱总岳父在上海金融界地位了。

倪纪芬：回忆过去是我们老年人经常会出现在脑海里的一种景况。回忆那些美好的，值得自豪的事和人是老年生活的一种乐趣。它给人带来快乐，幸福，它能给人积极向上的生活态度。钱同学的这篇就是这种回忆录。

陈天仪：非常感谢各位对我父亲的赞赏。说实话，由于我父亲十分低调内向，所以他的工作情况我确实知道得很少。到近年才逐渐了解他的业绩，因此趁我先生的文章发布之际，我也在我的微信群里转发了，让微友们分享。没想到会引发如此的反响，除了让我体会到大家的感受外，也领略到各位的文采。再一次表示由衷的感谢。我父亲在天之灵也会感到欣慰的。

蔡中韵：天仪，你家先生文笔真不错，与你一起工作这么多年，还是从你先生的笔下才了解你的父亲是如此的了不起。你的回复也太棒了，和你的为人一样低调做人，为人善良正直。看到了这篇文章，又让我仿佛又回到了两年前，我儿子苏苏的结婚之日，第二天我还未起床，钱先生的一篇文章就写好了，为你的钱先生文笔通畅，速度之快大大地点个赞。那篇文章我也已经收藏了。

夏　萍：书香门第，传承芬芳。

钱雪元："三顾一陈"说明了你丈人的水平和地位！

包秋莲：钱先生，你有一位值得骄傲的岳父，从你文章里看到，他是一位德高望重、为国奉献的大学问家，是老一代高级知识分子的楷模！我很敬佩！

你的文章传承与发扬了你岳父生前事迹,让后辈追寻学习,对老一辈大知识分子高尚品德与对国家贡献都应该崇敬!

孙淑平: 说起周汉民,他当年是由他的导师汪尧田教授引荐的,当然他本人也非常用功努力。汪尧田先生是美国斯坦福大学硕士生,中国世贸组织的奠基人,石广生、龙永图均是他的学生,是周汉民的博士生导师。汪尧田住在我家附近,常熟路 10 号,我家是 9 号,汪教授比我爹爹小一岁,他的大殓,时任国务院副总理吴仪送了花篮,当时的市领导也送了一个花篮,我在现场的。

各自忙碌，彼此挂牵

——我的“三同”朋友许兴汉

2020年“五一”前夕，我在网上看到了一条链接，题目是《最好的友情：各自忙碌，彼此挂牵》，作者的微信名叫“浅浅情感说”。在阅读这条链接前，我刚与我的朋友许兴汉彼此挂断“煲”了长达近一个小时的“电话粥”。当我看到了“最好的友情：各自忙碌，彼此挂牵”这行黑体醒目的文字时，突然想到这不就是我与许兴汉之间的友情最确切的写照吗？于是我仔细地阅读了这篇不长的抒情散文，尽管文字不算华丽，但字字珠玑，拨动着读者的心弦。它围绕着“最好的友情：各自忙碌，彼此挂牵”这个主题展开的情感抒发，好像就在代我描述着我与许兴汉之间“三同”的友情。它也可以让我借用该文优美的语句，来帮助我回忆起与许兴汉共同度过的岁月。

一

这篇文章虽然是一段链接，实际上由四段组成，其第一、三、四段是散文，第二段是诗。它的第一段散文是：

有一种朋友不在生活圈，却在生命里；有一种陪伴不在身边，却在心间。有一种情，不必朝暮相见，只想在灵魂深处相偎，能多久，就多久，相视无言。我们有事联系，没事各忙各的。越简单，越熨帖。时光荏苒，你我天各一方，为了梦想各自为战，为了生活各自忙乱。我也依旧记挂着你的现状，随时恭候你的倾诉与分享。最好的友情便是：各自忙乱，却互相牵挂。

我与许兴汉之间的关系真有点像上述文字中所述：“有一种朋友不在

生活圈，却在生命里……时光荏苒，你我天各一方，为了梦想各自为战，为了生活各自忙乱。我也依旧记挂着你的现状，随时恭候你的倾诉与分享。”说起来，我们两个人是在2007年走到一起的，但彼此见面依稀应该是在1958年我考入澄衷中学（当时叫上海市第58中学）的时候。澄衷中学原来叫澄衷蒙学堂，它拥有中、小学。1956年大合营，中、小学分开，分别改为上海市第58中学和唐山路第一小学，不过仍旧在同一校园内，包括共用同一食堂。当我考入58中学时，因为许兴汉比我低一年级，所以他就在唐山路第一小学上六年级，那时我们应该就在澄衷校园里彼此见过了。后来他中学六年也都是在58中学就学的，因此我与他名正言顺的同学时间应该是从1959至1964年期间的五年。只不过因为不同级，相互不认识而已。但他是我的学弟却是不争的事实。我在1964年考入大学，学习土木工程，他则后来进入了大学的中文系。我以后主要在铁路和房地产系统从事科技和管理工作，他在担任多年的中学语文老师后，进入了上海人民广播电台做记者，从事采访工作，一干就是三十余年。他主要在新闻战线担当媒体采编业务。几十年中我们之间似乎没有任何交集，“时光荏苒，你我天各一方，为了梦想各自为战，为了生活各自忙乱”应该是最好的表述了。于是就有了我们“有一种朋友不在生活圈，却在生命里”的“命中注定”的相遇。

2007年上海市科普作家协会换届，周昭德先生担任了该会的秘书长，同时聘请了几位副秘书长，我也在其中，但我们这几位副秘书长之间彼此是不相识的。有一个初夏的下午，周秘书长带领其中的三位副秘书长去上海郊区的一处园林参观，当时从市区到那里还没有高速公路，所以我们乘坐了小面包车，会有一个多小时的行程。周秘书长与上海电视台来的项先尧坐在前排，与我同排的是来自东方电台的许兴汉。既然路上有一段空闲的时间，又坐在一起，总要寻找共同感兴趣的话题来聊聊了，尤其是否拥有相同的经历自然是话题的由头。土木工程师与新闻记者肯定不会是从同一所大学出来的校友，从大学毕业到当时也有40多年了，我曾到过哈尔滨、杭州工作，而他一直就在上海，但也到过不同的单位，

与许兴汉“一同”

与许兴汉“二同”

"隔行如隔山"共事的机会几乎没有。于是就谈到了中学,澄衷中学就这样成了我们的"公约数",我们原来还是校友啊！又同时担任着校友会的理事。再一了解,我们虽然不同届毕业,但我们都是1946年出生,是同岁的。于是同为上海科普作协副秘书长、同为澄衷校友会理事、又是同龄的"三同"就这么"总结归纳"出来了。我们马上把"三同"的"喜讯"告诉了周秘书长,感谢他让我们走到了一起。许兴汉又带着自豪的口吻,向同车的同仁们介绍了澄衷中学曾经出过诸如蔡元培、胡适等著名的校友。这一条典故,成了许同学在以后向其他朋友介绍我们是校友的同时,必定有的一则"注释"。既然许兴汉与我有了"命中注定"的相遇,必定有了许多共同的阅历和话题,也就为我们今后成为好朋友埋下了伏笔。

二

链接的第二段是首诗:

> 人心,因为真诚才走更近
> 友情,因为信任感情更深。
> 时间,才是最好的过滤器,
> 把真的留下,把假的剔除,
> 终有一天,它会让你明白:
> 不离不弃的,才是真感情,
> 不见不散的,才是真朋友。
> 最好的友情,是彼此挂牵。

这首诗叙述了人们怎样才能成为真正的好朋友的。我与许兴汉之间之所以能够成为朋友,确实似乎有一种天然的缘分使然。那就是"三同"造就了我们彼此的交往一定是真诚的。我们都是在虹口区原来叫"提篮桥"如今叫"北外滩"那个区域里长大的,又在同一所学校上学,所以无论是"区域文化"还是"校园文化"对我俩的影响也基本上是相同的。因此在我们身上无形之中都烙下了许多相同的认知"基因",那是刻骨铭心的印记,也客观导致了我们之间相处也一定是真诚的。这其中我们拥有相同的母校和老师,是最重要的原因。在拙作《幸福就在当下》首发式上,知道了应邀前来与会的我初中时代的班主任尚汉惠老师,后来也是许兴汉的班主任,用传统的词汇来说,我们是师兄弟。同为科普作协副秘书长,又为澄衷中学校友会的理事,我们一起邀请著名科普作家卞毓麟教授到《澄衷讲坛》做报告;为争取在澄衷中学举办科普培训班到市教委系统奔走。最近在为北外滩规划涉及母校迁移的问题上,也是许兴汉提醒我应该通过何种渠道发表"社情民意",如何为母校争取更加理想的方案。

说来也奇怪,我们在共事的这些年里,对待面临的人和事,彼此的看法和想法几乎都是一致的。一些老领导和老作家兢兢业业,对待科普看作自己的事业,为科普作协工作的展开,不遗余力,我俩都很敬佩和尊敬他们,以他们为自己的榜样。而有些所谓著名人士,要名利,但不太肯尽义务,我俩都看不惯。如何做人,尤其是做好人,正是母校和老师对我们一贯的谆谆教导。由此可见,我们之间友情的真诚,是建立在我们都热爱自己的母校和老师的基础上的。这也是我们一见如故就能成为好朋友的根源。

说起来我和许兴汉会走到一起,其原因就是我们俩都"跨界"了。我是读理工科出身的,因为搞科普宣传,结果成了一名科普作家,又因为参与科普与文学相结合的活动,尤其是在几位文科出身的朋友的帮助下,又成为一名业余的文学作家,即从理工科跨进了文科领域。而许兴汉是读文科出身的,因为他具有文理皆通的优势,一度闯进了科技界的圈子,成为采访科技条线动态的记者,并成为科技传播和科普创作的领军人物。关于这一点,除了看到他曾是报纸专栏撰稿人,如今网络上也经常有他文章的转载外,一个偶然机会我还知道,这在文学界是一件很了不起的事情。有一次许兴汉陪同我去访问上海市作家协会的一位领导,也是许的一位老朋友,与他讨论有关"科普文学"的事宜。期间,许临时走开,那位领导带着一种惊奇的口吻问我:“许兴汉是文科出身的,怎么也搞起科普来啦?”据我了解,在文学界,能搞科普的作家是非常稀缺的人才。

我虽然成为一名文学作家,但我的文采与文学行家相比差距明显,他们文章中用词精彩,总让我羡慕不已。我有几位文学行家的朋友或同学,除了许兴汉外,还有张光武、陈达明、完颜绍元、宋心昌、倪纪芬等老师,他们作为我的微友经常在我的微信中给予评议,或在拙作的首发式上发表观点。这里得到许兴汉的指点和帮助最多。另外几位都比较客气,评议也比较婉转,而许兴汉大概因为与我有“三同”的原因,无论是在微信中,还是首发式,都是“褒贬真实”,可谓肺腑之言。

我的前三本散文集的书名上,都有“幸福”二字,被同仁们戏称“幸福三部曲”,但第四部散文要出版定书名时,还准备用一篇带“幸福”的文章做书名时,许兴汉给我发来微信,他说,在中国文化里,一般提倡“三”为一组,如《三国演义》,巴金的《家》《春》《秋》三部曲等。你已经有了“幸福三部曲”,就不宜再用“幸福”来做书名了。我听从了许的意见,第四本散文集取名叫《上海高度》。

在我撰写科普中篇小说《居家养老解困记》的时候,采取了连载的方式,每天在微信上发布。由于我从来没有写过小说,写到一半,有点不顺了。许兴汉不愧为行家,看出我的问题,告诉我,小说中的人物的特征,要通过对话来凸显出他(她)的个性。于是我茅塞顿开,很快就“转危为安”,完成了其余的篇章。他对我的文章的评议,也是直截了当的。如在一篇名叫《聆听 < 我和我的祖国 > 随想记》的文章评议中,他写道:“《我和我的祖国》,题目很大,但作者把个人的经历与祖国的 70 年发展结合在一起叙述,以小见大,见微知著,文章的内涵和生动性都具备了。文章的结尾戛然而止,见好就收,让读者也能结合个人经历,去细细思索自己与祖国的亲密关系,可以说收尾收得贴切自然,恰到好处。”如同一位语文老师给学生作文的评语。我的文学水平也是在许兴汉等朋友们的指点下,逐步提高的。

许兴汉与上海市委宣传部原副部长贾树枚和上海人民广播电台原台长李尚智的合影

许兴汉也在帮助我提高在科普文学创作方面的知名度上下了功夫。中央人民广播电台有一档早新闻节目,定期向许兴汉约稿,有一次他把我作品的介绍,作为该期的播出的内容,在听众中间引起不小的反响。

三

链接的第三段是一段散文:

最好的友情:各自忙碌,彼此挂牵!真正的朋友,心里装着你,一直想着你,无论多久不见,身份如何,不管距离多远,差距多大。最好的友情,是真心实意的,真正的朋友,是不离不弃的!始终如一,不会变心永远都不分身份的高低和贵贱!更不会瞧不起你,这才是真正的友谊!值得长期交往!

我和许兴汉当了周昭德两届秘书长的副手,在2015年换届后,周秘书长不再担任秘书长后,我俩也“下台”了。我曾邀请许兴汉作为科普专家加入我担任秘书长的上海市楼宇科技研究会。因此我们楼宇科技研究会的一些重大活动,许兴汉也会出席。另外,我们还能一起出席澄衷中学校友会的理事会。虽然还有些会面机会,毕竟最主要交流的平台——科普作协不常去了,因此见面次数是大幅度地减少了。但这一切并没有影响我们的友情,特别是微信的存在,让我们彼此的了解更加深刻了。许兴汉的晚年生活丰富多彩,如今他经常被上海电视台作为专家邀请去审阅节目,使他的业务水平继续得到发挥。他也随上海老记协同仁们一起外出旅游。从他制作的高质量的"美篇"中,可以看出他也是一位在上海新闻界具有相当影响力的人物,因为他的旅友都是上海滩的名记者,怪不得在我们澄衷中学校史室里也有许兴汉的一席之地。其实许兴汉不仅在科技界,他在包括市政、旅游、外贸在内的其他条线也颇有名气和人缘。

在我与许兴汉交往的10多个年头里,我们除了有李正兴、周昭德、江世亮等共同的朋友外,像李乔那样以前是许比较熟悉的朋友,如今也成了我的好朋友。另外如吉孝本、沈志钦同学等虽然同是澄衷校友,但我并不认识他们,在许兴汉的介绍下,我与他们也有了交往。同样像孙行琦、胡定伦等我的同学、朋友,因为我的原因,有机会与许兴汉在一起,也成了他的朋友。这大概就是"三同"的"副产品"。

我也在2019年6月从上海市楼宇科技研究会副理事长兼秘书长的位置上退了下来,在此前我的有关"智慧楼宇""养老科学"的研究和活动,许兴汉也看在眼里。还有我写的每一篇登载在微信上的文章,许兴汉都会认真阅读。当我们有时也经常通通电话,我发现他对我的行踪和文章的细节,了如指掌,而且记忆力还特别强,都能一一详细复述道来,并毫不客气地给予评述。"无论多久不见,身份如何,不管距离多远,差距多大。最好的友情,是真心实意的,真正的朋友,是不离不弃的!始终如一,不会变心,永远都不分身份的高低和贵贱!更不会瞧不起你,这才是真正的友谊!值得长期交往!"我与许兴汉这对朋友不就是这样的关系吗?

四

链接的第四段也是一段散文：

生活有苦有甜，才叫完整；心情有悲有喜，才叫体会。最美的所在，不是在路上，而是在心里。幸福是多样的，人人都可以拥有自己的幸福，关键在自己的感知和体会。时间，带不走真正的朋友；岁月，留不住虚幻的拥有。有心的人，不管你在不在，都会惦念；无心的情，无论你好与不好，都只是漠然。走过一段路，总能有一次领悟；经历一些事，才能看清一些人。不离不弃的，才是真朋友；不见不散的，才是真守候。真正的朋友是一生的风景，我们各自忙碌，却从没忘记！

我非常庆幸自己能在晚年遇到了一位与我有着“青少年情结”的朋友许兴汉。由于我们之间有“三同”，就有说不完的话题可以随时展开。尤其是老年人喜欢怀旧，会唠唠叨叨反复地说一些往事，旁边若是与您的经历缺乏“公约数”的人，就会觉得厌烦。但我们之间就不会厌烦。有时我们两人甚至还会提及母校已经过世的老校长，或有过交集的老师，怀念他们对自己的教诲。当我有不解和不愉快的事情，也有地方可以倾诉了。例如，对于“科普文学”，我是极力在文学界呼吁，请给予认可，让其有生存的空间。但也有来自科普界的一些不同的声音不予认可，令人烦恼。许兴汉就会给我分析，并指出有不同意见是好事，说明别人重视你的观点。

许兴汉与我之间的友谊，也是朋友中的一种类型。我们主要还是两人之间的交往，而且精神元素多于物质元素。双方家庭成员偶有来往，那是非常有限的几次，不属于“通家之好”式的朋友。我们是“真正的朋友是一生的风景，我们各自忙碌，却从没忘记”那样的朋友。是“时间，带不走真正的朋友；岁月，留不住虚幻的拥有。有心的人，不管你在不在，都会惦念”那样的友情。我们也曾经互相问过，为什么我们能够成为好朋友？除了“三同”外，还有“惺惺惜惺惺”才是彼此欣赏的根源。

2020 年元月 12 日的上午，我俩到上海大学延长路校区，出席了澄衷中学校友会八届三次理事大会，下午又一起驱车前往江湾五角场，参加在那里由上海市科普作家协会举办的辞旧迎新年会，继续着我们的“三同”。

本文于2020年11月13日在《上海老底子》公众号平台登载，并在澎湃新闻上传并发布。

许兴汉简历：

上海东方广播电台原总编室副主任，主任记者。中共党员，原上海市委宣传部新闻协调小组成员。现为中国科普作家协会会员、上海市科普作家协会在职监事，上海电视艺术家协会会员、上海市文学艺术界联合会会员。

在电台长期担任采访报道工作，曾获得包括中国广播新闻奖、上海新闻奖、上海广播新闻奖在内的各类奖项50余个。

在工作之余，还为报纸杂志撰写了大量杂文、时事评论文章，计600余篇上百万字，其中多篇文章载于《人民日报》《解放日报》《文汇报》等中央及地方的主流报刊，同时被多家重要门户网站转载，并于2008年被市委宣传部评为上海市网宣工作先进个人。

附篇：

溢出的友情

这次“五一”小长假，政府号召大家都能出来消费，但希望“三种人”仍待在家中，因为毕竟整个疫情尚未过去，其中就包括我们老年人。我 4 月 30 日在网上看到一条链接文章《最好的友情：各自忙碌，彼此挂牵》，我觉得它描述内容的展开，和我与许兴汉之间的朋友关系非常贴切。于是就在五一节的那一天写成了一篇散文《各自忙碌，彼此挂牵——我的“三同”朋友许兴汉》，还在当晚向许兴汉索取了一些他的照片，在次日早晨制成了“美篇”，并在上午发到了朋友圈和各个微信群里。

我有一个习惯，就是每次在网上发出拙文后，除了与其他作者一样，关注阅读和点赞的人数外，还要把微友的“评议与联想”抄录下来，因为有些微友的水平很高，这些文字对我来说不仅很有启发，而且弥足珍贵。我一般还会进行整理，对其中夹杂的一些图案，还有一些不正规的网络用语，进行剔除。然后将其附在正文的后面，成为该文的重要组成部分。当文字聚集到了一定数量时，交付出版社一起出版成书，让我的著作成为能够与微友们共同创作和分享的书籍。

这次就不一样了，由于我写的对象是许兴汉以及我们之间的友情，所以读者对此文的关注度，除了我俩共同的朋友外，许兴汉的亲朋好友比我的要多得多。可能许兴汉为人比较低调，而他的阅历和社交接触面又非常广泛，所以许多人从“美篇”中都发现对许兴汉与自己接触领域以外的情况，并不熟悉，也对许兴汉取得的成就并不了解，由衷地表示了意外和惊叹，忍不住要对其抒发自己的感想。我自然与以往一样，在收集我自己的微友撰写的“评议与联想”外，也向许兴汉索要了他微友给他的评语。并将两者整理成一文，附在正文后面待用。

应该指出，这篇文章得到的“评议与联想”，以及它的阅读量和点赞数，与我以往发在微信里的“美篇”和“有道云”相比，是比较多的一次。

尤其是这些微友包括在文章中提及的同学、同仁；也有与我们“三同”中有过相同经历的人们，更多的是我所不认识的、与许兴汉各个年龄段有过从的亲朋好友，他们在褒扬许兴汉的人品和才华的同时，也赞赏了我与许兴汉的友情。许兴汉也趁着回复的机会，与他的微友进行了友情的沟通。这些东西对我来说也是这次待在家中过节的最好礼物了，因为它让我分享了来自许兴汉的“溢出的友情”。

《我的“三同”朋友许兴汉》评议与联想

傅雅君： 读后感，很受用、有收获：“真正的朋友是一生的风景，我们各自忙碌，却从没有忘记”。“生活有苦有甜，才叫完整，心情有悲有喜，才叫体会……人人都可以拥有自己的幸福，关键在自己的感知和体会。”

范　军： 许老师您穿红色T恤衫参加科普作协年会的这张照片神采奕奕，我很欣赏。此文写得很好，我对您熟悉且了解，这篇文章对您的描述，就恰如我亲眼见到您一样。我曾与您同游日本，乘邮轮游地中海，朝夕相处，从您身上学到很多东西，受益匪浅。我还将此文发往多个群，作为您的好友、学生，也可沾光显摆一下。

秦文华： 已拜读全文，写得非常生动，非常真实，非常感人！值得点赞！

靳朝霞： 许老师好幸运，志同道合的好朋友，真的是可遇而不可求。

黄　颖： 今天才知道您身兼多职，而且还和这么多名人有珍贵的合影。为您自豪！

姚伟民： 光彩人生和人间友情的真实写照，为许兴汉老同学点赞！

许宝琴： 钱作家写的东西面面俱到，信息量好大啊！您过去是我们中学的学子，现在更是我们的良师益友。我们不会天天见面，但一定会经常牵挂。

瞿　冰： 一生中能遇到一个无话不谈的朋友是幸福的。

陈国梁： 人生难得几知己。

周昭德： 原来还是科普作协让你们“三同”的。

张崇大：二位都是具有真才实学的人。

陈素娣：文章中，你们二位“三同”学兄说得真对，我非常认同。

吉孝本：钱平雷和许兴汉都是我景仰的学兄，也是澄衷母校出类拔萃的学子。虽然现在见面机会不多，但能够感受到，他们依然思维活跃，在人生道路上不断思考前行。

张国华：通过钱先生的“美篇”，我对“不在身边在心间”的好友兴汉兄，有了更进一步的了解，敬佩之心油然而起，同时有相同的感悟。您与校友钱平雷是关系密切的“三同”，我与您是低一层次的“三同”。说起来也有三：其一，我担任过两届科普作协的理事，您是副秘书长，是我的领导；其二，我担任老记协浦东分会副会长，您担任普陀分会副会长，在老记协的活动中身影互现。其三，参加摄影沙龙采风，去贵州、赴日本，我俩同室，旅途中互帮互助，推心置腹，无话不谈，结为挚友。尤其是您推荐我挤进广播组合微信群的圈子，介绍我认识了几位资深的媒体朋友，我们成了可以经常互动的微友。平时，我与您各忙各的，可是微信联系不断，友情不淡。另外，有个巧合，文中提到，您读的小学和中学都是在虹口 58 中学（澄衷学堂）。您与我夫人同岁，她的娘家就在东余杭路舟山路。读小学和中学都在附近。

郑　平：娓娓叙述，极品佳作，拨动着读者的心弦，似又见到了邻家兄长。

郁伟华：温馨的“三同”故事，精彩的人生经历！

夏　云：在人生中有几个无话不谈的朋友是一种幸福，不在于是“三同”还是“四同”，重点是看人品。

王静敏：长存的友谊、璀璨的才华、情真意切的友情，成就了珠联璧合。祝贺友谊地久天长！

胡定伦：作为老年人，我们更需要各种类型朋友，这不仅使老年生活多姿多彩，而且还是老年生活的必需。开始我们凭本能去选择朋友，随着时间推移，我们依靠人生的积淀判断并培育出真正的友谊。

丁　玉：许老师，高山流水，知音难觅。为您高兴，拥有这样一位挚友。

许联华：文学、科普双双高尖，绝对稀缺资源。

郑国强：五一假期，果然好事连连，先有锡廉兄聘为科学会堂纪念录的编辑，后有……今拜读文章，可喜可贺。兴汉兄的为人有口皆碑。我们几十年的友谊，就是一例佐证。

沈志存：兴汉老弟，这篇文章让我更加了解并敬佩您！原来在科普领域，您也做了这么多的贡献，太不容易了！老弟您不仅在事业上锲而不舍、敬业进取、硕果累累，更是一个重情重义的真汉子。我把此文转给志钦弟，我们都要好好地向您学习，把晚年生活安排得更加有意义，更加丰富多彩！正可谓："日既暮而犹烟霞绚烂，岁将晚而更橙橘芳馨。"

顾亚民：为平雷同学的记忆力和情谊而感动。不时记录下一些生动有趣的往事，供群友分享，是一位称职的好作家。

周文华：看来写作将会伴随着钱平雷同学一生了，超强记忆力和满怀着对往事的深深情谊写出的有趣可读的文章，使人感动，感谢分享，为钱作家送上大赞了！

才子文友张光武

前两天我坐在电脑前撰写有关《智慧楼宇评价指标体系 3.0》课题的文章，主要是把课题组其他专家的意见观点进行归纳分析，因为涉及的专业实在太多，所以那是一桩不轻松的“差使”。我干了一段时间活后想休息一下，于是就在百度搜索的框框里打了“钱平雷”三个字。看看《百度百科・钱平雷》栏目，最近版面又有什么新的变化。结果在看了几个版面后出现了《常青藤会客室・张光武》的字样。张光武先生怎么会跑到我的“领地”来了？我自然用鼠标去点击那条栏目了。原来是张先生在 2019 年 8 月上海书展举行的拙作《上海力度》首发式上，作为应邀嘉宾发言，题目是《一个科技人员的文学情怀》。那天发言的领导、嘉宾确实个个话语精彩，人人佳句迭出。作为作者的我，当时沉浸在以文会友的欢乐氛围中，没能细细品味他们的文采，更来不及消化他们发言的内涵。今天再度拜读张光武先生的文章，真有拍案叫绝的感叹，如此优美的文字，是怎么被他写出来的？我赶快将其摘录下来，并打印给我的妻子阅看，她也忍不住连连称赞，说当时只是觉得他的发言富有魅力，今天再看文稿，更是回味无穷了。此时我也深深地为张光武先生一如既往，鼓励并引导着我这个科技人员习文的情谊而感动。

一

前些日子，我写了一篇文章《各自忙碌，彼此挂牵——我的“三同”朋友许兴汉》，说我与他同是科普作协的副秘书长，同是澄衷中学校友会的理事，又是同年出生，即同庚。而这位平时被我称为“光武兄”的朋友，与

与光武兄首次合影

我确也是“三同”:民盟上海市委的同届干部,只不过他是专职的,我是业余的;同届高中毕业生,又是同庚。他的大学同学倪纪芬,又是我高中的同学;说起来我们都是民盟的老盟员了,但我与他认识的时间并不早。2002 年夏天,我去奉贤参加民盟市委常委会会议,那是我第一次与他打交道。在赴奉贤的车程中,我们坐得近,听到他正在向华东师大中文系主任陈大康教授约稿,才知道他是民盟上海市委宣传部负责人兼《上海盟讯》的主编。那次会议是在奉贤“古华山庄”(县委招待所)举行,当晚在那里住一宿。这样,我们就有了闲暇时彼此交流的机会。我俩一见如故,彼此很投缘,交谈中发现我们是“三同”,因此共同语言也少不了。我也奇怪,我们原来怎么会不认识呢?原来他早在1988年就进入民盟上海市委工作了,虽然我也是在1989年入盟的,但我在基层,所以彼此工作上没有交集。后来他又在20世纪90年代初期去法国留学了一段时间,等到他回国,我也逐渐从普通盟员被培养成民盟上海市委常委,也有了较多机会经常出入盟市委机关时,那是2000年以后的事情了。那天我知道了他是师大中文系出身,为了寻找“公约数”,我告诉他,我还是一名业余的科普作家,目前正在探索科普与文学相结合的创作道路,尝试散文的撰写,已经有了一批作品。他立即表示了浓厚的兴趣,说如有可能拿来看看。就这样他引导我正式走上了文学创作的道路。

二

我把一篇名为《滑稽戏也要与时俱进》的散文发给了他,没想到他把此文在《上海盟讯》的副刊上给刊登出来了,这是我第一篇变成白纸黑字正式发表的散文啊!由于上海民盟盟员覆盖的领域广泛,上海滑稽界的许多著名表演艺术家如姚慕双、周柏春、吴双艺、严顺开、毛猛达等都是盟员。没想到拙文《滑稽戏也要与时俱进》受到了他们高度的重视,上海滑稽剧团的党支部书记曹强,通过民盟上海市委特地邀请我去他们剧团,夸奖我说,这篇文章从不同的视角,揭示了滑稽戏不景气的原因,切中要害。曹书记还在盟员“王阿姨”王文丽的陪同下,走访了民盟上海市委,向市委领导提出进一步进行交流的希望。这是张光武先生引领我跨出了文学写作的第一步。没想到不久后他让我在文学界跨出了更大的一步。

2003年4月16日,民盟上海市委隆重举行了“世博与上海文化精神研讨会”。民盟中央名誉主席费孝通先生特地赶来与会,可见会议规格之高。据我所知这次会议的幕后总“操办者”就是张光武先生。除了盟内文艺界的陈达明、许承先、吴冕、马莉莉、杨燕迪、沈传薪等著名艺术家纷纷出席外,最令人难忘的是来了一批著名的作家,其中有叶辛、王安忆、程乃珊、赵长天、陈保平、孔明珠等,他们虽不是盟员,但都欣然应邀出席,如此强大的阵容,让我惊讶不已。上述几位都是上海滩最有号召力的著名作家,我们读者一般只能欣赏到他们的作品,见到他们本人,尤其是同时见到他们,似乎是一件不太可能的事情。这样重要的会议,张光武先生居然邀请我也参加。我除了有机会向这些心仪的作家当面表示仰慕和敬意外,也要代表上海科普界,与他们进行一次交流。我以《谁是剧种的主流?》一文,对京剧、沪剧、越剧、评弹中存在的不同流派,运用科学方法中的逻辑法进行分析,找出其中的规律。本次发言的内容,看似文艺论述,实质是科普宣传,来说明科技与文艺之间没有明显的界线,彼此可以互相借鉴。这次发言也取得了较好的效果,给作家们留下了印象。程乃珊等老师在随后的发言中,赞赏了我的发言。电台记者还专门把我请到场外,让我把刚才发言的内容,再复述一遍。张光武先生还把《谁是剧种的主流?》刊登在《上海盟讯》的副刊上。我本人也在精神上得到了一次少有的满足。

2005 年 7 月我的第一部散文集《幸福相对论》正式出版了。在民盟上海市委方荣、董平秘书长的引荐下,著名作家赵丽宏为书作序。同年 9 月上海市科普作协隆重举行"钱平雷'科普与文学'创作思想研讨会暨《幸福相对论》首发式"。方荣秘书长和张光武先生出席了该会。张先生代表民盟上海市委发言祝贺,我至今记得张先生在发言中说道,阅读我的文章,让读者有一种愉悦的感觉,充分肯定了我散文创作的路子。

就这样,张光武先生在我文字习作的早期,在不经意间引导我进入了文学创作的道路。

三

后来,我和张光武先生都先后退休了,除了偶尔看到文汇报副刊《笔会》、新民晚报副刊《夜光杯》有张光武先生的文章刊登外,我们之间几乎没有联系。不过从这些文章中我知道,原来他还是我国著名历史人物张謇的侄孙,而他的祖父叫张詧(发"察"音),与张謇(发"俭"音)是嫡亲兄弟,是南通张家最主要的两位核心人物,前者主外,后者主内。

对于张謇，人们由于对“謇”字的陌生，绝大多数人不知道此字的读音，也因此对他的了解产生了“二元化”的现象，一方面不会更多地去搜索有关他的信息，但另一方面，又由于他在我国的历史地位实在显著，有关他的业绩故事颇多，人们总能耳濡目染地了解一些。如我中学母校澄衷中学的原教育主楼门楣上方嵌有“澄衷蒙学堂”五个刚劲有力的楷书大字的校牌，题字者就是张謇。据说他是该校创办者叶澄衷的好友，因此邀请这位书法造诣极为突出的清末状元题写校名。作为这所学校学子的我，虽然读不出“謇”字的发音，或者听到了此字的读音，因为日常生活中，不会用它，所以也就忘记了。但从老师和我的父亲的口中，以及后来去南通旅游的经历，让我依稀知晓一些他的概况：张謇是南通人，清末状元，我国近代实业家、政治家、教育家，主张“教育救国”“实业救国”，是中国棉纺领域早期的开拓者。他以南通为基地，努力进行近代纺织工业的实践，为中国民族纺织业的发展做出了重大的贡献。在南通纺织博物馆里，我知道了他一生创办了 20 多个企业，370 所学校，其中就有我父亲上的第一所大学——南通纺织学院。因此说他是对我国近代民族工业的兴起、教育事业的发展具有里程碑般意义的人物，被人们誉为“状元实业家”。同时他也把南通建设成为具有近代科技和文化特征的城市。自 2015 年末与张光武先生重新取得联系后，我对张謇以及张家了解的内容又大大地拓宽了。

2015 年 12 月初，我去拜访我在民盟上海市委的老领导董平秘书长，送去年历和我的新作《幸福永伴你我他》。我们在交谈中谈及当年的老同事，其中就有张光武先生，董秘书长随即拨通了张光武先生的电话，称呼他为“光武兄”，告诉他我就在旁边。于是我也与张光武先生通上了话，我也模仿董秘书长，称呼他为“光武兄”。从那一刻开始，“光武兄”就替代了“张部长”，成为我对张光武先生的昵称了。我们分析了为什么失去近 10 年联系的原因，除了我们退休，参加民盟组织活动少了外，主要还是这些年他夫人患重病，需要他全身心照料，到 2010 年前后康复后，又陪同夫人经常在国内外居住和旅游，在上海的社会活动也就不多了。自然与我的联系也就中断了。当他知道我仍旧笔耕不辍,仍有文学作品不断问世时,表示了由衷的祝贺和欣慰。随后我们立即建立了微信联系,于是“以文会友”就成了我俩保持通讯的桥梁和纽带。

在微信朋友圈中,光武兄在“张光武行走文史”上发布的文章的内容真可谓精彩纷呈。除了介绍他们老张家家族史和家庭文化外,还有回忆他成长、上学、工作和生活区域的轶事,他与社会各界人士交往的趣闻,以及他在各地看到周边景色和人文现象所产生的感悟,以史记、故事、散文、随笔、诗歌等各种文字形式,出现在微友们的眼前。在阅读他的微信过程中,我对光武兄有了进一步的认识和了解,也深感他才华横溢气质的形成,并非偶然。他天生聪颖,后天努力,长期受到优异的家庭传统和优质的学校教育的影响和熏陶,加上丰富曲折的人生历练,有机会得到高层次的人士的提携、栽培,以及拥有一批与自己一样气质和才华的文化人朋友,最终造就了成功的一生。

通过阅读他的文章,我才得知他们南通张家能够今天在中国近代史上拥有光辉的一页,除了张謇这位关键人物外,他的祖父张詧也是功不可没的。他们家族摆脱了“富不过三代”民间传言,包括张光武父亲、张光武在内的儿孙辈,虽然时代不同,不一定从事祖辈那样性质的事业,但都在各自工作的领域内,为国家为社会做出不凡的贡献。

从光武兄的文章中,我还知道张謇在教育界的影响不亚于实业界。他的“父实业、母教育”的理念和实践具有深远的历史意义。在上海除了上海海事大学前身“上海高等实业学堂船政科”、上海海洋大学的前身“上海市立吴淞水产专科学校”是他创办外,还有如今的复旦、同济、东华、苏州、南京、东南、河海、扬州等大学的发展过程中,都有张謇做出的重要贡献。因此我半开玩笑地对光武兄说,我和我的父亲都曾经受到过你们家的恩惠。

四

光武兄的散文中,许多题材都涉及他童年和青少年时代的往事。地域文化对光武兄具有刻骨铭心的影响。光武兄一直生活在江宁路一带，原静安区的区域范畴内。他对那里的每一条街道，乃至每一座建筑，每一家商店，甚至一草一木都如数家珍，那样的熟悉，那样的亲切。在他成长过程中最重要的场所是育才中学，在那里他受到了上海市最优质的教育，为他日后成才打下坚实的基础。还有他最为尊敬的老师和最为友好的同学，让他为之感恩和骄傲。那里还有他走上社会后的第一处工作岗位——群建中学，有他和谐相处的同事和他钟爱的学生，让他终生难忘和牵挂。在回忆家庭生活的文章里，看到了芸芸众生的千姿百态的生动描写，显得那样的自然，读者好像就在他们中间。包括他大家闺秀出身的母亲在内的亲属和邻居，在她们日常的服饰和表情里，流露出雍容华贵、处变不惊的大家闺秀的气质。在那些亲切的笔触下，即使对一个看弄堂门卫的细致描写，也能让人感觉到市井平民的喜怒哀乐。怪不得经过人间沧桑经历的变幻后，光武兄在最后还是选择江宁路的一处高层公寓作为他和妻子度过悠悠岁月的"窝"。

光武兄是在上海师大中文系接受高等教育的。虽然上海师大在上海与华东师大相比，知名度要低一些，但我因为是同届高中毕业生，知道1964年前后，我国"左"的氛围较浓，学校要对每一位学生进行政治评级，所谓出身不好，还有"海外关系"都成为学生不能继续升学的障碍。像光武兄这样育才中学一流中学的学生进入上海师大，显然是"张謇"在此时成了负面的因素使然。但经过大学的人都会知道，一所学校好，无论中学、大学，首先是学生的生源质量占了主要原因，师资好则是其次的因素。其实上师大教育质量也是不错的，据我所知除了光武兄，我中学同学倪纪芬写出来的东西，也是文采飞扬的华章。还有我所熟悉的我的化学老师马骁、科普作协的同仁褚君浩、方鸿辉，以及我姐姐中学同学甘珩等都是上师大毕业的社会精英。尽管我们是"文革"中毕业的学生，但深感校园文化对一个人的成才，也是非常可贵的。从光武兄撰写回忆大学同学的散文，也可以看出他的许多同学多才多艺的风采。

在民盟上海市委的工作显然是光武兄成长过程中最为重要的经历。

民盟本身性质决定了它的主要成员是来自高校或科技、文化、出版界的高级知识分子。光武兄作为培养对象进入市委工作,不仅要和上海市各界科技文化的顶尖人物打交道,还可以接触到民盟中央负责同志,他们往往还是国家和省市领导人,这肯定让光武兄大大地开了眼界。在此期间他又曾赴巴黎第七大学和巴黎高等社会科学院进修,师从汉学家、历史学家、法兰西学院院士、时任巴黎高等师范学校副校长巴斯蒂夫人。海外的学习生活经历,更进一步拓宽了他的视野和阅历。不仅使他能够走上"学贯中西,文通古今"的治学道路,还使他有资格参与"上海市欧美同学会"的活动,广交高水平的朋友。俗话说"内因是主要的因素",由于光武兄具有非凡的写作能力,深得包括谈家桢、翁曙冠等历届民盟上海市委的主要领导们的赏识,尤其是谈家桢先生,还让光武兄兼任他的文字助手,由此光武兄也有机会更多地接触谈教授本人,了解谈的经历,感受谈的为人,光武兄称谈先生为"影响我人生轨迹的良师益友",并应华文出版社邀约,撰写并出版了《毛泽东与谈家桢》一书,在社会上引起很大的反响。至今光武兄仍旧经常缅怀着谈教授,甚至在谈先生已经去世后多年的今天,有时路过谈在陕西南路淮海中路的故居,仍会忍不住走进弄堂内徘徊

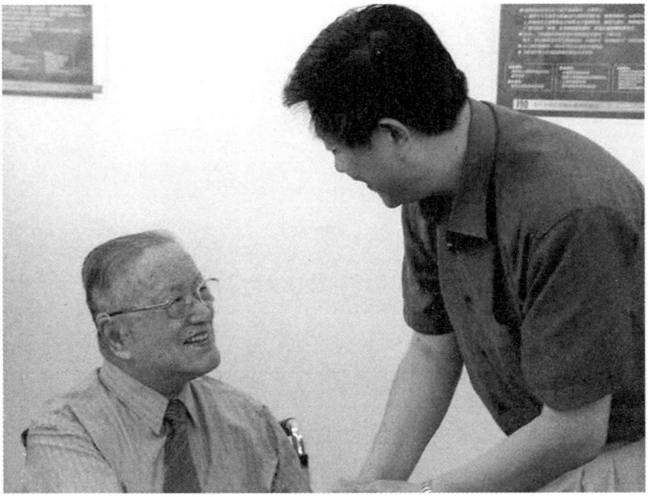

张光武先生与恩师谈家桢的合影

流连。在民盟上海市委工作期间,由于他的出色工作,成为全盟宣传口子业绩突出的先进个人,得到诸如张梅颖等民盟中央领导的肯定。

还有像李国豪、张煦、张镜人、赵冷月、石筱英等各行各业的权威人士,也都成了光武兄散文中的主人公。另外,如“上海女子”程乃珊、“孔娘子”孔明珠、“编制皇后”李黎明等也都是光武兄的知音。这些内容也都收编在光武兄在2017年出版的《百年张家》一书中。光武兄平时为人低调,从该书中,我才知道不仅是张謇、张詧,他的外祖父徐乃昌、父亲张敬礼,也都是不同时代在我国具有一定影响力的人物。此外,我还知道了诸如《新民晚报》的贺小刚、《文汇报》的虞之等编辑,也都是光武兄合作多年的文友。

五

前些日子,我们科普作家邀请了几位文学作家一起讨论“科普与文学”的课题。我郑重地邀请光武兄出席,还通过他,请到了他的另一位文友、著名文史学者完颜绍元与会。会议主持人、科普作协江世亮秘书长第一次见到光武兄,就询问:“您是否就是《毛泽东与谈家桢》一书的作者?”光武兄称是,江秘书长向他竖起了大拇指,说这是一部内容精彩的好书。方鸿辉副理事长是出版社的编审,对文字要求很高,他也是第一次遇见光武兄,会后他让我邀请光武兄为他撰写的百万字的大作《吴孟超》一书,撰写书评。那天会议开得很成功,与会者的发言水平都很高,但方教授唯独看中光武兄,说明光武兄的文才非同一般了。

我一直为自己散文远不如那批像光武兄等学文科出身的文友们的文采斐然而在烦恼。这也有点像一个人学习其他技能一样,习惯成自然,一旦成型了,很难改变。为此,我经常对他们的文章表示由衷的羡慕和佩服。光武兄一直都鼓励我,说阅读我的文章感到很轻松,正是我文章的特色所在,应该保持下去,不必刻意改变。我说,我非常希望自己的文采,像学文科出身的文友一样,请他告诉我“秘诀”。他在我“逼迫”之下,说那你就多看古文。我说:“啊呀!我就是不喜欢读古文。”他又说,那就多看外国文学。“唉！我也不喜欢外国文学。”我回答道。光武兄也只好表示爱莫能助了。这只可能是我与他这种无话不谈的朋友之间的对话了。

有一次我们俩又津津乐道地回忆起那次难忘的“世博与上海文化精神研讨会”。我问他，你怎么有本事同时邀请到如此多的著名作家和其他著名艺术家与会？光武兄向我介绍了其中的“奥秘”。就是他运用了民盟和欧美同学会等平台，邀请科技和文化界的名人参加各种活动，他在这些活动的组织工作中，认识了不少志同道合的文友，建立了自己的人脉网络，所以一旦发出“英雄帖”，对方就会欣然赴会。我突然发现他的思路与我长期从事和主持科技社团中，采用的“借权发令、借兵打仗、借船出海”的“三借”工作方法如出一辙。光武兄表示认同，他还补充了一个借，叫作“借力使力”，这样就成了“四借”。

文友张光武在拙作首发式上

对于光武兄为拙作《上海力度》首发式撰写的发言稿，我从心底里喜欢。如果仅将其作为“历史”放了过去，真有点舍不得，因此我打算把它留作我下一部散文集《笔下寻乐记》的代序。尽管我在近两部散文集出版时，因为客观原因，已经不再请人作序了，但这一次如果征得光武兄的允许,我还是要把这篇文章作为《序言》放在该书的前面。

本文于2020年8月10日在《上海老底子》公众号登载,并在澎湃新闻上传并发布。

评议与联想

倪纪芬: 钱同学对张光武的描述真是入木三分,令人叹服。只有志趣相同,有共同的思想,才会对一个人深入了解,才会与其结成知心朋友。两位的共同点是记忆力超强,对生活充满热爱,善于捕捉生活中的美好,向人们转递正能量,引导人们积极向上。在一次我们的小型聚会时,张光武提到了钱同学,赞许一位科技人员能成为科普作家,真不简单,且文章通俗易懂,全没有普及科学知识的那种干涩乏味气。友谊就是两个人的帮衬和提携,所以你们的友谊一定会天长地久。张光武不仅人脉广阔,胜友如云,而且行文妙笔生花,文思泉涌。除此之外他还是位朗诵爱好者,在校时是校文艺部的骨干成员,这么多年来仍不改对朗诵艺术的热爱。今天是"六一"儿童节,一早他又作诗并朗诵,发表在全民K歌里。我把它传发过来,请大家欣赏。

许兴汉: 惺惺相惜,文友戚戚。共谱华章,斗转星移——读平雷兄此文有感。

钱雪元: 又是一篇万字长文,洋洋洒洒,一泻千里!张光武先生确为才子,还是一位社会活动家。

陈素娣: 你俩真的是太棒了!你的记忆力极强,文笔又极流畅,我只有膜拜了!

徐静华: 这几天正好在翻阅澄衷学堂一些资料,发现"澄衷蒙学堂"这几个字确实是晚清重臣,实业家张謇所题,澄衷为百年名校,实至名归!

李正兴: 很赞赏钱兄的文笔和创作情怀,可算是多产作家了,令人钦佩。

周景西: 张光武的父亲张敬礼曾经担任过什么职务?是否曾任江苏省政协副主席?张家和我外公陆家是世交,陆家是南通复兴面粉厂、纱厂的股东。

钱平天：阅读了平雷近日写的《才子文友张光武》散文，知道了张光武先生是一位民盟上海市委的干部，所以这篇纪实散文涉及了较多的民盟活动，内容真实，亮点颇多，可读性也强。原来他还是平雷走上文学创作道路的引领人之一。他的嫡亲叔公张謇是叶澄衷的好友，我的母校澄衷中学主楼建筑正面镶嵌的五个楷书大字"澄衷蒙学堂"就是张謇写的。

胡定伦：在钱总组织的一次午宴上，有位文质彬彬的先生，谈吐儒雅，说古论今，知识渊博。听钱总介绍，方知他是民盟上海市委的张光武先生。初次见面，印象特深。

第二次见到张先生是在《上海力度》的首发式上。因有第一次见面的经历，所以对张先生的发言听得十分仔细。整篇演讲文采斐然，一气呵成，敬佩之心油然而生。

此时在拜读了钱总的新作《才子文友张光武》之后，对张先生有了进一步的认识和了解。正是张先生的天赋、勤奋和为人等各种"正能量"因素，成就了他的成功一生。同时，为钱总有如此一位才子文友而感到由衷的高兴。

同济学友常熟探亲记

一、常熟同窗发邀请

我们同济大学路桥系桥梁与隧道专业 1964 级有 36 位同学，其中有两位同学陆瑞文和周强是从江苏常熟同一所中学考过来，分进了这个班级的。从我们 1970 年离开学校，分配到全国各地，到如今已经过去了整整 50 年了。因为种种原因，这两位同学“叶落归根”，眼下都在常熟市区的虞山镇安度晚年。说得确切一点，陆瑞文是因为与家人团聚，从成都、

6 位同学常熟合影

上海两个铁路局，辗转工作了若干年后，回到常熟交通局工作，在当地退休的。而周强和她的老伴，也是我们的同班同学的李齐顺，早年在柳州铁路局工作了一辈子，退休后投奔子女，到上海来养老。因为上海的家里正在装修，所以回到了周强同学的老家常熟，住在一位亲戚的暂时空关的房子里，临时过渡。于是就有了他们邀请目前在上海已经联系上的三位同学，包括顾正兰、徐满和我到常熟一游的由来。

这两位常熟籍同学，与一般同学的身世有所不同。陆瑞文从小与祖母一起生活，两人相依为命，为了照顾年迈的奶奶，他在老家找了对象，最后也回到常熟工作。而周强的母亲是“老革命”离休干部。她的阿姨周文华也是一位老革命，以前曾担任虞山镇的镇委书记，在当地也算“高干”了，终身未婚。周强的妈妈和舅舅分别把自己的一个孩子，也就是周强和她的表弟，“送”给周书记抚养。所以周强，不仅姓周，从小在常熟长大，而且在当地也算得上一位“高干子弟”了。以后因为考上大学，才回到在上海工作的父母身边。但她的童年记忆和少女情怀都留在了常熟。因此，估计当她回到常熟，其熟悉的人脉与陆瑞文相比，也不会逊色多少。

二、古稀学友珍惜会

我们班在去年已经回同济母校进行了第一次班级的聚会，当时在上海能够聚集到一起的，只有 7 位同学，除了周强、李齐顺、顾正兰、徐满和我以外，还有因为照顾百岁高龄母亲，每年来上海 4 个月，与其他兄弟姐妹轮流尽孝的吕前进；以及在温哥华和上海两地交替居住的杨妙生。今年新冠疫情一来，还有自身健康等其他因素，他俩都来不了上海了。当时大家都非常珍惜那次聚会，周强说：“如今年龄大了，活动一次，就算多‘赚’了一次。”杨妙生同学在微信中说道，幸亏去年聚会了，如今有了疫情，下一次聚会恐怕要等到猴年马月了。看来各位都怀念着那次聚会，所以才有了周强以“毕业 50 周年”为由，联络陆瑞文，通过微信，请我们几位去常熟访问的原因。周强还邀请我的妻子一起前往。因为以前我们在上海小范围会餐，我妻子大多数都到场招待他们的，因此还是比较熟悉的。

我和顾正兰、徐满同学商量后，觉得根据目前大家的状况，还是当天来回比较合适。虽然周强以前多次提出要请顾正兰、徐满二位女同学去常熟，但总因某个原因，没有成行。如今一转眼又几年过去了，大家年事已高，生活习惯也发生了很大的变化，在别处仅仅居住 2 ~3 天，对自己，对主人都会带来不便。加上如今的高速公路，从上海到常熟只有 100 千米左右，驾车来回是很方便的事情，况且，我当下的身体状况，还可以胜任。我们让周强、陆瑞文同学安排好一天的活动内容就可以了，老年人聚会还是以彼此“探望问候，互诉亲情”为主旋律，至于吃喝玩乐、游山玩水，那只是它的载体而已。

到底都是老年人了，什么事情都要多考虑一番。我们上海三人和周强临时建立了微信群，对如何集合上车、哪天出行、什么天气合适等问题，都做了反复的交流沟通。我甚至为带些什么纪念品，也动了一番脑筋。头一天的晚上，我给周强发微信说，既然请了我的夫人同行，那么也应该把陆瑞文的夫人一起请出来。周强答复说，应该到的，她已经约了。我也没有想到，这次在常熟的活动居然就是陆夫人一手操办的。

三、金秋十月到虞山

2020 年 10 月 20 日，一个星期二的清晨，我们就起身了，看到窗外正东方处，薄薄的朝霞之间，旭日正在冉冉升起，我和妻子都感到很兴奋，今天是个好天气，预示着“探亲一日游”有了好的开头。上午 8:00 我们四人到齐，就从上海出发赴常熟“探亲”了。之所以用“探亲”一词，就是说，同学之间的友情，到了晚年就成了亲情。

我的车载导航仪设置，到江苏和常熟，都没有问题，但设定今天聚会地点王四酒家所在“虞山北路”时，导航仪就无法提供帮助。于是我就任意点了一个常熟的地名，就开车了。我避开比较拥挤的沪宁、沈海高速公路，走的是沪常（州）和常（熟）嘉（兴）高速公路。

我们车上的三位同学，自去年 6 月在同济母校聚会后，由于疫情，再也没有见过面。虽然现在有微信群，似乎天天在见面，但有些消息在微信群里交流也不一定是合适的。果然有喜有忧。喜的是我们去年聚会后，我写了《50 年后首次同济母校聚会记》一文，先在“美篇”上发表，后又在《上海老底子》平台上发布，在同济学子中广为传阅，于是一些很久没有联系的学友根据这个线索，找上门来。光是徐满就有 6 位校友找到了她。我也有一位同为桥隧专业的 63 级的学兄朱源熙，最近通过 65 级的同学喻渭河找到了我。这都勾起了大家许多在学校时情景的回忆，以及交流了各自班级同学的近况。忧的是，我班又有 2～3 位同学的身体有了大碍，动了手术或者正在住院，感叹岁月如梦、年龄不饶人的自然规律。女同志凑在一起，少不了介绍各自有关家庭儿孙辈孩子的家长里短。

由于我的导航仪只有导到常熟的指向，没有具体地点，所以从常嘉高速公路的引导牌下了高速后，一问其他司机，现在还在一个叫“古里”的地方，离常熟市中心还有相当长一段距离。在我的记忆中，王四酒家是位于郊外的虞山脚下，因为记忆中的常熟是个不大的县城，估计一旦到了市区，到王四酒家也就不远了。于是奔市区而去。一边让顾正兰她们先与周强联系，告诉他们我们目前所在的位置。近年来，中国尤其是长三角等发达地区发展得实在太快了，像常熟这样的县级市已经超过了以前有些省会的规模，不要说市中心，就是郊区的乡镇，都有大都市的气派。所以我们开进市区了，还不知道东南西北怎么走。总算因为王四酒家在常熟的名气太大，我妻子下车问了当地人，才比较顺利地到达王四酒家所在的虞山北路。远远看到一个大停车场的路边，站着周强和陆瑞文同学，正在迎候我们。

四、五十载情一席谈

我把车开进了如今的王四酒家的停车场。周强和陆瑞文同学在车门前迎接徐满和顾正兰，徐满和顾正兰与陆瑞文自离开母校 50 年来没有见过面，我与陆瑞文屈指也有 30 年没有见面了，“少年皆白头”了。我向陆瑞文介绍我的妻子天仪后，他们把我们领进了王四酒家的大堂。李齐顺

同叙 50 载的同学情

和陆瑞文的妻子张雪珍女士正在那里等候我们，大家互相嘘寒问暖后，一起上楼，去预定的包房餐厅。这家饭店不仅在常熟家喻户晓，在江南一带也很有名气。我们以前来常熟开会，东道主总会请我们到这里吃一顿包括“叫花鸡”的美味佳肴。所以我来过这家饭店，但根本不是眼前拥有园林的豪华酒楼，就是一座普通江南民居式建筑的饭店。据说，这家酒家占地约 21 亩（一亩约为 666.67 平方米，约合 14 000 平方米），营业面积近万平方米，酒家总体布局分为主楼、北附楼和三栋别墅楼，拥有一个古色古香的大型宴会厅和风格典雅的包厢。我想这大概是常熟人接待最尊贵宾客的场所吧！陆、周两位同学安排在这里接待我们，真有点不好意思了。周强还强调说，这里有该店的历史文化展示，许多达官贵人都到过本店品尝菜肴名点，建议我们餐后也可参观一番。

进了 15 号包房，果然典雅大气，我们向陆、周两家赠送一点小礼品留作纪念。我送给陆瑞文和张雪珍伉俪的是我自己书写的一幅唐诗条幅，尽管水平有限，但也算表示意思了。陆夫人对我说，很喜欢看我的散文集，除了我曾经赠送给陆瑞文的书籍以外，我其他的文学书籍，她也都通过网络购买收齐了。啊！她如此喜欢拙文，真让我受宠若惊，她似乎还是我的“粉丝”呢！渐渐地大家都觉得眼前的这位学嫂，不仅是一位彬彬有礼、落落大方、很有风度的市政府干部，而且还是一位贤妻良母，尤其是她在陆瑞文还没有调回常熟工作时，除了单独挑起了照顾年迈多病的奶奶的重任外，还要抚养两个儿子成人。真为陆瑞文能够找到如此贤惠的妻子而感到高兴，这应该是他这辈子最大的幸福了。陆瑞文自己也连连点头称是，并说道，今天接待各位的具体事宜，都由她一手操办的。

向学友献条幅

当我说道，我记得陆瑞文奶奶的名字叫祝根宝，以及他的另一位亲戚的名字时，也让陆夫人对我的记忆力赞叹不已。

今天的菜肴和点心的选择，都是常熟王四酒家的招牌菜或常熟的时鲜货：清炒虾仁、油鸡、片皮鸭、鱼头汤、桂花血糯八宝饭、冰糖葫芦——本店独家宴席名点。还有清蒸大闸蟹，是此时最时鲜的菜肴了。因为《沙家浜》一剧，全国人民都知道了常熟城、沙家浜、阳澄湖和阿庆嫂这些名词，阳澄湖大闸蟹一直是河蟹中的上品。回想当年在宝山罗店农村等待大学毕业，当地村子里的小孩子，当他们知道陆瑞文是常熟人时，就开玩笑叫他“阿庆嫂”。陆瑞文解释说，今天没有上此店最有名的菜肴“叫花鸡”，是因为我的妻子专门让店里请高手师傅，为你们每一家准备一份现烤的鸡，作为礼品让你们带回上海，与家人一起分享。他夫人还介绍了现烤鸡的独特之处。大家在品尝美味佳肴的同时，为主人的热情款待而感谢不已，频频举杯表示祝福谢意。

据陆瑞文夫妇介绍，如今他们一家，两个儿子、儿媳以及两个孙子，都在常熟。其中大儿媳还是北京人，也愿意随儿子来常熟生活工作。儿子、儿媳们都有称心满意的工作。他们老两口也都各有每月上万元的退休金，生活得很安稳和舒坦。大家都对陆瑞文一家有如此幸福美满的生活感到羡慕和高兴，也为陆瑞文当时生活选择和决策的正确表示了赞赏。这也说明，我国发展到如今，所谓大小城市的发展水准的差距正在逐渐缩小，尤其是在发达地区，几乎已经不存在区别了，甚至在一定程度上超过大城市的水平。像常熟，我国百强县级市的第三名，他们当地有些退休干部员工的待遇超过了号称第一大城市的上海同类人员。周强也说，她有亲身感受，觉得在这里生活感到很温馨。

陆瑞文幸福一家

餐后，陆瑞文大概去准备“礼品”了。周强和张雪珍女士陪同我们参观了王四酒家的文化展示区域。为了今天的文章，我还是认真拍摄或记录了一番介绍内容的：

王四酒家创建于清光绪十三年（1887），原是坐落在虞山北路兴福街北段的一家小酒店，利用田间蔬菜、山间野味、家养鸡鸭烹制菜肴。所制的桂花白酒，香甜醇厚；油鸡山鸟，风味独特。顾客主要是当地乡民。1920年，在当地乡绅名流的建议下，该店改名为王四酒家。1933年，诗人易君左来此店用餐，品尝后大加赞赏，即兴赋诗：“王四酒家风味好，黄鸡白酒嫩菠青”。诗句一经流传，店名大著。后来宋庆龄、宋美龄等一行专程常熟至兴福游览，午餐由王四酒家承办。还有丰子恺、巴金等文人也曾到此用膳，由此名声更遍及全国，游人食客纷至沓来。因此有“百年王四、百年辉煌、百年荣耀”一说。看来文化传播作用的厉害胜过了广告。

紧接着我们在酒店的大门前拍照留念，除了让其他同学看看外，也是可以用作日后回忆和纪念的依据。当陆瑞文给我们车后装上礼品时，大家都大吃一惊，除了叫花鸡外，还有常熟特色的糕点，居然把开始介绍我们此店的名酒——酿了10年以上的桂花酒，当作礼品送上了。我们实在有点受之有愧，他们太客气了。

五、清凉寺内话今昔

在东道主征询我们是去这里最有名的兴福寺，还是另一座清凉禅寺的时候，我们选择了后者。前者因为唐代诗人常建的千古名句“曲径通幽处，禅房花木深”，就曾让虞山的兴福寺名扬海内外，人们一般来常熟，都会选择去兴福寺。我已经来过几次，所以这次更希望去比较幽静的景点游览，所以大家决定一起去清凉禅寺。从酒店到清凉禅寺路途不远，不一会儿就到了山门前。为了带路，周强先坐在我们车里导引。他们车在前，但走了没多远，发现方向弄错了，返了出来，恰恰这段路景色特别的好，两边翠竹茂林夹道，让人赏心悦目。我们沿着山路开了不久，就看见一座寺庙屹立在山巅，下面有照壁，可以拾级而上，我们踏着山路逐渐进入寺院。

本来就几乎没有什么游客,我们都年逾古稀,工作人员也就让我们免证检查入内了。与别人不同,我还是要注意收集有关导游指示牌上的文字说明的。

常熟清凉寺山路

三峰清凉禅寺(简称“三峰寺”),坐落于虞山北麓,合乌目峰、龙母峰、中峰而得名,旧名三峰禅院,相传建于齐梁。与杭州灵隐寺、宁波天童寺同为近代禅宗祖庭。唐代诗人常建的诗句“寻空静余响,嫋嫋云溪钟”说明它是唐朝之前的古刹,清康熙三十八年(1699),康熙南巡,赐康熙御书,“三峰清凉禅寺”匾额,始改称今名。三峰寺景色宜人,有著名的“万松林”,虞山十八景之“三峰松翠”及三峰三十景。现在的三峰寺基本恢复了明代的建筑风貌,移步换景之间,幽雅清净的气息随之而来。三峰寺西南还在原来“万松林”的位置种植大片松树,再现昔日“虞山十八景”之一的“三峰松翠”风采,展现常熟市历史文化旅游的特色和禅宗文化的悠远绵长。我们一路上山看到的景色,我也搞不清楚是哪个景点,反正与导游牌上的介绍是相符的,有心旷神怡之感。

三峰寺建有三门殿、天王殿、大雄宝殿、钟鼓楼、僧房等建筑,与其他寺庙相比也没有更突出的地方，我们作为老年游客也就点到为止了。周强告诉我们这些佛学外行们，如何“大门左侧跨门槛，用左脚先跨，大门右侧跨门槛，用右脚先跨”，进了佛殿到底应该“顺时针还是逆时针转圈”等参拜常识。倒是寺院山门外的照壁，有点文化气息，正面镌刻着赵朴初手书“心经”，背面“大愿成满，百福庄严”八个大字，乃近代爱国高僧弘一大师所书。照壁上雕刻着龙的图案，层次分明，活灵活现。

最后，陆夫人陪同大家到平台上喝茶谈心，虽然时间有限，但在温和的日光下，大家还是一起愉快地回忆50多年前在大学时代的许多轶事。当年的许多事情，由于其时比较幼稚，到如今有点沧桑经历再来回顾，倒有了不少新的感悟。尤其是如今的造桥技术，我国从“造桥大国进入了造桥强国”的阶段，与我们从事桥梁技术的时代根本不能同日而语。作为“桥梁人”我们一点也不会妒忌，反而感到更加欣慰和骄傲。同时也怀念昔日的老师同学，感谢同济母校给了我们一生为社会做贡献的本领和机会，使我们到了晚年没有太多的遗憾，更珍惜我们在50年后还能促膝谈心的不易。

六、品味聚会幸福局

在常熟只有短短的几个小时，周强本来还建议我们去参观其他景点，我们都谢绝了，因为我们老年人不能像年轻游客那样畅游了。大家要想做的事情也都到位了。我们只能彼此告别了，相约争取今后还是要设法聚会的。最后大家上过厕所准备启程时，陆瑞文显然觉得意犹未尽，站在车窗旁继续与我谈论过去的一些共同的朋友和领导，如王兆成、李庆鸿和钱艺衡等，与他们在一起的轶事。

回家的途中，大家都觉得没想到陆瑞文、周强他们如此热情和客气，尤其是陆夫人虽然是初次见面，但如此周到的招待，送这么多的礼物，让我们非常感动，纷纷表示今后如果有机会，一定要设法回敬他们。徐满说，今晚要将女婿请来一起品尝叫花鸡。我开玩笑说，今晚你们家可以不必烧晚饭了，礼物中有菜，有酒，还有点心当主食，全有了。由于我们返程走的沈海高速公路,所以到了虹桥机场附近,如何转到顾正兰家的那条路,成了难题。导航仪所指的路径,已经不能转弯,要直行。来回兜了好几圈才转了出来。看看这么多、这么重的礼物,顾正兰和徐满是无法从居住小区的大门口搬进家门的。时间也晚了,正是下班高峰,只能请她们把自己的先生请出来,帮助把东西拿回家。当我们的车到了徐满家小区门口,她的先生周德泉也已经在那里等候了。对着这些礼物,他也露出惊讶的表情,也立即分享了我们同学聚会的快乐。

当我们回到家,再自己做饭就太晚了。于是就走进对面的饭店,要了两碗馄饨。在我等待点心的时候,给陆瑞文夫妇发去了消息,告诉他们我们已经平安到家,对他们如此热情的招待,再一次表示衷心的感谢。同时在我们的临时建立的微信群里看到周强也在表示不好意思,她写道:"……今天真的好开心,陆瑞文的夫人安排得好,原来我是要做东的,但拗不过瑞文夫妇两人,全由他们买单了,真不好意思,希望你们再次光临,小住几日,我们一起吃吃茶,叙叙旧。"陆瑞文在回我的微信中则表示了真心诚意的高兴:"五十年的同学情、再相聚,我们也深感喜悦,回首往事,历历在目,永远铭记!小小礼物,不必挂齿。祝你们一路平安回家……"

徐满在车上说出了本次活动的原委,周强早两年就邀请过顾正兰和她去常熟,于是徐满向她提出表示要接受邀请了。但她们两人在与顾正兰商量过程中,觉得住在常熟不方便,想当天来回,如果能拉上我,既名正言顺,又能开车,就比较理想。但毕竟有传统思想,两位女同学与一位男同学同行,不太合适,于是顾正兰提出,让我的妻子一起同往。但如果由顾正兰提出邀请,似乎不太合适,她们就让周强作为东道主出面邀请。这样才有了周强要与我单独建立微信联系,还是让我出面邀请二位女同学前往的由来。周强也邀请陆瑞文和夫人,没想到陆瑞文夫妇反客为主,成了本次活动的东道主,而且还搞得如此隆重。于是有出主意的,有出力的,还有提供物质条件的,共同设了这么一次班级聚会幸福的"局"。到这里我才搞明白,这次成功的同学聚会,是大家期盼的事情,也是一件经过三位女同学精心策划,又有偶然因素掺入,最后圆满成功、皆大欢喜的事情。

于是我也按照去年的惯例，写上一篇游记，既让同班同学了解本次活动的经过，为今后我们逐渐老去时回忆这段往事，留下文字记录；也让更多的微友，特别是同济的校友们能够分享我们同学间的亲情和友情；更希望为这次愉悦的旅程，画上一个圆满的句号。

本文于2020年10月28日在《上海老底子》公众号登载，并在澎湃新闻上传并发布。

评议与联想

陆瑞文：平雷的记忆、才情让我们佩服得五体投地！我夫人要我谢谢大家！欢迎随时再来常熟，一定尽好地主之谊。人生苦短，相聚才是最好的珍惜！

张嘉荣：祝贺学长的又一篇美文，50年的同学情、同学谊，实属不易，祝您和学长们身体健康，生活幸福美满安康。

李庆鸿：我在上海分局任副分局长时分管工电、基建，陆瑞文在我任上提的工务科副科长。请代向陆瑞文问好！

何胜妹：拜读您的好文章，分享你们五十年前老同学的亲情和友情，分享常熟著名的王四酒家和清凉禅寺的历史和美景。钱学长不仅文字功底深厚，书法也令人惊叹！群里有您真好！经常可以看到您的美文佳作。谢谢您！

周　强：半个世纪后的相聚，谈起青春往事，历历在目。

周文华：老钱的大学同学常熟游记读来使人轻松愉快，短暂的一天游，个中惊喜连连，意外收获颇多，东道主老同学夫妇的热情招待，点燃了你的兴奋点，这哪里是道两声谢，能替代的。50年再相遇的同学情如一壶老酒浓且甘醇，也圆了共同夙愿，远道而来的相逢，太弥足珍贵了。你们相见恨晚的激动心情，也感染了我们。这次游得很顺畅，算是一次比较称心如意之行了。吃着叫花鸡，品着桂花酿酒，该为此游打上十分了，即十分满意。当然为你的精彩游记也一并打上满分，谢谢你用点睛文字，与我们分享了赴常熟幸会老同学的喜悦之情,同乐了!

李庆振:拜读平雷同学的“六同学及其家人常熟聚会”游记,深有感触!奉上拙诗《同学友情重如山》一首,以表祝贺!顺向陆瑞文、张雪珍及李齐顺、周强夫妇致以深深的谢意!

五十年后重相逢,
因有同济同学情。
古稀老人叙人生,
感慨良多谈资浓。
虽已儿孙绕膝转,
自觉还像一青松。
祝愿同学身心健,
当好后生指路灯!

张天成:读平雷文章,感受同学情谊,祝同学友谊长存!祝各位老同学身体健康长寿!

姜乃亮:看到平雷的《同济学友常熟探亲记》,仿佛又回到了50多年前的同济。为你们点赞的同时,也分享了你们聚会时的幸福和欢乐。

倪纪芬:钱同学不仅记忆力超强,文章一挥而就,而且老当益壮、精力充沛。亲自驾车用一天的时间在上海与常熟之间来回,和胜似亲人的大学同学相聚欢聊,且上山游览。这样的劲头实着让人佩服。在我们同龄人中可谓拔群出萃、鹤立鸡群。探亲记叙写自然顺畅,似行云流水,读来有亲切感。

芷兰若英(微信名):充满温馨同学情的探亲游记!图文并茂,点个大大的赞!

徐　满:这么快就写好了洋洋洒洒一大篇,辛苦了。在回程路上天仪很关心我们的健康,提了很多养身的建议,亦是同学会的另外收获。

陈思源:拜读平雷的《同济学友常熟探亲记》,有身临其境的感觉。

六位老同学常熟相聚，再叙同学情谊，难得！

陈素娣：常熟探亲记，浓浓同学情，又一篇佳作，让人感慨万千！

杨妙生：看到老同学们常熟相聚情意浓浓，身体健康，神采奕奕，作家平雷同学之"美篇"令人身临其境，细细拜读，也如同去了常熟一趟，心存同学之情。1970 年离开同济，2020 年相聚，是整整五十年之后的相聚，人生之幸矣！祝老同学们身体健康，生活快乐！

顾正兰：可惜你（杨妙生）在疫情期间，不能回来，否则一起去了！

王莉英：看到了你的常熟探同学记，想起了我们在 2018 年 5 月底也到常熟去寻访了毕业后就失联的王金林同学。2019 年 5 月 20 日，我们组织了回同济，庆祝自己毕业 50 周年的活动。两次活动也都作了"美篇"留作纪念，借此机会也让你们分享一下。另外，我班龚渭和同学想要周强的联系方式，他们曾共同分在广西柳州铁路局共事过一段时间。

迟到的追思

——悼念彭镇秋先生

一

2020年9月12日上午，临近中秋节、国庆节两个佳节了，我给有一段好长时间没有联系的老领导、老朋友彭镇秋先生去电表示问候。对方的手机铃声响了很久，最后是一位女士接的电话，估计是他的夫人王文美老师了。她的声音听上去，好像有点哀伤的气息。我说，你是王老师吧！她称是。我自我介绍说，我叫钱平雷。她说，她从手机显示上看到我的名字，也知道我是老彭的朋友。我有了一种不祥的预感，用了一句双关语问道："彭先生不在啊？"

王老师回答："他已经去世啦！"

我不由得打了一个寒噤，再问道："这是什么时候的事情啊？"

"已经两周年了！"

"我怎么就不知道，也没有看见讣告。"我自责地说道，我理应去向他告别的。

"有讣告，告别仪式办得很隆重的。"王老师说。

我问王老师，是否由于他的肠子开刀后复发导致？王老师说彭先生是在动一个微创手术住院过程中，2018年9月30日因突发心脏病而去世的。随后王老师悲愤地向我介绍治疗的经过，但也无奈地接受这个不可挽回的事实。她说自己正在整理老彭遗留的资料，也惊奇地发现许多此前不为她所知的彭先生的事迹，更加感觉老彭走得太早。她说，她至今保留着彭先生的两部手机，留心着给他的来电。今天看到我的去电，觉得有悲有喜，悲的是又提到了老彭的轶事，喜的是还有朋友在惦记着他。我一时成了王老师宣泄悲伤的对象，她滔滔不绝地回忆起过去的岁月。我也不知如何安慰她才好，只是说要用我自己的方式，写一篇文章追思彭镇秋先生，编入我下一部散文集《笔下寻乐记》，也成为我对他永久的纪念。

二

我与彭镇秋先生的关系，用中国人的俗语来说，还真有一点缘分。首先是在 2005 年前后，我由民盟上海市委和上海市统战部推荐，担任上海市政风行风监督员一职，被分配在第六组。那个组的组长是农工上海市委专职副主委朱冰玲女士，副组长就是时任民建上海市委副主委、上海社会主义学院副院长彭镇秋先生。这样我就成了他们的部下。后来换届时，彭先生去了第一组担任组长，我则与大多数组员随朱组长成了新第三组的成员。我与彭先生，从工作关系来看，这是彼此的第一段经历。

凑巧的是，我的二姨夫孙丕晋生前曾是民建上海市委副秘书长，也是民建上海市委创办的工商学院的院长，彭先生也曾是该校的教员，因此他也算是二姨夫的老部下了。据说，由于彭先生的为人和才华，他是我二姨夫很器重的人才，在他的成长过程中，二姨夫给了他不少帮助和启发，他们之间有着亦师亦友的关系。他称我的二姨为“李大姐”，二姨家的表兄弟姐妹也与他非常熟悉。不过在我担任政风行风监督员前，我并不知道他本人。据彭先生后来告诉我，当我的二姨夫知道了我们在一起工作的消息，曾给他去电，让他多多帮助我。所以冲着二姨夫，我和彭先生之间，还有一层类似“师兄弟”的奇妙关系，所以我们在一起闲聊时，二姨家的轶事，经常是我们的一个热门话题。

因此，当彭先生不再当我的“顶头上司”时，我们仍旧保持着一定的联系。当我们组建上海市楼宇科技研究会时，彭先生给了我们很大的帮助。由于在我会研究的对象中，与智慧楼宇和居家养老领域有关，希望得到上海市民政局和经信委的支持。我们以往主要都与建交委来往，与民政局和经信委的交道不多。为此彭先生亲自陪同我们前往这些部门、单位，获得了他们的支持和帮助。应邀担任我会理事长的郑惠强教授与彭先生是同届的全国人大代表，他得知我会在筹备成立过程中，得到了彭镇秋先生的大力帮助，十分欣慰。当我们打算聘请彭先生为我会第一届理事会的顾问时，郑惠强表示非常欢迎这位“老大哥”入阁。于是我作为第一届理事会的秘书长，与彭先生又有了第二段的工作关系。

三

说我们的政风行风监督员队伍“人才荟萃”，绝不过分，不乏各行各业的精英才俊。就当年我们的老第六组而言，不说两位组长，就是在组员中也有诸如章太炎的嫡孙、台湾问题专家章念驰教授，儿科专家洪建国教授，现代设计集团张桦董事长，财经专家韩曙，上海市律师协会副会长钱丽萍大律师等知名人士，他们都有很高的学术水平和表达能力。当他们的领导不是一件轻而易举的事情，需要具备相当的领导艺术和指挥才能，才能胜任。如每当我们到某局听取局领导有关该局全年的政风行风建设的汇报后，组员们就要对报告进行评议。一般来说，先发言的人，只要把自己的感受谈出来即可，后发言的人，就比较困难了，因为他的感受很可能已经被别人抢先发表了。作为正副组长，他们的发言一般放在最后，看似对他们尊重，其实大大地增加了他们发言的难度。我发现作为副组长的彭镇秋往往倒数第二个发言，他仍旧可以谈出很有见地但又不重复的意见，令人佩服。

当时他还正担任着全国人大代表，且不说他有许多议案被中央采纳，还会有一些媒体没有报道的会议消息，也让我们知道了。如当胡锦涛总书记参加上海组讨论时，彭先生除了发言外，他还是胡总书记进上海厅时，第一个与之握手的代表。两人在握手瞬间幽默的对话，也是日后可以津津乐道的花絮，我们也通过他得到了分享。

据我了解，彭镇秋先生除了全国人大代表外，在其他领域也展现了很高的参政议政的能力，尤其是他对统战理论的研究，很有独特的造诣，因此被上海市政府聘为参事。据王老师说，她在整理彭先生的遗物时，发现了彭先生作为参政党的一员，围绕着反腐败、医患关系、民生等问题，发表了许多很有价值的意见，受到党和政府的重视，因此他被称为“共产党的挚友”。我也发现，彭先生具有这样高的水平，除了天赋外，更源自他的勤奋和好学。有一次我与研究会秘书处办公室张星玲主任去他家，对他的肠道手术表示慰问时，发现他的书房里的资料、书籍、手稿，可谓“铺天盖地”，其中许多是他为各种报告、提案、议案日夜操劳，在做的准备。

彭镇秋先生确实对担任的每一个角色都是认认真真的。他在担任上海市楼宇科技研究会顾问期间，也同样是非常尽职尽心的。我会每一次要求顾问到场的会议，他从来都没有缺席过一次。即使在自己动了手术出院不久，也坚持出席我会的重要会议，发表自己对问题的见解，受到我会会员们由衷的尊敬。他也是一个非常懂得感恩，重情义的人。当我的二姨去世一个星期不到，我的二姨夫也去世了。在我的表兄弟姐妹尚未通知他前，我就把这个消息告诉了他，他立即赶去二姨家，在灵堂献花致哀。当二姨、二姨夫同时举行大殓的仪式上，在来宾最后向遗体告别后，再向亲属握手表示慰问时，达成大表哥拥抱了彭镇秋先生这位不是亲属胜似亲属的兄弟。

四

因为我会在 2015 年换届后，就不再邀请第一届理事会的顾问们继续任职了，所以我与彭镇秋先生联系少了一些。客观上，他确实很忙，各种会议都等着他去参加，各地演讲的邀约也源源不断。据王老师说，直到这次手术前，当医院的院长去看望他时，他与院长的话题，还不是手术的本身，而是他对医院软件建设的关注。从我对他的认识，觉得这十分符合彭先生的性格特征。王老师说，他们夫妇也没有机会到各处去旅游，因为彭先生一直忙碌不息。

但不管怎么说，我也有两年多没有与他联系了，我是内疚的。当我把彭先生去世的消息，告诉孙淑平表妹时，她居然也不知道，她平时与民建上海市委的老人还是有来往的。估计是如今大家都看网络信息了，而对平面媒体关注较少，甚至不看了，导致彭先生的讣告也没有看到，留下了没能为他送行的遗憾。于是我写下了上述文字，悼念敬爱的彭镇秋先生。

愿彭镇秋先生在天堂里一切安好！

评议与联想

孙淑平：平雷哥，见你微信，我才知道彭镇秋先生已经去世了呀！最近确实是有一段时间没有看到他的信息、文章了。他应该还不到 80 岁吧？他当年是通过工商学院进入人生的巅峰期的，上海市民建副主委、全国人大代表，最后是市政府参事。他自身是很努力的，对我的爹爹也是很尊敬的。这么早就去世是很可惜的。谢谢你的告知。

韩　曙：钱总，彭老师去世的消息，我是看了民建上海市委编印的专辑之后才知道的，我也写过一篇短文，纪念过他。

附件：《忆彭镇秋先生》

最近一段时间，民建上海市委以“我与民建”为题公开征文，本人不是民建成员，不便投稿。不过，对民建的几位老领导印象还是比较深刻的，还拜读了民建上海市委编撰的《我与改革开放四十年》征文集，读到了大名鼎鼎的彭镇秋先生的文章，他虽然已于 2018 年 9 月逝世，但是回想起来，还是令人难忘。

据我们民革支部党员金烈回忆，20 世纪 80 年代中期，刚刚开始改革开放，那时彭先生的年龄属于“前浪”里的“后浪”，“后浪”里的“中浪”，在国有某啤酒厂担任财务科长。但这个科长的财务权力如何使用，厂长说了不算，要财税专管员点头才能算。因此经常要到财税三分局的税务所串门，当然是有目的的串门，不过彭科长到税务所，并不是一上来就谈业务，而是先摆开龙门阵，营造点轻松的气氛，海阔天空地海吹。等到大家觉得都轻松了，他才言归正传，寻求支持帮助，在小额合理必须的范围内允许开支业务招待费用，批准超产奖，批准原材料节约奖，净利润的分配额度适当调高一点等，气氛和谐之下当然一切都好说。

后来彭先生担任民建上海市委副主委，全国人大代表。有一阵子，他的大名经常出现在各大媒体,电台、电视台更是常客。因此每年的三月,总能在电台早新闻里听到播放彭先生坐火车赴京开会的现场直播,介绍准备提交大会的议案,只要他在,现场气氛肯定热闹非凡。

十多年前,本人担任政风行风监督员,有幸成为彭先生所在的小组成员,与彭先生几乎每周都要碰一次面。记得某年监督的重点单位是市质量技术监督局,时任质监局局长的,是现任上海市委常委、浦东新区区委书记的翁祖亮。那天我们监督员与质监局领导反馈明察暗访情况。组员中有章太炎的孙子章念驰先生等人,直截了当地反映了一些从暗访中了解的不太满意的情况,说得对面几位质监局领导脸色十分难看,翁局长也是面色铁青,握笔记录时手在微微颤抖,会场气氛有点紧张。但是轮到彭先生发言了,只见他开口第一句话:我们都是一个战壕里的战友。现场气氛顿时轻松了不少,接着又用 100 减 1 等于 0 来打比方,等到他讲完话的时候,翁局长已是笑容满面,频频点头。而每次政风行风监督工作报告的撰写任务,彭先生总是点名让我先写初稿,他再修改,增加点彭氏金句,等到组长精心打磨的时候,往往要经过十轮的修改次数才算完成。在修改后的稿子里,彭先生的金句常常都被删掉了。彭先生见状,总是笑眯眯地,没有一句怨言。

2017 年初,上海"两会"的时候,一天中午正在市委党校用餐,巧遇彭先生,发现他瘦了许多,精神状态也不太好,一问才知他不久前刚患过大病,幸好抢救及时。想不到这竟然是与彭先生的最后一次见面。

澄衷两甲子华诞亲历记

一

今年是澄衷中学建校120周年，按照中国的习俗，每逢十的生日是要隆重庆祝一番的，澄衷中学也理应如此这般，但是这“百年未有之大变局”居然也给澄衷校庆带来了麻烦。早在2020年年初的校友会的理事会上，我们到会的理事就讨论，因为涉及北外滩开发的规划方案未定，导致学校到广粤路校区需要较长时间的过渡期，然而那里学校的条件是无法展开大规模校友返校庆祝活动的，只有“线上、线下”两条线同时举行校庆的形式可行了。不言而喻，只有很少人能够在“线下”参加现场活动，

潘校长在澄衷中学的120华诞上作主旨发言

而大多数的校友只能在网上观看庆典仪式，或者由各年级或班级自行举行校庆活动了。

我作为一名学子，非常荣幸地受到母校的邀请，成为为数不多参加“线下”活动的校友之一。我是一名业余的写作爱好者，理应把参加庆典的感受，以及学校筹备校庆的过程中，一些与我相关的事情，还有自己与澄衷母校“相看两不厌”的情结，用文字记录下来。除了让我与更多的微友分享外，还可以作为一篇重要的记叙文章，编入下一本将要出版的散文集里，以丰富该书的内容和色彩。

二

早在7月份，校友会的秘书长徐丽萍老师就曾经给我来过电话，说这次校庆有一个重要的内容，就是有一个“走近澄衷校友，传承澄衷精神”的主题活动，让学生们去访问一些校友，我就是被采访的对象校友之一。对于母校的要求，我毫无疑问是要答应的。9月初，果然有一位姓方的高二(3)班的女同学给我来电话，约我9月12日与他们见面。我考虑到9月12日是星期六，以及估计同学们一般都住在学校附近，所以约定届时在学校接受面谈。

那天下午我驱车准时到达学校，有10位左右的同学正等候我的到来，还有一位教英语的老师在场。在一个有沙发的小房间里，我们进行了交谈。为了我的到来，他们做了充分的准备。两个男同学架设了录像机，一位女同学作为主持人，拿了预先准备的提问稿，对我进行面对面的采访。从方同学在电话里给我简单介绍的要问的问题，到后来这位主持人实际问我的问题来看，他们主要还是从我在母校做讲座和赠送母校的几本散文集里的内容中，有选择性地来提问的。大概我这个人留给人们最深的印象，就是一个典型的理工男，却成了一名作家，特别是集所谓科普作家和文学作家于一身的“双重作家”。这样的现象，在文理学科分隔的社会背景下，恐怕并不多见。我个人认为其根源就是我在中学时代，虽然当时我的成绩大约处在中上水平，但不偏科。这使我在走上了工作岗位后，从事了许多与大学所学的专业不相干的工作，但基本上也都有建树，尤其是成为一些由多学科交叉形成的边缘科学，如旅游房地产学、养老科学的立论者，其中不少专业的基础知识，还是在中学时代学到的，如文学、外语、体育等。作为一名“过来人”，我趁着这次机会，再一次向学弟、学妹们宣传如何培养自己成为社会需要的“通才”的观点和途径。

昨天徐丽萍老师给我发来的《澄衷校友》的链接，就是这次主题活动被采访的11位校友的谈话录像剪辑。其中与我谈话相关的部分是比较简短的，是我在阐述希望同学们不要偏科的观点。在母校华诞之时，能够被邀请采访，自己能向母校倾吐肺腑之言，我应该感到幸福。

三

2020年10月17日，一个天朗气清，惠风和畅的金秋的上午，8:45在广粤路过渡校区的辅楼大礼堂举行了“上海市澄衷中学建校120周年庆典”，也就是庆典活动的线下现场。说“大礼堂”实际就是一间阶梯教室，所以要搞大型活动是不行的。从会场座位的排布来看，可以分为三个板块：第一板块是领导，第二板块是将要接受学生献花的历届校长、书记和校友会会长，第三板块就是曾经在学校做过讲座报告的校友。当我自己驱车进操场泊车时，发现前面有一位脸熟的校友，他被引入第二板块，而我则被引入第三板块的座位里，我正在奇怪，他何时在澄衷担任过校长或书记？后来在会议过程中我才恍然大悟，在第二板块的座位里，还包括将要上台领捐赠证书或表演的校友和来宾，原来他是滑稽演员杨一笑，是校友，今天他邀请了另一名滑稽演员周益伦一起来表演独脚戏为校庆助兴。

会前，会场前方的屏幕上滚动不停地投影放映视频《百年澄衷》的内容。当庆典主持人，校党总支书记丁克芳老师宣布校庆典礼开始，屏幕上才显示出今天会议的主题“两甲子酿桃李芬芳　北外滩再扬帆起航”。在唱过国歌后，由虹口区委副书记洪流女士致辞。她给我留下两个比较深刻的印象，第一是她一改以往人们心目中政工干部比较朴素，且又比较刻板的形象，应该说她的服饰和打扮是比较时尚的，有上下搭配的套装，围了一条色彩鲜艳的纱巾,甚至还有耳环。应该说,这也是如今中国人民生活水平提高的标志之一吧!第二是在她的发言中,谈到校友们最关心的未来澄衷中学的校舍:“老校蒙学堂门楼元素和世美堂的窗体风格将在新校校门和沿街教育楼中充分体现;叶公像迁移至新校广场;最高楼仍叫李达三楼;澄衷的碑廊将移至校史室保存;老校校址将勒石纪念。”这与前些日子虹口区政府新闻办公布的消息是一致的。但与2020年市规划部门在北外滩规划公示时,答复上海市楼宇科技研究会领导的电子复函内容是有一定的出入的,最主要是世美堂不再保留了。也不知道问题出在哪里了?我心里嘀咕着。

随后是潘红星校长作了主题发言。她首先分析了澄衷中学的文脉与上海的历史文脉是一脉相承的,是红色文化、江南文化和海派文化三种文化互相交叉的交汇点。她以实例说明,三种文化分别在澄衷中学发展中的表现和发挥的作用。其次,她又回顾了包括叶澄衷在内的历来“澄衷人”对学校发展所做的贡献。第三,她汇报了学校近五年来,在各方面取得的成绩。报告中让我关注的是,学校传承了叶公以商助学的理念,历史上出现了大量商界翘楚,成为“商帮摇篮”的传统,如今以“商”为学校办学特色,与复旦、立信等多所大学合作,已经初见成效,正在向成为一所特色普通高中——我用一句通俗的话讲,就是“准市重点中学”迈进之中。潘校长还特别提到,在上海市“百年名校　江南文脉”丛书中,有一本书名为《诚朴是尚》,副标题《从澄衷蒙学堂到上海市澄衷高级中学(1900—2020)》一书出版的意义,它是校史研究的重大成果,也是学校120周年校庆最重要的内容之一。

我认为潘校长的报告是实事求是,符合学校客观情况的。学校这些年在过渡校舍,作为校领导真的不容易,一方面要稳定教育秩序和教师队伍,另一方面学校发展如同逆水行舟,必须有新的亮点不断产生,才能保持应有水准,乃至有所前进。这种境遇,主要是由校领导,尤其是校长来承担责任的。所以早日回到被称为“新客厅”的北外滩的新校舍正常办学,大概就是澄衷中学师生员工的最大愿望了。

接下来是学生们向为学校发展做出重大贡献的历任正职校长、书记，还有校友会会长献花，他们排成一排，几乎站满了整个舞台。可惜我们毕业太久了，除了周勤荣校长当年刚从师大毕业来澄衷，带领我们下乡劳动，等于直接教过我们以外，还有近些年，因为校友会的原因，与张立茂、林颂光、田志强、陆爱花、唐群等老师有过接触外，其他校领导或会长我都不认识。115 周年校庆时，还专门“召见”过我的夏慧玲老师，今天也没有在场，估计是年事已高的原因使然。

会议还举行了校友会向母校赠送书画作品和校方颁发捐赠证书的仪式。由于前面拍照的工作人员较多，我站在后面，想拍几张书画细部照片的意图，没法达到。

四

一位叫张燕媚的女老师作为教师代表发言。她的发言题目是《澄衷是所“大”学堂》。她回顾了自己成长的过程与澄衷这所“大”学校，密切相关，她的经历确实有些特别，她在澄衷上学 7 年(估计还包括预备班)，工作 17 年，所以对学校有着特殊的感情。她激动地回忆了当年壮士余纯顺到学校来对学生的激励，也深情地回顾了田志强校长对青年教师的爱护。最后提出了自己的期望：“下个 100 年，澄衷能够成为一所更大的学校！”

随后是一位叫于安然的学生发言。当人们看到走上讲坛的又是一位女性，坐在我后面的一个人情不自禁地说了一句：“又是一个女的。”确实会议至此，前面发言的全是女性领导和老师。本来我想看看《议程表》上“于安然”是男还是女，但是难以判别，原先估计会是一位男同学，看来猜错了。坐在我旁边的孙行琦老师解释说，现在的高中阶段女同学的学习已经不亚于男同学了。这位女同学的发言充满诗意，好像是在表演诗歌朗诵。

接下来终于有一位男同志发言了。他就是 1970 届校友，后来是上海市教委分管基础教育的尹后庆副主任，现在最主要的头衔是“上海市教育学会会长”。他是我哥哥澄衷高中同学尹集庆的弟弟。当年我曾经向校友会会长张立茂、秘书长何锐枢老师建议，请他担任名誉会长，得到了他们的认可，他也欣然同意出任。可惜的是由于有关规定，领导干部不能担任两个以上社团负责人，所以没有多久，他就只能辞去了校友会的职务。但他对母校的关心一直没有间断，据说《诚朴是尚》能够出版，在说服社科院的合作者参与和提供回忆性的信息资料过程中，他发挥了不可或缺的作用。他的发言，既有教育系统领导视角的期许，又有作为一名普通学子，对母校的感恩和眷恋。他说，他现在担任了一套基础教育丛书的主编，105 所上海百年名校的历史，让他充满敬畏，其中澄衷中学的历史让他充满敬意。作为一名校友，他对母校校舍的境遇，也表达了比较复杂的感情。他认为，学校的文化包括精神和建筑，像蒙学堂就是一种历史的印迹和文化的标志。今天许多校友按照年级或者班级，聚在一起收看校庆庆典的实况直播，然后再聚会。原以为 120 周年的活动可以在改建后的校园里进行，没想到仍然在过渡的校舍中，只希望新校舍早日建成。

在发言议程结束后，隆重举行了《诚朴是尚》的揭牌首发仪式，张雷副区长和潘校长揭开了覆盖的幕纱。

校史《诚朴是尚》出版

五

庆典的最后是节目表演。第一个节目是一位名叫范月明的青年教师的女高音独唱《我和我的祖国》，声情并茂，看来她是受过正规声乐学习的。

第二个节目是澄衷中学原创历史剧《天下之利》（第五幕），它是我们64届高中同学叶良驷的大姐叶良骏写的剧本。说起叶良骏学姐，我曾与她谈论瓷器艺术，有过一面之交，但多年了，估计她也记不得了。虽然我们都是上海市作家协会散文组的会员，因为活动少，所以也没有打过交道。这两年在《新民晚报》的副刊上经常看到她的文章，内容多半都与澄衷学习的经历有关。没想到她还能写剧本，可见她的文学功底很深。第五幕的剧情讲述从位于法租界四明公所的事件，发展到叶澄衷“兴天下之利，莫大于兴学”的理念的产生，从而下决心办学，之后澄衷蒙学堂诞生的经过。学生的演技虽然有些稚嫩，但从演绎剧情的要求来说，还是达到预期的。

第三个节目是我在前面提及的独脚戏，剧目叫《欢声笑语》。听上去，这个节目是两个演员即兴编的台词，主要是应用了他们一些表演的基本功。但是我倒是在里面得到了一个“包袱”的信息。演员杨一笑在剧情中谈到一位叫王洁平的老师在他们学农的时候，把自己拌有猪油、白糖的炒麦粉给长身体的杨同学吃，而学生还以为是自己母亲让人捎给他吃的。依此歌颂老师像妈妈一样。那位王洁平老师虽然没有教过我，但她却是我在铁路局工作时的同事池永元先生的妻子。我把这段情节写了，说不定通过微信，王老师还可以看到她的学生正在颂扬她的故事。

最后一个节目，是高三学生演唱《澄衷校歌》。尽管歌词是古文，歌曲也不像现代乐曲，但第一次聆听这首歌曲，还是有点新鲜感的。

当主持人邀请领导们上台与刚才唱歌的学生合影时，我就退场了。趁着别人尚未大量离场，我赶快把停在操场里的小车开走，学校的道路较窄，开车并不通畅。

六

本来此文到此应该结束了，但还在会场里，我在听潘校长描述《诚朴是尚》编制的过程时，我就忍不住拆开外包的塑料皮，打开书本翻了起来。在这本厚厚的书本里，介绍了澄衷120年的历史，我最感兴趣的自然是当年叫“58中学”的时代，因为就是我在校的那段经历。刚一翻到这个章节，“钱平雷”的名字赫然在书上！原来书本引用了我第一本散文集《幸福相对论》里谈到的一些轶事。真是没想到，我的怀旧文章都成了该书的有用内容了。

回到家中，吃过午饭，我就迫不及待地翻阅这本书。除了《幸福相对论》被采用多个段落，我的散文集《上海广度》中有关回忆母校的段落，也被引用了。而且他们编写者把采用我文章的出处，都在“注释”上注明了，说明该书具有很严密的学术性。最让我高兴的是，这本书把我撰写的有关马骁、张载羽、朱培勇、林友、潘荻书、杨聪仕、施宇生等老师，尤其是高二班主任黄立民老师对我培养的事迹，都在这部史诗般的澄衷校史巨著中收录，得到表达。这是给了我对这些恩师们最好的纪念机会啊！

在该书的后记中，潘校长介绍，他们是在无意中看到《沪上名校：百年大同研究》等校史研究专著后，开始设法撰写这本书的。而另一名主编上海社会科学院的马学强教授，他对澄衷也由最初碍于情面的接纳，到后期越来越喜欢，甚至对澄衷精彩的校史如数家珍。我是没有本事详细介绍这本书的内容的，作为澄衷学子，我只能向其他学友事先通报一下，学校在120周年大庆时，出版了这么一本具有里程碑意义的大书。

本文于2020年10月22日在《上海老底子》公众号平台登载。

评议与联想

章杏波：读书学习乃人生一辈子的大事。中学学习阶段尤其值得每位莘莘学子怀念！文化积淀、志趣导向、人格塑造、成功人士——澄衷学子钱平雷先生就是一个明证。

陈素娣：谢谢钱哥充满感情的文章，让我详细了解了校庆会的具体活动内容。因为这两天我正好去湖州了，没能亲眼看到校庆会的直播。看了钱哥的文章我好像看了一次直播，谢谢钱哥！我说的嘛，校庆会一定会请你做事的，但是不是做具体的事，是要发挥你的特长，发扬你的精神。

钱雪元：一次校庆聚会，怎么能写出这样长的文章，钦佩！

钱莹臻：你超强的记忆力，点点滴滴都在你的笔下，天下无敌。

倪纪芬：祝贺母校120周年华诞！自己有幸曾经是澄衷中学的学子，有那么多名人都也曾是澄衷的师长和学子，倍觉欣慰和荣光，期盼母校继续创造辉煌。

因为新冠疫情，庆典活动分线上、线下，只有少数人能参加线下活动。钱同学从一名典型的理工男变为一名作家，而且是“双重作家”他是澄衷莘莘学子中的佼佼者。邀请参加线下活动是实至名归的。读这篇详细记叙的记叙文，犹如身临庆典现场更加深对母校的怀念和热爱。谢谢钱同学给予的分享。

楼珍珠：通过钱平雷的介绍，我仿佛也在线下参加了校庆，具体、生动、全面地告诉了我们学校120年的发展历史，谢谢平雷同学！

周勤荣：请代向钱平雷致意！精彩文字，浓郁深情，华丽美篇，佼佼校友！致敬！

钱丽臻：图文并茂的报道文章，平雷宝刀未老！羡慕你！

钟慧娟：昨天傍晚到了江西宜春温汤镇，今天同学驱车去了些景点游玩，洗漱完毕歇下来看了您发给我的“美篇”，真佩服您，作得快又好，我也发给了熟悉您的一些人。待闲下来时我还会再拜读。

尹后庆：校友“老记者”的确功力深厚！

许利利：今天欣赏了钱平雷同学作的参加澄衷母校120周年校庆的“美篇”，敬佩钱同学的观察力记忆力和写作的快捷，表述详细。真是要感谢钱同学了，弥补了没有参加校庆的遗憾，也庆幸有“双重作家”的校友，常常能分享佳作。

吴文治：感谢平雷，让我们对母校有了进一步的了解和认识。祝愿母校发展越来越好！

顾　睿：钱平雷先生是我的表姐夫，我一直很钦佩表姐夫的才能，干一行，爱一行，专一行，行行出成果，他先后在上海市铁道学会和房地产开发行业任高级职务，把事业搞得风生水起。这次看到他参加澄衷中学120周年校庆的“美篇”，洋洋洒洒，信息量大，图文并茂。我原来对虹口区的澄衷中学并不熟悉，所以专门上网搜索关键词，了解到这所学校是上海最早的私立学堂，创办于清光绪二十六年（1900），由浙江镇海富商叶澄衷老先生创办，校址在虹口唐山路。由校董会聘请刘树屏为第一任校长，然后又聘请蔡元培为代理校长，并主持教务，都是大名鼎鼎的教育界翘楚。钱平雷先生十分勤奋，笔耕不辍，这篇文章为后人留下了珍贵的记忆，可以作为史料保存于澄衷中学档案室，我想澄衷中学一定为培育出像钱平雷这样一大批优秀学子而感到骄傲！告慰于叶澄衷老先生，不忘初心！

情深谊长十日记

我曾在我的一篇散文《感情的转化》中谈到，人的感情是很丰富的，有亲情、爱情、友情、故乡情、邻里情、事业情、祖国情等。“情深谊长”是一个成语，很明显，这里“深”和“长”两个字，都是形容词。在本文标题中，我运用的同样也是这两个字，不过用成了动词。说的是从 8 月 5 日到 15 日这 10 天内，我个人的亲情的深度，发生了“颠覆性”的拓展，我拥有的友谊的广度，也有了“突破性”的扩展。一句话，在这短短的 10 天里，在我个人的感情世界里，发生了“天翻地覆”的变化。不管怎样，我必须把我生命中不能忘怀的这段经历记录下来。不过我不是按照事件发生时间的先后顺序进行叙述的，而是依据该事情在我心目中的轻重缓急来逐步展开的。

一、我终于“升级”当外公了（亲情篇之一）

8 月 12 日清晨，我的外孙女出生了！本来对我一个 75 虚岁的老翁来说，有孙辈孩子，是理所当然的事情。但这个孩子“姗姗来迟”，真是不易啊！我女儿、女婿在 2006 年下半年在悉尼办理的结婚登记，2007 年新年在上海举办的仪式，到如今已经过了整整 14 年，他们的孩子才诞生。不仅是我们做父母的，其他亲朋好友也非常关心此事，他们来上海时，也有人帮助介绍去做各种检查，也吃过药，但都没有取得效果。加上海外打拼，也顾不上养儿育女的事情了。到了他们都过了不惑之年，我们也不抱希望了，再说我们老两口也都年逾古稀，已经没有帮助小辈带孙辈孩子的精力了。他们的朋友因为他俩没有孩子，纷纷把自己的儿女给他们当“干

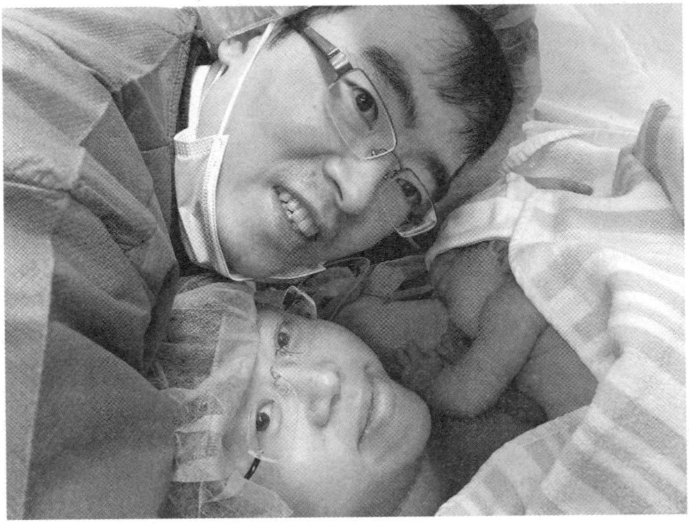

当上爸爸妈妈了

儿子”“干女儿”,我们要想享受“天伦之乐”,也只有抱抱那“干孙子”“干孙女”,或者亲亲我哥哥、弟弟的孙辈孩子,来过把瘾了。去年秋天,我们去悉尼探亲,看到女儿、女婿在服中药。据说这中药很灵验,我们也不以为然,估计作用不会太大。但女儿似乎对生一个孩子的决心很大,她在头一年去切除了子宫肌瘤,又通过练瑜伽来减肥。等到我们在 11 月末刚回到上海不久,就传来了女儿怀孕的消息。因为我们才回国,本打算与老伴在今年 6 月份去悉尼照料她分娩,不料却遇到了新冠疫情。她回不来,我们也出不去,一切只能依靠他们自己了。女儿已年逾不惑,早就决定采取剖腹产手段,并在当地聘请中国籍月嫂来帮助她坐月子。我们几乎每天都要了解她的情况,好在现在通讯途径方便多元,在怀孕期间总算一切都顺顺利利。

8 月 12 日清晨,他们如约去医院分娩,因为悉尼时间比上海早了 2 小时,所以在当地时间 7:16 外孙女信信(大名叫殷荟嘉)就出生了。那里的制度是,妻子分娩,丈夫可以陪在旁边,并给新生儿剪脐带。女婿及时把正在发出第一声哭声的婴儿照片,发了过来。等到我们六点多起床拿起手机时,就看到了期待已久的外孙女。随后我马上把这个好消息第一时间告诉了“我们钱家门”的家庭成员和我女儿的“干爸爸、干妈妈”胡定伦、刘珮瑜夫妇。他们头一天晚上就在床上惦记着了。胡定伦说,要是我再不来电话,“干妈妈”刘珮瑜就准备发微信询问情况了。随后刘珮瑜又嘱咐我,马上把好消息告诉我们平时来往最密切的“铁路老兄弟”微信群的兄弟姐妹们。随后女婿又发来几张照片,包括他露着喜悦的笑和妻子、女儿一起体会幸福时刻的合影。我陆续把我“升级”当外公的喜讯告诉各位亲朋好友,他们也都对我们表示了由衷的祝贺。“干妈妈”刘珮瑜的话,最有回味也最令人感动:“我衷心地祝贺你们,也祝贺我自己。”铁路局老局长张龙老伯伯再三让我转告女儿,要注意营养,增加免疫力。第二天当我与妻子驱车外出,女儿来电话,通过免提听到了外孙女的啼哭声,那可真是世上最美妙的音乐啊!

二、《上海老底子》送来了老同学和老邻居(友情篇)

有一个偶然机会,我看到一个名叫齐子林的作者,他写了一篇名为《忆说商丘路》的文章,里面提到我的出生地——轮船房子,我发现点击率很高。随后我注意到他的文章是登载在一个名叫《上海老底子》的微信公众号平台上的。我查了一下,《上海老底子》编辑部很欢迎大家提供有关上海的往事和人物故事的文章。于是我就想起,我的第一本散文集《幸福相对论》中,属于这类性质的文章很多,当时没有手机,也没有微信,所以书中没有照片。如今《上海老底子》编辑部除了让作者提供照片外,他们还会为作者配上相关的照片,效果非常好,可谓“图文并茂”。老文章可以“穿新衣”了。于是我投石问路,第一次发去《上海夏日往事》和《上海冬天的记忆》两篇散文。编辑同志很快就给我回了函,说先录用《上海夏日往事》,《上海冬天的记忆》要到冬天再登载。谁知道《上海夏日往事》一露面,点击量直线上升,向10 000人次进军。“天哪!”我的文章用“美篇”或“有道云”形式在微信群或朋友圈上发送后,阅读量有1 000人次就非常了不起了,一般也就300~400人次。这简直是呈几何级数的增长。于是我又发了两篇,尽管我自己认为有文化含量,但点击量也只有3 000多人次,看来受众的多少与文化含量的多少没有必然关系。随后的一篇名为《回家路上》,编辑把该文的第一句话,用来做标题《唐山路一带,我魂绕梦萦的地方》,结果阅读点击量居然达到2.1万人次,几乎是《上海老底子》平台少有的最高位点击量了。大概曾经与唐山路有过情结的人都在关注这篇文章,人们还在自己的微信群里转载,于是给我“送”来了一位30多年未见的老邻居和一位60多年没有来往的老同学。

首先在《精选留言》栏上看到一位名叫“涓涓云海”的微友,她说,她也是轮船房子出来的孩子,对我父母亲都有记忆。我按照门牌号一推算,估计她就是乳名叫“三妹”的邻居钟家的女孩。由于年龄差距,我对她的哥哥、姐姐有记忆,对她没有什么印象,只知道她是一个出类拔萃的好学生。我们两家还有点亲戚关系,她的姑妈是我的表嫂。但我们平时互相还是按照平辈对待的。为了核实我的判断,我还在“唐山路轮船房子”的微信群问询其他发小,这下子不得了,大家都对她的重新出现,充满期待。我弟弟钱平云与他的同学陈健生有联系,而三妹的发小鸣生是健生的妹妹。在我弟弟通过健生找鸣生的时候,三妹也正在通过鸣生找我们的手机号码。于是三妹就先与我建立了微信联系,我将她引进“唐山路轮船房子”微信群,受到了儿时朋友们的热烈欢迎。三妹还告诉我,她的大名叫钟慧娟。我发现她的文字能力很强,估计她搞过文字工作。她发给我她曾经下乡的文件链接,她确实当过文书,还是一名杰出的文书标兵。从精神上讲,三妹回家了,我们期待有机会聚会见面。

就在同一天,在留言栏上,有一位叫龚英武的小学同学在寻找我,他留了他的手机号码。我当夜就与他通上了电话。龚英武同学在小学里与我比较要好,他家境非常贫困,也因此影响了他日后的学习和升学。1958年小学毕业后,我俩几乎就没有再见过面,只知道他去了新疆。前两年,我在《新民晚报》的副刊《夜光杯》上读到了一篇描写新疆沙尘暴的散文,写得非常传神,让读者有一种身临其境的感觉。我一看作者是龚英武,就怀疑是他,也惊奇他有如此高的写作水平,但也无法与他直接联系。我当夜就与他通上了电话,果然是他。三妹也给我发了微信,说有一位老同学在找我。

龚英武说,他一生很坎坷,小学同学的名字忘得差不多了,就记住了我。这次看到这篇文章,里面谈及跳芭蕾舞的同班同学王国俊,于是断定就是我了。他说,他目前患有重病,行动不便。于是我就说,我去看你。他说,他正有此意。那两天,我们天天通电话,一通 1 ~ 2 个小时,当我把小学里的老师和同学名字讲给他听,他在惊异我的记忆力的同时,也逐渐把已经遗忘的老师同学的印象,重新从自己的记忆中挖掘出来了。8 月 11 日下午,我趁着到老单位取东西的机会,把给轮船房子邻家小妹王遐敏的两本书快递了,又拿了拙作三本散文集和一本小说去了龚英武同学在宝山路的家。他通过自己的奋斗,很早住上了大楼公寓。估计快到居民下班时间,门卫不让我停车,好说歹说,同意停半个小时,否则要重罚。他们大楼电梯还是智能型的,要业主发信号,才能按钮上楼,这样又花费了近 10 分钟。龚英武在电梯口迎接我,我们握手相拥,进了门。看起来他们家条件不错,摆设算不上豪华,但也属于上乘。

62 年后同学见面

龚英武面容苍老,但精神矍铄,声音洪亮,哪像一个重病人?分别62年,不知从何说起?还是先把送给他的书签好交给他,然后请他的妹妹为我俩合影留念。我说,以后反正可以用微信等通信工具视频交谈了,今天我不能对门卫不守信用,因此只能匆匆地来,又匆匆地走了。

这两天,龚英武差不多每天通过微信,给我发来他写的文章。他虽然受的教育程度不高,但文笔却很不错,内容丰富翔实,描写生动。就像那篇描写沙尘暴的文章,没有亲身经历过,是写不出来的。我通过阅读他的文章,对他这辈子艰苦周折的经历,也就更加了解了。由于他是在手机上搞创作的,难以顾及全局,有时文思泉涌,也就写到哪里,就算哪里了,逻辑上显得有些混乱。我在感动的同时,还把他的文章粘贴到电脑上,稍稍地帮他修改一下,觉得就是一篇篇的好文章了。有一篇名为《大爱》的文章,他又再转发给他的微友们看,得到了大家的赞赏。(我把此文作为附件,请各位读者欣赏。)

三、以文纪念妈妈百岁华诞(亲情篇之二)

今年是我母亲李盛华的百岁华诞,她虽然已经去世7年了,但她的音容笑貌一直留在我们子女的脑海里。尤其是她传奇性的经历,是留给我们子孙最为宝贵的精神财富。用什么方式来纪念她,是我一直在思考的问题。《上海老底子》给了我启发,图文并茂的文章效果远超单纯文字的文章。当母亲80岁生日来临之际,我撰写了《母亲》一文作为礼物献给妈妈。后来又收入我的第一部散文集《幸福相对论》里,是受到读者好评最多的文章之一。所以这次我又把其电子版找了出来,让姐姐帮助配上一些照片。由于照片的数量不能符合我的要求,我又从父亲自传性文集《轻舟已过万重山》一书中翻拍了几张,虽然效果不佳,但总比没有要好,相反还有一点"老底子"的历史沧桑感。我在作成"美篇"时,为了取得读者的关注度,将其标题改为《平凡而又传奇的女性》后,先在"我们钱家门"的微信群里征求大家意见。谁知道没有等到8月13日《上海老底子》正式刊登此文,哥哥、姐姐已经将其发到他们的微信群里了,我只看见

“美篇”里的阅读量统计数直线上升，已经到达700多人次了，那在我的“美篇”文章中，属于比较高的数字。

8月13日那天《上海老底子》正式刊登此文，我在转发到我的朋友圈和微信群时，加了一段前言：“今年是我母亲100岁华诞，谨以此文纪念亲爱的妈妈。也祝愿天下的母亲幸福！”尽管该文在《上海老底子》那里点击量并不算大，部分原因是相当一部分读者在前两天向“美篇”分流了。但是没想到此文在我的微友中引起了巨大的反响，我获得了前所未有的点赞和评议。写的评议也都很感人。如夏萍老师的点评：“在钱老师的著作中，很少看到富有历史感的家人照片。在此文中看到了多张照片，让我了解到钱老师，他的成才，是由于受到了良好的家庭教育与父母优良家风的熏陶！正如钱老师所说的，在纪念亲爱的妈妈的同时，也祝愿天下的母亲幸福！”我的同学冯德涌的夫人梁学苏还用诗歌形式写道：

非常有幸，
——我见过这位令家人和世人，
都佩服和喜爱，
很不平凡的母亲！
她遗传了容貌，
友善，睿智，
和民间做人的“基准”！

我用以下这些文字答谢诸位微友：“感谢各位的点赞，我几乎从来没有获得过如此数量的点赞，这也说明了文章融及了每个人内心对母亲的爱，引起了共鸣。”

四、我完成了“秘书长”的最后职责（事业情）

我曾担任上海市楼宇科技研究会秘书长长达两届，共8年之久。在研究会第二届理事会换届前夕，我经研究会领导同意，向上海市科协及其

站好最后一班岗

学术部建议成立跨学科的上海养老科技学会联盟。该建议获得了科协的支持,由 13 家不同学科领域的学会共同发起成立。2019 年 5 月 18 日揭牌时,我会的理事长是上海市人大常委会副主任郑惠强教授,于是他就承担联盟三个首轮轮值学会的主席角色了。我会于 2019 年 6 月 29 日进行了换届,郑惠强教授因为担任了两届理事长,按照规定,他不能再继续担任理事长了,改任名誉理事长,况且他已经担任了上海现代服务业联合会的会长,职务非常繁忙。然而,尽管戴晓波教授出任新一届的理事长,但联盟轮值学会的任期为一年,所以郑惠强教授还是需要继续承担这个职务满一年才行。我作为老的秘书长,根据戴晓波教授的意见,也“陪同”郑惠强理事长做满了一年。

由于遇到新冠疫情,不便聚会,其他活动也难以开展。我就在家中领衔完成了《养老科学概论》一书的编写,交付出版社。我联系了海阳集团的徐超董事长,把联盟的轮值交接活动放在他那里,并为郑惠强理事长起草了联盟工作的总结报告。在秘书处同志的共同努力下,8 月 13 日在崇明的清怡养护院举行了“上海养老科技学会联盟2020年年会”,我主持了会议,在听取了郑惠强理事长的工作总结后,上海市城市科学研究会王震国秘书长会同上海市护理学会正式接过了下一轮的联盟轮值学会的职责。至此我的研究会秘书长的职务正式卸任了。回顾8年多来,在上海市科协中,我会只是一个小型学会,但我会拥有集成研究的特色,在郑惠强理事长的带领下,在智慧楼宇、居家养老、科普文学等领域取得了不凡的成绩,超过了许多老学会的办会水平,已经获得了3星级学会的称号,如今正在申请4星级学会的过程中,这在年轻的学会中是很不容易的事情。作为曾经的秘书长,我对研究会充满感情。如今我问心无愧地完成了我在研究会的使命,可以欣慰地下车了。

今天是8月15日,我用一篇《上海幸福时光》的文章投稿,刊登在《上海老底子》上,以标题“讨口彩”的方式,写下这不平凡的十天经历。

附件:《大爱》作者:龚英武

大　爱

一、看到了当年的影子

在疫情前我就开始咳嗽,求过医,吃了药,仍没有好转,拍个CT,说肺上有两个结节,结论是不排除肺癌的可能。这弄得我食无味,夜不寝。我妹说干脆自费做个PETCT比较安心(当今最先进CT)。她退休后返聘新华医院就在这科室。我可以以家属的身份,打部分折扣。

约好第二天8时到新华医院。怕第二天路上高峰堵车,就提早约好的出租车,谁知出租车又早到半小时来接我。所以7时就到了新华医院。推开医技楼PETCT室的大门,空荡荡的,只有昏黄的夜明灯还亮着,一位中年清洁工在认真打扫大堂的每一个角落。我们俩就找了边上的座位耐心地等待着。随着时间的推移,医生,护士陆续开始上班了。他们匆忙地到更衣室去作上班前的准备。病人也三三两两地进来了。护工此时打开了大堂全部的灯光。顿时一个如同酒吧、咖啡厅的大堂展现在我的眼前，一张张精巧的靠椅围着每个小圆桌。桌面上的小瓶里插了一朵当天的鲜花。背景和挂图都很温馨，完全可以缓解病人焦虑的心情。

这时门外进来一对小夫妻，带了一个男孩过来，约莫 3～4 岁，父亲从包里拿出一条长长的围巾兜在男孩的腋下，两头攥在手里。小孩跌跌撞撞无目的地往前冲，有的人看见他过来就让开了，我看见他朝我们这里过来，便招手示意他过来，他过来一把抓住我的衣服。呆滞的眼光，无意识地看着我，嘴上的哈喇子（口水）长长的流下来，胸襟上已湿透一片。我把他搂在怀里柔声地问他："小朋友几岁啦！叫什么名字？"他毫无反应，突然间莫名其妙地大哭起来。我无所适从很尴尬。此时他的父亲赶快抱他起来，他母亲也过来了，拼命地向我表示歉意。我在他俩的眼睛里看到了那种无助，失落，怕人鄙视的眼光。我心里很难受，连说："不要紧，不要紧"，安抚他们。我感同身受，此时他们最需要的是理解，需要的是爱！更需要社会的大爱！

他们是外地的一个普通家庭，自从小孩出生后，病况一天不如一天。到处求医问药，毫无进展，他们没有一天不是在痛苦中熬过来的，急切希望儿子能治好，能过上平常人的生活。经人介绍慕名前来新华医院儿科，寻求专家治疗。专家开了一张单子要做 PETCT 检查。这项检查自费要 7 000 元，对他们家庭来说难以承担，是个天文数字。但为了儿子又不甘心，正在犹豫的两难中。我得知情况后，对他们的处境深表同情，由衷地劝他们："请相信我，我是过来人，曾经也有过与你们同样的遭遇。作为父母都是要为子女好，因为这是应尽的责任和义务。你们的心情完全可以理解。但你儿子这种病据我的经验，你不要生气，不是打击你，是永远看不好的，是神经中枢出了问题了，任何医生都没这本事。如遇到不良医生，钱还要像无底洞地花下去，最后还是一场空，不要幻想你儿子会出奇迹，这既成的事实，必须正确面对，在生活上，多关心他，要尽父母的责任，多给他些父爱，母爱，让他平静地过完这一生，才是你们最大的责任。否则劳民伤财，花了精力，精神，金钱，最后筋疲力尽，一无所获。遗憾终身！”我每句话都是肺腑之言，但愿他们能听我的。

这时护士来叫我了，做 CT 的队伍中第一个是我，进去后测血压，测血糖，打针，待 CT 结束后出来，就没看见他们了，后续不知如何？但愿他们能听我真诚的规劝，放弃无谓的治疗，给孩子更多的爱，让他平平静静过完这一生！

我如此动情地劝说，是从他们的身上，又看到了我们夫妇对我的儿子龚则治病求医的艰难过程的影子。这是我一生最不幸的遭遇的故事。

二、龚则得到了大爱

我儿子龚则于 1974 年在新疆出生，那是在十年浩劫的后期，也是物资最匮乏的年代。老婆的预产期已到，分娩在即。家中什么吃的也没有！唯一的办法只有到维吾尔族老乡那里，用微薄的工资买只鸡和一些鸡蛋，给她在月子里补补身子。万般无奈之下我请了事假去买鸡蛋，扎木台老乡卖的鸡蛋很贵，但离团部路近，只要一天就可打来回了。后来听说温宿鸡蛋比扎木台便宜些，就是要搭车经阿克苏再到温宿。外面还要宿一夜，为了节约点钱，就只能去温宿了。一看巴扎上（集市）鸡蛋果然便宜些，便买了一筐鸡蛋赶紧搭车回家。到了团部后正好坐上回连队的拖拉机，七月的天，又是下午，直射的太阳很毒辣，晒在车斗上铁皮滚烫，手也不敢碰。把披在头上遮太阳的衣服垫在蛋筐的下面，一路上路面坑坑洼洼，颠簸折腾使我晕头晕脑，但双手紧紧捧住蛋筐，生怕万一破碎。总算过了八支渠，快到家了。路上同事王胜利赶着马车迎面过来，看见拖拉机上的我就高喊："龚英武，你老婆生了，生了个大胖儿子。"我听了很惊讶！又很高兴。急忙往家里赶，进门先看儿子，方方的脸，尖尖的鼻梁，轮廓很清楚，捧在手里左看右看，家里总算有了称心的一儿一女了。

日子虽然很清苦，平平淡淡过了快一年了，一对儿女当时因为食物缺乏，营养不良，体质很差，经常小毛小病不断，是连队医务室的常客。有一次龚则又发高烧连续几天不退，每天体温都在 39℃ ~40℃，只能每天注射青霉素、链霉素(我从上海自己带去的)。整整烧了两星期,总算退了。同时却发觉他动作迟钝了,眼神也不对了,慢慢地与同龄的孩子的灵敏度拉大了差距。我们夫妇俩人焦急万分,没了主张。这样战战兢兢又过了快一年,也不见好转,情况每况愈下,心急如焚决定回上海求医,于是到处借钱,关键时刻朋友们把钱借给了我们。我们请了事假,专程到上海去求医。

开始我们信心很足,带着他穿梭在上海的各大医院的有关特色的门诊。还每天风雨无阻让龚则骑在头颈上,准时走到苏州河边的第一人民医院的理疗室做头部理疗。接连做了两个疗程,发现没有一点起色。于是不死心的我们,又把他带到泰兴路上的上海市儿童医院。那天坐诊的女医生,一看就气度不凡,给人有种不一样的感觉,纹丝不乱的头发卷了个发髻,用黑色的丝网罩住,插上一枚精致的银簪。虽然上了年纪,脸上却没一丝皱纹,白净的脸上配了一副金丝边眼镜,合体的服装勾勒出匀称的身材,就像画像上宋庆龄的打扮。边上的护士给我们介绍,这位是她们的院长。今天是她的接待日。她非常耐心地听完我们讲述龚则的病情,从抽屉里拿出一根不锈钢音叉,在桌上一碰,就发出振动的声响(测试听力)放在他的脑后,观察他的反应,当看到他一点都没感觉时,就开始皱眉头了。沉思了好一会儿,然后和颜悦色又深入浅出地为我们讲解龚则的病情:"他如果两个星期的高烧不退,就不是单纯的感冒了,是有原因的,但你们那里医疗条件差,没有相应的设备检查。这么小的孩子两个星期高烧不退,脑子不烧坏才怪呢!"接着又说,"现在他中枢神经已烧坏了,通俗地讲就是'总司令部'不行了,你们俩也不要为他再奔波了。不可能再会有奇迹发生的。你们把他带到这世界上来,就有责任抚养他,关心他。"我们懂了!她是专家中的权威,她的话是有科学依据的。于是我们从此彻底地灰了心。认命吧!我们悻悻地返回新疆,就默默地与他相伴到终身!从此我们俩对他格外的照顾,也给了他更多的爱,这也是在赎我们把他带到世界上让他受痛苦的罪!

后来有幸回到了上海。棘手的是没有托儿所、学校肯收他,我们又要上班,一团乱麻弄得我们焦头烂额,在不得已的情况下每月出了35元请人带他，当时我们的工资每月只有 45 元，长期下去不知怎么办？此时真是到了我人生的最低谷，甚至后悔回上海了。后来又找了政府，总算把他安排在上海市儿童福利院。每星期一上午送，星期六下午接，就这样度过了七年我们最动荡时期。在福利院，这些残疾儿童在一起，都不懂事相互打闹，老师又管不过来，龚则属于比较文静的，又不会反抗，经常被他人把脸抓得血痕累累。当星期六去接他时，看到脸上的疤痕上，又有血迹斑斑的新伤，我们的心里就一阵酸痛，每每眼泪夺眶而出。

为了让他以后活得更好些，我毅然决然地抛弃了铁饭碗，孤注一掷下海经商，还好风平浪静，赚取了第一桶金后，就聘保姆在家里专职带他。我们在外打拼就没有后顾之忧了。女婿进门第一天，我就与他讲明，家里什么时候龚则是第一位的，人人都要尊重他，爱护他，保护他。女婿果不食言，经常和我女儿俩带龚则出去吃饭，逛公园，划船，没一点嫌弃他，甚至把他带到新加坡，马来西亚，乘飞机把他安排在公务舱（头等舱）而自己坐经济舱。龚则和他妈妈在舱里坐定后，那漂亮的空中小姐，马上弯腰低头俯在他耳边轻声细气地问他：“龚先生，请问你用什么饮料？”他一脸茫然，呆呆地看着人家，她妈马上接口：“他要橙汁！”那小姐仍笑容满面地端来橙汁给他。他到过马来西亚云顶的娱乐场，去过北京天安门看升旗仪式；去过长城，爬不动的他，也在长城的台阶上坐过；游览过杭州西湖，乘过游船，尽管差点在上船的甲板上跌倒。我们把他当成一个有尊严的人，没有另眼相看。就是过去在新疆时，我们这排房子的每家邻居都非常欢喜他，疼爱他。我都记在心里。人需要爱，更需要大爱。虽然五年前他走了，其实他是不愿意走的，更不愿意离开这个家。但是最后因各种器官的衰竭，才永远地离开了我们。虽然他走了，我们心中难受，但无憾！因为我们精心照顾了他整整四十年，是爱支撑着我们，现在我们自己也筋疲力尽了。龚则来到了这个世界四十年，他得到了父母的爱，姐姐、姐夫的爱，大家庭的爱，更可贵的是他得到了亲朋好友乃至社会的爱，在感情世界上，他是个“富翁”！现在但愿他在另一个世界一切安好，继续得到方方面面的厚爱！

墨尔本探亲记

一、去墨尔本是为了探亲访友

从珀斯回到悉尼，不到一个星期，我们全家又启程去了澳大利亚的第二大城市墨尔本。这主要是因为我的堂妹钱薇、妹夫高旭东的女儿高菲将在9月28日与她的夫君陈可睿举行婚礼。我作为她的舅舅，正好在澳洲探亲，于是就接受了他们的邀请，“率团”前往祝贺。这是此行的“第一要务”。其次，我妻子的小舅舅的儿子顾睿表弟全家定居墨尔本，他先前有好长一段时间在上海工作，我们时有来往，现在他退休回了墨尔本抱外

墨尔本亲属合影

孙,去了一年多了,所以我们这次也要去访问他们。第三件事是女儿、女婿他们最要好的朋友何为义、董晔蒨夫妇的长子何子恺在墨尔本大学读书,趁我们这次去墨尔本,他父母准备了一些食物,让我们捎上,以改善他单调的伙食。何子恺也算我的忘年交,借此我们也可以在异地客乡见上一面。

说起来,墨尔本我们都来过,我和妻子早在 2004 年就分别到过墨尔本,但毕竟已经过去了 15 年。我们对原来的墨尔本的若干著名旅游项目,如植物园、十二门徒、小企鹅等,还有一点印象。此外,还有我用自己在墨尔本自然风景和人文画面拍摄的作品,放大制成了图片镜框,挂在家里的墙壁上,不时提醒我。除了这些,其他都淡忘了。但不管怎样,此行的主题是探亲访友,不是旅游。如果有自然或人文风景的观赏机会,那也是探亲“任务”的副产品。

二、赴墨尔本途中见闻

9 月 27 日(星期五)凌晨 4:30 我和妻子就起了床,5:45 就启程去了机场。澳大利亚的国内航线对旅客的检查比国际航线要松得多,但毕竟是航空运输,所以安检还是比较严格的。另外,机场在郊外,当时的交通也会比较拥挤,适当地提前出发,很有必要,但如果一切正常,就要在候机室等候较长的时间了。那天飞机是准点起飞的,虽然悉尼机场的天空,看上去晴空万里,但到了高空,就有点云雾弥漫了,让人看不清脚下的景色。后来我看到了海岸线连着一个内陆湖,那大概是杰维斯海滩的位置了。紧接着飞机朝着内陆方向飞去,一个多小时后,已经到了抵达墨尔本的原定时间,但飞机仍在几座有雪的山脉间盘旋,机长在广播里说,由于大风原因,要延迟到达墨尔本机场。总算幸运,飞机晚了没有多久,就安全着陆了。我们提完行李,出了候机楼,发现墨尔本的天气果然如悉尼朋友所说的,很冷,有点寒风刺骨。因为顾睿表弟住在 Chadstone 地区,所以女儿把当天下榻的旅馆订在了那个地区。女婿在机场租了一辆轿车,包括保险费每天约 90 澳元。这样很顺利就到了这个预定的旅馆。这是一家 4

星级酒店式公寓，我们住在一个单元里，房价 245 澳元/天，不算贵。但两个客房都有自己的卫生间，设施一应齐全，还有客厅、开放的厨房。大家一致叫好。

三、体育比赛催生城市节日

中午到宾馆附近的 Chadstone 购物中心吃午饭，顺便买一些包括次日早饭的食品和日用品。据说这是南半球最大的购物中心（Shopping Mall），我们确实领教了它的厉害。我们的车在它巨大多层的停车场盘旋将近半个小时，还没有找到停车位。等找到了停车位，到了购物中心，里面可谓人山人海。在餐饮中心，尽管中西食品应有尽有，但可让顾客坐下吃饭的饭桌，也照样高朋满座，找一个座位是很困难的事情。那天不是周末，怎么会如此拥挤热闹？一打听，原来明天是澳大利亚足协赛（橄榄球）的决赛，是墨尔本队对黄金海岸队，成了本市的盛大节日，今天全市放假一天。于是市民们纷纷走出家门，以购物游览的方式，欢度假日。我们原以为这里的气温至多与西澳差不多，看来是错了。当天天公也不作美，一会儿艳阳高照，一会儿寒风凛冽，一会儿大雨滂沱，一会儿甚至雪花飘舞，给了我们外来的客人一点厉害看看。但当地人度假的愉快心情，好像一点没有受到影响。体育活动可以派生节假日，在我国，除了奥运外，似乎没有听说过其他了。

四、分享表弟家的天伦之乐

这次走亲访友的第一站就是走访顾睿表弟一家。这位表弟，可谓是“一表人才”的帅哥他也是改革开放的“弄潮儿”。他是 1979 年恢复高考考入大学的第三批大学生之一。在上海师范大学英语专业就学，并与同班同学张豫鲁结为伉俪。随后也经历了英国留学、海外闯荡、回国创业等艰苦历程，取得了成功。还被母校聘请为客座教授。如今退休回了墨尔本，享受天伦之乐。他对我们来访极为重视，专门作了安排。本来还要请我们吃午饭，下午喝咖啡。但由于飞机晚点等原因，只能到下午 4:30 请他来宾馆接我们去他们家坐一坐,然后在外面的饭店宴请我们。

下午顾睿表弟如约到宾馆接我们,先去了他的女儿顾嘏的家参观。他女儿家与他家在同一个小区里,差了4个门牌号,比“一碗汤”的距离还要近些。顾嘏的夫君是一位印尼华裔,从福建到印尼定居已经有几代了,所以他的印尼名字叫“Petrus Aryanto”,顾睿把他的名字音译成“派乔罗斯·阿里彦朵”。他的英文名字叫Peter,翻成中文叫彼得。我们与他还是初次见面。他看上去是一位彬彬有礼的年轻人。他和顾嘏的小宝宝,英文名字我没记住,有个中文名字叫顾俊睿。据他们大人说,小宝宝很认生会哭,但对我们却很友好,不哭且露着笑脸。顾睿让我们先参观楼上3间卧室,除了主卧室外,还有婴儿室和电脑室。楼下就是开放式厨房、客厅和餐厅“三合一”的起居室。我向顾嘏夫妇赠送了“中西合璧”唐诗《枫桥夜泊》的书法条幅。我希望拥有西方文化背景的人们,通过欣赏唐诗英文译文的手写体,来理解中文行书书法和唐诗的魅力,让书法这门本来只有懂中文的人才能欣赏的艺术,推向世界。这在以前我已经屡试不爽,送给外国朋友,大受欢迎,他们不仅将其挂在家中客厅或书房显著的位置,还告诉我,他们悟出了其中的美感。因此我们此行访客,除了一般探亲访友携带礼品和礼金外,我还带了3幅这样的作品,并带了软笔,可以充当毛笔,把受赠人的中、英文名字分别补上。对于英文名字比较好办,但要写中文名字,就有了困难。因为按照书法章法,名字要纵向署名的,如“顾嘏”只有2个字,而“派乔罗斯·阿里彦朵”有8个字,再在他们名字的下面写:伉俪、雅正等4个字,其画面看上去是很别扭的。于是我又想出给Peter取中文名字的办法。阿里彦朵是他的姓,一般取其中第一个字,阿在汉族的姓氏里,似乎没有合适谐音的姓氏。于是我想到用“安”这个相近发音的字。而名字“派乔罗斯”里前面两个字“派乔”,“派”字用在中国人的名字里,也好像极少,我建议用“佩”,至于用“乔”字还是用“桥”字,可以讨论。这样他的中文名字就叫安佩桥或安佩乔。于是我把原委告诉他们,征求他们自己的想法。他们一致同意我的想法,但是有关姓氏,顾嘏表示,她知道Peter的祖上姓林。这就好办了,至于用

与顾睿表弟夫妇合影

“乔”还是“桥”,顾椵立刻选择了“乔”。于是 Peter 的中文名字就顺利产生了:林佩乔。因此受赠人落款的问题也就迎刃而解了,我当场补上。接着我又给顾睿、豫鲁夫妇送上了行草条幅《兰亭序》和我的散文集新作《上海力度》,女儿鹿怡也向顾椵表妹赠送了纪念品,大家还一起拍照合影留念。随后,顾睿让我们到他们家继续参观。

顾睿家的面积比顾椵家大一些,有 4 间卧室。看得出顾睿对待退休生活的态度和室内布置一样,都是经过精心经营打理的。除了每天早晨与妻子到外面散步锻炼,上午去照看外孙以外,还在做“学问”,最近在研究“凡·高”方面也取得了成果,当地的华文报纸《大洋时报》上连续刊登了他的文章《凡·高与浮世绘的渊源》。他还在自己的院子里认真种植花木,美化家园。因此我们难得有机会,能够坐在一起品茗叙家常。孩子们在外面事业成功，在家里孝顺父母，因此家庭关系和谐，使顾睿、豫鲁深感欣慰。他们还特地在当地最高级的中餐馆——富瑶海鲜酒家预订了晚餐来款待我们。餐桌上摆满了海蟹烩面、鳄鱼片、虾球、带子等佳肴，每道菜都精致味美，我们都很享受，赞不绝口。大家度过了一个难忘的美好夜晚。

五、速战速决会见忘年交

那位墨尔本大学医学院的大学生何子恺，由于他的父母委托我们给他带了不少食品，而且食品容易变质，所以他必须抓紧前来提取。但由于他的学业十分紧张，而且学校离我们下榻的宾馆路途较远；原定头一天晚上来我们处，结果临时又提出要次日清晨才能来见我们。而我们在第二天还要赶到城市的另一端参加婚礼，时间不能耽误，所以我们担心他能否如约前来。另外，由于他是我的忘年交，我也想为他在此地学习创造一些条件。据他父亲告诉我，有一位导师对他的培养很上心。我理应对导师要有所表示。我想，送这位导师一幅中外合璧的书法作品，也是促进中西文化交流的一个很好的途径。我事先让女儿把我的意思通过微信告诉他，不知是因为他忙，还是中文意思他已经不能理解，一直没有回复我。

他与女儿约定，在 8:30 到达宾馆，在澳洲，这是一个很早的时间，尤其是年轻人，此时肯定没有吃过早餐。于是我让妻子为他准备一份早餐。他总算准时来到了，他还是头一天夜里到墨尔本市中心同学家过夜，才能如约到来的。我们估计必须在 9:15 离开宾馆，才能赶上婚礼请柬上要求宾客报到的时间点。这就是说，只有 45 分钟的时间，一要解决他的早餐，二要转达他母亲对食品如何保存的嘱咐，三要征求他自己的意见，是否需要这份书法作品。第一件事情吃饭，是可以与转达他母亲的交代同时进行的。而第三件事情，却是要有一番周折的。因为他很小的时候就来到了澳洲，目前的中文水平是不能满足他理解稍微复杂的事情。我用我的英语勉强让他明白我的意图，聪明的他，立刻就理解了，表示非常愿意接受我的建议。然后，我让他告诉我，他导师的英文名字，我还要根据发音，翻译成中文,再分别填写在书法作品的中文和英文受赠人落款部位。最困难的是如何告诉他,书法作品如何欣赏,因为只有他自己先明白了,才能转达给受赠人。我除了为他准备了一张中英对照的打字印刷体的说明,便于他对受赠人的解释,还告诉他一些如何欣赏的方法。该作品是书法中的行草书,观赏这类作品可以从整个条幅的字里行间"制造"出字体的大小、间距的疏密、线条的粗细、墨色的浓淡、干湿等一对对矛盾的对立,然后通过运用书法的技巧,使这些矛盾的对立达到统一平衡的效果,以此来获得美感。对我来说,一下子要说出英文中的大小、疏密、粗细、浓淡、干湿等一系列词汇,还是有点困难的,幸亏女婿殷切在旁边,才帮助我迅速用英语对何子恺讲述明白。终于在45分钟时间内,速战速决地完成了与这位忘年交在墨尔本的会见,并相约在他下个月回悉尼时,再见面慢慢细谈。

六、精彩的中西交融婚典文化的海外体验

1. 澳大利亚式的婚典

能在澳大利亚参加外甥女高菲与她的未婚夫陈可睿的婚礼,真是一次极其宝贵的海外婚典文化亲身体验的机会。虽然由于婚庆公司学习西方乃至港台地区婚庆形式的结果,我们在上海能够看到越来越多受西方文化影响的婚典,但这些毕竟还是在中国国土上举办的婚礼,还是需要满足中国人对于中华传统结婚礼仪文化的一定要求的,全盘西化的婚典恐怕难以被人实施。而这次高菲与陈可睿的婚礼,既要按照当地结婚法律的规定行事,又要符合双方家族都是华人的习俗,中西婚典文化的和谐交融,便是婚礼是否成功的主要标志了。但最为关键的是,婚礼毕竟是在澳大利亚的国土上举行的,所谓"入乡随俗",其评判标准一定是澳大利亚式的规范。9月28日我就见识了一场满足各方需求,成功而精彩的海外婚礼。

这场婚庆活动的地点,选择在墨尔本郊外一处名为 Werribee Park 的古老庄园里举行。庄园里不仅有巍峨的建筑,还有英国式绿化的庭院,大

片绿莹莹的草坪，高大的乔木星罗棋布地种植在一定的位置，决定了整个庄园的整体布局。精心修筑的小路与各种灌木、花草共同构成了几何图形，引导人们渐入佳境，来到欣赏美景或休闲社交的园林小品的所在处。

当我们刚刚进停车场，就看见我的堂弟钱昆，也就是新娘唯一的亲舅舅、舅妈一家从自驾车上下来。钱昆弟如今越来越像他的父亲，我的立卿三叔，难怪妻子天仪惊呼“立卿叔也来参加他外孙女婚礼啦?”多年不见，我和昆弟紧紧握手相拥，我还是叫他乳名“小昆”。他长期旅居海外，我还是第一次看见眼前的弟媳和两个可爱的小侄子呢！我们首先遇到了前来迎客的高菲的公公陈臻先生，我们向他道喜，接着他指引我们穿过主体建筑的过道去婚礼现场。来到一望无边的大花园，就被眼前的大树的体量和大草坪的延伸度所震撼。这里的绿化水平与上海的西郊宾馆相比，毫不逊色。今天墨尔本的天气一改昨日的阴沉，艳阳高照，这真是一个好的兆头。蓝天白云下的庄园显得尤其高雅华贵。

与妻子婚礼庄园合影

远远看去,就看见堂妹钱薇穿了盛装在搭建的婚礼拱门前的一块草坪上迎候客人。小昆弟因为住在他姐姐的家里,所以他们之间就不需要客套了。而我们却是刚刚在墨尔本与她见面,那就少不了表示热烈的祝贺,尤其是恭喜小薇妹妹当上了丈母娘!她也将站在旁边的客人——旭东妹夫的姐姐、妹妹介绍给我们。她们是不远万里专程从上海来参加她们的侄女大婚的。我说,如今真是不得了,到国外参加婚礼,不再是一件惊人的事情了。小薇妹妹说,男方那里更不得了,新郎的爸爸所有的兄弟姐妹,妈妈唯一的哥哥,都带着配偶从西安老家,从北京、深圳,乃至美国赶来参加婚礼。我说,这真是多亏了改革开放,才有大家从祖国各地甚至世界各地赶来贺喜的可能。我半开玩笑地说,你只有小昆一个亲弟弟前来贺喜,如今我这个哥哥也有幸为你来当"拉拉队员"啦!小薇妹也说,这次你能到墨尔本参加高菲的婚礼,真是太荣幸了。正说着,看见旭东妹

新娘亲友团合影

夫,穿着淡蓝色的西服,内着浅蓝色的衬衣,系着鲜红的领带,正神采奕奕地向我们走来。于是我们女方的“亲友团”部分成员一起合影留念。接着新郎也从后面跑步而来,他急匆匆地与我们打了招呼,又表示歉意要急于离去处理事宜。大家对此自然能够理解,此时正是他最忙碌的时刻。我妻子天仪对他的第一印象非常好,说他有男子汉的气质。

新郎的妈妈魏静女士穿着中式旗袍,外罩大红开衫,也喜气洋洋地向我们走来,招呼我们可以前往婚礼现场。这位开朗的婆婆今天满脸春风。我对她说,恭喜她当上了婆婆,以后还要抱大孙子啦！她高兴地回答道:“那是肯定的啦!”接着她和小薇二位亲家招呼大家进入婚典场地入座。

于是一场正规的澳大利亚式的婚典开始了,与一般婚礼不同的是,考虑到大部分来宾的英语水平不能完整理解本次婚庆文化的内涵,于是还

陪女儿步入婚礼殿堂

请了陈臻先生的一位老友担任翻译。我观察下来,这次婚典的仪式有两个部分是以前在国内从未见识过的人和事,这也是最值得向读者介绍的部分。第一个要介绍的是,这次婚典仪式由一位中年白人女士主持,她自我介绍,她的头衔是“Registered Marriage Celebrant”,翻译成中文是“结婚注册官”,她集民政局婚姻登记官员、婚礼主持人和神职人员的职责于一身。在她的指挥下,婚礼正式开始,新郎陈可睿(英文名 Steven,斯蒂文)等在用鲜花装饰的拱门前,在几位仙女般打扮的伴娘先导下,新娘高菲(英文名 Isabella,伊莎贝拉)披着雪白的婚纱,挽着父亲的胳膊,一起沿着幸福的路径,缓缓地向新郎走来。这本来是一般婚礼上最常见的程序,但此时最具有戏剧性的一幕发生了。只见那新娘因为马上就要与自己热恋四年的爱人终成眷属,憧憬着美好的未来,透过婚纱,可以看出她灿烂的笑容。而她身边的父亲此时的心情是如此的复杂,今天他心爱的“小棉袄”将要嫁人啦! 只见他露出强忍泪水的表情,陪着女儿慢慢地走到新郎面前,牵着女儿的手轻轻地放到女婿手中,悄悄地对女婿嘱咐:“从今天起我把女儿交给你了,你要好好地待她一辈子!”说到这里,他再也忍不住了,潸然泪下。我坐在离他不远的座位上,此景看得清清楚楚,深受感动,因为这是每一个有女儿的父亲都会有的心态。我也受此感染,眼圈有点湿润的感觉。结婚注册官宣读着串联词,虽然我英语水平一般,但并不影响我欣赏到她那高超的声情并茂的主持艺术。翻译者浑厚的音色和标准的普通话,与主持人的水平也很是匹配。特别是他译文的文采很是精彩,我这个文学爱好者也不由得给予赞美。我问小薇,这是谁写的译文? 小薇带着自豪又谦虚的口吻告诉我:“那是高菲写的,写得好吗?”我的回答就不言而喻了。其他程序,如主持人分别问新郎、新娘“你愿意吗?”新人互送戒指之类情节,就不需我多介绍了,因为在国内的婚礼或影视中,也都见识过了。

有一个小插曲倒颇有喜剧性,给我留下了印象:当新郎欲向新娘赠送戒指时,站在他旁边帮他保存戒指的那个伴郎,故意做出裤子口袋里找不到戒指的动作,这个出乎意料的玩笑,让新郎露出了着急的表情,最后在他西服的内袋里发现了戒指，才使得新郎松了一口气，这一情节引得全场大笑。这真是一出富有幽默感的小品表演，穿插在本来气氛比较庄严的婚礼上，增加了婚典的艺术感染力。

幸福的时刻——两亲家合影

对我们来说，另一个婚礼上没有看到过的程序，就是新人签署结婚证书。在拱门左侧有一个书桌，桌后有两把椅子，由新郎、新娘分坐。另外新郎的妈妈和新娘的舅舅作为证婚人，站在两侧。他们 4 人要在结婚注册官指导下，分别在结婚证书上先后签字，这份证书才正式有效，新人由此成为“合法夫妻”。这与我们在民政局结婚登记处的程序有着明显的区别。此时发生了与旭东妹夫的感情纠葛异曲同工的一幕，新郎的妈妈在看到儿子与儿媳妇接吻以后，也突然表示要在此场合亲吻一下儿子，这是天下的母亲都会有的一种心情，但做儿子的却没有思想准备，流露出措

鹿怡夫妇在婚礼庄园

全家与新婚夫妇合影

手不及而尴尬的表情，虽然有点可乐，但这也是婚典上拨动人们心弦的另一道人文风景线。作为婚典的正式议程就此结束，紧接着是来宾与新人合影留念和露天喝香槟酒的非正式程序。

儿子，让我亲亲你！

2. 中国式的婚庆喜宴

中午在主体建筑的大厅内举行了当下国内差不多形式的婚庆喜宴。由于是在澳洲的婚庆场所举行的，西方文化还是不断地渗透在许多细节之中。如每个来宾安排的桌次是用英文名字，实际上中国人用的是汉语拼音，但按照英文的习惯布排，姓氏在后，名字在前。菜肴也是西餐，一共三道：冷盘是烤鸭，热菜是菲利牛排，甜点就是三层用鲜花装饰的婚庆奶油蛋糕。据我女婿说,这在澳洲是非常高级宴会的菜谱。我感觉不仅味道颇好,而且菜品量亦足,我都没有吃尽。

喜宴中另一个亮点是文化氛围浓厚。除了双方父亲致欢迎词外,双方长辈的代表也很有水平。男方是新郎的伯父,他以激动的口吻说,“今天要多说几句”。一般的情况下,人们是不喜欢来宾过多演讲的,但伯父以家族的角度,回忆了新郎成长过程以及对他的厚望,我们一点不觉得他的发言冗长。小昆舅舅的讲话也同样充满深情,他回忆了他与新娘交往过程中一些难忘的故事,并将长辈的期望归结为四句话:尊敬老人、互敬互爱、同甘共苦、共同创造美好的未来。一位伴娘作为新娘的闺蜜发言也很幽默,且见功力,她回忆了新郎与新娘从认识到最后结为夫妻的过程,对新娘用了一句话评价,令来宾印象深刻:高菲不算很聪明,但有智慧。伴郎以脱口秀的形式,回顾了与新郎的友情。因为是用英语表述,所以新郎也只好加盟翻译,否则来宾中的大多数不能分享其中精彩的“包袱”。另外,曾经获得大学比赛第二名的新郎的歌唱和新娘的舞蹈都体现了新人良好的艺术修养。最雅俗共赏的节目,是让新人背靠背坐在两张椅子

新娘表演才艺

上，每人双手各拿一只黑色的男皮鞋，代表新郎，拿一只红色的女高跟鞋，代表新娘。主持人问某一件事是谁做的，如果是新郎做的，就举起黑皮鞋，如果是新娘做的，就举起红鞋。由于他们两人彼此是看不见的，以此来判断二人是否“心有灵犀一点通”。结果绝大部分的问题，他们的反应是一致的，充分显示了二人的默契程度。

以举鞋方式测试夫妇默契程度

3. 亲情在墨尔本汇聚

午宴后我们先到新房参观，又到小薇妹在墨尔本的家中拜访。小薇妹说，她希望保持上海人的习俗，住在自己的家里，因此也在此地买了房子。两家都是别墅，占地面积都有 600 多平方米，光是卧室就有 4 ~ 5 个。小薇花了 60 多万澳元，比悉尼房价便宜多了。因此这次小昆一家，高家姐妹也都住在小薇家里。我也趁此机会与小昆弟谈了许多彼此的情况。

小昆的两个儿子都非常聪明活泼。两人都会下围棋、游泳、踢足球等各项运动,而且成绩斐然。小儿子钱骏恺是全港儿童围棋比赛4岁组的冠军。大儿子钱骏涵的游泳出色,能连续游2个小时以上。可以看得出,弟媳王芊也为抚养孩子付出了辛勤的心血。我们建立了微信联系,希望大家珍惜这份宝贵的亲情,能够天长地久。

晚上我们两家的"亲友团"在一家名为金辉海鲜酒家会餐。基本上按照男女性别分坐两桌,我也因此与老陈家许多亲戚坐在一起,知道了老陈家可谓"书香门第",在西安当地,孩子读书有成很有名声。我把我的散文集新作《上海力度》作为礼品送给了小薇亲家陈臻、魏静伉俪留念,也把中西合璧的书法作品《桃花溪》送给新人,希望他们在澳洲为宣传发扬中华艺术多做贡献。新郎因为从小生活在国外,中文根底有限,他让新娘告诉他其中的内容。我事先做了准备,为他们打了一张纸,用印刷体就很容易理解了。具体内容如下:

《桃花溪》

(唐)张旭(翰墨琴书)

隐隐飞桥隔野烟,
石矶西畔问渔船。
桃花尽日随流水,
洞在清溪何处边?

陈可睿

伉 俪 雅 正

高 菲

己亥年盛夏平雷书于上海(河姆渡人)(钱平雷印)

The Peach Blossom Valley

Zhang Xu(Tang Dynasty)

Dim an arching bridge cross, Veiled in moorland haze.
On the west bank, by the rock close, I ask a fisher boat about the maze.

All day long the peach petal flows, on the stream that that attracts my gaze.
In which place as I come and doze. Is found the cave that stays?

To: Steven and Isabella

Written by Qian Ping – lei

In summer 2019, Shanghai China

我在想,因为事先不了解婚礼的具体内容,但其实赠送条幅放在中午的婚宴上也是很合适的,可以在更大范围内宣传中西文化的交融。现在只能在文章和微信中作为补偿吧!

我和妻子与两亲家合影

我把另一幅书法条幅送给小昆夫妇,作为对弟媳和侄子的见面礼!因为我们预定的宾馆来电催促我们前去登记,所以我们就提前告辞了,小昆、小薇和新人们送我们到门口,相约来年再见。至此,我们墨尔本的探亲内容全部顺利圆满结束。长期担任科技社团秘书长的我,对组织各种活动很有心得,整个婚庆活动是一项精心策划,细节控制都非常成功的"系统工程"。

七、墨尔本新老景点游览

第三天(9 月 29 日)的上午我们没有安排,回悉尼的飞机要到下午 4 点,所以我们决定先去一处叫作 Brighton 的海滩,这是何子恺介绍我们去的。他说 Brighton 海滩边有许多各种颜色的小木屋,很有情趣,值得一游。我们到了那里,果然是一处很有特色的海滩。虽然天气较冷,没有人下海游泳,但有人利用降落伞在冲浪,倒也是一景。远远看去,墨尔本市区的高楼大厦尽收眼底。最令人瞩目的自然是眼前这些五颜六色的小木屋了。据说这近百座小木屋本来是为人们堆放冲浪用具而建,没想到它们成了游人争相摄影的背景,也成了墨尔本的一道地标风景线。连顾睿表弟书房的文具装饰都是按照这些小木屋样子制作的。

墨尔本海滩彩色小屋

从海滩出来,我们直奔位于市中心的植物园。这确实是一处不可多得的闹中取静的好地方。我们来到一处水池附近,上次我来这里摄影,回去制成图片,挂在墙上,很是优雅。其他各种乔木、花草都比平时看到同种树木、花草要大一号。我们不久前在西澳看到的草树(grass tree)居然也在这里看到了它的特大号,尤其是端头还有果实的样子,这在西澳成千上万的树中,也没有看到过。可惜时间有限,我们还没有吃过午饭,只能在里面兜一个小圈就返回车里了。

中午在市中心的购物中心一家叫“新上海”的中餐连锁店，吃了午饭，就结束了在墨尔本的旅行，去机场还了租用的轿车，登机回了悉尼。

评议与联想

钱　薇：拜读了您的《墨尔本探亲记》，文笔流畅生动，婚礼现场的一幕幕场景再现，让人回味无穷。我们会把婚礼的照片、视频及美好的文字描述保存起来，留下美好的回忆，非常非常感谢你们。

钱　昆：哥，一篇很棒很快速的纪实文章，图文并茂，拜读了！还佩服您一丝不苟的做事态度，这正是我们钱家的风格。

高旭东：宝贝女儿出嫁，是老爸与女儿的幸福时刻，也是人生百感交集的时候，有点不舍，总体感觉是好的。老爸交班，盼女儿、女婿相亲相爱，相互理解、包容，白头偕老！

顾　睿：拜读了《墨尔本探亲记》，写得非常详细，平铺直叙，富有亲情，犹如在聊家常，给人亲临现场之感，为能在墨尔本接待我们还一直保持经常联系的至亲天仪姐和平雷兄，感到非常高兴和荣幸。你们的来访加强了我们亲戚之间的凝聚力，感谢你们馈赠的书法作品和茶叶礼品，我们都非常喜欢，希望常来常往，亲戚常亲，亲戚更亲！我们期待悉尼再聚……

张豫鲁：这么快三篇大作就出炉啦！你的文章读来很有趣。你们来我们家做客，我们不胜荣幸，似乎又拉近了彼此的距离，招待不周请见谅！

倪英浩：字里行间感受到的是轻松惬意。

顾正兰：文章介绍得很详细，长知识、长见识了！谢谢平雷同学。

章杏波：作者走出国门，在海外所到之处，身体力行，以介绍并弘扬中国书法传统文化为己任，值得国内各地林林总总的书法协会借鉴！作者在本文中细致入微地介绍了澳洲华人中西合璧的婚礼文化，值得一读！

夏　萍：钱老师的记忆力绝对高超！整个婚礼程序，在您详尽的记叙中，显得细腻而温馨。由于是中西合璧的婚礼，有相同也有不同的形式，尤其是意想不到的幽默情节，让人记忆犹新！

钱鹿怡： 虽然我也是亲临其境，但是前几天因为“美篇”暂停的缘故，光有照片或光有文字，都没有像今天的“美篇”以图文并茂的形式，效果来得更好。

陈素娣： 又一次拜读了钱哥的探亲记。钱哥详细的叙述，生动地描绘，让我们不出国门就亲临了一场有中国特色的异国婚礼。钱哥你们这一大家子(包括亲戚)真了不起，个个都是有才能有成就有气质的成功人士。为你们点赞为你们骄傲！

钱丽臻： 你们的墨尔本之行，真精彩！

顾亚民： 看平雷同学的散文，文人气息很浓，这也是作家行文的标配吧？好处是你娓娓道来、我悠悠地欣赏，对了解异国风情及人际交往还是大有裨益的。平雷的汉字已能写成条幅，书法的造诣就很高了，是常舞文弄墨带来的成果，古稀之年岂不也是一种精神上的享受。祝平雷同学旅居愉快、阖家幸福快乐！

周文华： 唱首歌献群里的老友，也献给钱作家辛苦文字的耕耘，给了我们开阔对异国风情认识的机会，如老顾所言确是如此，也增加了乐趣，谢你了，歌唱得不好谢意却在。

倪纪芬： 看了钱同学写的《墨尔本探亲记》，感觉好像是钱同学家的某亲戚，因没能一起参加这次的探亲，而只能从钱同学处探听那时的景况。而钱同学详详细细地娓娓道来，每个环节一丝不漏，把你领进现场。钱同学的文章、条理清晰、层次分明，读来轻松自在、引人关注，真的像跟在身边亲身经历一样。参加婚庆宴会是最快乐的事情。看，在钱同学的笔下和拍摄的照片中，让我们看到的是两位新人笑脸写满幸福，两眼含着甜蜜的场景，祝贺的人们也都欢乐潇洒。喜气四溢的气氛感染了我们。让我们衷心祝福新人幸福永远，白首偕老。

张星玲： 钱总在海外的生活丰富多彩！你总能对所有的生活细节，都写出让人看后，感觉如此贴近生活接地气的文章。每一篇短文看后，都会让人急切地期盼着下一篇。这就是科普作家写作特有的个性化文章的魅力。

悉尼日记节选

2019年11月3日　星期天　多云有阵雨

一座硕大的市内公园

在澳大利亚，人们把星期六叫作家庭日，这往往是一家人外出游玩的日子，星期天才叫作休息日，待在家中。但政府鼓励人们在星期天走出家门，所以悉尼所在的新南威尔士州还有在星期天除了飞机，乘坐所有交通工具，只要买一张2.80澳元的票子，随后一整天的公共交通费都可以免费的政策。所以星期天一家人外出旅游，成了许多家庭的选项。

我和妻子平时就在女儿家所在的一个相当于上海徐家汇那样的副中心卫星市镇里生活，因为这里商业发达，除了数座大型购物中心外，还有不同国家后裔的澳籍商人开设的商店，光是华人开设的大超市，就有5～6家，中国各地菜肴食品的食材，基本都可以在此地买到。因此，我们平时一般就在家中待着。另外，由于与北京时间有3小时的时差，导致作息时间的差异，使我们与国内的亲友很难进行电话或微信的交流，同样也不便同步观看国内的电视节目。上述原因让我们感到海外的生活很寂寞和枯燥，不免流露出希望早点回上海的意愿，但原定的机票日期已经确定，不可能提前返程。女儿和女婿看在眼里，所以在周末尽可能带我们外出旅游一番。

我们到澳洲已经有4～5次，澳大利亚的主要城市都已经去过了，悉尼市以及周边城市的大部分著名景区也差不多都玩过了。澳大利亚毕竟是一个年轻的国家，没有太多的历史文化积淀，悉尼带有一点文化的景点，诸如悉尼歌剧院、港桥、达令港、植物园等都玩遍了。可以吸引人的自然的景物，什么动物园、各处海滩也基本上都去过了。在上海因为没有正儿八经的碧水蓝天的沙滩，所以对海滩有一种充满憧憬的向往。但在澳洲，沙滩太普遍了，我们又不像当地白人喜欢晒太阳，相反还怕晒黑了皮肤，所以没有多去海滩的兴趣。对于购物更是没有兴趣了，因为大多数的物品，国内都有，况且这里出售的各类物品，基本上都是“Made in China”。

女婿说，今天要带我们去一处公园踏青，这座公园叫 Centennial Park，翻译成中文叫世纪公园，就在邦迪海滩附近，保证我们没有去过。上午 10 点多，我们带着野餐的沙拉、面包等食物、铺在草地上的防水垫等用品，由女婿开车前往。只过了 10 多分钟，跨过港桥不久，就到公园了。我对悉尼地理基本没有概念，其实邦迪海滩就是离市中心很近的一个地方，公园则更近了，大约只有 3 ~4 千米左右。因为如今悉尼市区扩展了，所以这座公园就在市区里。它有一座很像样的大门，而且周围有围墙。围墙外车水马龙，因此人们一般以为这是一座普通的市区公园。当我们的车子开进公园，按照这里景区的常规，应该到门口人工智能收款柜，支付一笔费用，然后根据规定可以泊车几个小时。这里却可以把车开进园内的主干道旁停好，没有时间要求，也不必付费。但一辆车接着一辆车停在那里，车主要找一处空位子停进去，也并非容易。不过毕竟游客还是有进有出的，等一下总可以有地方停车。

我下车粗粗地环视了一下，园内的视野一望无边，是一座典型的英伦风格的园林。环境优雅静谧，大片草坪绿草茵茵、高大茂密树木葱葱、春天百花盛放争艳，空气中弥漫着青草和花儿的芬芳。尽管最近的一块草坪上有一群人在打板球，有喊叫声发出，但在这广阔的公园里，响声显得可以忽略不计。没想到园外是熙熙攘攘的城市生活，园内则是另一片天地，显得宁静、安逸、舒适。女儿事先查阅过网络，她说，这座公园最有特色的是拥有大片人工挖掘的水域。于是我们首先去寻找湖泊了，越过一道由大树排列组成的围屏，来到一处面积不大的池塘边，看见有各种鸟类、禽类自由自在地在岸边蹲坐或水中游弋，没有因为人类的走近而避让，甚至飞去。给你的感觉就好像回到了原生态的自然世界，仿佛这里的主人是这些大摇大摆的鸟儿，而你反而只是一个过客。池塘的另一侧是一片面积不小的花圃，花田的周围还有长椅，让游客静下心来，仔细地观赏争斗芳菲的各类花朵。这里最引人注目的应该是各种颜色鲜艳的月季花了。人们纷纷都在这里捕捉春色，用相机或手机拍下自己与花朵融为

与女儿在悉尼世纪公园

一体的倩影。长椅背后又是一片像是一条河流的水域，岸边有一对年轻的夫妇带着一个小孩，正在拍照。显然是丈夫在为妻子摄影，因为妻子衣着实在鲜艳，所以不免吸引着其他游客的眼球，这是一幅从来没有看到过的画面：妻子里面是湖蓝色的比基尼内衣，外面裹着一块同样颜色的布，把看上去快要分娩的大肚皮露在外面。如此寻找美感的“艺术创作”，实在让人叹而观之。想来他们是想表达大自然和人类的生态融合到一起的意境吧！

前面传来演奏着中国乐曲的笛子声音，伴随着一个唱得还算不错的男中音的歌声。我们迎着音乐方向走去，前面是一棵有粗壮树干和巨大

树冠的桉树，一群华人正在树下演唱中国歌曲。我们在离他们不远处的另一棵大树的树荫下，铺开了垫布，一边用起了野餐，一边欣赏着久违了的一首首熟悉的中国歌曲。这时呼啦啦来了一大批华人老头、老太，几个老头戴着一顶小红帽，不少老太穿着盛装裙服，一副过节的样子。一位老头还打了一面红旗，上面还有 8 个大字："走遍悉尼　结伴旅游"。哦！我知道了，他们就是悉尼的华侨、老年华人组建的团体"小红帽"。这一团体开始的目的是利用当地星期天只要买 2.80 澳元/张的票子，可以免费乘坐一天的公共交通的政策，把那些平时照顾儿孙生活的老人们请出家门，结伴旅游，融入社会生活。后来逐渐又把唱歌、舞蹈、书画、烹饪等活动开展起来了。我曾经采访过他们，写了一篇名为《戴小红帽的"老年大学"》的散文，登载在我最近出版的散文集《上海力度》里。果然，眼前的这些老人如同鱼儿回到水里，顿时活跃起来，载歌载舞。我们的午餐就是在这种氛围中完成的。

餐后我们赶紧收拾起餐具，又去寻找那大片的水域了。一路上看到 2 处纪念碑形状的塑像，也不知道它们代表什么意思，更多地看到公园里有人在跑步，有人骑车锻炼，有人在悠闲地散步、遛狗，也有不少是一家人坐在绿油油的草坪上野餐，这里没有烦忧、没有喧嚣，真是一个让人心旷神怡的休闲场地。终于到了一处经人指点是所谓最大的水域的地方，但我发现也并不像我们想象中的那么大。那里有不少黑色的大鹅和其他水鸟在浮游，令人惊奇的是水面下有许多硕大的草鱼在游动。啊！这里是人工湖，因此与外面的水域并不连通，所以是淡水湖。平时也没有人捕捞或垂钓，所以才会有如此高密度的鱼群生存。在此湖的旁边，还有几个面积不等的水域，它们的中间是由于道路的交叉而稍微宽阔的地带，有个亭子可以入内餐饮，旁边还有临时供应餐饮的流动车。这时我才明白，其实这里的水域面积大是合计的面积，它们都被道路阻断成为小面积的水域了。女儿从网上搜索的地图，是缩小比例的，图上的道路只有一条线，所以看上去水面似乎连成了一大片。那个亭子里没有厕所，经人指点，走 100 米远左拐，就可以看见厕所了。我们走了 100 米一看，天哪！厕所位于眼前有 3 ~4 个足球场大草坪的远端,那么大的草坪居然空无一人。这片草坪要是在上海就好了,有多少青少年可以在上面举办各种活动游戏啊!

这座看似没有什么惊人特点的公园究竟有多大? 我向女儿要了她的手机,看看她从网上下载的有关该园的内容。原来这座不起眼的公园还是有其历史和特点的。它始建于 1888 年,是为"纪念发现澳洲"100 周年而建立的,所以它被叫作世纪公园,也称百年公园。在澳洲也算有历史纪念的场所了,还被列入国家遗产登记册(NHR),成为澳洲第 115 个国家优秀遗产,那 2 处纪念碑大概就是它的历史见证物。其中一座是 1901 年 1 月 1 日那天,成千上万人涌进世纪公园,见证了《联邦宪法》的颁布,原来的 6 个独立的殖民区改为州,组成了澳洲联邦,在世纪公园举行典礼,它为标志澳洲民主制度的建立而竖立。世纪公园占地 220 公顷,相当于 6 个上海长风公园的面积,是悉尼市最大的公园。已经到下午 2:00 多了,这么大的公园我们没有精力继续游玩了。拖着疲乏的步伐,找到了自己的车,又穿过了几处大草坪和树林。还看到几处不知名的建筑物,终于开出了公园的大门,又回到了车水马龙的街道中。

评议与联想

倪纪芬:钱同学的日记图文并茂,很吸引人。"金窝银窝不如自家的草窝!"钱同学犯乡愁了是人之常情,特别是老人更容易恋旧。钱同学是作家,有写作的特长,多记多写能让时间过去快点。我们看日记既增加知识也开了眼界,还得感谢钱同学。

楼珍珠:平雷同学介绍得十分详细,仿佛把我带进公园游玩了一圈,真好,谢谢!

许利利:每次看钱同学的游记,总有跟着一起游览的感觉,让我不出国也享受到了异国风情。看惯了国内景区人头涌动的场景,很是羡慕澳洲能让游客自由自在享受大自然的景色。老话说"金窝银窝不如自家的草窝",钱同学字里行间都流露出思乡的情结,进入老年阶段这种情感会越来越强，一点也不奇怪。趁身体还能走得动，就多走走，女儿女婿那么孝顺，多有福气呀，好好享受，我们也搭个便车，实地去不了，看看你的介绍也不错！

陈文霞：国人已习惯于热闹，而澳人愿与自然融合，这也是文化差异的体现。

顾正兰：你详细地描述了这个公园，让我感觉好像看见了公园，也游园了！功力深厚！文章吸引人！

章杏波：地广人稀与地窄人稠，各有利弊，各显春秋！

2019 年 11 月 10 日　星期天　多云

一座有山有水不起眼的公园

在澳大利亚的城市里，有许多绿地和公园，这跟当下中国城市建设的思路是差不多的。但是由于国情不同，他们的公园往往面积很大，但游人稀少，悉尼也是如此。尤其是有些公园还很不起眼，然而当你进去一看，它的设施还相当完备，都有野餐和烧烤的条件，供游客使用。上次来悉尼，女婿说附近有一处公园，被他称作“后花园”，就是这样一座公园，它除了有一些道路、水域和休闲、娱乐设施安置的场所外，大部分面积都是随着丘陵地形长在山上，高大树木的人工修理痕迹很少。今天又去了这么一座有山有水的公园，它位于离女儿家不到 10 分钟车程的一个地方。

午休后，2:00 多了，女儿对我和妻子说，今天要带你们去另一座公园。我们说，这么晚还能游览什么？她说，很近的地方。也不由得我们表态，她和女婿就把我们拖上了车，朝着他们家所在的市镇的北面驶去，走了没有多远，在跨越一座桥梁的时候，女儿指着左侧下方的河流说，“下面就是这座公园”。这个地方以前汽车也经常路过，我们可以看到河流里停泊着一些游艇，它们的桅杆顶部，就在离路面下方不远处，但没有留意，因为在悉尼这样类似的地貌很多。其实她和女婿也没有到过这座公园，因此也不知道公园的入口处在何处，于是顺着这条正在行驶的道路，开了很长一段路，才找到一处可以拐弯的十字路口，回过头来，沿着道路的右侧继续前进，于是看到了路旁有公园竖立的引导标志牌，我们随着标志牌的指引，来到了公园的入口。在入口不远处，呈现了一个T字路口的地貌，T字的顶端竖立着一块公园由两种颜色木板组成的标牌，上面天蓝色的标牌上有以下的文字：Garigal National Park（加里杰国家公园），下面一块较大黑底白字的标牌上的文字分为上下两部分：上面是：Davidson Park boat ramp（大卫逊公园船坡），下面是：Davidson Park picnic area（大卫逊公园野餐区）。这“船坡”是什么东西？反正是与船有关的，与我们无关，于是女婿将车右拐，向公园野餐区驶去。

在门口的人工智能收款柜，女儿支付了一笔8澳元的停车费，说是可以停泊一整天。里面可以活动的场地其实就是沿河的几块面积不大的草坪，上面有可以野餐的固定桌子和长凳。旁边有若干个停车的车位。一些白人家庭在草坪上休闲。我打量了这里的景色，河流大约在50～60米宽，但呈弯曲状，不能一望到边。左侧的上方就是我们来时的那座桥，旁边有更高的山坡，坡上小别墅星罗棋布地淹没在绿树丛中。往右侧看过去，河流随着地形蜿蜒曲折地流向森林的深处。确实是一道油画般的自然美景。

河岸用石块砌成，上面有一些中年人在垂钓。虽然是春天了，天气仍旧有点春寒料峭，那几个静坐的钓鱼者，也有人把连在衣服上的帽子戴上。河水随岸边的沙滩坡度往下延伸，从清澈见底的碧绿的颜色逐渐变深蓝。我发现河岸的石块上长满被抠去肉后的牡蛎壳。啊！原来这条河是一条咸水河流，它是从悉尼的外海流过来的支流。悉尼市紧紧地靠着太平洋，由支流直接连接内陆，所以刚进入内陆的地方，支流很宽，不像河流，而像内海。悉尼歌剧院旁的港桥就是跨越内海的大桥。内海还有若干条支流，流经悉尼市区各处。它们不像上海的黄浦江水经长江通海是淡水，这里是咸水。

看着附近有人在活动，我们上车朝着园内更深处驶去。谁知道没走多远，主干道就被木栏阻断了。车子只能到这里了，女儿、女婿他们也就

不起眼的公园

只能把车停在原地了。我和妻子下车往木栏旁的缺口处走去,栏杆那边的路面也由沥青路面变成了土路。往前看到河流往森林深处流去,又看见对岸有人划着2只小船在靠岸,我们想或许前面是该条河流的端头,或者有桥可以到对岸去领略其他的风光。于是我们两个继续向前走去,路的两侧,一边是河流,另一侧是石壁和长满大树的陡坡,这里的空气确实清新,沁人肺腑,用妻子的话说,我们在“洗肺”。不知不觉我们走了很远了,只听见女儿从远方传来的喊叫声:“爸爸、妈妈,你们在哪里啊!”我们回答,只见她急匆匆地赶了上来,埋怨我们不打招呼就走远了,她和女婿不知我们的去向,打手机我们又不接。见到我们,她给女婿打电话,说找到我们了,让他就在原地等着。于是我们三人又继续往前走,道路随着河流的走向延伸。一路上景色宜人,春天的气息不断提示我们取景摄影留念。旁边的石壁有被人工雕琢或雨水打磨的痕迹,颇有历史沧桑感。当我们发现这条路再继续往前走,没有尽头时,就返回了。途中,发现路旁有一只比猫大的野兽突然钻入灌木丛中,不由得一惊。正好迎面走来一个年老的白人，我问他是什么动物，他回答了一个英文名词，我也听不懂，连我女儿也不懂，只能作罢了。我又在叹息，如此美丽的自然景色，居然没有几个游人，实在太可惜了。

河流往森林深处流去

回到他女婿身边，他正坐在刚才垂钓者的地方观景，那几个人已经不知去向。女婿说，堤岸上的石块被太阳晒得很暖和，坐在上面很舒服。我也坐了下去，果然很热。我们出了野餐区，又向船坡区驶去，进去不远，就一目了然了。原来这里是游艇码头，这里的水面更加宽阔，如同一个小小的湖泊，不少的私家游艇停泊在这里，有一个方向通向外海，只见一艘快艇向码头飞驶而来，上面有大人和小孩。所谓"船坡"，其实就是游艇上下水的地方。它是游艇的主人驾驶着小汽车，后面有一辆拖车，将游艇放在上面，从家里运到此地。然后将拖车的后轮先置于坡顶，小汽车倒车，将拖车推入水中一定深度，游艇遇到水，就浮了起来，当船身全部推到水里后，小汽车向前开，将拖车拉出坡道，船也就下水了。我问女婿，买一条游艇要多少钱？他说，游艇本身并不贵，与一辆轿车差不多，但是一年运

女婿一个人坐在静静的湖畔

营保养和维修的费用甚至比游艇的价格还要贵，一般人是玩不起的。

我们就此结束了本次游览，只花了 10 分钟就回到了家中，原来返程不需要绕行。这是离家很近的花园，但“近在咫尺”一座有山有水的公园，居然连在此生活了 10 多年的女儿、女婿也没有来过！

评议与联想

顾亚民：看了平雷同学图文并茂的澳洲游记，有股亲切感，真是“伫立山水间，悠然对春风”。一派田园牧歌式的诗情画意，一种始终保持着生命青春阶段的新鲜生动。文学的生生不息，佐证着一个作家的价值。

陈素娣：钱哥，你又去澳洲了。你的文笔真是好，在你的详细记述和生动描绘下，我看到了一个看似不起眼，谁知进去却是别有一番洞天的美丽公园。真是太赞了！

倪纪芬：天空碧蓝，河水清澈，山峦叠翠，草坪如茵，让人心旷神怡。生活在这样的环境里能添福添寿。钱同学好好享受吧！

梁学苏：真如陈天仪所说，是个洗肺的好地方！令人心旷神怡！

张星玲：这种体验是跟随旅游团享受不到的感受。

陈文霞：悉尼这样的地方似乎很多。年轻人节假日愿意去海边野炊和钓鱼，还有房车可以露营，我们也曾经去垂钓，兴奋不已。可惜天然公园游人稀少，但也起到了城市肺的功能，澳洲保护得很好。

钱平天：平雷的"日记"，叙述了一次悉尼闹市区家居附近的公园游，意想不到竟然是如此大面积、如此少游客、如此美的自然景色！这是我们中国城市不可能有的事，也是澳大利亚地大人稀的缩影。记得我们去澳大利亚塔斯马尼亚，面包车在公路上开几个小时，虽见有房子或建筑，却难得见到有人，印象深刻。

2019 年 11 月 13 日　星期三　晴

幸福的一天

今天是本次来澳大利亚后，最开心的一天，也是最幸福的一天。今天是我妻子 70 岁的生日。她生于 1950 年 11 月 13 日，因此是虚岁 70。中国人一般是按虚岁做寿的。2015 年 4 月 17 日是我 70 虚岁的生日，也是在悉尼度过的。女儿、女婿事先瞒了我，在市中心最高级的中餐馆预订了酒席，结果虽然远离上海，没有与兄弟姐妹一起做寿，但与自己的小辈一起庆生，也是一个不错的方式。这次轮到妻子在澳洲过生日了，女儿、女婿又悄然在市中心那家著名餐馆预订了酒席。可是事不凑巧，20 多天前，她的义齿在一次啃鸭脖子时，折断了，在此地找了 5 家牙科诊所，对她的钛合金与塑料组合的义齿如何修复，都表示无能为力，看来只能回上海粘接修补了。这对妻子的精神打击是很大的，几乎所有的食物都无法咀嚼，只能如同婴儿般吃一些粉碎过的食物。离我们预订返程机票的日子，还有一个月的时间，如果立即回上海，每张机票要加 4 000 多元人民币，与我们原来预订的往返机票的价格也差不多一样了。平时比较节俭的妻子，自然是不愿意提前回国的。况且她这次来澳洲探亲，还有陪同最近工作不太顺利的女儿的目的。因此她决定还是按照原来的计划时间回上海。

眼下的情景,妻子是不愿意到市中心餐馆庆生的,自然也谢绝了其他在悉尼的亲朋好友准备为她祝寿的打算。她只想在家中静静地度过70岁的生日。我当然也只能尊重她本人的意愿了。但女儿、女婿却悄悄地做了许多的幕后工作,他们为妈妈预订了生日蛋糕,女儿在当天还购买了一大束鲜花和一只印有“70”字样的紫色氢气球。家中的节日气氛马上呈现出来了。

幸福的时刻

在等待女婿下班回家的傍晚时分,又传来了另外一个好消息:女儿被一家著名的大公司正式聘用了!女儿在澳大利亚完成了硕士学业后,就留在悉尼成家立业了。她从最基层的会计做起,逐渐做到了一家新西兰的跨国大公司主管会计的职位。当她的顶头上司财务经理不幸去世后,她遇到了“玻璃天花板”,公司甚至明确告诉她,因为她不是澳籍白人,没有晋升的可能,还找了一个业务远不如她的白人领导她。面对那个女人对下属盛气凌人不讲理的挑剔,女儿选择了辞职。但后来工作的两家公司的企业文化,都让她心情不能感到舒畅。能够找到一家理想的公司是她的愿望。这次提交简历的这家公司里,有她的一位大学同学,一直在这里工作,业务水平也提高很快。能去这家公司自然是最理想的了。据说当时面试时,女儿自我感觉并不好,但事后公司却通过人力资源部通知她录用了,并让她等待公司内办理一系列程序后的合同发送。原定说本周一、二会通过电子邮件把合同发给她,但直到今天星期三了,仍旧没有消息,全家人的心情不免有点惆怅。如果周四仍旧等不来合同文本,女儿准备去询问了,就在这个时刻,她的未来上司给她来了电话,说合同将在今天发出。全家欢欣鼓舞,悬着的心一下子放下来了。

吃过晚饭,收去了碗筷,女儿、女婿摆上了生日蛋糕,点燃插了“70”

妻子 70 岁啦!

字样的蜡烛。蛋糕旁边摆放了插了鲜花的花瓶,妻子坐的椅子背上,系上了气球,生日聚会的氛围顿时凸显出来了。我们以不同形式与“寿星婆”合影,在“祝你生日快乐”的歌声中,妻子合十闭眼许愿,然后吹灭了蜡烛的火焰,开始切开蛋糕,与大家分享。大家都说今天是双喜临门的日子。妻子深情地说,今天是我来澳洲后最幸福、最快乐的日子。随后,女儿把刚才拍摄的照片发到朋友圈中,让亲朋好友们共同分享我们的幸福。现代科技让喜讯顿时传遍天南海北,大家的点赞和贺词像雪片一般从世界各地飞来,据女儿说,她从来没有得到过如此多的点赞。真是一个难忘的夜晚!

后　记: 11 月 17 日我和妻子在女儿的陪同下,去离歌剧院不远处女儿的新单位看了一下。从我们这里乘火车到市中心的一个站,然后可以搭乘马上就要开通的新颖有轨交通,一站路就到了她的公司门口。我们在过港桥时,就可以看见她新单位的那座办公大楼屹立在内海的岸边。看到这里的环境是很不错的,我们感到很欣慰,嘱咐女儿要珍惜。在她们

在海关大楼前

海关博物馆地坪下的城市模型

公司隔壁是一座老式的建筑——海关大楼,如今淹没在周边的高楼大厦群之中。我因为想上厕所,就走了进去,没想到这里现在已经成为海关文化传播的展览馆了。根据我对建筑的了解,这是一座典型的英式建筑,与上海外滩的原汇丰银行,现浦发银行的结构一样。四周是大楼的办公用房,中间的大厅是直通向上的玻璃天棚。底层大厅两侧分别是报刊阅览和图片展览的区域。最令人关注的是它的地面是一个坑,上面铺设的是玻璃地板。坑里是悉尼市中心区的立体微缩模型,就是与上海城市规划馆里上海市立体模型一样的东西,当然规模比上海的小多了,但还是做得比较精细的。许多游客都在这里拍照留念,我也照了几张,但由于天棚有光线射下来,到了玻璃地面上有反光,因此照片的效果都不理想。但这个意外的收获,还是值得写上一笔的。

评议与联想

钱平天：平雷的这篇日记描述了在悉尼幸福的一天，图文并茂，洋溢着一个幸福家庭的快乐，真好！

顾　睿：真为鹿怡找到新工作感到高兴，希望一切顺利！

张豫鲁：鹿怡，祝贺你找到了理想的工作，真为你感到高兴！

顾　颖：祝天仪大姐生日快乐！鹿怡工作顺利！全家幸福安康！

包秋莲：真是幸福的一家！女儿、女婿孝顺。祝钱太太七十大寿福星高照，全家健康长寿，幸福美满！

梁学苏：此文感动我的心！

甘党生：好温馨，好舒心，好幸福啊！

羽儿(网络名)：祝天仪嫂子生日快乐！哥嫂身体健康！祝贺鹿怡进入称心如意的大公司！

陈素娣：祝贺钱哥双喜盈门！夫人七十大寿，女儿被心仪的公司聘用，祝贺祝贺！真是太幸福了！

2019 年 11 月 18 日　星期一　多云

一群长寿的新朋老友

澳大利亚与美国、加拿大一样，是一个移民的国家。但移民国家也有两种文化模式，一种是所谓“马赛克”模式，在这个国家生活的移民及其后裔，仍旧按照自己祖国的文化和习俗生活。另一种是所谓“大熔炉”模式，就是把各国移民带来的文化习俗融合到一起，成为一种共同遵循的新文化。澳大利亚、加拿大属于前者，美国属于后者。因此在悉尼、墨尔本等大城市可以看到许多国家来的移民集中居住的集镇或者居住区。我女儿家所在的集镇就是当年由中国香港移民开发起来的集中居住地，虽然也有其他国家的移民，但中国移民是占大多数的。这也就形成了华侨、华人的社区。

当我来到这个地方小住数月，也就与当地的移民同胞有了接触。最早是在2015年2月下旬，这是我第二次来这里探亲了。女儿、女婿给我介绍了他们家原来的业主杨明桥、陈凤平夫妇，他们的原籍是广东。杨先生与我一见如故，很谈得来，两人的话题相当广泛，尤其是杨先生的文学功底很深，对我业余的散文创作很欣赏。他们夫妇与大多数的老人一样，是因为儿子、女儿到此“洋插队”站稳了根基后，才移民过来的。杨先生、夫人每天上下午两次到离我女儿家200米不到的一处体育场打拳、散步以及社交聊天。这座体育场由于它的地理位置适中，交通方便，所以成为当地居民体育锻炼的理想去处，也是悉尼市各级俱乐部开展板球、橄榄球比赛的一处基地。该场地四周有低栅栏圈地，中间是草地铺设的运动场地，虽然其面积与标准运动场的大小差不多，但没有跑道。周围有几处简易的看台和记分牌。栅栏外侧是按照地形走势铺设的1米多宽的水泥步行道路。大多数人就是沿着这条道路跑步或散步，将此作为自己最主要的锻炼方式。我与杨先生就是每天下午在这里碰头，然后一边走，一边海阔天空地聊天。在此期间，经杨先生介绍认识了我的同济大学学姐黄素芳女士和她的先生，他的先生也是我妻子的学长刘粤秀医生，他俩也是每天下午在水泥道路上步行锻炼的。我和妻子还因此在女儿陪同下登门拜访过刘、黄夫妇，并与他们一直保持了联系。另外，也是经杨先生介绍，认识了每天清晨来此锻炼的苏州籍歌唱家黄鑫霖老师，并与他成为微友，联系至今。那次探亲我们住了50多天就回了上海。

2018年6月，我和妻子又一次来到悉尼探亲，仍旧与杨先生一起每天下午到体育场步行聊天。但这一次不在水泥道路上行走了。杨先生说，医生朋友告诉他，一直沿着水泥道路行走，由于路面的倾斜，容易对脚的关节造成损伤，于是改成到场地内的草坪上以来回散步的方式行走。此时，黄素芳学姐也与杨夫人陈凤平等6~7位女士在草坪上，一边慢慢地散步，一边谈心，聊着家常。黄姐去年已经86岁了，除了杨夫人外，其他几位也都在80岁上下了。但是令人惊奇的是她们的步履都很稳健，一点没有老态龙钟的样子。刘医生因为已经90岁了，他不再随夫人来体育场锻炼了，但我仍旧能遇到他独自在街上购物。有时我和杨先生与她们迎面走过，杨与她们会打打招呼，开开玩笑。其中有一位是上海第一医学院毕业的张医生，另一位女士杨先生叫她“包大人”。她俩的先生有时偶尔也来体育场，“包大人”的先生叫姚振亚，也是一位上海人。“老乡见老乡”，我对他有一种天然的亲近感，我把他请到我女儿家，送了他一本当年出版的拙作《上海广度》的散文集，而其他再也没有过多的交往。等我9月上旬回国后，杨先生夫妇也已经在悉尼生活了19年，在当月的下旬回广东养老去了。这两次探亲，与杨先生每天下午的见面，几乎成了我们双方生活中不可或缺的内容了，当彼此告别时，都有一种失落感油然而生。

杨先生的文学功底很深，他曾以一首七律诗《七律　悉尼夜读幸福三部曲》，答谢我送了他《幸福相对论》《幸福就在当下》和《幸福永伴你我他》三本散文集：

看似寻常却有缘，
故乡明月故人前。
路桥未尽鲲鹏志，
笔墨催成锦绣篇。
科普风情具一统，
工程艺术竟双全。
悉尼夜渡浦江水，
三上平雷幸福船。

今年我再一次来澳洲探亲，每天去体育场散步，毫无疑问仍旧是必不可少的，但是没有了交流对话的对象。我一到悉尼就去拜访了刘、黄伉俪，黄学姐今年患病动了手术，身体恢复得还不错。刘医生也因此受惊。黄学姐仍坚持每天下午去体育场与她的伙伴谈心散步，她大概觉得，这已经成为她身体健康补充正能量不可缺少的源泉了。但不久后她还是下了决心按照惯例回上海探亲了，那里还有她的原单位和姐妹、同事让她牵挂,她要到明年元旦才回悉尼。于是我就成了体育场散步的“孤家寡人”了,因为其他女士我毕竟都不熟悉,但老年人与社会接触是非常重要的因素。所谓“一位老伴、一个老窝(房子)、一些老底(积蓄)和一群老友”是养老的“四大要素”的说法,说明老友是如此的重要。老头朋友找不到,就只能找老太朋友了,趁着黄学姐还没有赴上海的机会,我随她与张医生、“包大人”等几位面熟陌生的女士,一起散步,也逐渐熟悉起来了。“包大人”实际上叫包秋莲,她把自己的先生请了出来,让我与他一起散步聊天。于是我与姚振亚先生开始了与杨先生一样的“两人世界”的交流。可能原来姚先生也是因为没有男“伙伴”,不是每天出来的,有了我这样的“搭档”,除了行走速度可以比女士们快一点,还有男人间兴趣的话题可以交流,比一个人围着操场行走,估计心情要轻松一些。两个多月的时间,我们几乎也把天南地北的各种可以交流的话题,也都聊了一遍,彼此有了更多的了解。

围着体育场散步的华人朋友

姚先生与我也有不少交集。首先我们都是上海人,上海的地理、历史、习俗、文化等,让我们有更多的共识。他的夫人是浙江人,我的祖籍也是浙江,所以浙江的风土人情也是我们可以交流的话题。他从上海出去参军 23 年,其中 18 年是在东北度过的,我在大学毕业分配时,也去了东北 5 年,于是东北的许多东西,包括东北的物产、饮食、风俗、气候等,又都成了我们共同的怀旧对象。我还知道了姚先生走过的历程,深感他是勤奋的一生,成功的一生,幸福的一生。他事业有成,妻子贤惠,小辈孝顺。尤其是他的女儿、女婿业绩更为突出,是我们华侨、华人中的楷模。当他们的女婿在国庆 70 周年应邀去北京观礼时,我也分享了老姚的喜悦和自豪。

与那些老大姐们,虽然相对接触要少一些,但有时姚先生因故还没到现场,或有事不来时,我也与她们一起行走交流,逐渐熟悉起来了。她们女士之间都互相称呼名字,不带姓氏。她们亲切地把张医生叫作白蒂,于是我才知道她的全名叫张白蒂。从张医生那里我才明白,这体育场结伴行走还有一段来历呢!最早可以追溯到 10 多年前,她和她的先生以及杨先生、夫人等 6 ~ 7 对移民澳洲的夫妇,每天晚上一起散步。到如今,如同“铁打的营盘,流水的兵”,行走还在继续,但伙伴却因为搬迁、回国、疾病、去世等原因,不断发生了变化。除了移民来的,还有像我这样临时来探亲、带孙辈孩子的老人不断加入这支“队伍”。张医生是“资历”最老的一位了。我看到其他大姐们都很尊敬她,她们之间有微信群,如果今天谁不来,都会向她打招呼。我戏称她为“领导”。另一位叫张子君的大姐,是从大连退休来投奔儿子的。她告诉我,在国外老人会很孤独,就得自己寻找朋友。她以自己的体会指出了“老友”对老年生活是何等的重要!还有一位叫林水珍的大姐,她是马来西亚华侨,她告诉我,她的先生还与张医生老伴吴先生是同学呢!她们中有一位来自北京的老太,说着一口标准动听的北京话,她叫刘玉民,她和她的老伴是来此带外孙的。她也加入了行走的行列,她的老伴经常在操场周边的长椅上与其他老先生聊天。以前我总在体育场看到一位坐轮椅的老人,围着操场在转圈,他以自己的方式进行锻炼。这次张医生也把他介绍给了我,他叫常金锁,大家都称他“老常”,河南籍人,因为疾病和意外导致了下肢瘫痪,但他对生活很乐观,每天早于我们就到操场了。所以我们一到操场先与他打招呼,我开玩笑说,向他“报到”。他也清楚地知道,这些人哪位已到,哪位未到。他的老伴姓于,老太们叫她“惠琴”,也是结伴行走行列的一员。他们的儿子很孝顺,这两天趁着去美国出差的机会,也自费把老娘带去旅游了。大概这是儿子知道母亲长期伺候父亲不易表示的慰问。

我马上就要回国了,他们都很关心,问我何时再来,我也很珍惜与老姚夫妇以及这些老大姐所谓“新朋老友”的友谊。今天我还让女儿陪我一起走访了老姚家,我们互赠了礼品。希望女儿代替我,继续与姚伯伯、伯母的友情。不管我们以后如何,我都会记住这一段难忘的日子的。

我在想,这些老人都在80岁上下,如此高寿还能生活自理,保持如此高质量的生活水准,真是不容易的一件事。其中拥有“一群老友”是一个重要的因素。因为他们之间可以对共同的境遇进行交流,遇到困难、疾病,有地方诉说,有地方可以排解不快,心理上得到了莫大的安慰。这是金钱买不来的最为宝贵的长寿“补药”。因此我把这段经历写了下来,与更多的读者分享这个体会。

评议与联想

高旭东:亲情友情,岁月如歌。

章杏波:他乡遇知音,共度夕阳红。这亦是一种随遇而安吧!钱总适应性强,平易近人,到哪里都能结识新朋友,值得我辈学习。

林福妹:平雷学弟不愧为优秀作家,他的作品很贴近生活,欣赏后感觉自己身临其境。谢谢分享!

张庆琳:平雷写的记叙文,能够将在国外的见闻通俗但详细地介绍给读者,带入亲临现场的感觉,长知识了!

钱平天:这是一个视角,让我们知道从改革开后由于各种原因去澳洲定居的中国老年人现在的生活状况。平雷用很平静的文字为我们展现了一幅普通却饱含深情的海外老年华人日常生活的场景!

包秋莲:今天下雨我们也不去体育场了,谢谢你的礼物,也感谢你热情地与老姚相伴散步,提高了他散步的积极性与兴趣,你们也成了好朋友。明天你们就要回上海了,祝你们一路平安!希望下次来多住一些时候,就可以有更多时间一起散步聊天多开心呀!

汪美丽:钱老师心态好,还经常写写文章,动动脑子,一定健康、长寿。

陈文霞:说得很对,年纪大了结交老友使生活充满了快乐。

杨妙生:平雷,有幸时常读到你的文章,分享你多姿多彩生活的快乐,佩服你无论何时何地都充满了活力,融入社会,广交朋友,真可谓享受人生,享受天伦之乐,非常羡慕你。

谁不说俺家乡好

——北外滩俯瞰记

一

我写记叙文章的速度之快，在微友圈中是公认的，一般说来，头一天发生的事情，我当晚或次日上午就能发稿，大家都会发出惊叹的赞许。但为了撰写这篇记叙性文章，我磨磨叽叽已经拖了4～5天了，至今还没有动笔。

究其主要原因，首先是我登上了位于北外滩的浦西最高建筑——白玉兰广场，让我有机会俯瞰了令我梦牵魂绕的出生地，亲眼看到了我最为

北外滩标志性建筑——白玉兰广场

熟悉的原有建筑、街道，以及已经完成动迁的地块与正在建设中的工地形成的互为交错的地貌，显示出北外滩正处在如火如荼建设的热潮。其次是东道主让我们参观了包括澄衷中学创始人叶澄衷在内，对北外滩有影响的人物的历史文化的陈列厅，这些让我记忆犹新，回忆起许多母校的往事。再者是在晚餐后，让我们看到了可以说是上海滩当下最为绚丽的景色，激起了对自己故乡的情感。

当我觉得应该把这次活动丰富的内容加以记叙，好让与我一样与这块土地有着生活渊源的亲人和昔日的同学、邻居、朋友们，一起分享这份因为有着不解情结而产生的特殊感受，却发现这是一篇不容易写的文章。连文章的标题都让我百般思索，最后我引用了一首民歌《谁不说俺家乡好》做了题目，再加一个"北外滩俯瞰记"的副标题，这才开始了本文的撰写。

二

2020 年 7 月 23 日下午，经过上海市楼宇科技研究会副秘书长，原《解放日报》报业集团宋心昌先生联系了他曾经的上级，崇明区新河镇原镇长，现为金光集团 APP(中国)股东、特别顾问的陈宇先生，邀请了上海市楼宇科技研究会负责人郑惠强、戴晓波一行前往参观，我也因此随行。白玉兰广场位于北外滩的东大名路、东长治路、旅顺路、新建路等四条马路中间。当年我的出生地由唐山路、东汉阳路和商丘路合围的船型建筑，在当地被称为"轮船房子"，它的斜对面就是 20 世纪 30 年代建造的雷士德工学院，"轮船房子"便是这所大学的教师宿舍。如今当周围的老房子几乎被拆尽时，这两座有点年头的建筑，尽管显得"历经沧桑"，但还"健在"。我偶尔还会驱车拐过去看看"故居"，也曾与家族一起到白玉兰广场里的兰馨饭店聚餐，却并没有仔细端详过这座号称浦西最高建筑的全貌。这次趁着时间还早，另外还需要寻找地下停车库的入口，我从外滩地道东长治路出口上来后，沿着东长治路慢慢地开了一段路，才找到入口。当我通过地下车库从它的商场来到地面，在去办公楼的途中，我才发现白

我的故居——轮船房子

玉兰广场并不是我原来以为的一幢超高层建筑,它是由一幢69层的写字楼、39层的名为W的酒店和连接它们的商业裙房所组成的建筑群。我们老家建筑端部的商丘路就直接冲着主楼写字楼,中间大约只有200多米距离。如果站在那里仰望着高达300多米的大楼,说两者"近在咫尺"决不过分。后来用作"海员医院"的雷士德工学院主楼,则与它隔着东长治路相望,但如今这两座先后保持当地最高纪录的楼宇放在一起,老建筑的高度几乎可以"忽略不计"了。以前我们许多同学的家所在的醴陵路、永定路、马厂路也都消失在白玉兰广场的范围内了。

三

在位于写字楼5楼的金光集团的会议室,陈宇先生隆重地接待了我们,他先介绍了他班子的主要成员,为我们每个人准备了精美的《上海白玉兰广场》画册,还运用PPT亲自为我们讲解白玉兰广场建设的背景,技术水平以及业主金光集团的发展历程。尤其是谈到他本人与爱国华侨黄

雷士德工学院原址

奕聪、黄志源家族和董建华先生合作过程的动人故事，让我们印象深刻，感受到我们国家的发展，能有今天的水平，与海外侨胞的爱国热情密切相关，他们功不可没。陈宇先生不愧为“双肩挑”的人物，除了白玉兰广场，他还主持了金虹桥国际中心等上海带有地标性建筑的开发和建设，显示了他对房地产开发和经营管理业务非常在行的功底。同时陈总作为一名曾经的党政干部，懂政治，重视党的领导，在20层处，特地留出一个层面作为党建中心，用于楼宇党群服务站、社区党校、职工服务站等，在同类的写字楼管理中是一种很突出的表现。郑惠强理事长对此给予高度评价。

四

在20层还设有北外滩和虹口区历史文化的展示专栏。迎面首见的版面，就是叶澄衷、蔡元培、鲁迅、瞿秋白、聂耳和夏衍等6个与虹口有关的人物照片。我当然最注意“领头”的叶澄衷、蔡元培了，因为他俩分别是我母校澄衷中学的创办人和校长。前些日子，有关北外滩开发规划中，澄衷中学的迁移如何在北外滩保持澄衷文脉的问题，我曾通过袁嘉蓉副理事长，运用社情民意的形式，向市规划局提出我们的意见，得到了比较满意的答复，今天袁嘉蓉副理事长也看到了这块版面，我再一次感谢她所做的努力。我还看到北外滩如何对不同民用建筑进行旧改的案例之一——春阳里更新改造的版面。

当其他人都在东道主指引下，步向南侧，观看黄浦江在此处面对陆家嘴大转弯的宏伟画面而发出惊叹赞美声时。我却赶快向北侧跑去，看看我的“故居”——轮船房子在哪里？啊，看见了，当年的“高房子”居然只有像积木一点点大了！即使是雷士德工学院，它那飞机机翼形状的主楼，其大小也好像成了一个儿童的玩具飞机啦！我也顾不上寻找更多的熟悉建筑物了，赶快去与大伙儿会合，准备登顶俯瞰更大的视野去了。

五

陈总和其他领导陪同我们前往位于69层顶部直升机停机坪。它与68层的观光层的旅游效应相结合，产生了商务与旅游相结合的奇特效应。我们大家可能在电视里已经看到领导视察时，拍摄此地的镜头，但到实地观看的效果确实是大不一样的。从360°大视角看，几乎把上海市区的风貌一览无余。从“近处”看，北外滩欲与外滩、陆家嘴形成三角形上海城市最精华态势的意图一目了然。这确实是我们以前住在“北外滩”地区的居民所无法体会的。

但由于太高了，我到了这里，东南西北的方向感有点搞懵了。只能依靠自己对当地地貌熟悉的优势，来寻找目标。我沿着停机坪环形的围栏，俯瞰着四周的风光。虽然黄浦江、苏州河交界处的纪念碑，离这里直线距离，还是有点路程的，但在这里俯瞰下去，就近在眼前了，还有那虹口足球场好像也近在咫尺，就是处于沪东的杨浦大桥也清晰可见。我当然最关心的还是我那“故居”轮船房子在哪里了。令我惋惜的是，由于这座写字楼的形状呈白玉兰花瓣型，68层以下主楼的立面顶端有四堵圆弧形山墙，托起圆柱形的停机坪屋面；我寻找轮船房子和雷士德工学院主楼的视线，正好被一堵山墙的圆弧所阻挡，只能仰天兴叹了。我最关心的还有我的母校澄衷中学的地块现状,前两天我与在重庆的表弟柴慈镛通电话,他听他的弟弟说,澄衷中学校园的建筑大多数都被拆除了,包括世美堂,作为学子也很关心是否真实。我说,不可能,因为规划部门在答复我会社情民意的报告中,明确表示了保留世美堂等历史建筑。于是我把视线扫向澄衷中学,发现不仅世美堂、健身房(澄厅)还在,连与世美堂连接的李达三教育楼也还在。这说明上海市规划部门的答复是可信的。我们大家在停机坪合影后就下楼就餐了。在电梯中陈总介绍,这部电梯有先进的"非接触电梯操作"的装置,在防止新冠疫情期间显示了它独特的优势。

六

我们的晚餐是设在高度为172米有39层的名为W酒店的底层餐厅进行的。所谓"W酒店"是万豪国际集团旗下奢华酒店的品牌。当晚吃的是西餐,所以采取了由小餐桌拼接成的长条形餐桌进餐,主宾分坐两侧。陈总与郑、戴、袁三位理事长形成一个"组团",他们长期在上海建设部门或行业里工作,即使过去不一定共过事,但一谈起其他同仁,都是共同的朋友,这几位各有业绩的"成功人士"相谈甚欢。

与我相对而坐的是樊孝通常务副总经理和从复旦大学毕业负责法务的夏胜男女士。从樊总给我的名片可以看出他作为陈总的副手,主要负责技术方面工作。"三句不离本行",我与郭际冬秘书长就和他们聊起了"智慧楼宇"的话题。他们介绍,白玉兰广场是"超5A"级写字楼,他们用"智能化楼宇",英文为"Intelligent Building System"来表示其先进水平。我向他们介绍"智慧楼宇",英文为"Smart Building"的概念。我们在参观中,以专业的眼光,发现白玉兰广场不论是硬件,还是软件都是一流的。但如果用"智慧楼宇"描述比"智能化楼宇"更加合适,而且这就与上海建设"智慧城市 Smart City"的发展战略一致起来了。我会研究和制定《智慧楼宇评价指标体系1.0》已有七八年时间了,它包括绿色建筑、自动化集成、现代物业管理和融入"智慧城市"等四个维度,前不久刚刚完成《智慧楼宇评价指标体系3.0》的制定。智慧楼宇和现代物业管理的定义,也都是由我会提出的，具有国际先进水平。樊总和夏女士不愧为行家，立刻就明白了我们表达的意思，认为这是对楼宇科技和管理系统性的思考。

七

用完晚餐，我们步出餐厅，走上平台，大家都被眼前这一片非常绚丽的景象所震撼，虽然这里到黄浦江畔，还隔着一条东大名路，但由于平台的高度适宜，就如亲水平台一般。眺望眼前被五光十色各类灯光照耀装饰的陆家嘴建筑群呈现的美景，真可谓无与伦比，可以说超过了在外滩江畔看到对岸的感觉。陈总指着写字楼介绍说，它采用了 LOW-E 玻璃幕墙和其他先进科技，是全球最大的楼体 LED 屏，可以整体放映五星红旗或其他大型画面。

我们发现许多俊男靓女围坐在小餐桌旁谈情说爱，或者沿着栏杆以对岸景色为背景拍照摄影。东道主说，这里是当下最时尚的地方了，除了广大市民来此购物休闲，各种社会名流和影视明星也纷至沓来，以在此地享受生活为时髦。

在柔和的灯光照射下的白玉兰广场，与外滩、陆家嘴黄浦江岸线的美丽夜景，和谐地组成了上海滩最为迷人的风光。郑惠强理事长应该算见过大世面的人物吧！他也情不自禁地赞美道："这是上海滩最美的景色了！"作为一名在此地出生，此地成长的人，我此时自然充满了自豪和幸福。我觉得如果把今天的一系列活动比作一台戏，把这里作为"压轴戏"名副其实。我还憧憬着在不久的将来，当北外滩建设按照规划初具规模时，更是一种何等美妙的情景啊！我搜肠刮肚地寻找一句可以表达心情的诗句，但内容实在太丰富了，最后还是一句带有乡土气息的歌词，了结我的难处："谁不说俺家乡好！"

本文于 2020 年 8 月 18 日在《上海老底子》公众号平台登载。

评议与联想

陈国梁：文章充满着深深怀念故乡的复杂情感，以澎湃的热情，把我们带进了上海的新地标，让我们也仿佛身临其境，尤其是魔都的夜晚更加耀眼绚丽，这是我们上海人的福气，也是上海人的骄傲。这也标志着我们走进了辉煌的新时代。

钱平天：平雷用了一句歌词“谁不说俺家乡好”热忱地道出了自己心中的喜悦。“北外滩”这个从童年到青年的成长“故乡”，我们永久魂牵梦绕的地方，终于发生了巨大的华丽转身！作为具有相似经历的哥哥，我最能理解弟弟心中的欢愉。平雷对轮船房子、雷士德学堂、澄衷中学是有浓郁情感的，北外滩，尤其是唐山路、东长治路、东大名路这块地域的一切早已与青少年的成长经历融为一体。如今这里发生了巨变，又有机会作为嘉宾受到新地标建筑白玉兰广场东道主的热忱接待，从上到下、从里到外、从阳光到夜景，又参观、又研讨……内容丰富，遂了心愿，快乐心情，溢于言表！客观而言，文雷这篇纪实文章，文字简短却十分达意，平叙直述却压抑不住激情，再加拍摄上佳的照片，图文并茂，是一篇佳作！顺便说一说，平雷为澄衷校址最后仍重建在北外滩地区并保留世美堂、澄厅（健身房）等旧建筑迁建，做出了卓有成效的努力！无愧于澄衷学子的一片丹心！

钱　崑：写得很好，拜读了。不过，照片中唐山路的船型房子看上去相当破旧，与儿时记忆中的房子形象有很大的落差。真是整整半个世纪的饱经风霜呀！

管月伟：看到你详细写了昔日的东长治路，对我来说仿佛回到了少年时代。

钱丽臻：惊异而缓慢地读完平雷的文章，实在佩服你能在如今，仍旧具有迅速而丰满的著文能量和潜力。而我们大部分高龄退休人只能蜷缩在家搞搞自己个人的兴趣爱好，而平雷坚持对事业不懈投入，可以毫无悬念地按自己意愿完成这样的大块文章，还附有这些精彩的照片，为姐深为赞叹和敬羡！

陈素娣：钱哥写得太好了，文章还是一如既往的详尽生动。跟着你的叙述描写，我也仿佛在白玉兰顶层看到了上海如今的辉煌夜景，看到了轮船房子、海员医院等现状。钱哥的每一次发文都能引起我们无穷的想象，引起我们的共鸣。愿上海更美丽，愿祖国更强大！

康明琴：赞《谁不说俺家乡好》！钱先生站在高楼上，并未沉浸于对现代文明发展的赞叹，却数度深情地眺望年少时的居所和母校，寻找远去的记忆，绵绵乡情浓得化不开。文章很感人，标题也很出彩，谢谢分享！多年前曾听说钱先生很喜欢写作，未曾想如今有幸在微信平台上拜读他的大作，感恩微信，也感谢钱先生。至于我的即兴评论，只是粗浅的一己心得，无法诠释作者的全部意境。评论若有不妥之处，还请钱先生见谅哦！

张义勇：钱先生的文章，写得真好！拜读之后，我也与康明琴同志有同感。睹新忆旧，这也许是老年人的情感特征。我每次与家人和朋友去我的故乡朱家角游览，总爱给大家讲过去家乡的故事。

王雅凤：钱先生写的关于家乡好的文章，真的很感人，谢谢分享。

赵美君：钱平雷先生写的家乡好，我连着阅读了两遍，感受从喜爱、亲切到感动。谢谢你给我们的分享

孙淑平：平雷哥的大作《谁不说俺家乡好》写得很好，现在上海的夜景确实非常漂亮，可以媲美香港的维多利亚港湾。还有看到轮船房子的外貌照片，亲切感满满，美中不足的是从高楼拍的照片，有点看不清楚。

彭　靖：澄衷中学，在我的印象中应该是胡适曾经就读过的学校。如果再论述一下这个方面的内容，可以增加散文的厚重感。这是一点不成熟的建议。

钱宗保：读《谁不说俺家乡好》致平雷堂弟

一叶轻舟浮下海，沧桑阅尽此犹存。
千秋风物难为老，白发苍苍看旧门。

浓浓同济路桥缘

一、路桥缘的由来

我在 1964 年考入同济大学时,被分配在一个叫铁路公路桥隧系,简称路桥系的桥梁与隧道专业学习。当时的路桥系有三个专业:铁道工程、公路与城市道路、桥梁与隧道。这三个专业到如今都属于土木工程类,但当时由于学习苏联高校的专业设置,专业分得很细,在实际情况中,路桥是不能分家的,只是人为地把它们分开了。那年路桥系一共招了 150 多个学生,铁路和公路专业都是大班,每班 60 多个学生,桥隧专业是小班,30 多个学生。当时自己因为被分派在桥隧专业,估计技术含量较高,因而沾沾自喜。而分派在铁道专业的同学,认为虽然铁道线路轨道结构简单,就是钢轨、枕木和石渣堆放在一起,没有需要太多学习的知识,但铁路系统在当时的社会里,还是很吃香的行当,所以还能接受。那些分去学公路的同学认为公路线路结构更加简单,没有什么东西可学的,毕业了还要修马路,从而闹起了"专业思想"。到现在回想起来,当时的学生实在是幼稚而无知。不要说如今的高速铁路、高速公路的线路技术含量不容置疑,就是在我们 50 年前毕业时的铁路、公路线路的科技水平之复杂,也根本不是大家想象中的那回事情啊! 而桥梁与隧道,到了铁路、公路里面,本身就是线路的组成部分,且不说,如今的部分高速铁路、高速公路和城市高架道路,几乎就是建设在连成一线的一座座桥梁上的线路,就像当年的成昆铁路,绝大部分的轨道是"逢山开路遇水搭桥",架设在连续不断的桥梁和隧道上,连有些车站也是设置在桥梁上或隧道里的。我在路桥

路桥不分家

系读书时，虽然遇到“文革”，课程学习不扎实，但铁道和公路线路的最基本概念和基本知识还是学了一点的。以后我尽管分配在铁路系统，但在参与滨北线松花江大桥和主持钱塘江大桥公路的桥面大修时，我的那些只有可怜的一丁点在学校学到的公路知识，还是帮助我摆脱了一点不懂的窘境的。这也说明了不要说“路桥不能分”，就是“铁、公”也不可分的呀！它们在同一座大桥上，往往还是楼上楼下的“邻居”。

因为有了同济大学路桥系学习的经历，所以也就产生了一种“不以人们意志为转移”的“路桥缘”，不仅在曾经的师生之间，同学之间，还有不在同期学习的学长和学弟、学妹之间，也都有这种不可名状的缘分存在。回想离校50年来，我也毫不例外地受到了这份“路桥缘”的关照，在不同时期得到了包括孔斌、张福定、周贻锵、闵学良、张龙、童大埙、朱士明、李庆鸿、王鹏、宋小才等拥有“路桥基因”的老师和学长们的帮助和栽培。当然我自己也在力所能及的范围内，帮助过一些路桥系的学友们。

到后来，尽管我的专职不再从事与路桥有关的职业了，但“路桥魂”在我身上始终不散。因为我兼职搞了科普，所以科普界里的朋友们仍然把我当作路桥交通专家看待，我自己也仍旧把“路桥”看作我的第一专业，并经常以交通科技工作者的身份在“社情民意”的领域里发挥作用。最令人奇怪的是，只要与路桥有关的事物，我都会“爱屋及乌”，投入更多的关注。本文就继续谈谈我最近遇到的一系列“同济路桥缘”。

二、忆交通，迎来了“新”学友

最近一段时间，我把曾经发表并出版的几本散文集中一些回忆性文章的电子版，投给了《上海老底子》的公众号新媒体平台。有好几篇文章在读者中有较大的反响。其中有一篇名为《上海公交“老字号”55 路的回想曲》的散文，里面的内容少不了同济大学、四平路和路桥系的老师，引起了同济大学校史馆章华明馆长的注意，他因此邀请我加入了一个“同济人说同济史”的微信群，里面有 140 多位微友，我基本都不认识，但我在群里发的拙文，却引起了一位同为 1964 级路桥系铁路专业、名叫王莉英的同学的注意，由于“文革”的原因，当年被改变了正常升级和毕业的所谓“老五届”同学，都是以“文革”开始时，班级的名字互相称呼一直到离开学校。因此，王莉英是铁二的同学。她曾担任路桥系学生分会的代主席，我是文艺委员，所以她应该是我的老领导。我的记忆力较好，一看到她的名字，她那身形瘦瘦的，说话慢慢的，声音轻轻的，文静的形象立即呈现在我的脑海里。随后她先问及我班徐满同学的情况，当年她们分别被分配在宝鸡和兰州，是乘同一趟火车前去报到的。王还清楚地记得因为台风，火车不能确定何时启程，她还在徐满的一个亲戚家里住了一宿。因为我与王个人之间没有建立微信关系，所以这条消息当时还是在“同济人说同济史”的微信群这个平台上进行互相交流的。王还发了几集她所制作的他们班同学聚会的“美篇”给我看，让我重新回忆起许多曾经交往过的铁二班同学的印象和轶事。毕竟是 50 年过去了，大家都已步入古稀之年，面容和身材都发生了颠覆性的变化，除了曾经在上海铁路局共事过的施武军、吴妙根同学，还可以从照片上认出来以外，其他同学只记得他们的名字：王华明、龚渭和、黄建斌、王金林、徐世雄等，我以往能够立即认出多年不见的同学、朋友的本事,在这里是彻底消失了。王还让我转达龚渭和同学希望与我班周强同学建立微信联系,共叙曾经一起在柳州铁路局同事的期望。

我把王莉英发给我的微信和“美篇”转发到前几天因为组织在上海的同学到常熟看望同班同学,临时建立的一个微信群里。徐满同学立即有了回音,她回忆了她当年同王莉英,与同样分配在兰州的一位男同学黄建斌一起前去报到的情景。在她的印象中,王与黄是一对恋人,绘声绘色地写道,在路上黄对她们,尤其是对王的精心照料,以及当火车到宝鸡,王要下车,他俩惜别时依依不舍的情景。随后王在给我的微信中否定了她与黄同学当年就有恋爱关系的说法,说是黄同学到了兰州后,向她提出建立交友的期望,才有了他们成为伉俪的后来。我发现我在她们女同学之间来回做“传声筒”不合适,向王提出先在我俩之间建立微信联系,然后我把她介绍进入“赴常熟群”里,这样她与徐满、周强等女同学就可以直接对话了。顾正兰和王莉英之间因为想不起对方当年的模样,还彼此“亮”出青年时代的“倩影”来促进各自的回忆。

我从王莉英的“美篇”中发现她有很漂亮的文笔,估计她会喜欢我的散文。所以让她把住址告诉我,我把拙作快递给她。我一看地址,就在我单位的旁边,我现在每两周去一趟单位,就约她届时与黄健斌同学一起过来叙叙旧。11 月 4 日下午我们见了面,由于有了前段时间的铺垫,更可能由于“路桥缘”的作用,所以一见面时,彼此一点都不觉得陌生。但光从外貌恐怕是无法相认了,尤其是黄建斌我居然一点印象都没有了。我向他们赠送了我的几本散文集,其中有一本《幸福相对论》也是我自己从网上淘来的,送不出了,以前给我班的杨妙生、吕前进同学阅读,也是“借”后索回来,这次也不能例外。正好我班的张明德同学在 11 月 9 日来上海看望我们。10 日白天我要陪他去苏州一游,晚上设宴招待,届时徐满、顾正兰同学也会前来赴宴,这不正是他们可以见面的好机会吗?于是我也向黄、王二位同学发出了邀请,让她们顺便将那本书还给我。

我把这两位同学送上电梯告别时,在电梯门关闭的瞬间,突然黄建斌同学当年的模样在我眼前闪现。他在学校时，是一个瘦长的个子，穿着士林蓝色的服装。印象中他是一个很随和的人，我俩还很谈得来！就这样，我们迎来了50年后重新见面的“新”学友。

三、沪宁高速叹今昔

我班的张明德同学当年分配在铁道部第三工程局，虽然该局的总部从哈尔滨迁到了太原，但由于工程部门的流动性，他一直在各地建造桥梁。当他们单位参与上海南浦大桥施工，快要竣工的时候，他找到了我，说妻子和孩子在南京生活，自己也快奔50岁了，希望我能帮助他调入上海铁路局的南京分局，解决分居问题。因为我在上海铁路局工作多年了，所以帮助他调动工作并不是一件很难的事情，于是他就调到了南京长江大桥管理处，先担任副处长，后来当上了处长。开始还有联系，后来我调离了铁路系统，他也去了分局总师室，就逐渐失去了联系。前两年，由在济南退休的姜乃亮同学通过他在南京的朋友，联系上了张明德。于是我们在微信群里又重新有了交流。他从南京寄来了礼物，让我很不好意思，又再三邀请我去南京做客，都被我谢绝了。后来顾正兰、吕前进、徐满同学先后去过南京，都受到了张明德的热情款待。去年年末，张同学提出要到上海来访问，我和顾正兰商量后，觉得已经入冬，天气太冷，劝他来年开春再来上海。没想到遇到疫情以及其他原因，他也一直没有来沪。这次他下了很大决心与夫人一起，乘坐火车来上海一趟，他的儿子还为他预订了位于北外滩临黄浦江的高档宾馆下榻。我根据自己的情况，准备在他们到上海的次日，为他安排了白天沿沪宁高速公路，去近苏州如今最热门的高速服务区变身的“网红打卡地——沪宁高速阳澄湖服务区”，以及附近的风景游览区一游，晚上回上海设宴与其他同学聚会的“一日游”节目。

11月10日早晨8:30，我和妻子天仪如约驱车到位于虹口黄浦路的海湾大酒店迎接张明德和他的夫人张策女士。我和张明德以及对方的夫人，都还是初次见面。一路上，我们一边叙谈着20多年来彼此的变化，一边谈论着沿途的景色和观感。将近2小时的光景，就来到今天要去游览的重元寺阳澄湖畔景区的沪宁高速公路出口处——阳澄湖服务区。离上次我陪同顾正兰、杨妙生、吕前进同学去重元寺游览时来过这里的时间只有两年,但这里已经面目全非,令人刮目相看了。首先映入眼帘的是阳澄湖服务区主体大楼,它已经被改造成苏州园林的风格。其外立面好像采用了类似著名画家吴冠中的水乡水墨画中的抽象线条,通过外部大型水景的营造,配以白墙黛瓦的人字坡天际线,还有宅前屋后水池、小船和亭子以及乔灌木的渲染,从而整体构成了中国水乡的环境。据说其创意是为了最终达到驾车的过客们“不入苏州城,尽览姑苏景”的目的。我和妻子为此地的巨大变化而赞美不已。张明德和夫人也为公路交通设施派生出如此丰富的文化内涵而感叹。因为时间安排的原因,我们决定先去景点,待返程时,再来此仔细参观。

重元寺始建于梁武帝天监二年(503),与寒山寺、灵岩寺及保圣寺同时代。后重元寺在“文革”中完全损毁。2003年重元寺重建,竣工于2007年的新重元寺占地三百余亩,地处风景秀丽的阳澄湖半岛之中。水上观音阁和主寺庙区相互呼应,表现出水天佛国的江东最大观音道场特色。观音阁中的大慈大悲观音像高33米,由88吨重的青铜铸造,表面贴金,法相极为庄严,为国内室内观音之最。禅院中还有国内最大的大雄宝殿。因为上海没有直达这里的公共交通,所以游客不多,参拜或游览都觉得很松快。我已经陪同亲朋好友来此游览十多次了。还有在阳澄湖畔品尝具有当地特色的菜肴,也是每次来此地的一道不可或缺的节目。这次也不例外,唯一可惜的是当天观音阁的电梯不开,从不同层面欣赏观音像造型的效果也因此打了折扣。但随后在阳澄湖服务区得到了补偿,这是以前来这里没有的旅游内容。

阳澄湖服务区如今演变为阳澄湖园林式主题服务区。其总建筑面积达5万平方米,以“全国第一、国际领先”为目标,以“梦里水乡、诗画江南”为设计理念,以“一街三园”为特色。除了上述其外立面的特点外,当我们被要求戴上口罩步入主楼时,只见里面亭台轩榭,水声潺潺,蓝天白云吊顶,这种建筑手法,我在澳门威尼斯广场里的美食街见过。主楼中间有一条宽 8 米、长 140 米的景观河道，将整个空间分成两部分。在景观街上的亭子内展示着裸眼 3D 视觉微电影，吸引了不少人驻足观看。拱桥、屋檐、戏台、楼阁……小桥流水，与河道两侧的各类商店融为一体，除了餐饮小吃外，服务区还设有名创优品、水果店、猫屎咖啡、超市……整体空间设计渗透了大量江南水乡建筑的风格。从一侧的小门进入，后方竟然还有个后花园，不了解情况的人，还以为误闯了苏州市区的哪个小众园林呢！它借鉴了苏州留园、拙政园等园林的文化和内涵，亭台楼阁、小桥流水、漏窗回廊等，显示苏州园林韵味的元素应有尽有，巧妙组合，真可谓“咫尺里再造乾坤”。还有 3 000 平方米的非遗馆开放，将包含苏绣、家具、年画、木雕、玉雕、砚雕、乐器等多种非物质文化遗产在这里进行了综合性展示。游客在这里充分体验到了传统和现代的结合。苏州如今在国内本来就有“古典和现代的完美结合”的美誉，阳澄湖服务区也给游客带来了同样的感受，它一边为人们展示悠久的传统文化，一边又用强大的科技为游客展示它的包容性。更值得一提的是，阳澄湖服务区彻底改变了大家对服务区的传统的刻板印象，华丽转身成了苏州旅游景点。这是我们昔日的交通科技工作者也要刮目相看的新生事物。

阳澄湖服务区的水乡造型

四、五十年后的“路桥人”重逢

回到上海，时间还早，趁着天还没有黑，我们去了晚餐饭店附近的北外滩黄浦江沿岸游览一番，让张明德夫妇从不同视角观赏外滩、陆家嘴和北外滩共同组成的上海核心风景区的旖旎风光。他俩虽然都在上海有过不短的生活时间和国外发达国家的生活经历，但上海日新月异的市容，还是让他们赞叹不已。

50 年后路桥系同学合影

今晚的聚会除了我和张明德以及我们的妻子，还有我们“桥二”班当下在上海的顾正兰、徐满同学和她的爱人周德泉先生以外，更可喜的是我邀请到了“铁二”班的黄建斌、王莉英夫妇。张明德、顾正兰都是离校 50 年后，第一次见到黄建斌、王莉英同学。徐满、周德泉和黄建斌、王莉英虽然曾有在西北工作时的交集，但也有几十年没有联系了。不管大家在学校时是否熟悉或认识，在此时，同济大学路桥系的共同“基因”成了彼此没有陌生阻隔的纽带和桥梁。五十年的分别，在短短的进餐时间内是难以敞开抒发情感的，简单地介绍各自重要经历的难忘节点，恐怕是最合适的选择。谈谈本班其他同学如今的概况，也是最可取的话题了。大家都对五十年后，还能重逢感到幸福，更有喜出望外的庆幸。毕竟还有不少同学下落不明，况且每班都有相当数量的同学已经与世长辞了。保重身体，应该是对同学们最中肯的嘱咐和祝愿。

张明德同学这次来上海前，委托顾正兰给我们在上海的同学送苹果，又从南京给我们寄来盐水鸭。我让他不要接二连三地给同学们送礼物了，他说，这是他夫人强调的要有"仪式感"。为了体现"仪式感"，我们在给各人赠送小礼品时，都举行了"仪式"，让赠礼人和收礼人都摆好赠予的姿势拍照留念。徐满会画国画，今天她把自己画的国画，制作成2021年的新年挂历分别赠送给张明德夫妇、黄建斌夫妇和顾正兰同学。我则把我书写的唐诗书法条幅和拙作《幸福永伴你我他》分别赠予张明德、张策和黄建斌、王莉英两对伉俪。然后，我们桥二班同学、在场的路桥系学友以及全体与会者以各种主题分别合影留念。

真是一个难忘的夜晚，大家都说五十年后还能够重新聚在一起，就是一种缘分。周强同学的"多聚会一次，就是'赚'了一次"的金句，又在这里得到了响应。"但愿人长久，千里共婵娟"是我们共同的心声。也希望通过此文向其他同济"路桥人"送去我们真诚的祝福。

本文于2020年11月18日在《上海老底子》公众号平台登载。

评议与联想

顾正兰："美篇"快手——钱平雷，真是了不起，记忆力超强！通过他的"美篇"和散文，将分别五十年的大学同学（包括另外专业的同学）联系到一起，相见后，分外开心！年轻时，在一起读书，没有在意，分别五十年后，成了老年人，再相见十分亲切，分外惊喜！回忆青春求学路，觉得自己好傻，现在老年相见，交流了各自的经历，觉得自己成熟了！过去的只是经历，现在最重要的是保重身体！过去不重要，重要的是现在！抓住人生的尾巴，好好度过晚年！谢谢平雷同学的文章让同学们重温了过去。

王莉英：谢谢钱平雷校友邀请我们夫妇俩参加了他们班同学的团聚，从而见到了毕业之后从未见过面的桥二的徐满、顾正兰、张明德等同系同届不同班的同学！大家见面后很开心，能够在餐桌上再次共叙在校时的友情，工作后的趣事。徐满谈到当初和黄建斌同在兰州，有一次利用休息日仅有的半天时间，带着弟弟寄来的美食跑到黄建斌处共享，回单位时为了遮人耳目，一路上捡了一包羊粪上交工宣队师傅，从而得到领导表扬。休息日去会见男朋友还不忘捡羊粪……引起大家欢笑。感谢钱平雷的快笔，让团聚迅捷变成了文字，可以与大家共享我们团聚时的快乐！谢谢你的精彩叙述，让我们相聚的美好瞬间永远都会记住！路桥路桥，连在一起的桥梁却被硬生生地分了出去，真是不可理解！

陈克强：钱平雷的文笔确实不错，很会写，居然还出版了散文集，佩服！在大学里，我们英语班是在一起上的，印象很深，但不是很熟，没有交流过。听说他后来是调到杭州铁路分局的，朱美玉应该知道。而且徐满和周强也是英语班的，也就是说我们还是英语班的同班同学，但也从未交流过，龚渭和也是英语班的，对吗？顾正兰应该是他们班最漂亮的女同学，正所谓是班花，我班的游先华同学是暗恋过她的，如今她也老了。钱平雷的回忆文章也让我勾起了大学时的记忆，往事如烟！

我和钱平雷是英语班的同学，徐满、周强也是，我认识他们，但他们不认识我，因为他们的英语成绩都很好，经常被凌渭民老师叫起来回答问题，我英语很差从不举手，在英语班里默默无闻，所以他们都不认识我。我听黄祖光说过钱平雷在杭州铁路分局，我也没有见过，后来他就调到上海了。看了他的“美篇”，让我感慨不已，他们在文学、书法、绘画等方面都很有造诣，佩服之至！向他问好！

陈素娣：浓浓的同学情，真的令人感动。几十年的风风雨雨，几十年后的再次碰面，青春的记忆依然呈现。只感叹时间无情人有情，时间飞逝物已改变，但青春的美好，那真诚的友谊永不变。阳澄湖服务区现在是网红打卡地，我已去过多次，确实是太灵了。

孙有望：前辈聚会，赞！钱总勤耕墨海，更赞！

李庆鸿：写不完的路桥缘，道不尽的土木情！

胡定伦：我虽然不熟悉你们同学的关系，但在阅读本文第一部分时，就觉得这是一篇很好的科普文章，作者在这一段文字里把路和桥的关系阐述得非常清楚，让我们不是搞交通的读者突然明白了如今经常开车经过的道路，原来就是一座座桥梁连接起来的交通设施。

张明德：二十多年前，在平雷同学的帮助下，顺利地调回南京。先后任南京长江大桥管理处副处长、处长，分局总师室主任兼分局副总工程师，宁启铁路总工程师……这一切得益于平雷同学的引荐。难怪同济铁道63级学长马俊钦副分局长说“你是调入分局时间最短，就位最快的一位”。当时，从外地能调入上海铁路局管辖的南京分局，非亲历者难以想象！随着孩子博士毕业，定居英国后，闲暇之余，就想念老同学的深情厚谊，总惦念着去上海探访平雷等同学。远在英国的儿子、媳妇也极力支持我们沪上行，并在网上为我们预订了上海北外滩豪华江景套房，让我们老两口与上海同学好好相聚。11月9号终于如愿以偿！在上海期间，平雷同学夫妇更是热情百倍，不辞辛劳，一大早就开车到宾馆接我和张策（本人夫人），全程陪同，安排周到。驱车百里，先到优雅清静的“重元寺”，那里花木扶疏，人迹罕至，殿阁庄严，古韵悠长。之后便转入网红打卡地“沪宁高速阳澄湖服务区”。区内超大面积的室内屋顶，蓝天白云，星月璀璨。地面上引入的湖水清澈，锦鲤悠然，室外林园雅致，奇石修竹，一派江南园林景色，又兼具吃喝玩乐不一而足。引得各方游客纷至沓来。更是把一个不是景点的地方，打造成了景点效果和品位。真让人不得不由衷感叹苏南人的睿智和精明！午餐，平雷夫妇安排在一处傍湖临水的农家小院，我们凭湖赏景，开怀畅“吃”，几道颇具江南风味的水乡菜，令人齿颊留香，回味无穷！

饭后，平雷不顾劳累，驱车赶路，雷打不动的午觉也放弃了，一路上他精神抖擞，侃侃而谈！晚上，由平雷夫妇做东，宴请我们二人和在沪的顾正兰、徐满夫妇及铁二级黄建斌、王莉英夫妇。晚餐井然有序，冷盘，热炒，羹汤，甜点一应俱全，且为沪上本帮菜，凸显了上海特色又体现了主人的热情诚意，令在座者大加赞赏！席间，尽情发挥，笑语欢颜！顾正兰爽直热情，徐满文雅谦和，与王莉英夫妇一见如故，都令我难以忘怀。特别是平雷夫人陈天仪女士，更给我留下深刻印象，她虽是地道的上海姑娘，然而言谈举止颇具北京女子的大方、率真，绝无上海小姐的娇嗔、柔弱，在接待过程中，一会儿布菜劝酒，一会儿摊派分食，既真诚亲切，又大方得体，与平雷伉俪默契，相得益彰，指挥定夺，落落大方，不愧是内外兼修的贤妻良友。真的羡慕但不嫉妒平雷同学的福气，有她相助，得以使平雷无后顾之忧，能全身心致力工作与社会事务，而取得令人瞩目的成就，是我们同学中的佼佼者，也是同济人的骄傲。钱平雷同学夫妇热情而周到的接待，使我和张策终生难忘！上海同学的情谊源远流长！

同济及上海高校的体育往事

一

因为我在《上海老底子》平台上发表了《上海公交"老字号"55 路的回想曲》一文,里面提及了四平路、同济大学、外滩和五角场等上海地名,引起了与此相关的新老市民的强烈反响。同济大学校史馆的章华明馆长由此找到了我,让我成为他的微友,并将我介绍进了"同济人说同济史"的微友圈,在那里我除了看到昔日似曾相识的吕美安、王莉英、潘庆云等校友的名字,也经常看到章馆长在他朋友圈里发表的有关同济校史的文章和链接。

昨天(2020.2.2)章馆长在朋友圈发了一篇名为《同济校友、清华院士钱易:当年同济的文体活动》的链接文章,他还加了按语:"日前,有年轻同事对同济体育感兴趣,想起此文,转发于此。这篇文章,其实是我'逼'钱易院士写的,我甚至还把她的老同学项海帆院士请出来做其工作。钱易是著名历史学家钱穆之女,中国工程院院士,清华教授,同济校友。1952 年考入同济卫生工程系,曾任同济学生会文艺部部长,1956 年毕业留校任教。1957 年 2 月考取清华大学土木工程系研究生,1959 年 10 月毕业留校任教。感谢钱易院士的大力支持。该文后被收入《致青春——同济大学学生文工团(1952—1970)》(同济大学出版社 2016 年版)。"我阅读后,作为响应,也深情地写了一段:"看了这篇文章感到格外亲切,除了我与钱易都是吴越钱氏本家,我在同济也有参加歌唱队的经历,当过校田径队中长跑运动员,还认识同专业的老师项海帆院士,钱易文中提及的那位女体育教师大概是潘瀛初老师，曾被称为‘女三铁（铁饼、标枪、铅球）大王’。”

于是章馆长就给我出了题目：“能否写篇回忆文章？体育部年轻老师想开展相关研究。”这真有点难住了我，尽管我的记忆力是比较出众的，但毕竟已经50多年过去了，况且1966年6月“文革”开始后，学校所有正规的体育教育都停顿了，即使后来“复课闹革命”期间，也没有班级会找体育教研室要求“复课”的。所以可以回忆的，也就是我1964年8月入校后到“文革”开始的那一段与体育相关的经历。但是章馆长的期望我又不能辜负，我只能勉强地答复了一下：“让我回忆一下吧！能写出一些什么东西？大多数体育老师的名字已经记不清了。”他又发来一段说明：“体育部有一个年轻人，辅导员。她有兴趣。”看来我是推脱不了了，想来章馆长找到我，就是希望我能为丰富校史做一点贡献吧。“恭敬不如从命”，于是我答复道：“那就试试看，作为资料或花絮，估计形成不了回忆录。”我在为自己写不好文章找借口的同时，对我的记忆力检验，也再一次开始了。

二

虽然我是1964年进入大学的，但由于我这个人有宁波人所说的“闲乖”，喜欢记忆与学习读书无关的事物和人物，而且久久不会忘怀，甚至至今。我姐姐钱丽臻是1958—1963年在上海交大读书的学生。她多才多艺，不仅学习成绩优秀，而且还会绘画，尤其是她的游泳，曾经是上海市专业运动队预备班“竞技指导科”的学员。在当时觉得体育运动是“吃青春饭”的观念支配下，父亲还是让她考正规大学为好。她的学员同学后来成为运动健将的“专业运动员”不在少数。因此她的游泳水平在当时的大学里，自然是比较拔尖的，一进交大就成为校队队员，后来还当上游泳队队长，她还是上海高校队的队员。另外，我所念的58（澄衷）中学，当时男篮是该校特色，曾获上海市中学男篮联赛冠军。该校校队队长叫洪兴华，后来被上海交大所录取。加上我是《新民晚报》体育版的忠实读者，所有上述因素，让我这个中学生知道了在上海，各个大学的体育特色项目：复旦大学是排球,上海交大是篮球,华东师大是田径,华东纺织工学院(今东华大学)是足球,华东化工学院(今华东理工)是乒乓球,上海第一医学院(今复旦医学院)是棒球,上海第二医学院(今上海交大医学院)是击剑……但大名鼎鼎的同济大学的强项是什么,这是我进入同济前一直没有弄清楚的一个问题。

三

1964 年 8 月,我考入同济的路桥系桥梁与隧道专业。我在中学里喜欢跳高,是一个少年级运动员,具有全校比赛的第二名水平。进了大学,我们班没有政治指导员,学校派了一个刚刚毕业的留校教师杨健当我班的专职班主任。他原来就是学校田径队的队员,好像 200 米和铅球都具有很高的水平。当他知道我的跳高成绩后,说那水平根本没有资格参加校队,他当年一位杨姓的队友的成绩在 1.90 米左右,那确实是我这个中学生所望尘莫及的高度。后来他就让我和班上其他 2 位同学去参加路桥系的长跑队,随着桥隧 1961—1966 届的杨伟君队长练长跑。当时该队还有杨队长的同班同学宋小才等,其中 61 届公路专业的北京籍同学高裕大,他是业余男中音歌唱演员,为了增加肺活量,他也练起了长跑,还达到了较高的水平。就这样我每天早晨随着这班同学,沿着四平路朝着五角场方向跑去。我们在路上往往盯着一辆同方向的自行车奔跑,让那骑车者会觉得很别扭,他们一般都会狠踩踏脚板加快速度,但他快我们也随之加速,过一会儿那人骑累了,又慢了下来,我们也放慢了脚步。就这样在不经意中,我练就了长跑中变速跑的技能。

1965 年的元旦,杨浦区组织迎春越野赛跑,全程是 5 000 米。我们同济、水产、机械等地属杨浦区的大学也都派出若干支队伍参赛。我们路桥系的长跑队也是其中的一支。我是稀里糊涂跟着杨队长去参赛的。跑着,跑着,渐渐地除了杨队长,高裕大、宋小才等老队员外都落到我的后面去了。在终点线处,同济大学体育教研室的马学清老师对我竖起了大拇指。

到了寒假，学校运动队搞起了“三从一大”的集训，所谓“三从一大”，本来是体育专业运动队模仿解放军的，“从难、从严、从实战出发，大运动量”。我和一批被校队教练看中的64届新生也被叫去参加集训。我们班的顾正兰的长跑，杜桂芳的铁饼，徐满的排球都达到参加集训的水平。集训完后，学校运动队宣布我们都成为校队的正式队员。

四

1964—1966年期间，在“左”的思潮影响下，学校的许多事情都处于不正常的状态，包括体育运动。校方还模仿“四清”运动，搞起了“自觉革命”。号召学习解放军的“郭兴福教育法”，除了上下课都要排着队，唱着红歌进教室、食堂和宿舍外，吃饭也要学习部队，按照小组用脸盆盛装再分食。不仅是体育课的林志雄老师，就是数学课邹葆康老师，他们给我班上课都要带领喊“同学们！能不能完成任务啊？”之类的口号，或者引用毛主席语录。

同济的田径队在我们刚入学的1964年10月举行的上海市高校比赛中走了麦城，成绩惨不忍睹，一共只得7分（按照当时的计分方法：取6名，第一名得7分，第二名得5分，以后以此类推，第六名为1分）。这真是同济的“奇耻大辱”。据其他体育老师说，以前同济的田径队在高校运动场上，只看见“苹果绿”满场飞（同济校队队服的颜色是苹果绿色的）。1949年前的“女三铁大王”潘瀛初老师是联系我们路桥系的体育教师，她告诉我，光我们路桥系就出过好几位优秀的田径运动员，如同济的百米纪录保持者马家骅，成绩在11秒；由于裁判出错，差一点当上同济学生中第一位运动健将的竞走运动员张支鑫等，都是我们路桥系的同学。杨健也惋惜地说，如果他还在田径队，无论如何不可能一共只拿7分的。关键还是学校在运动队的后备力量上出了问题，还有大学生必须参加“四清”运动、导致62、63届的主力运动员同学无法正常上课，更不要说训练和参赛了。

上海的高校按照学校特色，除了从对口中学的特色运动项目，如时代中学的排球,南模、向明中学的篮球、大同中学的足球对口招录优秀运动员外,也把其他大学在该项目的优秀运动员调入本校,如同济排球队的徐大用同学,被转学至复旦。后来也由于“四清”等原因,各校的体育特色也就不那么突出了,篮球冠军也被华师大夺得过,这个冠军惯常是交大的。同济在1965年高校联赛中,差一点击败交大,后来交大依靠几位研究生运动员才反败为胜的。

我在同济遇到小学的同学彭杏林,他是同济足球队的队员。他告诉我同济当年的特色项目是足球,他们的教练李兆春原来是上海东华队的守门员,后来是上海工人队的教练,按照专业运动队称呼教练的惯例,大家叫他“李指导”,而不叫他李先生或李老师。但不知什么原因,同济的足球在当时总比不上华纺,只能是上海高校的第二名,虽然按照当时规定,上海高校的前2名可以列入国家乙级队,但毕竟不是冠军。后来据我在华纺读书的中学同学告诉我,他们班校足球队的队员还有牛奶作为营养品。这个待遇在同济是没有的。也许是学校的经费紧张,还是办学思想不同,我后来遇到清华毕业的学生,他们校队队员是集中居住和用餐的,与同班同学只是上课时在一起,其他时间都是随校队生活的。而在同济,学校校队队员平时都是随自己学习的班级生活的,训练都要穿自己的衣服、运动鞋,只有比赛期间,学校才借给你队服和鞋子。有些农村来的同学,家庭困难,学校才发给你一双运动鞋,鞋后跟的鞋帮上用红漆写着“同济”二字。我们同济也在1965年春天搞过校队运动员食堂,菜肴与其他同学差别不大,但吃饭可以敞开。那些食量大的同学,食欲大振,没有多久,校方就承受不了,关闭了。

不过足球是同济的特色项目大概不假。因为校足球队除了参加上海大学赛事外,还有社会的比赛,所以除了学生外,还在教辅人员中招募足球运动员,有两人:仇能宝、朱关培大概就是这样的角色。

我们同济大学也沿用“三从一大”这个口号搞集训的。田径队也不能例外。当时的田径队下设四个组:短跑组、中长跑组、跳部组和投掷组。开始由马学清老师担任短跑组、中长跑组的教练,管吉星、孙虎潮老师分别担任跳部组和投掷组的教练。后来由沈延冠老师担任短跑组的教练。

我曾参加过1965年寒假的“三从一大”集训,领教了它的厉害。以我们中长跑组为例,马学清老师为我们编制了严密的训练计划。以集训期间某一天的内容为例:早晨起身后,先到“一・二九田径场”,围着400米的跑道,跑上3圈,紧接着到肋木架处,做上一整套拉开各个关节的动作。然后,吃早餐。上午:先跑上2圈,然后100米快速,100米慢速,变速跑4圈;接着200米快速,200米慢速,再变速跑4圈;紧接着400米快速,400米慢速,变速跑4圈;最后800米赛跑,上午训练结束。午休后,先跑2~3圈,然后去健身房,扛或举杠铃、哑铃做上肢、下肢的力量锻炼,最后3 000~10 000米的赛跑。一天的锻炼的项目这才算结束。所有运动队队员都集中睡在一・二九大楼的地板上,尽管项目不同,但运动量都差不多。如排球也学习日本“大松博文”的训练法,要在地上不停翻滚接球。几天下来,大家都疲惫不堪,腰酸背痛,说“连笑也笑不动了,否则腹肌要疼”。晚上有时还要学习运动队的光荣历史,回忆同济运动队曾经的辉煌。尽早“雪7分耻辱”似乎是当时同济田径队队员不可推卸的共同责任。确实田径是一切运动的基础,每年高校的运动会,以田径赛最为隆重,影响也最大,其他运动项目往往要举行循环联赛,但田径一般只有一场,因此要举行入场式,各校领导也要上主席台。各校纷纷把自己最漂亮的大巴士校车也开到赛场边,纵向一字排开,好像在那里互相斗艳。

话倒又要说回来,尽管训练很艰苦,但让大家放弃又很舍不得,这其中确实是“苦中作乐”。同时大家的运动成绩也在不断提高。公路专业64届的王忠发同学,是一个慢性子的人,在中长跑组,他开始总是落在最后一名。但他锻炼非常刻苦,星期天回家也不间断地在马路上跑步。1966年上海市举行迎春长跑,马老师把我们同济运动员分成5 000米和10 000米两组分别参与。我被分在10000米的那一组,同济共10人参加,是沿着虹桥路跑的。我那天状态不错,一直是我们这组的领先者,但快到最后1 000米左右时,我发现王忠发追了上来,最终他是我们队的领先者。在学校围绕一・二九田径场全校比赛中,他也是如此。王忠发“后发制人”，最后获得 10 000 米赛的第一名。当时同济田径队总的说来，青黄不接，水平不高，建筑学 62 届的王健璇是我们中水平最高的，他在 1965 年上海高校联赛中，获得 800 米、1 500 米两个项目的第二名。当时各高校大部分运动员都在 2～3 级运动员水平，一级运动员很少见，运动健将除了体育学院，几乎没有。同济学生的 100 米在 11.4 秒，跳高在 1.70 米左右。如果没有“文革”，估计当我们那批运动员到 4 年级（五年制），成为主力时，大概可以打翻身仗了。

六

同济的女生特别少，一般 30 多个人的班级，女同学只有 3～5 个左右。同济大学的女排有一度退出了高校的比赛，当她们重新参与比赛时，只好从乙组开始，她们在刘乙藜老师的带领下，竟然获得了冠军。次年她们参加甲组比赛，最后输给了复旦大学队，获得了亚军。

当年同济在上海大学中，可以得冠军的是羽毛球，因为在桥隧 63 级有一位印尼华侨同学林泉新，他和建筑学专业一位也是华侨的杨姓同学，在上海打遍高校无敌手。5 战 3 胜的赛制，他们两人单打各得 1 分，双打再得 1 分，其他同学胜负都无关大局。

其他球类运动队，同济一般都在第二至第六名，毕竟同济在上海大学中的地位是摆在那里的。其他项目在当时好像都没有正常的比赛。我们班的杨妙生、周贤良同学是校体操队的队员，但从来没有听说过他们参赛的消息。

七

当时学校的体育教研室主任是许鸣寰，据说他当时是上海大学中体育学院以外为数不多的副教授之一，国家级游泳裁判员。当时大学具有高级职称的教师远不如现在那么多，大学的体育教师中即使是讲师好像也并不多。一位叫姚明华的老师是讲师，大部分是助教，还有因为各种途径调来学校的老师就叫教师。马学清老师原来是机电系的学生，因为体育成绩不错,学校让他中途留校当体育教师的。除了本文已经提到的各位男体育老师外,在同济还有女体育教师,除了潘瀛初老师外,还有邓纯琪、吴杏云、汤凤英三位年轻的女老师。另外,当年的同济附中,也在同济校园内,有一位年轻的体育女老师周孟庭,长得有点像外国人,每天清晨在校园内练长跑。后来知道她原来就是我们田径队教练沈延冠老师的夫人,偏偏沈先生少年白发,显得很苍老。于是我们就和沈老师开玩笑,说他们不像夫妻相,倒有点父女样。

当年的田径队我还记得一些队员的名字:队长叫杨庆泉,副队长叫杨亚光;队友除了二位杨队长外,还有何铭和、谢嘉渭、谢廷荣、陈积民、刘铭馨、柳慧级、郭继亮、蒋天纵、邱裕忠、桂馥华、许道平、钱康玲、钱蕴玉、陈榕、顾跃德、朱爱莉、吴新华、吕志勤、费学勤、郑伯震、王灿存、林登湍、徐素坤、葛学文、叶佳炳、李阿权、国世友、高成、董志军等。更多的队友我已经记不住他们的全名,就不再写了。这里好像在我的脑海里挖掘我的记忆,毕竟是古稀老汉,也不必为难自己了。

在毕业以后的日子里,我还知道一些老师和同学的下落,或遇到过他们本人。有一次在上海交大,遇到孙虎潮老师,他因健康原因,调到离家较近的上海交大当老师了。另一位邓纯琪老师调到我妻子的单位第二医学院。据妻子的老同事蔡中韵介绍:"她是一位很优秀的体育老师,没有退休前一直在搞体育舞蹈,并且做体育舞蹈的比赛裁判一直做到60岁。后来就到老年大学去学习钢琴,她在家买了一台钢琴,每天练习,现在弹得很好哦!"在上海科学会堂我曾经遇到过陈积民和陈榕两位学兄,他们积极参加学术活动,在学术上都很有造诣。记得陈榕在校时多才多艺,笛子、笙都吹得很好。在社会活动中,多次遇到过蒋天纵同学,他不仅业务上拿得起,还是社会活动家呢!

不知以上回忆,章馆长能满意吗?

八

当我把用了大半天时间,一气呵成写成的上述既不像回忆录又不像散文近6 000字的文章，用链接形式发到“同济人说同济史微信群”，还留了一句话提醒章馆长，告诉他我交差了：“章馆长：遵嘱写完了同济体育回忆，请您看看行吗？”大约章馆长对我写作速度也有点惊讶，马上回答道：“……非常感谢，真快！”另一位名叫戴兆辉的微友也对我的记忆力予以赞赏“厉害啊，记忆力出类拔萃。”紧接着那位搞同济体育史研究的体育部年轻女辅导员牛英辉老师也露了面，她邀请我与她单独建立了微信联系。

本来我以为此事暂时可以告一段落了，不料此文却成了抛砖引玉的那块“砖头”，它激起了群内微友们埋在心底里的涟漪，他们抛出了对于母校体育运动更多回忆的“美玉”。于是章馆长也趁着这个机会，交了底：“还请各位学长帮助。体育部年轻的辅导员，(她)想收集(资料)，研究同济体育史，请(大家)支持她。”大概是章馆长从我文章中提及的从同济调去复旦的徐大用得到提示，他以研究校史专业的眼光觉得可以从徐大用身上挖掘出故事，请各位提供线索。于是马上就有一位名为张为诚(后来才知道是城规学院退休教授)和另一位微信名叫AD(后来才知道是旅居德国的余安东)学长，热心地提供了一些有关徐大用的信息。AD写道：“徐大用和我同班，1955年入同济工民建专业学习，后来为扶植复旦排球，徐转学到复旦学力学，再后来他去美国哥伦比亚大学任教，我1981年访美时在他的实验室见过他……”张为诚学长说道“虽然我与他曾在同济男排校队一起打过球，但他是绝对主力老队员，我只是低年级新生替补，他在场上，我基本坐板凳，并没有多少交流……徐大用后来一直打到上海市队。”张学长还提供了寻找和了解徐大用的相关线索，甚至还出示了他珍藏的当年他当排球校队的队员证那样的“文物”。

看来效果不错，章馆长又提出了另一个题目：“谁手里有当年的摩托车运动照片？”谁知道寻找照片的过程，居然成了一场“捉迷藏”的游戏，还引起一段美好的回忆。也是那位张为诚学长提出，他可以帮助寻找一下，因为他同学的夫人曾经是“同济摩托车队的风云人物”。紧接着就有一位微信名为“屏屏”(后来才知道是同济预科校友徐亚平，毕业于复旦)的学长,提供了两张摩托车的照片,其中一张单人照,他还写了一句“队长严鑫泉”。于是有一位微信名叫“白水”的学长也出来写了一句:“章馆长您好！我手里有一点当年摩托车队的相关照片。”他紧接着又写了一句:“白水即严鑫泉”。啊！兜了一圈,原来真人就“潜伏”在这里!

在这之前,有一位名叫赵秀恒(后来才知道是城规学院退休教授)的学长一连串发布了7张同济1954年校园内体育运动会的照片,马上有一位名为贾瑞云的学长指出:“那两位在摩托车上的女同学,穿黑色运动服的就是蒋冠玉校友了!”她深情地回想起当年那位才艺双全的蒋冠玉同学:“……她是1956届毕业生的全优学生。我曾请她为我班作过报告。我们校园的天鹅绒草皮是她家赠送的。她家是杭州西湖蒋庄的。是否准确,我这也道听‘微说’,请知情者指正。她分配在上海船舶设计院。她是我崇拜的学长。他们那一届人才济济,毕业献礼是演一台《蜻蜓姑娘》,此剧当年被人们追捧。”至此,从章馆长要求大家帮助研究学校体育史开始,转变成为大家分享同济过去岁月美好的回忆。

这又让我回想起一件足以证明20世纪50年代大学生运动水平之高的事情。上海铁路局老局长张龙是一位著名的桥梁专家,当年还是一般工程师的他,被后来的同济党委书记张纪衡老师邀请来母校为我们这帮学弟、学妹讲授桥梁大修的技术,他的演讲风格与一般学校老师截然不同,给大家留下了很新奇的印象,课后对他佩服的议论不断。他的两位留校的同班同学项海帆、范立础院士在与我们一起下乡劳动的休闲时,与我们谈论到他们这位老同学,说他还是一名很有名气的业余拳击运动员。以后没想到他成了我在上海铁路局工作时的“顶头上司”,与他交流的机会很多,才知道他原来在大学时还是上海市拳击队的队员,还因为击败来访的苏联体重比他高一级的拳击运动员而轰动上海。这个荣誉大概不亚于他负责建造松浦大桥或者当上上海铁路局局长带来的效应吧？可见体育作为“上层建筑”的影响力不可小觑。

我班同学顾正兰和徐满看了我的文章后,也感叹不已,重新回想起自己当年在校运动队的日子，徐满除了发来她们排球队员与刘乙藜教练的合影，还大约受我的影响，她也在脑海里努力地挖掘大多数已经遗忘队友的名字。由此我在想，既然花了时间写了此文，何不将其写成散文，通过不同媒体发表出去，让更多的校友乃至微友分享同济以及上海高校过去的体育文化呢？

《上海老底子》公众号2021年2月10日登载。

评议与联想

顾正兰： 感谢你分享自己的作品，特别是在同济时有关体育的故事，真是有超强的记忆力！佩服！

徐　满： 感谢你分享自己的作品，我在排球队的活动记忆支离破碎，写不出完整的训练比赛过程。队友也叫不出全部名字了。真佩服你能写出那么多的细节！

沈仲贤： 我是65～70级桥梁专业校友沈仲贤，我老伴高炜也是65～70级地下建筑专业的校友，我们俩都是原来摩托车运动队的队员。翻翻应该有几张当年的老照片。当年学生会有一个军体部，下设四个运动队，分别是摩托队、射击队、无线测向队和旗语队。“文革”期间其他运动队都对摩托车感兴趣，我们曾互相学习过，无线电测向给我留下深刻印象。我的同班同学谢云祥曾在射击队担任过保管，很遗憾他因患脑梗多年，于去年在厦门去世了。

殷之俊： 你文章中说的附中一个长得有点像外国人的体育女教师，她叫周孟庭。

朱源熙： 谢谢！拜读了你的回忆录，真佩服你！了不起！也让我回想起自己在同济的一段经历。我在同济大一时报名学习过摩托车驾驶，理论考试得了满分（可能现在还留有一张毕业证书），但在驾驶课考试时，我本来也可以得5分的，只因在一·二九田径场上操作英国大炮牌摩托车当中与一位熟人打了个招呼，被教员发现，当场受到严肃批评，被扣了1分，我觉得挺遗憾的。当年同济摩托队还是蛮风光的，名气也蛮响的,其队友可能都是先从班里挑选出来的好苗子,再经过培养留下来的。记得那年我们班级第一次参加上海市大学生运动会,同济运动员队伍出场时排在第三位,全校同学一见即拼命鼓掌欢呼起来,一时热血沸腾。运动会开始时,就先由同济摩托队进行表演,表演的难度很高,给全市大学生留下了很深的印象。

余热篇

笔下寻乐记

一、我又开始动笔了

我在结束了《上海力度》一书的撰写后，基本上就准备搁笔不再撰写散文了，因为不少亲朋好友都规劝我，年事已高，不能再费心笔耕了。但我只停笔半年不到的时间，又动笔了。在 2019 年 6 月 16 日我们大学同学第一次以班级名义回母校聚会时，班级微信群群主顾正兰同学提出，不管你今后写不写，今天的聚会你还是要写上一篇报道性文章的，这样可以让其他不在场的同学通过微信，了解到我们活动的情况。“恭敬不如从命”，在当天回家后我就写了一篇《50 年后首次同济母校聚会记》的散文，并附上照片制成“美篇”发到微信群里。这下好了，不仅我们班级的同学，还有同济大学其他班级的校友，看到文章中我有对校园情景的描述，大概是勾起了他们对母校的怀念，都少不了有感而发，还在他的朋友圈转发此文。更有喜欢阅读我文章的其他微友，他们已经很久没有看到我撰写散文了，见我又有“美篇”发布，也纷纷给予热情的点赞和评语。往日我在微信上发文，与微友们互动所带来的久违的愉悦，感觉又回来了。

随后我又经历了在上海书展举行的拙作《上海力度》的首发式和参加了在上海举行的“2019 世界人工智能大会”，其中都有我的发言和值得记载的事情，于是又写下了两篇文章。紧接着我在我们澄衷中学初中两个班级聚会与我哥哥班级聚会同时同地点分别举行后，又写了一篇《与两个数字有缘师生的一次盛会》的散文，激起了更大的反响。再加上随后我就赴澳大利亚探亲，期间还曾到西澳和墨尔本等地旅游探亲，又写了几篇我比较擅长的游记，引起了许多微友浓烈的兴趣。这样写下来，到 11 月

与女儿在上海书展上

我回国时，又有了数万字的文字积累。似乎再出一本书的“基本框架”已经具备了。但我自己心里也明白，按照当下的情况，我肯定不可能像前几年那样，以每年一本书的写作速度出版书籍了。下一本书究竟什么时候问世，是一个没有答案的问题，“走着瞧”恐怕是最合适的回答了。但不管怎样，总要先给这本书定一个名字，这样我就可以把陆续写好的文章，随时打印出来，在这个书名下面归拢到一起。因为现在是一个赋闲的老翁，社会兼职也基本卸尽，偶尔写写散文也是寻找乐趣而已，因此就把该书名暂定为《笔下寻乐记》。

二、写文章的苦与乐

对于写文章是“苦”还是“乐”，这是一件见仁见智的事情。对于写文

与家人在上海书展上

章感兴趣的人来说,写文章是一件快乐的事情,尤其是对热爱文学写作的作者来说,创作的过程是很享受的。尽管在构思故事情节的进程中,可谓呕心沥血、废寝忘食,是很艰苦的脑力劳动。但他(她)愿意,一旦创作成功时,能与读者一起欣赏他的成果,并得到赞赏,就转化为“苦中作乐”的快事了。对一般的读者而言,喜欢阅读自己心仪的文章,自然是一件开心的事情。但如果让他来写文章,大多数的人都会觉得,这是一件费心思的活儿。即使让他撰写自己工作单位的小结或者专业论文,也多半会感到这是费心费力的“差使”。

对我来说,目前的状况就是,如果让我搞科普文学创作,我就有兴趣,就觉得快乐,就思绪飞跃,下笔如有神助,一会儿就能写出一大篇。人们都难以想象,我这个古稀老翁,能有如此的写作速度。连我的好友许兴汉都难以置信，头一天傍晚我们还在电话里评议我撰写的纪念岳父的文章，又半开玩笑地说，我也要为他写一篇散文。第二天下午我就拿出有 5 000 多字的散文《各自忙碌，彼此挂牵》。究其原因，就是我认为做这件事情是幸福和愉快的，而且素材都在自己的记忆库里，所以就会一气呵成写了下来。

但如今年龄大了，再写科技论文，再为写材料而学新的东西，就感觉吃力，感到“苦”了。即使要写，也是不得已而为之的事情。前些日子撰写《养老科学概论》一书，因为有责任在身，不得不去做，但由于养老科学是一门多学科交叉的边缘科学，涉及理工、医学和社会、人文等众多学科。而它的《概论》是需要撰写者对各门学科都有所了解，并能将它们交融到一起，简要地阐述出来的。因此需要我学习大量诸如老年心理、老年辅具等我原来不熟悉的东西。还有一些综合性的课题报告的撰写，也随着我年事渐高，感到力不从心了，尽管别人仍旧惊叹我出手之快速，但我已经没有了往日“苦中作乐”中的乐，剩下了只有“苦”的感觉了。

其实生活中这样类似的“苦”还是“乐”，比比皆是。我的高中同学邵群涛、仇淑梅夫妇平时住在位于南京郊区江宁的教授别墅里。邵把自家的花园开辟成了菜地，自己也从数控机床专家华丽转身成了园艺师，整天泡在菜地里耕耘、修枝、浇水、施肥。院子里各色蔬菜五彩缤纷，一年四季瓜果飘香。自家吃不完还可以送给邻居分享。仇淑梅看到丈夫如此露天作业操劳，很是心疼。我们也不解，劝说他教授退休工资不低，何必如此辛苦。邵同学则对我说：“你写散文时感到辛苦吗？我也和你一样，在种菜过程中找到了乐趣，它不仅可以锻炼身体，也促进了与同事朋友的交流。”此外，人们还会是在诸如长跑、冬泳、烹调等日常活动中，体验着苦中作乐的哲学。

我的医生朋友黄国毅院长一再告诫我，写东西是费神的，对健康不利的，还给我举了个例子：一位高年资的专家，为了撰写一本书，严重地影响了他的健康。黄医生的忠告是有道理的，撰写科技专业文章确实是耗费精力的，是艰苦的工作。那么，给自己带来快乐的写作，是否还可以继续下去呢？

三、接二连三文章的真相

最近一段时间,我的微友们发现我的文章接二连三地出现在各种场合中,除了像以往一样在微信群里呈现外,还有像《文艺报》《新民晚报》这样全国性和上海市地方性的报纸,也有我的文章刊登。似乎密度也太高了一些,真有点夜以继日写作的感觉。即使是自己喜欢的文学创作,也不能如此“玩命”啊!真不把黄院长的劝告放在心上了!

这是一个误会,其实我近期就写了《他也是浦东开发的先行者》和《各自忙碌,彼此挂牵》两篇文章。而刊登在《文艺报》上的《请给“科普文学”一席之地》和《新民晚报》上的《喜见澄衷文脉续》的两篇文章,都是我在 3 月份写就的,是自由投稿,投给报社已经有一段时间了。它们也正好在前面两篇文章向微友们公布的同时,刊登出来了。于是乎,四篇文章的连续出现,给微友们带来了“高密度”的强烈感觉。

我哥哥钱平天曾经说,由于阅历丰富,我脑子“仓库”里的素材很多,如同一个个未打开的罐子,如果找到一个拎攀,一拉开,就是一篇文章。关键就是那个“拎攀”何在?《他也是浦东开发的先行者》就是我的政风行风监督员同事韩曙先生给了我一个“拎攀”,4 月 17 日他转给我一篇由周汉民撰写回忆浦东开发开放的文章《以更大的开放倒逼更深入的改革——专访浦东开发亲历者周汉民》。周汉民深情追忆了浦东开发开放早期,上海曾专门组织了一个“浦东开发联合咨询研究小组”,其中一位来自金融研究所的组员,就是我的岳父陈泽浩。次日正好是“浦东开发30 周年纪念日”,于是我就撰写了《他也是浦东开发的先行者》这篇文章,纪念生前我并不了解的丈人阿爸。同样,刚刚与朋友许兴汉结束通话,就在手机上看到一条链接《最好的友情:各自忙碌,彼此挂牵》,马上觉得我和许兴汉的关系不就是这样的吗?我不是还半开玩笑说要给他写文章吗?又一个“拎攀”出现了,它让我能够马上把储存在我脑子里贴有“许兴汉标签”的“罐头”里的东西,“倒”了出来,变成了《各自忙碌,彼此挂牵》。

我和广大澄衷学子一样,对学校的校舍的建设改造很是关注。早在2020年1月12日,我在澄衷中学校友会理事会议上,听潘红星校长在介绍学校发展情况中,谈到了校舍改造遇到的问题,觉得我们作为校友应该帮助学校,于是写了《叶澄衷也是"北外滩"开发的先驱》一文,除了在微信,也向《澄衷校刊》投稿,让广大校友了解进度,因为新冠疫情原因,校刊暂时未登。后来在《新民晚报》上,看到一则消息,《虹口区北外滩街道控制性详细规划修编(公众参与草案)》在公示,发现母校将被搬迁,决定运用自己的途径反映意见,但总要有一块"敲门砖",于是把原文改写成为《"北外滩"不能没有澄衷文脉》,转交给上海市规划院,得到答复。为了让更多的校友及时知道情况,我将上述内容加入规划部门复函的内容,写成《北外滩将延续澄衷文脉》,投给了《新民晚报》。《新民晚报》在5月5日将题目改名为《喜见澄衷文脉续》在其副刊《夜光杯》上刊登。

作家协会为我们每个会员订阅了《文艺报》,我发现在它的《理论与争鸣》版面上,可以把我对文学界对于科普文学尚不太了解的情况,游说一番,于是就将我近年来对此问题的研究和认识写成《请给"科普文学"一席之地》寄给了《文艺报》。对于投稿给这份报纸的易难度,我并没有把握,结果他们在4月24日给刊登出来了。

在如今我能通过自由投稿方式给报纸,也被采用登载,只能说我最近的运气不错。有一位同学在微信上开玩笑说"钱平雷同学的文章又登《新民晚报》了,看来快成特约投稿人了!"而我自知,我是没有那个资格的。

四、笔下的幸福和友情

这些年我也确实感到写文学作品是能带来快乐的。不仅是给自己带来快乐,也能给读者尤其是自己的亲朋好友带来快乐。在人们的概念中,凡是能够成为书籍或报刊上白纸黑字的都是比较正规的东西。所以当我的第一本散文集在2005年出版时,有些同学发现他(她)的名字也出现在我的书中,真有点喜出望外的感觉。但同样是这位同学,等到我的第三、四本散文集中,再出现他的名字时,惊喜的表情就消失了。我称其为"审美疲劳"。但新的一批"惊喜者"又会"前赴后继"地出现的。从第三本散文集开始我就采取先把每一篇文章在微信群里发布,总有些微友除了点赞,还会写出"评议或联想"与我互动。有些人的评语水平还相当高,我就会如获至宝般地把它们抄录下来,放在正文的后面,成为一体。在该书正式出版时,一并出版。这样该书就成了我与微友们的共同作品。想来,当这些微友发现自己的文字也变成白纸黑字的印刷体时,也一定会有愉悦感油然而生。

我还发现不间断地写一点文章,也会促进自己关注一些时事或周边发生的事情,因为要写成作品,不是马马虎虎可以应付的。对于最近"密集"的发文,有一位同学写道:"钱平雷同学近来发布了不少文章,处处体现了对母校的怀念和对校友的友情,也再次显示了钱同学的超强记忆力和写作能力,我们澄衷的莘莘学子离校半个多世纪了,大家还心心念念地关心着学校的境况,能及时了解母校的发展情况,作为校友也分享了。谢谢钱同学!"看来不断与微友交流也是一件很有意义的事情,人们在欢迎你与他们分享你的作品的同时,回忆起共同度过的沧桑岁月,感叹着年轻时代的美好时光,还赞赏了你过人的记忆力,也赞美彼此宝贵的深厚友情,这是多么幸福有趣的事情啊!

由于写文章并出书,书籍也成了与亲朋好友保持联系的纽带和桥梁。有不少亲朋好友平时并没有太多的联系,但新书出版时,也给他(她)寄去一本,让他(她)觉得你还在牵挂着他(她),他也可以从书中知道你的近况,或者许多他不知道的往事。书籍起到了意想不到的沟通情感的作用。

我已经出版的六本散文集的书名,都是应用其中一篇文章的题目作为整本书的名字的。有几本是等到整本书写完了,再在该书中精挑细选书名的,如《幸福相对论》。也有几本是先把书名定下来,再撰写用于书名的文章内容的,如《上海力度》。看来下一本散文集如果准备真的称其为《笔下寻乐记》,那么迟早先要把名叫《笔下寻乐记》的文章写好备用。

所以我也一直在想这个问题。现在这个问题也算有了结果啦!

我再将另一位同学的一段评语作为此文的结尾:"看来坚持写作将会伴随着钱平雷同学一生了,超强记忆力和满怀着对往事的深深情谊,写出的有趣可读的文章使人感动,为钱作家送上一个大大的赞!"

评议与联想

许兴汉:此文不错,标题引人,你现在是文思泉涌,四面出击,佳作迭出!

许利利:写作已经成为钱平雷同学生活中不可缺少的一部分了,那就顺其自然,只要高兴就行,稍微有点压力可以激活人的脑细胞,生活也充实,但不能太大,不要有负担,否则会神经紧张影响睡眠和身体健康。很高兴能经常欣赏到钱同学的佳作,知道了不少趣闻,真是幸事。

殷　切:您笔下欢乐的感觉,我们能体会到。

胡定伦:现在这个年纪写科技论文太吃力,还是写散文好,不但享受了创作的成果,而且还享受了创作的过程。能够心情愉悦地做一件自己喜欢的事情,是人生的一大幸福啊!

陈素娣:知悉你又拿起笔写书出书了,非常开心。其实你从来没有停止过写作。你说得很对,写散文写游记你一点困难都没有,因为这都是你亲身经历亲身感受,你就把这一切如实详细地记录下来,这对你来说是驾轻就熟。因为是你的亲身体验,真情流露,你的文笔又生动流畅,所以你的文章受人喜爱。写论述文相对要难一点,因为它比较严谨要有论证,要查一些资料,要做调查研究,要思考动脑,会对自己有所压力。所以我的建议是散文游记,你继续写,一点问题都没有。论述文你就放下来算了,这不是说你没水平,而是因为你毕竟已年过古稀,精力不如以前了,你还是保重身体要紧。健康长寿才能多多享受这美好幸福的生活。

我为上海"扎台型"

——参加 2019 世界人工智能大会侧记

一

这两天(2019 年 8 月 29 ~ 31 日)"2019 世界人工智能大会"正在上海举行,它的主会场就在离我家不远的浦东世博中心。对于这次会议,尽管最近各种媒体都大张旗鼓铺天盖地给予报道,但对于我这个已经不再担任学术团体主要负责人的退休老爷子来说,并没有投去太多的关注,甚至还不清楚自己也是本次会议某个主题论坛的特邀嘉宾。前些日子,我依稀记得在我们上海市楼宇科技研究会会员微信群里,有一位名叫项莉的微友,发了一条消息,说在一个名为"AI 赋能　智慧建筑"的论坛上,有她的演讲,欢迎大家报名参加。如同当下其他学术活动一样,人们对此反响并不热烈,结果只有 3 位微友报了名。一位是上海市楼宇科技研究会专家委员会毛正峻主任委员,另一位是郭际冬秘书长,再有一位就是我本人。吸引我前往的原因是"智慧建筑"这四个字。我对"智慧楼宇的评价指标体系"的标准已经研究了 5 ~6 年了,也取得了阶段性的成果,但不知什么原因,究竟是曲高和寡,还是时机未到,一直没有被有关部门和单位所重视,更谈不上应用了。最近突然时来运转,一家著名的大型国企,在全国各地尤其是浦东世博会原址,造了许多高水准的物业,他们想将它们搞成"智慧建筑",于是到处取经求教,但苦于始终找不到入门的路径,一个偶然机会,在我会的网站上看到我们在 4 年前发布的《智慧楼宇评价指标体系 1.0》的版本,茅塞顿开,如获至宝。他们想,既然是《1.0》的版本,大概还有《2.0》版本,于是就找上门来,请求帮助。我们的成果总算有了首次实地的应用。在应用中我也发现,《2.0》版本毕竟是三年前的版本,而科技日新月异,该版本也有点落伍了,理应予以修改升级,但修改的依据在哪里呢?“AI 赋能　智慧建筑”的主题无疑会引起我的关注,尤其是那里是否存在对我们制定的标准形成否定甚至颠覆的元素?作为一名学者,肯定是要亲临“侦察”一番的。

另一个想去与会的重要原因是,世博中心离我们家不算很远,虽然每次驱车跨越卢浦大桥时,总可以远眺到那座建筑物,但因为它那并不吸引眼球的外形,加上那里的交通不便,所以一直没有到它跟前观察过。如今上海的重要活动,如每年的“两会”都在那里举行,我们也只能在电视中看到里面的样子,一直没有机会进入会场看看,这也成了我心中的一点期待。既然这次机会来了,自然也要进去游览一圈啦!

经过郭际冬秘书长与项莉的一番交流和努力,我们三人得到了会议的邀请,相约届时在世博中心大门前集合后进入会场。本来应该是我的一次学习机会,没想到在毛正峻、郭际冬二位的鼓动下,当然更是自己性格的使然,我居然在“大咖”圆桌讨论的议程上,放了一“炮”。不过这并没有带来负面影响,相反是一片掌声和赞扬,为我们上海扎了“台型”,也为中国展现了“智慧楼宇”研究的最高水平。

二

2019 年 8 月 30 日下午我在家门口最近的地铁站乘了地铁 13 号线,只有一站路,就到了世博大道站,本以为世博中心离此不远,谁知道快步走了十多分钟,才到了世博中心的正门前。平时是远眺这座建筑物的,好像体量并不大,走近一看,毅然是一座雄伟的大厦,与在天安门广场远看人民大会堂的效果相似。我马上先拍了一张照片,但因为走得太近了,无法将其全景拍摄下来。此时还是 1:15,离原定集合的 1:30 还有一刻钟的时间。随后毛正峻也到了,他说,他们通过电话,郭际冬已经先进去踏勘会场位置了。不一会儿郭从大厦内向我们赶来,把 VIP 的胸卡分别发给我们,让我们随他进场。与其他重要场合一样,少不了安检手续。我抬头一看，里面迎宾大厅的气派令人震撼，高大敞亮，且不说室内观光电梯，就是从大门到登楼的一道道自动电梯的距离，也不是三脚两步就能穿越的。毛正峻本来还要与几位朋友相约会面，到了这个场合，已经没了方向，连志愿者也说不清楚原定碰头的地点究竟在哪儿，也只能作罢，匆匆地向四楼的会场赶去。亏得小郭事先已经与项莉接上头，所以她很快就迎了上来。四个人急急忙忙在会标前合了影，小项就立即把我们领进了会场，说会议马上就要开始了。在她把我们介绍给一位名叫高文伟的副董事长后，我们也赶快坐到贴有我们名字的指定座位上去了。

参加世界人工智能大会

一位长得很漂亮，自我介绍也是姓钱的年轻姑娘主持了今天的会议。随后她请本次会议的第一主办者东浩兰生集团董事长王强致论坛开幕词。前方的大屏幕上，左侧一小块是演讲者的题目，中间大块是 PPT，右侧一小块从下到上，先是演讲者的言语立即转变成中文（英文）反映在屏幕上。当他（她）讲完一句话后，这句话的中文（英文）相应的英文（中文）就立刻同步呈现出来了。毛总说，这是人工智能（AI）的智能语音同声翻译技术发挥作用了。我回头看看,大厅左后角的同步翻译室里仍旧有一男一女在工作,但我估计他们主要任务不是翻译,而是速记。因为有些演讲者还带有浓厚的地方口音,需要他们纠正成为比较确切的文字形式,人工智能才能正确地译成标准的语言。

三

随后大会发言正式开始,大多数的发言者都是本次论坛各个主办方派出的代表。每个人只有 20 分钟时间。但上来第一个发言的人就给了我们新鲜感,她大概是一个外籍华人,名字叫 Truddy Cheung,虽然她的普通话很标准,但主要用英语演讲,她的题目是《下一代的工作场所》。按照她的介绍,我们目前最常见划分成一格一格的小开间的办公格局,在国外已经是二十年前的传统办公场所了。后来又演变成为同事之间面对面围着一张桌子,便于交流办公的形式了。近十年又变成基于活动的工作场所了。PPT 显示几个同事围着一张圆桌。最奇怪的是,每个人坐的位子,不是我们一般应用的靠背椅子,而是一张张悬空的秋千。显然这样的办公场所,是适合于平时不坐班,根据任务坐到一起的团队。

第二个发言的是腾讯马化腾的麾下大将——腾讯云副总裁万超,他的题目是《携手腾讯　云端共赢》。他回顾了腾讯发展的历程后,重点介绍了"深度适配智慧建筑场景的物联网类操作系统——微瓴",说该软件如同 Windows 对电脑的作用一般,是"以云为基,连接一切"最基础的软件。

第三个发言的是 YOCO Robot(中文叫"有个机器人")联合创始人张阳新,他的题目叫《服务机器人在楼宇智能化中的应用》,他认为未来楼宇中许多事情都可以由机器人代劳了。像现在外卖小哥在办公楼里穿来穿去的现象也就消失了,取而代之的是各种功能的机器人在楼道里、电梯里如同办公人员一般,进进出出的情景。

第四个发言的就是项莉,至今我们才知道她的头衔是东浩兰生集团"智业云"首席信息官。她的题目是《空间有限,价值无限》。通过她的介绍,我们知道了东浩兰生集团经营管理着包括国家展览馆在内的上海许多主要的物业,并在物业管理方面下了大量的功夫,他们的“智业云”就是以“数字驱动+绿色科技”重新定义数字置业新模式。她还谈道,“智业云”的开发得到了腾讯云的启发和帮助。

“听话听音,锣鼓听声”,从上述发言中,我和毛总、小郭都感觉到项莉的发言内容最为完整,与我们研究的“智慧楼宇”的内容也最为接近,但他们的不足之处也暴露出来了。

四

接下来是“圆桌讨论”,主题叫《未来之路》。邀请的嘉宾,用主持人王女士的话说,都是“大咖”,因为今天的论坛报名的有800多人,受到邀请的只有200多位,能来的都是行家,因此嘉宾更是大家级人物。除了高文伟、万超,还有Truddy Cheung的上司Robert Price,中国房地产产业协会的常务副会长王惠敏以及一位叫马旭刚的先生。他们围绕着论坛大屏幕上显示的《AI赋能　智慧建筑》,英文是“Ai Enabling Intelligent Architure”这个主题讨论的。毕竟是世界级的盛会,诸位嘉宾水平确实很高。各位都觉得目前各人研究推广自己的成果,尚未形成产业链,有些碎片化的现象,应该大家联合起来,共同把“智慧建筑”这篇大文章作好。其中高文伟和王会长的发言给我的印象更加深刻。高先生谈到东浩兰生集团为此所做的大量工作,各方面都达到了一定的水平,但由于还没有得到很好的整合,所以在国内可称为“智慧建筑”的物业并不多。王会长更是从国家发展的战略高度谈到这个领域的未来。

到此为止,我突然感觉我应该在这里发表一个不能轻易放弃的观点。估计30分钟的“圆桌讨论”预定时间已经差不多了,主持人在“收头”了。毛、郭二人在旁边催促我赶快抓住稍纵即逝的机会。我举手示意要发言,但由于整个论坛,只有发言,没有提问环节,看上去主持人有些为难,但我持续举手不放,她只能让我发言了。我讲了两句,因为没有话筒,声音太小,所以其他嘉宾请我到台前来发言。我首先介绍自己来自上海市楼宇

世界人工智能大会会场

科技研究会，其实就是一家房地产的科技学会，我这样说，可以拉近与王会长的同行关系。其次谈到今天来与会是冲着“智慧建筑”来的，因为它正是我近年来研究的对象。但我发现今天大家谈论的“智慧建筑”实际上是“智能化建筑”，英文是“Intelligent Building”。智慧建筑是智慧城市的重要组成部分，而智慧城市英文是“Smart City”，因此智慧建筑应该用“Smart Building”才能匹配。此时我发现台上有的嘉宾在点头，说明他们认同我的观点。我又说，刚才大家表示要形成智慧建筑的产业链，用什么来连接？那就是“标准”，就是“智慧建筑评价指标体系”！这时台上嘉宾点头的人多了起来。我带着激动的口吻继续说道，我们研究会对此已经研究了多年，有了《1.0》到《2.0》的版本。我也从国内宣传到国外，今天我还要再讲一遍：一座楼能被称为“智慧建筑”，要具备四个条件，也就是四个维度，一是绿色建筑，二是包括 AI 在内的自动化集成，三是现代物业管理，四是融入“智慧城市”。只有符合这四个条件的楼宇，我们才可以叫它智慧楼宇。我的话完了，谢谢大家！此时全场响起了热烈的掌声，说明我的一番话得到了大家的认同。

四

接下来是茶歇的时刻，我回到座位上，觉得胃里有饥饿的感觉，实际上是刚才的发言把自己弄紧张的原因吧！不过此时过来要求与我交换名片或者互扫微信的与会者络绎不绝，让我感觉到自己的发言起到了效果。一般人我都把他们介绍给小郭，因为我已经把我职务的担子交给他了，我应该逐渐退出这个舞台才是。王会长特地走到我面前，与我交换名片，还问及我是否来自上海的房地产系统，当我们提及桑荣林、许明义、王鹏等彼此共同的熟人时，更凸显出我们是同行的亲近感。

随后毛总绘声绘色地告诉我，刚才我发言谈到不应用“Intelligent Building”而应该用“Smart Building”的观点时，他听到后座不少来宾发出“啊！”的质疑声，到我说清楚成为智慧建筑四个条件时，后面又发出了“哦”的释然的理解共鸣声，紧接着就是热烈的鼓掌，说明今天的发言成功了，确实解决了人们在这个领域存在困惑的一个问题。

我赶忙跑到厅外，对高文伟先生打招呼，说自己居然贸然地在这世界级论坛上，自说自话地请求临时发言。高董不但没有责怪的意思，相反还表示今后要保持联系，并有决心建成第一座名副其实的“智慧建筑”的打算。

五

会议到了下半部分，发言内容与上半场相比，与智慧建筑的关系紧密度显然在降低，还有不少合作或者产品发布仪式。但随后无论是主持人钱小姐还是高董的发言，都提及我发言的内容，还有一位无锡科协的同志主动坐到我旁边的位子上，除了交换名片外，还表示今后有机会请我到无锡去指导工作。我真有点受宠若惊了。

这样的学术会议，体现了学术面前人人平等的氛围，对权威并不盲从。一位大教授，据他自己介绍是国家级的智能化专家，滔滔不绝地讲他的丰功伟绩,完全是一副居高临下的口气。人们却不买他的账,下面都纷纷开小差了。毛总揶揄地说,同样的话题,要是请上海交大的林少培教授来讲,要精彩多了。下面的工作人员一次又一次地举起暗示发言时间已到的牌子提示他,主持人钱小姐也几次欲打断他的发言。而他依旧毫不在意地继续介绍他研究的成果。最后总算演讲完毕,主持人立即宣布论坛结束,大概原定的时间被他拖延不少。

我们告别了高董和项莉,退出了会场。又谈论起刚才的发言,我认为一则是毛总、小郭他们二位的鼓动,二则也要让人们知道我们上海是一个人才济济,藏龙卧虎的地方。即使是“智慧建筑”也有我们的研究成果。2016 年在我会举办了“智慧楼宇国际会议”,并组织各国来宾参观了上海中心后,我写了一篇散文,名为《上海高度》,随后成了我的一本散文集的书名。我想告诉人们,上海中心代表了当时中国建筑的最高高度,也隐喻我们对“智慧楼宇”的研究在国际上也是领先的,也是一种“上海高度”。今天当中国在 AI 方面在世界上领先时,上海的楼宇科技工作者也同样在为祖国争光,我也因此为上海扎了一次“台型”。“扎台型”这个上海方言的俚语,在普通话里没有相同意思的词汇,那就让上海人自己去体会吧!

本文于 2020 年 8 月 24 日在《上海老底子》公众号登载,并在澎湃新闻上传并发布。

评议与联想

柴慈铎:读完平雷弟《我为上海“扎台型”》文章后,深有感触,平雷弟在“智慧楼宇”这个课题和他的同行、同事们进行了多年的研究和努力,到今天终有建树,终成气候,进入了该领域国际和国内的前沿,达到领先水平,获得了国内外同行的承认和好评。真是皇天不负苦心人,为平雷弟点赞,鼓掌叫好!

顾亚民:平雷同学的帖子,让我看到了一个学者对自身事业的孜孜追求、对学术课题的认真执着与热爱,坚守和践行了一位正直知识分子的风骨和坚韧。

周剑平：拜读了你的“美篇”。很为你骄傲。为上海人“扎台型”了！北方人类似的表达大概可用“争脸”两字吧？

顾正兰：平雷同学，智慧建筑确实应该有评价指标，也就是一个定位标准。有了标准，以后的智慧建筑就有了方向，制定标准要有粗线条，更要有具体的、可行的标准。你已研究好几年了，头脑很活络，思维很前卫，值得坚持下去！等待你的研究成果！你真是为上海“扎了台型”！了不起！

舒庆虹：你懂得真多，如果是公司有股份的话，利润增长很可观啊！

丁　伟：平雷阿哥，为你能为上海“扎台型”鼓掌！姜还是老的辣！

陈素娣：钱哥，你太棒了！你为上海“扎台型”了。你在世界级的舞台上发声，得到大家的认可赏识，说明你是一个有真才实学的人。你不但科技上有成就，在文学上也有建树，你是一个才华横溢的人。向你致敬！

钱平天：平雷不怯场，越是大场面越是能发挥！我们姐弟无人能出其左，继承了母亲的优点，为钱家门争光！

钱丽臻：在世界学术会上显身手是你的光辉业绩，也是我们的骄傲。弟的智慧楼宇学术成果光彩熠熠，今后会更加发扬光大！

张淑华：祝贺你，总在关键时刻能够露一手，佩服！还是有才华呀！

刘珮瑜：真诚祝贺你，不但有面子，而且很光彩地出了一个大风头！

章杏波：阅读本文后，我进一步领会了成语“脱颖而出”的含义。

钱雪元：跨界地域是科技的富矿区，你是首位拓荒者。曾经不计收获，也不必“老骥伏枥，壮心不已”。

许利利：今天边看你的散文边为你高兴，也验证了“机会是给有准备的人”这句经典，没有你多年的钻研和付出，是难“扎台型”的，看来你要闲不住了，纵观科技界八十多岁，九十多岁的人还很多，你还算年轻的，只要有兴趣，身体吃得消，忙一些对防衰老是好事。希望能常听到你的佳音。

周文华：我也在小区论坛里开完会刚回家，自吹一下了，除了给钱学者为上海“扎台型”拍手鼓掌叫好外，我再给你一个喜讯，你们研究的智慧楼宇不再停留在设想创意上了，随着高科技的迅猛发展，已经渗透在各个领域里了，本小区已有希望在街道资助下搞智能小区了，你讲的四个条件也正在尽量靠近了，比如原来的门禁刷卡进入楼宇，现改为人脸识别进入了，为此还有一套智能设备跟进，如高清探头、车子进出道闸智能管理等。物业的现代化智能管理也在跟进，资金在一百五十万左右，按小区大小不等定价，说明你们的研究成果已进入落实阶段，不再是曲高和寡难以落实的了，已破冰了，以后普通楼宇都会朝着升级换代成智能楼宇的方向发展了，你们对智慧楼宇的研究并设想实施的高科技梦想正在成真了，热烈的祝贺你们！

侯馨岳：你真是我们班的奇才。在这个年纪，还能华丽转身，在多领域中再创佳绩，真是“老骥伏枥，志在千里”，可喜可贺！

再论“科普文学”是一项创新

——与张冲先生商榷

在2018年12月28日由上海市科普作协和上海市楼宇科技研究会共同举行的“科普与文学学术研讨会”，引起了广泛的关注，许多媒体都报道了这次会议的情况。也有学者表示了不同的观点。其中有一位名为张冲的资深科普作家发表在2019年5月10日出版的《科普时报》的《“科普文学”究竟是怎样一种“创新”？》文章中，提及在某网上新闻稿中对我发言中“科普与文学相结合作品的创作方法，不仅是上海科普界的一项创新，也应该是上海文学界的一项创新”的观点，实在不敢苟同，说我有漠视上海乃至全国科普创作历史的倾向。他告诉我，早在1981、1982年的《中国百科年鉴》里就有一条“科普文学”。1985年还有王强模、陈显耀、袁昌文合著的《谈科普文学的创作》一书。由此可见“科普文学”这个词，早已不是什么“新颖的学名”了。对于张冲这位前辈的观点我是很重视的，除了我早就知道《中国百科年鉴》就有这么一条信息外，我还想方设法高价从网上淘来《谈科普文学的创作》这本经三位作者亲笔署名的书籍。经过我的认真拜读和思考，我发现我对“科普文学”的定义，与《谈科普文学的创作》出版时对“科普文学”的定义，虽然是同一名词，但已经发生了“质”的变化，其内容也有着很大的差别。

在《谈科普文学的创作》一书中，作者对“科普文学”的定义是“专指普及科学技术知识的文学载体。”还指出：“……科普文学所普及的知识，一般也是自然科学知识。”书中还提出了科普文学是“儿童文学的分支”，科幻文学也是科普文学的重要组成部分的观点。而我对“科普文学”的定义是：“应用文学的形式，在社会上推广科学技术的应用、倡导科学方

发表观点

法、传播科学思想、弘扬科学精神的作品。”我与《谈科普文学的创作》对科普文学下的定义之间的区别，主要是对科普所包括的内容，有着明显的差别，他们是要普及“科技知识”，而且是“自然科学知识”。而我认为不仅要普及“科技知识”，还有科学方法、科学思想和科学精神。这“科学”不仅有自然科学，还应有人文科学和社会科学。我定义“科普”的依据来自2002年6月《中华人民共和国科学技术普及法》“总则”中提到的“加强科学技术普及工作，普及科学技术知识、倡导科学方法、传播科学思想、弘扬科学精神”。其实早在1994年12月，中共中央和国务院在《关于加强科学技术普及工作的若干意见》中就提到了“普及科学知识、科学方法和科学思想”。如果到了今天，我们仍旧把科普停留在普及自然科学、技术知识的范围内，显然是没有做到与时俱进了。

至于张冲先生提醒我，早在1981、1982年的《中国百科年鉴》里就有一条“科普文学”。有一位名叫郑文光的作者就此发表的观点也很说明问题，他认为，尽管“科普文学”这名词，从来不曾在我国报章、杂志、书籍上出现过，可是在《中国百科年鉴》里，它竟生存二年了。“科普文学”这一名词从来没有人写文章介绍过。它包含什么内容？定义是什么？是科普还是文学？它的概念、范畴、内涵、外延都有些什么，等等，都没有人作过说明。我认为，创新当然是好事，但是，一下子在《中国百科年鉴》这样的权威性著作中列上一个谁也不了解的条目，似乎草率了些。

关于把科普文学说成是儿童文学的分支，也是不妥当的。我们上海科普界近年来创作的科普小说、散文作品的主要读者对象不是少年儿童，而是具有高中以上文化程度的成年人。把科普文学说成是儿童文学的分支，据我所知，中国科普作协也不能接受这个观点。至于把科幻文学说成是科普文学的组成部分，在科普界还是有许多人持保留看法的。中国科普作协理事长周忠和院士指出："科普和科幻是一个什么样的关系？这两个'事儿'都与科学沾边，我想肯定有相同之处，也有不一样的地方。"著名科普作家叶永烈也谈道："……根据我们中国的具体情况和语言习惯，我认为'科学小说'和'科学幻想小说'是应该有所别的。"

周忠和院士还指出："科幻本身未必折射多少科学知识……科普的东西更多是一种理性的产品，它对科学当然有严格的要求。只有少数的科普作品才能成为文学或者艺术。"我们上海科普界创作的科普文学作品就是达到了成为文学或者艺术的要求。杨秉辉教授他先后出版了诸如《财务科长范得"痔"》、长篇小说《祺东的黄兴家医生》等一系列小说，不仅保持了严密的科学性，而且还具有文学艺术性，完全达到了经过编剧可以用于拍摄影视作品的水平。

我仍旧坚持认为"科普与文学"相结合的创作方法，不仅是上海科普界的一项创新，也应该是上海文学界的一项创新，合在一起就是上海文化的一项创新。我说这句话，是有依据的。因为早在2005年，著名作家赵丽宏先生在为拙作《幸福相对论》作序时，就关注到科普与文学相结合的写作方式，他写道："……他的散文，和一般的散文作者有所不同……涉及科技的内容多，知识性强……而阅读这些文章的过程，不仅能增长知识，也可以了解一个从科技界进入文学领域的写作者的精神风采。科技工作者善于逻辑思维，文学家擅长形象思维，钱平雷先生的散文，很好地将这两者结合在一起,科学的智慧加上文学的情怀,便成就了他的散文风格。"连书名《幸福相对论》也是赵先生建议采用的。我想,这就是科普文学的特点,也说明当时上海的文学界就已经关注到了科普界。我想,赵先生叙述的我的"散文风格"也是我们定义的科普文学的特点之一。

由此可说,"科普文学"与张冲先生心目中的"科普文学",虽然从字面上看是一样的。但其定义与内涵随着时代变迁,已经发生了很大的变化,它们之间有着承前启后,更新换代的意义。如果用现代的语言来表述,张冲先生心目中的"科普文学"是 1.0 版本,那么我说的"科普文学"可以说是 2.0 版本了。对于 1.0 版本而言,说 2.0 版本是一种创新,应该不能算过分吧?张冲先生的异议,也许与媒体报道那次研讨会内容的局限性有关。

“北外滩”不能没有澄衷文脉

作者按语：有关北外滩开发涉及澄衷中学母校搬迁的话题，我先后写了三篇文章：《叶澄衷也是“北外滩”开发的先驱》《“北外滩”不能没有澄衷文脉》《北外滩将延续澄衷文脉》，先后分别投给了《澄衷校刊》、上海市规划院和《新民晚报》。后《新民晚报》在2020年5月5日将题目改名为《喜见澄衷文脉续》在其副刊《夜光杯》上刊登。因为上述3篇文章大部分的内容有重复，所以我把三篇文章的内容归并为此文。也把我发在微信群里，微友反馈的评语收集到了一起。

最近在阅读《新民晚报》时，看到一则消息，《虹口区北外滩街道控制性详细规划修编（公众参与草案）》的公示，作为曾经生在长在那个地区的我，自然会投去更多的目光。我虽然早就离开了那个地方，但如今那里还有让我牵肠挂肚的地方，就是我的中学母校——澄衷中学。那是上海滩著名历史人士叶澄衷在1900年建成的第一所由中国人自己按照现代教育模式进行管理的学校。至今已有120年的历史，也是上海百年名校之一。

早在2020年1月12日，我曾经出席澄衷中学校友会假座上海大学举行的八届三次理事会。会上潘红星校长在介绍学校发展情况中，谈到她作为虹口区人大代表刚刚参加的人代会上得到的消息，由于外滩、陆家嘴地段的发展已经基本定型，上海市委、市府对北外滩寄予厚望，将其定位：“新时代都市发展新标杆，世界顶级中央活动区的核心区，世界会客厅中最闪亮的一把椅子……”因为我们的母校澄衷中学就位于北外滩。人代会期间，潘校长提了《一流城区要建一流教育》的重要建议。在会上胡

百年澄衷之一

百年澄衷之二

小敏会长还介绍了2020年是120周年校庆,上海社科院将要出版的一套丛书《江南文脉,百年名校》中,有关于澄衷中学的专著,说明澄衷中学历史上确实是一所名校。听到这些消息,在座的校友们无不为之欢欣鼓舞。"喝水不忘挖井人",大家都要感激学校的创始人——叶公澄衷。

对于叶澄衷,人们大多数知道他原来是一个在黄浦江上划舢板的船夫,由于诚信的品质,归还了一位外国商人遗忘在船上的皮包,因而得到了失主的帮助,于是在五金、火油等生意上赚了不少钱,他把一部分的资产用作开办"澄衷蒙学堂",即澄衷中学的前身。大家还可能知道他是"宁波帮"的领军人物。然而人们可能并不清楚,叶澄衷还是北外滩开发先驱之一。

所谓"北外滩",其实就是在苏州河以北虹口区的一个区域。苏州河上有几十座桥梁,其中"外白渡桥"应该是最具代表性的一座,它是上海市的重要地标。当年在这个位置上有一座木桥叫威尔斯桥,它经不起风吹雨打,朽烂了,要重建,但工部局资金不足。叶澄衷主动提出捐献2 000两银子,占投资的1/3。新桥建成了,而且华人过桥不再付费,于是博得"白渡桥"的美名。其实这是叶澄衷有战略眼光的一步棋。他早在桥的北堍,也就是如今的北外滩,用4万两银子购进400亩地,等到大桥一通,这块土地暴涨到100万两。由于这次空前的暴利,他开始进入房地产行业,在唐山路、华德路(长治路、长阳路)、提篮桥、舟山路、杨树浦路等沿线的许多石库门房子和工业建筑,包括我们的母校——澄衷蒙学堂,也应该是叶澄衷房地产开发的一个"配套项目",就这样在如今的北外滩地区,风生水起地建立起来了。因此在一定意义上可以说,叶澄衷也是北外滩开发建设的重要先驱之一。

这所学校曾经走出过诸如蔡元培、胡适、竺可桢等校友,他们都是对北外滩、上海乃至全中国具有重大影响的著名历史人物。学校所培养的成千上万的学子,也都成了各行各业的有用之才。当然在校园里也曾经发生过许多可歌可泣的故事。它与近在咫尺的提篮桥以及其他文化建筑共同组成了北外滩历史不可或缺的文脉。从叶澄衷开发北外滩房地产,并开办澄衷蒙学堂，到如今《虹口区北外滩街道控制性详细规划修编（公众参与草案）》中所述“保障北外滩会展、教育、文化、商业、居住及生活服务等各类支撑配套功能的合理规模”的说明，应该是一脉相承的思路，只是时代不同了，需要与时俱进地赋予新的内涵。从公示的有关基础教育的示意图中看不清“澄衷中学”的字样，只有在它的东侧有一个“贯”字，按照我的理解，那是一所9年一贯制的学校。而在我所熟悉的澄衷中学部位涂的颜色竟然是商业地块！难道正在翻造中的澄衷中学也要“搬家”啦？如果真是如此，我是难以接受这样的安排的。规划制定者大概不熟悉澄衷中学乃至北外滩的历史，只是把澄衷中学当作一所普通的高级中学来对待了，人们认为把学校的教育功能满足，设施甚至更加先进，就完事了，忽略了澄衷中学身上所担负的北外滩乃至上海滩变迁文脉的功能。历史上叶澄衷除了建设澄衷中学外，还曾建造了叶家花园等其他公共建筑，但到如今用他名字命名的文化符号只剩下澄衷中学了。况且澄衷中学校园内还有诸如世美堂、健身房（澄厅）这样的百年历史建筑，如果动迁了，那么这些历史建筑也就寿终正寝了。即使再照原样造一所澄衷中学，但不在北外滩地块上，那也只能是没有历史文化价值的“假古董”。希望《虹口区北外滩街道控制性详细规划修编（公众参与草案）》的制定者，能够正视北外滩的发展历史，“澄衷”是不可绕过的文化元素啊！

我国发展到当下，已经今非昔比了。建设者不应该仍旧停留在当年为了追求经济效益而忽视了文化元素的水平上。国际上许多著名大都市都有在非常繁华的地段，在林立的高楼大厦旁边，还保留着很不起眼的历史建筑的做法。更何况澄衷中学如果修旧如旧建成一处富有历史韵味的校园，与其他新的建筑放在一起，完全可以融为一体。我在想，为了展示北外滩发展的脉络，可以建立一个“北外滩发展历史陈列馆”，就将其放在原定修建的澄衷中学校史馆里，就更能够凸显北外滩乃至上海，既有海纳百川的气魄，又有继往开来的底蕴的新海派文化。

听说唐山路校园翻修遇到意外的阻力，不知何时能够从过渡校园返回，校友们也很牵挂，大家是多么希望能够早日看到经过翻修后母校校园的面貌啊！因为只有它才是校友们怀念母校岁月的载体。而从北外滩建设的角度来说，一流地段需要有一流教育，一流学校需要有一流的师资，也需要一流的校园、校舍啊！

评议与联想（一）

范　奕：平雷兄，读了您转发的《“北外滩”不能没有澄衷文脉》一文，深有同感，我也曾在群里表示过对于母校改建一事的关切。鉴于母校自唐山路417号原址搬迁至广粤路现址已有数年，我曾不无遗憾地猜测“恐怕是回不去了”，现在看来是不幸言中了。澄衷有着漫长的历史，也出过诸多名人，可惜终究将不敌沧桑变故，变得面目全非了。但是在你我的心目中，澄衷永远会是那个记忆中的模样，从蒙学堂到世美堂，大操场到健身房，还有老师、同学……以及那难忘的青春年少。

周鼎发：澄衷旧址不能迁，这地址是学校历史见证。

周文华：钱平雷同学提到的澄衷中学翻修受阻的事情，本人觉得担心是没用的。北外滩现在早已成了一流地段，为呼应浦东陆家嘴金融高新区，一定是政府的首选项目，但愿澄衷中学能如常青藤般扎根于北外滩，盼其枝叶茂盛，一流人才辈出，蜚声海内外，名誉天下。我们这些老澄衷人，也有个故地重游寻找回忆的机会，那就是好消息了。

周剑平：平雷兄的见地极有道理。澄衷中学唐山路校区扩建如果因为北外滩的发展而受阻，甚至被迫搬迁的话。作为每一个曾经的澄衷人都会有失落感，回忆的载体没有了！

刁维汉：可惜蒙学堂拆了，世美堂面目全非，这是很大的遗憾！

后记：经澄衷老同学许兴汉的提示，我曾选择了《“北外滩”不能没有澄衷文脉》一文的部分内容，以“上海市楼宇科技研究会原副理事长兼秘书长”的身份，作为“社情民意”在《虹口区北外滩街道控制性详细规划修编（公众参与草案）》公示期间，分别向虹口区规划局、民盟上海市委、市科协呈送。尤其是通过上海市楼宇科技研究会作为科技社团参与规划公示活动的方式，请副理事长袁嘉蓉直接转送给市规划院的一份，反应最快,早在4月初就有了回音。除了由于澄衷中学的原址是本次规划的核心地块,必须搬迁外,其他我提到的问题,都得到了"无话可说"的回答:1.新址仍旧在北外滩的范围内,离原址只有几百米远。这样"澄衷文脉"得到了延续。而且面积还大了1公顷。2.新址位于规划的提篮桥历史片区内。3.保留世美堂等历史建筑,并赋予相应的文化功能,展示北外滩和澄衷中学的历史,让澄衷中学的发展历史和文脉得到保护和延续,这样老校友怀旧的需求也能得到满足。对于规划者如此煞费苦心的答复,我也无话可说了。许兴汉是一位资深的新闻工作者,也对此《答复函》文字的周密表示赞赏。4月3日《新民晚报》报道了市委李强书记在视察北外滩,听取《北外滩核心区规划情况汇报》的过程中,有这么一段话"……推动历史建筑保护与历史文脉延续更加相得益彰"。虽然当时是李强书记在邮电大楼里说的话,但至少说明我们对北外滩规划的意见是符合市领导的意愿的。或许我的那份报告的内容,也曾被市规划部门向市领导汇报时引用过。我哥哥也是澄衷的老校友,他把这条消息在他们班微信群里转载了,从他们同学的反应来看,规划院的答复,大家还是满意的。而此时,澄衷中学作为"当事人"还没有得到正式的消息呢!

评议与联想(二)

许利利:钱平雷同学近来发布了不少文章,处处体现了对母校的怀念和对校友的友情,也再次显示了钱同学的超强记忆力和写作能力,作为校友沾光了。

倪纪芬:我翻看了钱同学的文章。澄衷的莘莘学子离校半个多世纪了,还心心念念地关心着学校的境况,真是澄衷的好学子。作为校友的我们也沾光了,也能及时了解母校的发展情况。谢谢钱同学了。

周文华:钱平雷同学的文章又登上《新民晚报》了,看来快成特约投稿人了,恭喜祝贺了!

钱雪元:这是对母校最好的感恩和回报!

许兴汉:已拜读,有史料性、可读性!

规划院答复函

澄衷中学是虹口区一所著名的百年老校，是上海滩著名历史人士叶澄衷在1900年建成的学校。由于在近期公示的北外滩地区规划中，将澄衷中学旧址进行商业开发，引起社会相关人士关注，在此我们对相关规划设想进行说明。

澄衷中学坐落于东余杭路、丹徒路、唐山路、公平路所围合的街坊内，现状占地约1.9公顷，其中运动场地7 500平方米，建筑面积约2.2万平方米，校区内有世美堂等历史建筑。由于内部设施陈旧、面积不足，需要进行改造扩建，澄衷中学于2017年搬至广粤路，北外滩原校区目前处于停用状态。

根据上海市总体规划，北外滩与外滩、陆家嘴共同打造"黄金三角"核心商务区，是上海"五个中心"建设中重要的功能服务聚集区之一，将建设成为与外滩和陆家嘴错位联动、职住相融、孵化创新思维的新时代顶级中央活动区。为了更好地推动北外滩地区发展，经过多轮的城市设计方案研究和专家论证，形成北外滩地区控制性详细规划草案。其中对于澄衷中学及其周边地区的发展，主要有以下考虑：

一、根据北外滩的规划定位及其发展条件，综合各方因素，将新建路与公平路之间的区域规划为北外滩的核心区，通过顶级功能集聚和高品质空间塑造，打造顶级商务核心区、城市中心标志区和都市休闲目的地。澄衷中学即位于该区域。

二、核心区将集聚大规模办公、商业等功能，并规划有超高层办公楼宇。新的功能建设在日照遮挡、办公人流干扰、道路交通拥堵、建设噪音干扰等方面都可能对学校产生不利影响。

三、目前澄衷中学地块面积较小，难以满足学校教学功能的需求，已成为学校教学质量进一步提升的瓶颈。因此，学校有对校区进行改造扩建的需求和计划。

根据以上几方面考虑，结合澄衷中学的发展诉求，并考虑学校文脉的延续，在规划中设想对澄衷中学进行搬迁扩建。

一、将澄衷中学迁建至大连路边的366－01地块,(据了解是唐山路、大连路、昆明路和保定路等四条马路围成的区域——作者注)一方面用地面积由现状的1.9公顷扩大至规划2.9公顷,让学校有了更大的发展空间,另一方面新址位于规划的提篮桥历史片区内,周边的城市空间、景观环境、历史氛围都更加适合澄衷中学的未来发展。

二、在澄衷中学现址地块的未来开发中,将会同相关部门,对澄衷中学的历史文化进行发掘和保护,结合地块内的建筑布局和景观设计保留世美堂等历史建筑,并赋予相应的文化功能,展示北外滩和澄衷中学的历史,让澄衷中学的发展历史和文脉得到保护和延续,让更多的人来了解和学习。

城市是一个有机生命体,随着历史的进步必然会带来一些土地使用功能的变化。按照新的规划方案,相信在不久的将来,我们不仅会在北外滩看到一个高品质的世界级商务区,更会看到一个充满历史沉淀的老上海历史片区和位于其中的活力勃勃的新澄衷中学!

评议与联想(三)

我哥哥钱平天也是澄衷校友,他们班同学对此的反应:

林福妹:谢谢老同学钱平天和他弟弟平雷为保留我们澄衷中学母校的风貌做出的贡献!

竺　军(竺万蔭):钱平天,你和你弟弟为我们的母校做了非常了不起的事情,我想所有澄衷的学子都会感谢你们的。

沈华强:平天、平雷兄弟俩为我们母校的重建以及校友们心中的期盼做出的努力令人敬佩!

钱平天:我没有做啥子事,仅做了个“传声筒”而已。重要的是我们大家都有“母校情结”和一颗热情“澄衷之心”。

在上海诞生的“智慧楼宇”是海内外第一座吗?

一、它是海内外第一座吗?

每当我驱车从浦东经由卢浦大桥去浦西的时候,总能在接近浦东桥头堡的右侧,看到在上海浦东世博B区原澳大利亚馆的位置,耸立了一片央企的高层办公楼宇。其中2幢楼顶部位有“中国华电、国家电网”字样的标牌,这是由鲁能集团建设的一个国家电网世博园区办公楼项目,它一共有4幢5A级写字楼,建筑面积为15.89万平方米,于2016年竣工。2019年经由上海市楼宇科技研究会按照《智慧楼宇评价指标体系2.0》的相关指标予以评价后,得出评定结论:达到智慧楼宇三星级的水平,决定授予三星级“智慧楼宇”的证书和标牌。双方决定于今天举行授证揭牌仪式,同时邀请媒体报道这件喜讯。在准备统发稿时,问题就来了,据我们所知,这是海内外第一座被命名为“智慧楼宇”的建筑,但有什么根据说它是“海内外的第一座”智慧楼宇呢?于是在筹备仪式的同志之间发生了分歧,我是赞成“海内外的第一座”智慧楼宇的说法的,因为我始终是“智慧楼宇评价指标体系”的制定者和参与者之一。

二、Intelligent Building 不是智慧楼宇

众所周知,建设智慧城市(Smart City)是全世界许多城市的发展战略之一,智慧城市是一个巨大的系统工程,它是由智慧政务、智慧医疗、智慧交通等各个子系统所组成。智慧楼宇或称智慧建筑(Smart Building),无疑也是智慧城市不可或缺的重要组成部分。但相当长的一段时间中,它

第一座智慧楼宇授牌仪式

一直没有出现,人们用智能化楼宇(Intelligent Building)来替代它的位置。之所以出现这个现象,是因为人们在建设智慧楼宇的过程中,除了它的前身是智能化楼宇外,还出现了诸如绿色建筑等与智能化建筑等词汇,它们既是不同概念,在建设和管理领域中,又是密不可分的问题。直到2019年8月在上海举行的"2019世界人工智能大会"的"AI赋能　智慧建筑"论坛上,这"智慧建筑"标题"智慧"的英文还是用"Intelligent"一词,我们中文翻译是"智能化",而不是与智慧城市相对应的"Smart"。而且从各国学者讨论的情况来看,他们还在为不知如何把智能化楼宇、绿色建筑、云计算等科技以及它们的管理融合到一起,来形成产业链而困惑呢!这就成了一道国内外楼宇科技工作者,在很长时间一直没有解决的难题,解决这道难题的关键实际上就是多学科如何集成研究。

三、智慧楼宇(Smart Building)要具备四个条件

以上海市人大常委会原副主任、同济大学副校长郑惠强教授为理事

长的上海市楼宇科技研究会,是上海市科协系统中一家以集成研究为特点的学术团体。该会早在2013年就与上海浦东智慧城市发展研究院就智慧楼宇的评价标准进行了研究,提出了一座建筑可以被称为“智慧楼宇”的四个条件:它应该具备绿色建筑、自动化集成、现代物业管理和融入“智慧城市”这四个条件,这也就成了《智慧楼宇评价指标体系1.0》这项标准的四个维度。双方曾将这个标准在上海市楼宇科技研究会和上海浦东智慧城市发展研究院网站上公布。随后上海市楼宇科技研究会又在2016年完成了由上海市政府科委下达的课题《智慧楼宇评价指标体系2.0》,并通过鉴定。这一指标体系包括了4个维度,14个要素和52个指标,5个星级。

四、我们在海内外反复宣传

从2013年开始,我们除了在上海举行的智慧楼宇专题学术研讨会上发表研究成果外,也在中国香港、韩国等海内外举行的各种研讨会上阐述上海楼宇科技工作者的观点,还举办了“2016年上海国际智慧楼宇研讨会”。但令人遗憾的是这项成果一直没有引起人们的普遍重视,究其原因,一方面大多数的楼宇工作者还没有意识到“智慧楼宇”这个概念,对于提升楼宇价值的重要意义,另一方面国内外还没有一座被正式命名为“智慧楼宇”(Smart Building)的建筑,可以给人们直观的认识。即使如此,在上海举行的“2019世界人工智能大会”的“AI赋能　智慧建筑”论坛上,我们仍不失时机地继续公开表达了自己研究成果的基本观点,引起与会的海内外同行的高度关注和好评。以上一系列事实说明,对于把Smart Building称为智慧楼宇应该是没有疑义的,虽然在此之前无人如此定义过。

五、上海鲁能国际中心就是第一座“智慧楼宇”

鲁能集团打算推进智慧楼宇的建设和管理,在硬件和软件方面做了许多工作,达到了一定的水平。但由于在理论上弄不清智慧楼宇究竟包

第一座智慧楼宇——上海鲁能国际中心

含哪些内容，无法把上述的硬件和软件串联起来，形成一个完整的体系，他们为此走访了许多单位。最后在网上发现《智慧楼宇评价指标体系1.0》这项标准，正是他们想要的东西，于是在2019年7月邀请该会专家按照制定的《智慧楼宇评价指标体系2.0》帮助国家电网世博园区办公楼项目做了一次智慧楼宇标准的评估，得出了以下结论：按照《智慧楼宇评价指标体系2.0》标准，上海鲁能国际中心写字楼智慧建筑评定为三星级智慧楼宇。

请微友们来评判一下，在上述背景下，既然没有人如此命名过“智慧楼宇”，那我们将上海鲁能国际中心定位为海内外的第一座“智慧楼宇”不应该理直气壮吗？

评议与联想

柴慈铎：这是国内论述“智慧楼宇”仅有的数篇文章之一，具有前瞻性、开拓性，很有可能成为智慧楼宇发展史上的里程碑。

倪纪芬：钱同学的智慧楼宇让人期盼，只是它不是青菜萝卜随手可得的。

毛正峻：恭喜钱教授！这是您的“智慧楼宇”理论之花的一项实践成果。

朱文生：钱教授是一位极其认真负责、专业专注、令人尊敬的智慧楼宇大家！

陆晓丹：谢谢钱教授！这得益于楼宇科技研究会的研究成果，系统性地把以前公司所做的零散性工作整合起来了，特别是您多次过来现场指导，真的很感激！

夏　萍：上海的第一座“智慧楼宇”诞生了，很荣幸，在评估这座楼宇为“智慧楼宇”的过程中，有我们济中党总支的党员奉献的聪明才智！

钱平天：从“智慧楼宇”的概念提出，到标准制订、评审程序和实体诞生，并正在逐步引起世界相关机构的关注，生动地证明了中国改革开放四十年来在建筑科技应用方面，已经达到一个新的发展阶段。

文化扶贫的浅见

到2020年年底，我国将实现全国贫困地区基本全面脱贫。能够取得这个来之不易的成果，除了当地人民艰苦奋斗的原因外，与各级干部对口扶贫，或者到贫困地区或村镇挂职，当“第一书记”有着密切的关系。在此过程中，还有不少大专院校的毕业生到贫困地区当志愿者，或者直接担任村干部，这也是一个重要原因。这些人在帮助当地改变经济落后面貌的同时，还把许多先进的理念和科技文化潜移默化地带给了当地的干部和老百姓。当这些干部和老百姓无形中被感染，不知不觉中提高了自己的水平，这无疑对加快脱贫速度起到不可替代的作用。由此可见，我国解决脱贫问题，与外来的力量打破当地闭塞或半闭塞的思想文化状况，有着密不可分的关系。

“脱贫”的成果如何巩固，应该成为下一阶段工作的重点。我认为，我国许多地方之所以比较落后，除了与当地的自然条件比较恶劣有关外，更大程度上在于当地人的意识形态的落伍。一些不讲卫生的习俗，诸如如何对待生态保护、污水、厕所等一些落后的认知，还被认为“习惯”，甚至当作“风土人情”之类的民间传统，在继续受到肯定和坚持。还有中国的“熟人”社会的根基深厚，什么事情依靠“关系”才能解决的现象时常存在。这种现象如果继续长期存在，那么，将会成为返贫的温床。

因此继续不断派遣各级干部和大专院校毕业生轮流到原来进行扶贫的地区，应该成为常态。他们的长期驻留，可以将各种先进的科技和文化，包括现代化的生活方式，不断地注入原来落后的地方，使当地脱贫的工作迈出新的步伐，从而避免返贫现象的产生。原来帮助脱贫的对策和办法,可能随着生产力的发展,逐渐过剩或过时了。新的生产力进来,如果当地人仍旧停留在原来的文化水平上,是无法掌握相关技能的。提高当地青少年的文化水准,仅仅依靠当地的师资力量,肯定是在短时间内无法奏效的。除了远程视频教育外,派员到实地也是必不可少的措施。

打破"熟人"社会的现象,也是任重道远的历史任务,一般说来,越是边远地区,熟人社会的氛围越是浓厚。这个封闭的圈子必须有人去捅破。"文化扶贫"就是一个很有效的办法。不断有"外来户"的充实,有利于打破固步自封的由本地人组成对社会发展不利的圈子,从而形成"五湖四海"的开放格局。这对巩固当地社会政治和经济的稳定,也有着不可估量的影响。

总之,在经济扶贫的工作取得决定性胜利后,文化扶贫的工作应该长期坚持做下去。我国的干部人数是比较多的,在县一级就有"四套班子"和完善的"委、办、局",这就为轮流到第一线去扶贫提供了充足的人员条件。还有大专院校毕业生,缺乏社会实践,让他们轮流担任"村干部",也是提高他们水平和能力的有效途径之一。我的一点浅见,希望有关决策部门考虑和参考。

茫茫文学路

一

2019 年 8 月 26 日《文艺报》副刊《新作品》第七版上刊登了一篇由署名为“石老狮”的作者撰写的名为《精神世界的深层观照》的文章。在文章的开头写了一段令人关注的文字，引起我的共鸣和深思。他写道：“……今天的中国作家，面对的可能是有史以来最为肥沃的文学土壤，这片土地上发生的一切之丰富远远超出了文学的想象。对于一个作家来说，生活在这样的时代，既是幸运的也是不幸的。幸运的是，他拥有太多太好的素材，就像一个厨师，忽然面对塞满整个屋子的食材，琳琅满目，应有尽有，丰富得让他无从下手；不幸的是，这是一个高速变幻的时代，影视作品、互联网尤其是移动互联网又牢牢吸引人们的注意力，传统文字作品生存空间日益微弱。”看完这段文字，让我十分感叹，自己也正处于互联网和传统文字的十字路口，不知所措！

我从 1998 年开始以“科普与文学相结合”的方式，以撰写散文形式，进行文学创作，不经意之中，至今正式出版了所谓“幸福三部曲”“上海维度三部曲”六本散文集以及一本中篇小说，计 200 多万字。自己也从一名业余的科普作家，演变成一名文学作家，除了获得了读者的赞誉，也有一批喜欢阅读我的作品的“粉丝”。对我这个土木工程和交通工程专业出身的科技人员来说，这个“副产品”给我带来快乐，甚至超过了我在科技事业中得到的乐趣。它大大地充实了我的晚年生活，让我“老有所为”，适合于我居家养老的特点。如两次在上海书展上举行我作品的“首发式”，亲朋好友都来捧场，给人愉悦的感受，是我当年两次获得上海市科技进步二等奖所不能比拟的。我想,那是因为科技毕竟不像文学,能使每个人都会喜欢并有能力欣赏。平心而论,如果从学术水平的角度来评判,我的科技成就肯定高于我的文学作品。

二

虽然这些年我的作品一本接着一本在出版,但"石老狮"谈及的"传统文字作品生存空间日益微弱"的窘境,我也有了从细微感受到切肤之痛的经历。想当年我的第一本散文集《幸福相对论》出版时,由于我的不少文章题材,都涉及我周边的亲友,尤其是我的中学同学,那时候互联网交流形式还没有兴起,因此所有文章都是与书出版的同时,第一次呈现在大家面前的。当他们发现自己的名字出现在白纸黑字的印刷载体上,好几位同学都说着同一句话:"你的记忆力怎么这么好,还记得我当年做的事情?"一种喜出望外的兴奋表露无遗。但随着我后面的散文集陆续出版,如果书中再一次出现他们的名字,我发现"审美疲劳"现象徐徐地出现了,最早出现在我作品中名字的读者们的新鲜感正在逐渐递减之中。为了增加读者们的参与度,我在每一篇文章写好后,总是以"有道云"或"美篇"的方式,先在在微信群或朋友圈中发表,于是有不少微友会予以点赞鼓励,也有一些微友则对此发表联想和评论,有些还相当有见地和水平,特别是说喜欢读我的书的赞赏络绎不绝。我都如获至宝般把这些文字抄录下来,附在文章的后面。在书本正式出版时,请求编辑将这些微友的附言一并发表。因此我认为我的散文集,在一定程度上也是一种"集体创作",以此来调动与读者的互动积极性,达到"线上与线下"相结合的效果。

但是这样的努力,还是挡不住人们对书籍态度淡漠的趋势。我明显地感觉到,以前我的读者对我新作品出版"先睹为快"的新鲜感正在与时递减之中。有些拿到过我新书的读者,当我和他们谈论起我书中的内容,他们一脸茫然的表情,我立刻就明白了,书在他们身边这么长时间,他(她)根本就没有认真看过。第一本散文集《幸福相对论》因为出版时间长了,当有朋友向我索要时,我手边也没有“余货”了。于是去网上“淘”,有一次淘来的旧书,居然是一本我给一位同学的签署本,她已经把该书当旧书甚至废纸给卖掉了!更给我重重一击的是,一个偶然的机会,我听说几位从外地来的亲友,当我把我的新书当作礼物送给他们时,他们还信誓旦旦地说,带回去后要好好拜读。可当他们的行李可能超重时,先把我的书当作“垃圾”给扔掉了!他们说,手机网络上的文章还看不过来呢,哪有时间看书?说起来,近30年的文学创作,我的文学水平应该是处于上升的状态之中。差不多每一本书出版时,都有序言或者首发式,总能得到行家权威的肯定。但在现实中,我的书籍居然会遭遇这样的下场!

三

还有即使是书本本身,它的出版环境也是处于艰难历程之中。首先文学创作是个艰苦的过程,这一点大家都能认同。以前传统的作家出版一本书,都是数以“万”计,可以依靠稿费过着水平不低的生活,这也是人们以前的共识。但如今出版社是“企业运作”,书本的出版数,则是数以“千”计,能够出版数以“万”计的书籍,或依靠稿费过日子的作家,据我所知是凤毛麟角的几位。如今作者要出书不仅可能没有稿费,还要付些费用,多数情况是“入不敷出”。这就暗示我,从经济角度来说,我的文学作品的出书历程,也应该画上句号了。

让我中止文学创作的另一个重要原因,是我的年龄告诉我,年逾古稀的我不能连续快速创作了。尽管写文章对我来说,不是一件辛苦的差使,而是兴趣所在的乐事,但写作毕竟是要耗费精力的,对步入晚年的我并不是一种合适的休闲方式。许多朋友对我写作速度感到吃惊,都奉劝我要悠着点。既然如此,我干脆就不再写散文了。然而,我不找文学了,可是科技的文字却仍旧不肯离我而去,近期有关养老科学、智慧楼宇、标准化等方面科技案头工作还是不断出现在我的面前,让我欲罢不能,当然也没有精力再写文学作品了。

从《上海力度》一书付梓后,我就基本上停止了我的文学创作。除了我大学在上海的同班同学,50 年后第一次结伴聚会,为了让在外地的同学也分享我们的欢乐,大家让我写了一篇散文外,我没有再撰写过其他文学作品。尽管在此期间,有许多事情可以作为散文创作题材,按照以往情况,已经应该有好多新的文学作品诞生了。但鉴于上述原因,至今还是一片空白。

四

在 2019 年 8 月 14 日的上海书展上,举行了拙作“上海维度三部曲”中的最后一本书的《上海力度》的首发式。我的文学作品和特点也自然成为专家嘉宾议论的主要话题。其中二位著名文史学家、文学作家张光武和完颜绍元先生的评论,让我这个当事人也感到新奇。

完颜绍元先生提到了一个概念:“现场写作”——视觉和意识直接切入现场,两个“三部曲”就是这样的作品。完颜先生说我是新散文“现场写作”的代表作家之一。他还认为,以科技人的“底色”写散文,具有传统散文无法企及的宽度。

张光武老师的发言谈到,钱平雷式的散文,有意无意间站到了形而上和形而下之间的一个榫接点上。他的作品,纯粹文学人写不出来,道理说来简单,科技人的视野和积累,平时所视所思所记,来自他的职业本色,转换成文字,信笔写来,是一种现当代科普知识的自然渗透,恣肆汪洋,多及现代人生活之实际,格物致知,事实上已为许多读者欢迎和接受。这种“有意无意之间”,照完颜兄的说法,是一个“时代的创新”。文学界要准备迎接这样一种新的创作趋势的到来。于是张光武老师规劝我:“所以不能放弃你的文学创作!”

一面是专家学者的鼓励,一面是读者对书本兴趣索然,让我这个写作者不知如何是好。《精神世界的深层观照》一文的作者“石老狮”的一段话倒给了我启发:“但是作家们没有选择。真正热爱文学的作家,他就一定会写,一定会用自己的方式发声。”我承认我是一个热爱文学的写作者,那么在眼前茫茫的文学创作道路上,究竟什么才是我的“发声方式”呢?

这真是我在今后一段时间里需要深思的问题。

2019 年 8 月 29 日用“有道云”方式首次发布。

评议与联想

钱平天：文章写出了内心的真实，也表露了自己的率真的性格；大凡认真做一件事情都会品尝到其中的苦与甜。“都云作者痴，谁解其中味？”能写出几百万字的文章，编成书，被出版，在如今信息爆炸的时代海洋里，只能是一叶扁舟，隐没在无边无际的波涛之中。如能客观审视自己，把作品当成自己的心灵鸡汤，是一种抒怀，是一种幸福，不必去在意它在你周围的地位、荣誉和褒贬，那么你心里就坦然，就不会纠结。几百万字的出版物，总是有它的社会重量，总是会有它的流传和价值，一切随缘。不妨想想，中华民族几千年文字瑰宝，沉淀在浩瀚的文海世界里，能有几何会被浮出水面而重现光彩的？

许兴汉：文学是唤醒生活的一种有效方式，值得坚持！

傅雅君：今天破格读了字很小的《茫茫文学路》，钱老师袒露心声，坦诚面对现实社会的种种无奈，我非常理解也非常认同。我也是一个非常喜欢文字表达的人，近几年手机的普及，加上我有近两百位的学生朋友，他们大多是退了休的，每天的手机里有那么多永远读不完的信息，看不完的视频。为了自己的生活内容能多元化，也为了保护自己的眼睛，所以很多“叮咚叮咚”进来的内容大多数看都不看一眼，就直接删除。因为把生命都搭上，24 小时不睡觉，也永远读不完的，如果要保留的话，会占手机的内存。所以我现在爱好文字的表现：一方面只回应一些不用长篇大论去看、也不用长篇大论去回应的话题，另一方面养成了几十年的习惯，每天上床后，枕边有一叠《读者》、有一盏调节亮度的台灯，看几篇短小精悍的短文，然后关灯安静入睡。因为老年女性的睡眠质量越来越差了，为了这一点我会早早关机。钱老师，我的这些观念一定在老年人中具有代表性的。再说生活中各家有各家忙的事情：偶然有关系近的亲戚朋友生病了；自己的孩子一时忙不过来需要伸手帮一把的；自己家的两个老年人偶遇身体不舒服,需要互相陪同去医院走一趟的;更多的是家中365天的买啊、汰啊、烧啊!那么多的事情都挤走了自己从年轻时就开始的兴趣爱好:喜欢阅读好文章、喜欢弹钢琴、喜欢随笔画画、随笔写写……考虑到我们的年龄,时间越来越短、光阴越来越薄,像我们老两口,不怎么跑医院,还没有经常这里酸,那里痛。下周六,老两口还有能力去东欧三国行,这已经是上天的眷顾与保佑。我们这样的生活状态已经是万事大吉,非常知足了,老伴已经八十岁了,我们都属于“秋后的蚂蚱”……我也非常感谢你,有文学作品出版时总会想到素娣与我。我呢,把你的作品都放在我每天都目之所及的地方,有轻松一刻的时候,我会读一页两页,的确是年龄阻止了我深读的脚步。我也坦诚希望我们群体中的小弟小妹能理解我。

陈素娣:钱哥,你的心思我完全理解。现在随着时代的变化,随着网络文学的发展,随着人与人接触时间减少,人情的淡薄,看纸质书的人大量减少,这是事实。但是不可否认,社会上仍旧有一批人是热爱书籍,喜欢看纸质书。你的新书能在书展上首发,可见你的书还是很有市场号召力的。特别是得到专家的肯定,更把你的创作成果提高了一个层次。你是热爱文字创作的,所以我认为,不要顾及他人的想法做法。只要自己喜欢,在不影响身体健康情况,不影响正常生活情况下,继续进行文字创作是完全可以的,不应该轻易放弃。如果觉得文字创作是一种负担压力,有一种被迫写的感觉,那就不要写了,还是身体要紧。如果觉得写作能带来愉悦,那就还是要继续写。我是坚决支持你写!但是我也想到钱哥毕竟也有了一定年龄,所以要放慢速度写,不要赶进度,悠着点写还是可行的。我期盼您的新作问世!

许利利:钱平雷同学,谢谢你又给我们班同学送来你的新作。你在短期内能完成六本散文集和一本中篇小说,从一名业余的科普作家,变成一名文学作家,除了你的聪明天资外,与你的勤奋努力好学分不开,应该说你属于成功人士了。至于以后干什么,就顺其自然,做你喜欢做的事,如有心情再写些文章可以在微信上发布,让我们共享也是不错的。祝你健康快乐！

倪纪芬： 钱同学，利利的话代表了我们的意思（有点自说自话吧，不过不会有大错的）。别给自己压任务了，放轻松点。写点小文章，把你的所见所闻用你的妙笔，让它们生辉。我们都乐意拜读。谢谢你又送书给我们。有点受之有愧。

姜国俭： 人文记录，人性表达，文学乐趣，精神富足！

“社情民意”面面观

前两天在网上看到一则消息，在上海市信访办那里又挂了一块牌子“上海市人民建议征集办公室”。由上海市信访办主任兼任上海市人民建议征集办公室主任，估计也就是俗称“两块牌子一套班子”。据介绍这项业务开展已有10年了，由于它发挥的作用越来越大，所以市委、市政府干脆成立一个部门来处理这项业务。这项工作是从一些市民单纯维权的“私心”发展到建言献策的“公心”，最终演变成为公众有序参与城市管理的最佳途径。消息中还提到一位叫虞国伟的“建议明星”来到揭牌现场，他能成为“建议达人”，就是经历了上述的一个过程。“人民建议”这个名词，让我联想起20多年来，在我参与的人大、政协、民主党派、人民团体的各种活动中，对我们这样最基层的成员而言，能够发表自己的见解，发挥自己作用最有效的渠道，就是提出“社情民意”。虽然“社情民意”与“人民建议”是两个截然不同的名词，但在我看来其实要想把它们变成具有实效的“金点子”，两者是殊途同归、异曲同工的。

一、何谓“社情民意”

所谓“社情民意”，从字面来看，就是“社会真实情况，广大民众的真实意愿、想法、希望、意见等”的意思。在我国，“社情民意”还有其专门的含义。从广义的角度来说，就是“党和各级政府在执政过程中，决策者需要深入民众基层，通过各种途径了解各界人士的愿望和意见，从中发现、分析、总结问题，使决策的政策，具有科学性、民主性和可行性，也确保了目标的实现。”

具体地说，就是人大代表、政协委员及各党派人士参政议政、建言献策的常用载体。尤其是人民政协履行职能的重要基础和关键环节。广大政协委员、各民主党派、人民团体和各族各界人士，联系各自的群众，代表各自群众的利益，反映各自群众的要求。它的优势是能够反映出其他渠道不易掌握的社会情况，听到不易反映出来的呼声和要求，获取难以得到的建议和批评。由于政协在我国政治体制中的地位，它可以抓取现实社会的热点问题，尤其是各种民生问题，及时地向政府提出改进和发展建议，使政府部门以及相关单位了解情况，作为决策或改进工作的重要途径和依据。在一定程度上说，它对政府和有关部门具有重大影响力，是能说上话的机构。于是所谓政协的组成成员，包括各民主党派、人民团体和各族各界人士都争先恐后向政协提供自己采集的社情民意，并以提供的数量和被决策者采纳的层次为质量，作为考核自己的政绩的主要指标。各民主党派、人民团体的领导机关也自然对下属成员提出提交社情民意的要求。我作为人大代表、民盟盟员和科协、作协系统的会员，也因此与“社情民意”结下了不解之缘。

二、社情民意与科技论文异曲同工

我们学理工科出身的人，往往对写文章有点“怵”。在文理分家的时代里，似乎学理工的人不会写文章是属于天经地义的事情。20 世纪 80 年代，我在主持一家科技社团日常工作时，让秘书处一位具有硕士学历的下属起草一篇年度总结报告，遭到了拒绝，她振振有词地对我说：“如果我会写文章，就去学文科了！”好像她写科技论文，就不在话下了。其实也不然，当她要想晋升技术职称，需要按照规定递交一篇技术论文时，那个费劲的样子，可以判断出，写文章实在不是她的强项。如今我发现写社情民意似乎也是学习理工科人员的短板。据一位业内联络员在一次大会上说，他联系的都是来自科技界的政协委员，在当年的上半年，这些委员居然一篇社情民意的文章也没有交出来过。

一般来说，社情民意具有短小、精练、易上传下达的文体特点。写作要求一事一议，观点清晰，举例要典型，语言要精练，概括性要强，突出重点，言简意赅，一目了然。而科技论文，除了上述一事一议，观点清晰，举例要典型等特点与社情民意差不多外，还为了说明问题，往往呈现长篇大论，还需要旁征博引。但撰写它们的逻辑推理的过程是一样的，都是"提出问题—分析问题—解决问题"三部曲。社情民意的写作重点一般放在问题的提出及最后的建议部分上。问题的提出要鲜明、准确，建议部分要切实可行，具有较强的科学性、可操作性。而科技论文一般还要提供经过调查论证的典型事例或精确的数字，解决问题方法的基本原理，往往还有解决问题的效果，这样才具有较强的说服力。两者的差别在于：社情民意是问题尚未解决，科技论文有时是经验介绍。

但两者有时是可以"合二而一"的。上海轨道交通 4 号线是环形线，乘客在该线从一座车站上到另一车站，是走顺时针方向，还是逆时针方向最为合理？当然是就近的路径最合算，但两个反方向的车厢都叫 4 号线，没有区别，这就会给乘客带来不便。我的一位中学学长张侯德先生对我提出这个问题和他的想法。我作为铁道科技工作者，把他的想法，运用我的专业知识加以分析，最终提出我的建议，写成社情民意，递交民盟上海市委。估计是通过市政协转交给了地铁公司，获得高度重视，特地派员到民盟上海市委表示感谢。我自然也得到了民盟上海市委的表扬。那篇《社情民意》实际上就是一篇科技论文，当时如果有评技术职称的需要，倒是可以派上用场的，它们具有异曲同工之妙。从这个角度来说，对于科技人员来说，学习撰写社情民意，也是提高自己科技论文撰写能力的一种途径。

三、社情民意可以"多管闲事"

如果说社情民意是人大代表、政协委员及各党派人士参政议政、建言献策的常用载体，那么其实社情民意就是当一名人大代表、政协委员的基本功。能当上人大代表、政协委员当然是很光荣的事情，作为一名人大代表提交议案、书面意见，作为一名政协委员提交议提案是其最基本的职责和重要的履职形式。如今的人大、政协对代表、委员都有考核评议,如果人大代表、政协委员一直拿不出议案、书面意见和提案,是很不称职的表现。虽然人大代表、政协委员一般都有自己的本职工作,比较了解自己周围或本行业的情况,但人大代表自身代表的是他所在地区的选民,政协委员也不能只关心自己的界别。跨专业的事情是经常要发生的,那就需要他们"多管闲事"了,迫使他们学习许多非本专业的知识。所以如今要当好人大代表、政协委员并不轻松。每次大会前,他们纷纷向选民、同仁甚至亲朋好友征集意见。还听说有一位当医院院长的人大代表,常年在医院里设立"志愿者"小组,为他准备材料。

人不是生活在真空中,耳闻目睹,都要与非本职的事物打交道,也会自然地在各种场合发表自己对该事物的看法。在没有微博、微信之类的自媒体之前,也就是随便说说而已,而社情民意却是可以让你充分发表"高见"的途径。我曾经当过上海市长宁区的人大代表,我很早就提出"拆去中山公园围墙,对外免费开放"的书面意见,人大常委会很重视,把它定为当年第一号同类文件分发。由于当时有关部门的观念跟不上,认为不好管理,没有同意。但没有多久,上海的一批公园就免费开放了,说明我的观点是有道理的。我还有把"大世界改变为非物质遗产展示场所"的意见,作为"礼物"送给一位当市政协委员的盟友,后来《新民晚报》专门报道了她的这则提案。还有我撰写的《滑稽戏也要与时俱进》得到上海滑稽剧团领导的重视,不但邀请我去该团对话,还走访民盟上海市委希望合作。由此可见,不仅是上海市的"闲事"我们可以"说三道四",就是国家大事,我们也可以通过社情民意的渠道,通到中央。

四、社情民意让我成为文学作家

在上海的公共汽车升级换代装上空调、音响等设施后,管理没有相应跟上。一些驾驶员把摇滚乐的 CD 片,在车上播放,激烈的旋律让老年乘客的心脏难以承受。我觉得如果播放一种宾馆里的"背景音乐"倒是可以提升车厢里的文化氛围,于是写了一篇名为《空调巴士内的"摇滚乐"》

的社情民意报送给民盟上海市委，民盟上海市委又将其呈送给市政协。不料市政协将其发表在政协的《联合时报》上，它让我知道了社情民意原来也可以当作散文发表的！加上《滑稽戏也要与时俱进》之类，既可以当散文，又可以作社情民意的文章，也曾在《上海盟讯》的副刊上发表过，对我撰写社情民意的积极性有了很大的激励作用。我原来是一个业余的科普作家，由于社情民意可以与散文创作“混为一谈”，使我文学作品大量产生。我把一段时期所写的文章凑在一起，出版了我的首部散文集《幸福相对论》，得到民盟上海市委的大力支持和赞同。当我的第二本散文集《幸福就在当下》出版时，该书中专门有一个部分就叫《社情民意》。市科协也发现了这个苗头，在科学会堂隆重举行了“科普创作与社情民意研讨会暨《幸福就在当下》首发式”，到会人员阵容空前，除了邀请了市政协、民盟上海市委领导到场外，还通知了所有代表市科协的政协委员到场参加研讨。

社情民意的篇幅和字数有一定要求。篇幅都比较短小，一般来说一篇文章字数在200至600字之间。但成了散文就没有这个约束，同时我的文字能力大大地提高了，不仅数量多，而且速度快。近几年几乎是一年出版一本书，还不包括这个时间段中专业性科技书籍的编写。上海市作家协会也因此吸收我为会员，让我名正言顺地成为一名文学作家。据我所知学理工出身的文学作家是很少的，就是在科普作家中也是为数不多的几个。这不正是社情民意给我带来的益处吗？

五、社情民意是一所学校

综上所述，大家可以看到撰写社情民意可以带来的好处。于公于私，都是非常有意义的举动。首先社情民意是党和政府决策所需要的宝贵意见的重要来源，这是它的初衷。对组织来说，它的成员的高明见解被采纳，能够对国家，对人民带来福祉，自然也是非常荣耀的事情。对个人来说，它能让你学到许许多多以前课题上学不到的知识，让你有机会去接触原来在本行中碰不到的东西，让你找到了可以发表个人见解、实现个人价值的地方。有些同志往往有“怀才不遇”的委屈情绪,社情民意就是一个公平展示你才能的舞台,只要你能拿出“真家伙”,人们是能够确认你的才华的。当然如何能使自己的“高见”被有关部门选择,这在撰写社情民意的过程中,是有技巧可言的。它不是写小说,一般来说观点明确、概括性强、重点突出、言简意赅的社情民意的文章,容易被人们选中,送往政府部门和相关单位的。

回顾我自己走过的道路,尤其是在中老年阶段,民盟上海市委和市科协给我各种荣誉,让我担任各种职务,客观地讲,自己的知识和技能,乃至自己的学术水平,在一定范围内被认可,都与撰写社情民意有着密切的关系。它让我深深地体会到,撰写社情民意就是自己成长过程中,能够取得各种进步的一所学校。

评议与联想

许兴汉:切身经历,言之有理,叙述有节,更显功力。

“出息本位”刍议

一

最近有一位企业的负责人在与我闲聊时，谈到一种现象，就是当他让单位的一些年轻职工学习一些新的技能时，这些新技能如果不能立即提升职工的收入，这些年轻职工就会显示出不感兴趣，甚至懈怠的表现。这些年轻职工中，有些人拥有很高的学历，有些人还是后备干部呢！让他感到困惑的是，在科技日新月异的当下，如果不抓紧学习新的知识和技能，将来还有什么出息呢？这就让我想到我一直在思考的一个问题，究竟什么是“出息”的标志呀？也就是人们评价一个人“有出息”的标准。

二

在我国，一般老百姓历来认为，一个人如果“有出息”，就是“升官发财”。但实际上并非如此简单，官员还有大小之分，于是“官本位”就“应运而生”了。在古代，从一品到七品的行政级别就是判别一名官员大小的标准，把七品官称为“芝麻绿豆官”，也就是人们判别一名官员“出息本位”的最好诠释。如果不做官，那么是否有钱，也是判别一个人是否有出息的另一种“本位”，什么“百万富翁”“亿万富翁”就是评论有钱人的“财富级别”。据说，在明、清两朝官员如果不搞腐败手段，光靠俸禄，生活水平并不奢侈，从这个角度讲，升官与发财是两码事。

到如今，虽然时过境迁，但是“行政级别”“财富级别”等各种“本位”仍旧在社会中客观存在，依然是大多数人评判他人是否“有出息”的标准。但毕竟社会职业分工是五花八门的，除了官员、富人外，还有诸如工程师、教师、医生、演员、记者、研究员、农艺师乃至工人、技师、厨师等各行各业拥有一定技能的人士。人事部门也对这些人员进行“技术职称评定”,分别给予“初级、中级、高级”还有“教授级”的相应级别。为了便于管理,把“官本位”沿用过来,给上述各行各业的人士套上“享受”从股级到局级的待遇。与此同步,人们普遍也是根据级别作为“本位”来看待一个人是否功成名就,是否“有出息”了。

三

然而,人生的道路可以用于做“出息本位”的标准远不止级别和财富。首先被人们采纳的就是学生的学习成绩,从童年上学到青少年时代,只要你在学校读书,你的学习成绩就是你被老师、家长乃至亲朋好友判断你将来是否有出息的主要依据。我在上海上学的过程中从来没有碰到过班级或年级在学期末排名次的事情。据从外地来的同学讲,他们那里一直有排名次的习俗。自然名次靠前尤其是得第一名的同学被认为最有出息了。升学考试的成绩和进入的学校的档次,也是衡量学生出息的一种变相的“本位”。

能取得优异成绩,进入重点学校深造,固然是一个人在这个阶段成功的重要标志,但并不能将其看作唯一的标准,甚至因此成了“一辈子”的包袱。我有一位中学同学,他的中学成绩很好,但上了一所普通的大学,毕业后当上中学教师,退休前也是高级教师了,应该算成功人士了。但当他第一次出席班级聚会时,发现自己与其他当年同学相比,似乎有些人“混”得更好,于是心态就不平衡了。他还对我说,另一位同学是一个“福将”,因为那同学当年的成绩不如他。以后他拒绝了之后所有的班级聚会。最后连打电话给他,也找不到人了。看来“成绩本位”,牢牢地占据了他的思想。

四

当人们出了学校,走上社会工作后,能“赚”多少钱,又成了这个人是否有出息的衡量标准了。在计划经济时代,人们的收入一般来说是根据你的工作年限来决定的,与你毕业的学校名气没有关系。如果你被提升了,级别是高了,但往往你的工资并没有比同龄的员工更多。俗话说“升官不发财”,只是看病、乘车、分房等福利待遇要好些。进入市场经济后,管理体制也发展成为多元化,人们不一定要通过仕途才能获得成功。有些人通过下海、经商,获得了经济效益,提高了生活水准,他们通过花钱,也照样可以在看病、乘车、住房等方面获得比一般人更好的待遇。因此他们也被大家认作“有出息”的人士,更受一些青少年家长的羡慕,鼓励自己的孩子把他们作为楷模去仿效。

当财富成为“出息本位”时,如果缺乏正面的引导是会带来误解的。人们往往只看到上述先“富起来”的人士原来与自己一样,也是一个普通老百姓,怎么就发财了,没有看到人家所冒的风险、所经受的苦难、所刻苦的钻研。即使一些人通过买彩票、炒股票发了财,这里面往往带有投机的成分,不是多数人能够获得利益的途径。还有一些演艺界人士,还在学校念书,就靠一部戏,就可能获得了全国性的奖励,就成了媒体、商家纷纷青睐的明星,名利双收。这类人提供了一种范例:人们并不需要“悬发刺股”苦读的工夫,也能获得人生的巨大成功。于是不少青年就幻想做大事,一蹴而就地成功,不愿意刻苦学习技能,为机遇来临做准备。没有钱的事情就不做,甚至宁肯待在家里“啃老”混日子。

五

我们的社会真的要认真思考这个问题了。这不仅是如何引导青少年健康成长的问题,更是我们的社会究竟如何健康发展的问题。我们的社会是由各行各业的人所组成的一个“大拼盘”。尽管所有的人担任的生活角色是各不相同的,所做的贡献也各不相同的,但每个人都努力做好本职工作,社会生活才会丰富多彩,社会才能进步。每个人的学习、工作的成功与否,不能都用成绩、级别、财富来作为评价标准啊!

《感动中国》是中央电视台综合频道打造的一个精神品牌栏目,它通过多种投票方式选取年度具有震撼人心、令人感动的人物和团队，我想能够被评上感动全国人民的，一定是人们心目中有出息的人物吧！观众们仔细地分析这些人物，就会发现他们中有徐本禹、丛飞、王顺友等来自民间的杰出人士，有刘翔、姚明等光彩耀人的明星，也有钟南山、袁隆平等这样的专家学者，更有张荣锁、洪战辉等那样的普通百姓，还有郑培民、杨业功等党政高官。把他们放在一起，就是一幅组成中国社会各界众生的图画，但每个人物身上都有一种让观众感到心灵震撼的精神力量，他们的事迹构筑了“中国人的精神史诗”。

其中一位名叫徐本禹的青年给我留下了深刻的印象。他 2003 年从华中农业大学经济学专业毕业，然后就到贵州省大方县的一座偏僻山村为民小学义务支教。在那里他深入了解到山区教育设施的简陋，孩子上学条件的艰难。除了努力教好他的学生外，他还尽量为改善那里的学习环境，到处求援。他获得了孩子和家长们的热爱和尊敬。一年期满后，他又主动到另一所更艰苦的山村小学义务支教一年。虽然他个人的能力有限，但为改变祖国贫困地区的面貌，为孩子们创造更加美好的前途，做出了自己的贡献，得到了全国人民的称赞。徐本禹当时没有行政级别，更不要说下乡会有优厚的待遇。按照用级别、财富作为“出息本位”来评判他，他都够不上，但我们能说，他没有出息吗？我们大家还应该向他学习呢！

六

综上所述，看一个人是否有出息，除了用成绩、级别、财富作为“出息本位”来评判他外，还应该有更具意义的判别标准。

学习成绩好，是有出息的苗子，但从学校出来到停止工作，人生道路漫长，学校成绩好，并不等于你的事业一定能够获得成功，人必须不断学习，不断总结，才能不断前进。有了钱，也并不等于就有出息。首先你的钱的来路要正当，其次是你对待财富的态度。许多富人非常吝啬，反而被大家看不起的例子不胜枚举。行政级别高低在一定程度上反映出一个干部的水平，但前提是这位干部的品行是否合格。只有一位真正全心全意为人民服务的干部才是有出息的人，如果是一个腐败的官员，他还是老百姓的敌人呢！

一个人的能力有大小，机遇也很重要，我认为只要自己是努力的就可以了。因为所处环境不一样，所以"有出息"的要求也应该不相同。我们有这样的生活经验，在"官本位"盛行的今天，一般说来，同样的专业，在行政级别较高的单位、部门中工作的人员，比一直在基层工作的人员更加容易得到更高级别的职位，如果说前者的业务水平一定比后者高，倒也不一定。以前有一位大学毕业分配到新疆县一级医院的上海医生，他的断肢再植手术成功率非常高，他的水平在上海三级甲等医院，肯定是主任医师了。因为在县级医院工作，所以他的技术职称并不高。但他热心为当地百姓服务，在病人中有着良好的口碑。我有一位大学同学有一句经典的话，"只要你在你工作的圈子中，大家认为你能干，就是成功了"是具有普遍意义的。

回顾我们走过的道路，人是要有一点理想和精神的。现在的年轻人对当年大教授、大专家和大学毕业生们为"两弹一星"之类国家需要的事业，所付出和奉献精神是难以理解的。他们当时除了没有级别、财富的激励，甚至没有丰富的食品，还要"隐姓埋名"，个人可谓没名没利。支撑他们的就是把自己和国家的前途联系在一起的理想和精神，我们国家有今天，确实与当年这些人的贡献密不可分的。所以在今天，尽管时代不同了，大家除了在用成绩、级别、财富作为"出息本位"的评判标准外，还要把知识、技能也作为标准，更要把理想、精神作为判别人是否"出息本位"的标准。

评议与联想

杨木旺：钱教授，您一边带领我们做行业标准，服务标准，一边做社会总结，教育科普大众。

郭际冬：人文与科学两相宜。

许兴汉：这篇文章写得不错。作为一篇评论性的文章，它有观点，有角度。素材丰富，又有说服力的论据，也有用于说明问题的实例。如果写得更活泼一些，则文采更漂亮。

周建成：好文章。的确，出息，还是没出息，是一个非常私人化的问题，在中国过去似乎却有标准答案。活在别人的嘴里，在意别人的“掂量”，沉迷于别人的赞美，终究不过是一个肥皂泡。五光十色的社会中，各有各的爱好，各有各的精彩。

胡定伦：文章的标题《“出息本位”刍议》起得好，引起了我强烈的阅读欲望。读后，我非常赞同钱总在文中提出的对“有出息”的更有意义的评判标准，即“……只要自己是努力的就可以了。”正如 R. L. 史蒂文森所说：“怀着希望去旅行比抵达目的地更愉快；而真正的成功在于工作。”

周複之：讲出了社会的普世价值。也是社会发展的重要思想，值得期待！

疫情结束后最希望做的事情

——新冠疫情“宅家”受感动的联想之一

从大年三十与哥哥一起,在姐姐家吃了年夜饭回到家里,我就一直如同上海华山医院张文宏医生所说,宅在家中用“闷”的方式,与病毒做斗争。除了到隔壁超市购买过一次食品外,几乎没有出过小区的大门。几天不迈出家门,也成了“新常态”。但是每天从电视、微信上得到的信息,却是与在外出的时间形成了“负相关”的态势,大量增加了。当然最令人关注的信息,自然就是每天全国尤其是上海与疫情相关的各组变化的数字,还有医务人员尤其是各地的白衣天使辞别亲人奔赴武汉,与当地的同行一起救死扶伤的感人的场景。另外,举国体制下的国人,各行各业共同抗击疫情,体现出中华民族在危机来临的紧急关头万众一心的凝聚力,让人从内心感到自豪和震撼。

作为一名业余的文学爱好者,本来应该有许多题材可以写作的。然而,我觉得抗疫这个主题实在太宏大了,我是没有本事驾驭此类文章的。不过我可以从一些看似细微的地方,把自己的感受撰写出来,与微友、读者们一起分享。

上海第一批赴武汉的医务人员是在大年三十晚上出发的,当时人们对疫情的了解远没有达到今天的程度,面临病毒“爆发”和“易染”的严峻场面,真有点措手不及。医务人员除了面对大量奄奄一息的危重病人,还有更多处于“潜伏期”的病人在他们的周围,加上武汉方面还没有做好如何组织和接待大量前来支援人员的后勤保障的准备。尽管这些“白衣天使”义无反顾地投入了战斗,他们在电视摄像机前攥拳振臂表示了必胜的信心。但从这些医务人员从病房里走出来,脸庞上被防护服挤压出的深深的痕迹的镜头可以看出，他们处于极其困难、身心疲惫的工作和生活的环境之中，让我们这些不在现场的观众可以感觉和体会到那是多么的不容易啊！对他们充满了敬佩和同情。

一位在接受凤凰网记者电视采访的上海中山医院的专家钟鸣教授，他的一句话让我的内心世界受到沉重的一击，引起了极大的共鸣，似乎对生活有了新的感悟。这位医生既有高超的医术，还有很好的口才，所以大约在到武汉 10 天左右，他就代表大家接受凤凰网记者的采访。他客观地介绍了当时的疫情，坚定地表示了战胜新冠病毒的信心，很恰当地表现了广大医务人员的精神风采。当记者的最后问了一个问题“疫情结束后，你最想做的一件事是什么”时，他的回答却大大出乎我的意料。他说，先去自己的医院上一天正常的班，再在家中度过一个正常的周末。天啊！此时他最向往的就是自己最平常在过的日子啊！这是多么深刻的人生感悟啊！看来当一个人处在最艰苦的境地里，最怀念的还是自己最熟悉的生活环境和普通的日常生活。

我和妻子看了这段报道，也很有感触。这次“宅”在家中这么长时间，确实很难受，没有了以往正常的生活方式，她平时操持着家务，上街买菜购物要走路，有时累了，就要多睡一会儿。如今不让她天天上街，休息时间多了，她反而感到不舒服，睡眠质量也下降了。而我本来每天下午要到离家不远的川杨河畔散步的，如今这个节目也被取消了，在家中围着餐桌走不了几圈，就头晕了。尤其是年纪大了，身上总有这样那样的不舒服，隔一段时间要看医生，现在也不敢去医院了，怕被传染，只能扛着。原来的朋友聚会都取消了，更是感到寂寞，视频和电话是不能替代面对面叙谈的。最难受的是，这样的日子不知要到哪一天？“一方水土养一方人”，妻子得出了这样的结论，人们最理想的生活，还是在自己最熟悉的环境里。尽管有时到名山大川旅游，有时到餐厅品尝美味佳肴，但最能持久不厌的地方，还是自己的家。想想远在武汉的白衣天使，我们宅在家中的境况不知要优越多少了。因此我们除了期盼自己能够过上正常的日子以外，更是遥祝在湖北武汉的人们，能够尽快战胜新冠疫情，早日回到平常的生活里。

附录：转发受挫记。《疫情结束后最希望做的事情》一文写完后，我按照惯例，应用“有道云”，将此文转发到我的微信圈和微信群里，但是没想到，当微友们打开“有道云”时，手机屏幕上得到的结果是“暂时无法查看该分享”的几个字，下面还有更加吓人的一行小字：“该链接可能涉及敏感词”。我当时认为估计有道云后台工作人员可能要审查一番，以前也有类似的事情发生过。一般过了一到两小时后，就会放行的。为了不让微友们误会我会写出什么没有分寸的文字，我还在朋友圈上写了一段话：“刚才发的文章可能要审查一下的，不过没有问题，都是正能量的文字。”谁知道这段话，还受到了一位工作作风严谨的编辑老朋友的“批评”，他在微信上写道：“请教，您是同济学工程的，老师在课堂上定义过正能量吗？能量哪来正与负？您可不应该混入那些图时髦的酸腐文人中混淆概念，概念一旦被搞混，是非颠倒也伴随而来啦！”随后我运用“微信文件发送”的方式，把该文再发了一圈。由于我在撰写该文的文件名时，用的是副标题《新冠疫情“宅家”感动的联想之一》，文章里也没有署名，所以读者也就当作我转发别人的文章阅读了，微友们的点赞倒也不少，但与以前其他拙文的互动文字也就明显地少了。直到今天早晨，还有微友发来微信，他到如今仍旧没有打开“有道云”，说“没有了，被封了”。还在为我担心呢！他们不清楚其实《疫情结束后最希望做的事情》和《新冠疫情“宅家”感动的联想之一》是同一篇文章。至于有道云那里，我估计他们如今还没有进入正常上班状态，如果要审查，我的文章应该没有问题的。为了让微友们放心，我就写下了上述文字。

评议与联想

柴慈铎：从本文可以看出作者和此次抗击疫情的人们共呼吸同命运的宽大胸怀和心态，也表达了一切回归自然，向往平和宁静、返璞归真的田园般生活；这也反映了广大人民群众的共同愿望和心声。

夏　萍：是啊，同感！钱老师，身处艰难的日子中，最理想的还是我们最最平常的普通人的每天生活,每天的工作!

钱丽臻：是平雷的好作品,转发了。

张崇大：依我看来,你友人的“批评”是针对当下一些文人的文章,揭开了它们似是而非的面纱!

何　成：九州生气恃风雷,万马齐喑究可哀。

范　奕：你办事我们放心,绝对是满满的“正能量”。

陈素娣：钱哥,对的！你写的文章很实在很好,现在都能看到的。你辛苦了！在这闭关坚守的日子里,你给我们带来了一丝生机,谢谢钱哥!

辛劳的守护人

——新冠疫情“宅家”受感动的联想之二

我最近每天晚上都要看完 CCTV 新闻频道由白岩松主持的《新闻 1 +1》节目后，才熄灯睡觉，因为他总能最清晰地问询相关被访者当下最受关注的问题，使受众得到明白的回答。但《新闻 1 +1》只有星期一至五才有。星期六，在这个时间是《新闻调查》，星期日是《面对面》。最近一直“宅”在家里，也就忘记了今天是星期几了，又照样在这个时间等待白岩松主持的《新闻 1 +1》。然而，屏幕出现的是《新闻调查》节目，才知道今天是周六，没有《新闻 1 +1》。于是就观看了《新闻调查》。看完了这档节目，我和妻子都非常感动，深感以采访的对象——武汉江汉区的一位街道负责人田霖为代表的社区干部处境的不易，他们正是这场疫情中广大居民们辛劳的基层守护人啊！

广大的国人对这场突如其来的新冠疫情都有一个逐渐加深认识的过程。首先在武汉发现了疫情，随着时间的推移，以及新闻工作者冒着危险进行的实地采访后的客观报道，人们渐渐地知晓，除了各地医务人员、解放军、建设大军等各路人马进入武汉进行艰苦卓绝的医治和救助，令人感动外，处于封城状态下的广大武汉人民，同样为全中国乃至全世界的人民，做出了难以估量的重大贡献。且不谈那些染病的病人，就是没有染病的广大武汉居民，他们“闷”在家里的滋味，也是我们其他地方老百姓“宅”家的感觉所远远无法想象的。

这位叫田霖的街道负责人，在前些时间也在央视的节目中出现过，当时他急于为已经患病但还得不到入院机会，只能独立隔离的居民寻找医治途径。一对平时住在此地的农民工夫妇，春节去了武汉市的其他区域的亲戚家了，儿子开始发烧，夫妇俩就跑回这里。但他们不是本地有户籍的居民，原来的房东自然不肯再借房子给他们住了，按照当时的规定，任何人一旦得病，就应该就地解决，不可以移至其他区域。看着他们一副无助的样子，田霖虽然对他们这样做法予以严肃的批评，但还是先把他们的儿子送到社区医院诊疗。诊断结果是“疑似病例”，接着把他们的儿子送入一家专门用于隔离的宾馆，还要另外帮助那对夫妇寻找住宿的地方。田霖给我留了下较好的印象。

昨天《新闻调查》中的主人公又是田霖，我就比较关注了。从镜头看，那不是专门的采访，而是记者的跟随拍摄。田霖忙碌的状况，是根本没有条件可以进行专门采访的。田霖下属一共 23 位基层干部，要负责成千上万居民的相关事宜。开始主要是上门调查居民患病的状况，把确诊、疑似、发热和密切接触的四类人分别找出来。一般居民不能离开家，但可以派代表到街道范围内的商店和超市购买物品。此时田霖他们除了帮助供应物品的商店和摊贩，还要为必须离开街道去看病或者养老院购物的人，开出证明。最近两天，防疫的要求更严格了，连街道的商店和超市也不准直接对居民营业了。居民宅在家中的日常需求，尤其是一日三餐的食材，都要由街道干部来负责解决了。这下子工作量更加大了。每家每户的供应都要由他们来承担，除了要按照需要登记，还要组织配菜团购。但居民的需求不仅仅是大米和蔬菜，他们还有其他需求啊！于是田霖从超市采购一些通用的物品，在居委会开设“小超市”来缓解矛盾。但居民的需求大大超出了田霖他们预购的数量，于是出现了“断供”的现象，就有居民发脾气了。此时田霖也无奈，只能耐心地劝说赔不是。但更多的居民都对着记者称赞田霖，说他从 1 月 22 日开始就没有休息过，夜以继日地忙碌着，当一位女居民说“我们对他的工作要知道感恩”的时候，田霖再也忍不住热泪盈眶，不能自已，迅跑回了自己的办公室，趴在桌子上痛哭起来。这段时间他们承受了多少辛劳和委屈啊！他们任劳任怨的辛劳工作，如果能被广大的居民认可，确实就是对他们基层干部最大的肯定和褒奖啊！这个情景也被摄像机记录下来了。我们坐在床上看着电视，也被深深地感动了。

一会儿田霖又回到了空旷的马路上，一位居民扶着自己患心脏病的老娘要去看病，但此时每个街道只有2辆急用的小车，都去接送其他病人了。田霖曾试图向其他街道租借，对方也爱莫能助，紧急之下，田霖亲自开了一辆消防车，让母子挤在驾驶座旁，赶快送往医院。看到这里，我真是感叹，看来一场疫情反映出一个健康的社会，除了政府工作人员，社会各行各业的专业人员外，像田霖那样的社区基层工作人员，也是确保社会稳定、安全不可或缺的一员呀！因此，这次遇到这样重大的事件，我国政府仍旧能够如此迅速地加以控制，其中一个重要因素，就是有了田霖们的不懈努力，这也是我们一般居民在平时所体会不到的。但在特殊的时期里，他们的作用就充分地表现出来了。社区干部真是广大老百姓辛劳的守护神啊！

评议与联想

毛正峻：国难来临，处处有英雄。

倪纪芬：钱同学叙写的辛劳的守护人是一批奋战在抗疫战役中最基层的干部。像田霖这样的干部还有无数。

他们不是医生，不是护士，却活跃在战“疫”的后方。

当大家足不出户自我隔离自我保护的时候，他们却要走出大门严阵以待。

一只口罩是他们防疫的全部装备。

他们的身影出现在社区和乡村的各个角落。

他们是最默默无闻的逆行者。

他们是这场抗疫战役不可缺少的战士。

致敬每一位奔跑在抗疫战役中的基层干部！你们的努力，终将美好！

蒋琴英：平雷同学好！你还是见事动脑、立马动笔，真的是闲不住。文章越写越好，给你点赞了。今年春节让我难忘，国家遇到这么大的疫情，损失惨重。我女儿和她的两个小孩在1月19日去东京和她丈夫团聚,没想到疫情这么严重,2 月 20 日刚刚回杭州,两个星期居家观察,还有三天可以解放。我们都还好,尽量少出去,在家里活动一下。你们鹿怡留在澳洲一切都好吧? 幸亏有微信联系,虽然牵挂,但是可以放心。

陈素娣: 是呀,坚持在第一线的社区干部是非常辛苦的,因为都是一件件具体的事。不要说在武汉社区工作者有多累,就是在上海社区工作人员也是很辛苦。每天站岗登记统计,了解每户人家尤其是外地户口的人,跟踪他们的足迹。为了这次疫情,医务人员付出了很多,最基层的社区人员也付出了很多。这次防控疫情战其实就是一场真正的战争,缺少任何一个环节都不行。

傅雅君: 戴了五百度的老花眼镜看完了《辛劳的守护人》,非常有同感。白岩松思路敏捷,语言犀利,实事求是,董倩也是,他们俩搭档《新闻1+1》,我也是每天看完才睡觉。

包秋莲: 从您的文章里,感受到封闭宅在家的日子实在太辛苦了!武汉人比上海人更辛苦,他们有更多恐惧焦虑,时间更长非常不容易,他们都是英雄都是战士,我深深地敬佩他们! 曙光就在前头,武汉人民战胜病魔,获得身心自由的日子快来临了!

“里程碑式人物”趣谈

一

我是一个生在上海，长在上海，除了大学毕业分配，去东北工作5年外，几乎一辈子都在上海生活的普通上海人。但我对于上海本地的剧种——沪剧，却并不比诸如话剧、京剧、越剧、淮剧、评弹、滑稽戏等其他剧种来得更加喜欢。不过由于我的记忆力较好，童年、少年时代《解放日报》《新民晚报》等媒体刊登的各行各业事迹和戏剧广告中的人物名字，倒是莫名其妙地记住了许多。我喜欢音乐、体育，所以二十世纪五六十年代上海的著名音乐家、运动员的名字我几乎都能叫得出来。如我并不喜欢下象棋，甚至属于不会下象棋的人，但当年中国各地的象棋高手的名字我都记得清清楚楚：广东的杨官璘、黑龙江的王嘉良、辽宁的孟立国、湖北的李义庭，更不要说上海的何顺安、朱剑秋、徐天利……乃至后起之秀胡荣华。当我与一些象棋爱好者聊起这些象棋高手的名字时，人们误以为我也是一名业余的棋手。对于戏曲、曲艺也是如此，我喜欢京剧，所以各种流派，什么梅、程、尚、荀四大名旦，马、谭、余、麒四大须生……我都知道一些。我还喜欢滑稽戏，因此，姚周、杨张笑沈等名家我也熟知。然而，像话剧、越剧、沪剧、淮剧和评弹等在上海家喻户晓的诸剧种著名艺术家的名字，我也记住了一大堆，对于能够记住多少，与我对他们耳濡目染兴趣的程度是成正比的。越是不了解的剧种，知晓的情况自然也就越少，有时只有依稀记住一个人的名字，而这个人往往就是这个剧种的“里程碑式人物”。

二

在文艺界，这些"里程碑式人物"，他们一般并不是这个行业的"祖师爷"，但正是由于他们承前启后，对这个领域原来比较古朴甚至粗糙的文化品种，进行了有效的改良或创新，使之逐渐形成了一整套成熟的、具有现代意义的知识技能体系，并以可经营的模式，奉献给了社会。他们同时又把自己的技艺传授给后人，让晚辈们继续发展向前。他们中最具有代表性的人物和艺术，就被同行称为这个行业的"里程碑"。如京剧的梅兰芳、越剧的袁雪芬、评弹的蒋月泉等大概就是这样的"里程碑式人物"。

我在以前我写的其他散文中，曾经探讨过这个问题。梅兰芳不仅是京剧的"里程碑式人物"，还是中国戏曲的总代表。但他并非京剧的祖师爷，他与他的京剧改革同盟者齐如山等——"梅党"，对于产生于农耕文化的"京戏"，引入了编剧、导演、照明等现代戏剧的元素，进行了工业化的洗礼，革新了京剧。这些举动还影响了包括越剧、沪剧、豫剧、粤剧、汉剧、川剧、评剧等一系列戏曲的新生。当然上述剧种的现代化进程也是有早有晚的。如黄梅戏在《天仙配》被拍成电影时，才算完成了它工业化的嬗变。戏中女主角七仙女的扮演者严凤英也就成了人们公认黄梅戏剧种的"里程碑式人物"。

然而，即使他们是"里程碑式人物"，也只是说明他的代表性。导致整个行业提升的，肯定不是他们一个人所为，而是有一批人，只不过他（她）的水平最高，或最有象征意义而已。最近我看了一本《沪剧与海派文化》的书。说沪剧是从花鼓戏、本滩（簧）、申曲一路发展演变而来的，到了 1942 年才正式成为沪剧。其中筱文滨起到了承前启后的关键作用，是一个"里程碑式人物"。他的晚辈中又出了一大批后起之秀：丁是娥、邵滨孙、石筱英、杨飞飞、王盘声等，他们每个人都拥有一个以他们姓氏命名的流派。但我们一般上海老百姓中不熟悉沪剧的人，如果谈到沪剧的代表人物，估计一定是丁是娥。因为《罗汉钱》曾经是一出家喻户晓的戏，其中《燕燕说媒》一段唱，采用了欢快悦耳的民乐《紫竹调》的旋律，让对沪剧外行的听众，也都知道了这首经典唱段。还因为《罗汉钱》成功地拍成了电影，丁是娥由于在剧中担任女主角小飞娥而名扬天下，她也自然成了沪剧第二代“里程碑式人物”。这也说明了出彩的剧目，才是诞生“里程碑式人物”的载体。像我们南方观众并不熟悉的评剧，它的“里程碑式人物”大概就是新凤霞了，她在戏曲电影《刘巧儿》中“我要自己找婆家呀”这一句著名的唱词，让许多国人知道了评剧还有这么一位艺术家。

三

用戏曲界的演员来解释这个现象，是大家比较容易理解和接受的。其实在文艺界，这样“里程碑式人物”比比皆是。如巴金、茅盾等作家；徐悲鸿、齐白石等画家；贺绿汀、马思聪等音乐家；赵丹、白杨等电影表演艺术家；焦菊隐、黄佐临等戏剧家；侯宝林、马三立等曲艺家，也都是他们行当里的“里程碑式人物”，因为他们每个人都拥有“划时代”意义的作品。

在20世纪50年代前后，各行各业几乎都曾经出现过一批所谓“里程碑式人物”。这个现象不仅是在文艺界，而且在教育界、医务界、科技界、体育界、学术界等各个界别，乃至社会其他的各行各业，也都有上述地位的人物存在。如在教育界，同济大学的李国豪，复旦大学的苏步青教授，他们开始都是担任副校长，后来才当上校长的。但他们是这两所大学的代表性人物，为人们所公认，因为除了他们在各自学术领域里都拥有“里程碑”意义的成就外，而且还培养出了诸如项海帆、谷超豪等不亚于他们水平的得意门生。像放射医学的荣独山，眼科的赵冬生，外科的裘法祖，中医伤骨科的石筱山等专家，也是那个时代医务界里的翘楚。另外，还有钱学森、钱三强、钱伟长所谓“三钱”，也同样是包括“两弹一星”在内的高科技各领域的“里程碑式人物”。

然而，“里程碑式人物”并非一定是社会名流，因为在各个行当中都有“里程碑式人物”存在。在铁路运输系统中有所谓“机、车、工、电、辆”等五个子系统。其中“工”就是工务系统，就是负责运营中线路、桥隧、建筑的养护、维修、大修的行当。上海铁路局有一位20世纪30年代大学毕业的老专家陈庭祯,在 20 世纪 50 年代初期,正是他们这一代把 1949 年前的铁路管理规程,转变为直到我国高铁产生前还在应用的铁路运输管理规程。因此当他 100 岁华诞时,他的晚辈周光华、李庆鸿等所谓“五代同堂”的铁路工务权威专家,为他庆生,给他送匾,上面有四个大字“工务泰斗”。陈庭祯是老交大毕业生,他与同济毕业的李国豪,是同期实习生,他俩有“少年偕白头”的友情。如果从他们的社会知名度而言,陈是无法与李相比的,但从不同行当的地位而言,他们倒有“异曲同工”之妙。

如果说上述“里程碑式人物”都是艺术家或者科学家,那么在普通服务性行当中也有“里程碑式人物”存在。当年上海锦江饭店有一位广帮厨师萧良初,我在念初中时,从用作课本包书皮的《人民画报》上,看到介绍他改良的如“盐焗子母鸡”“海参吐珠”等广帮菜肴的画面。还说他曾在 1954 年去日内瓦作为中国厨师代表,为周总理举行的宴会掌勺,获得各国贵宾的赞誉。我们自然也不会忘记陈镜开这位体育界里的“里程碑式人物”,他在上海创造了举重新的世界纪录,实现了多少代中国人的夙愿和梦想啊!这就说明了,在当时,各行各业都有“里程碑式人物”存在。

四

由于这些“里程碑式人物”基本上都是各行各业在中国从农耕社会向工业化过渡时代具有创新和成就的人物,他们往往带着比较浓厚的个人色彩。戏曲中的“梅派”、评弹中的“蒋调”、医学中的“石氏伤科”乃至土木工程中的“李氏悬索桥理论”等都有这样的流派。他们的成就让后人“高山仰止,景行行止”。“里程碑”也成为后人难以逾越的高墙。最典型的现象是几乎所有的戏曲剧种,只有听到某位获得梅花奖的优秀演员是该剧种“X 派传人”的报道,却没有任何新的流派诞生的传闻。我曾与上海铁路局的老局长,也是著名的桥梁专家张龙先生闲聊,说如果将桥梁界的茅以升、李国豪与滑稽界的姚慕双、周柏春同为“里程碑式人物”放在一起比较,你和你的同班同学项海帆院士,大概相当于吴双艺、童双春等“双字辈”演员的地位,还不具备茅、李、姚、周他们当年的社会影响力。

尽管你在松浦大桥建造、京沪高速铁路研究方面，项海帆院士在桥梁抗风试验方面的学术水准肯定已经超过了茅以升、李国豪当年的科技水平，但却还没有达到“改朝换代”，替代他们社会地位和影响力的程度。究其原因，因为你们与他们一样，还处于工业化时代之中。

如今我国进入了由工业化向信息化过渡的时代，全球也进入了“百年未有之大变局”。各种挑战与机遇都时时处处地存在。科技与文化的进步，也处于从量变到质变的过程之中。谁能把握这个机遇，很可能就能成为新时代“里程碑式人物”。但如果过不了这一关，那么被淘汰的厄运也就无法回避。如今的创新一般是由团队来完成的，而且需要多个领域、学科的专家进行合作。如中科大的量子通信、华为的5G、腾讯的微信都是由团队跨学科研究完成的，但这并不影响潘建伟、任正非、马化腾们作为他们的代表，成为新时代的“里程碑式人物”。当他们与各行各业越来越多的创新人物一起出现的时候，新一代“里程碑式人物”的群体也就形成了，相信他们一定会在继往开来的道路上高歌猛进。

本文于2020年11月26日在《上海老底子》公众号登载，并在澎湃新闻上传并发布。

评议与联想

顾　睿：俗话说“长江后浪推前浪”。确实很有必要把“前浪——里程碑式的人物”记录下来，此篇文章很有价值！它为“后浪”储备和传承历史文化遗产留下了痕迹。美术界的“里程碑式人物”还有如张大千、刘海粟、唐云、程十发等大师级人物。

许兴汉：你的记忆力实在是惊人，到如今还能记住这么多人物的名字。能记住如此多的象棋高手的名字，连我这个象棋爱好者也自愧不如。作为一篇散文，如果能从这些“里程碑式人物”如何造就的原因，再深入挖掘一下，那么这篇文章的品位还会“更上一层楼”。

康明琴：今天下午抽空拜读了钱先生的这篇大作。深感他是一位不一般的理工男，一个颇具人文情怀的理工男！他知识涉猎面广，观察社会、思考问题的视角很独特。看来他事业上的成功绝非偶然。谢谢分享！

钱雪元：像你这样熟悉戏曲界的人已经很少了，此文前两部分可作为中国戏剧的普及读物。另外，20世纪50年代曾风靡苏州，大有赶上越剧之势的锡剧，不知那时上海是否也有波及？

钱平雷：当时锡剧在上海主要影响了嘉定县，现在嘉定还有业余的锡剧团。在我的记忆中，上海市区好像没有有名的锡剧团。虽曾有甬剧团、粤剧团，后来在上海也几乎消失了。

高炉森：读了你的新作《"里程碑式人物"趣谈》后感慨良多。我想谈谈"里程碑式人物"出现的原因和得失。

先谈"里程碑式人物"的出现。这种人物的出现看似偶然，但也是必然的，这是时代的产物，时代发展到这个阶段，必然就会有"里程碑式人物"产生。古话说：天时、地利、人和，缺一不可。也就是说，只有三者共振，才能产生好的结果。所谓"天时"，就是当时所处时代背景。例如，近代戏剧中产生的"里程碑式人物"，都是我国从封建社会向半封建半殖民社会过渡时期，中国的民族资本大发展的阶段，这就是天时。所谓"地利"，就是由于城市快速发展，绝大部分戏剧开始从乡村走向城市，并形成真正意义上的剧种，例如：越剧、沪剧、扬剧、淮剧等。这时候就会涌现出具有创新和改革精神的"里程碑式人物"，即"人和"，于是就水到渠成。由于社会工种和门类众多，它们受天时、地利和人和的影响和比重也就各不相同。

"里程碑式人物"的出现，是这个领域的事业发展的高峰。不少后辈拜倒在他门下，把他的事业发扬光大，这是好事。但是这也是一面好大的高墙，也阻挡一部分年轻人的进取心。要翻越这面高墙，可能要花费两三代人的青春。

胡定伦：你在本文中提出："里程碑式人物"并非一定是社会名流，各个行当中都有"里程碑式人物。"我是非常赞同这个观点的。当前，科学和文化飞速进步，各行各业，机遇处处存在，谁能敏锐地把握住，谁就可能成为某领域的"里程碑式人物"。其实你在退休后，受聘参与那座著名楼宇物业管理的实践工作中，结合本人扎实的科技理论素养，在以往智能化楼宇基础上，在国内首先提出智慧楼宇概念，并有一整套基础理论和操作模型，在国内外引起热烈反响，这大概就是建筑从工业化时代向信息化时代发展道路的一种探索。希望你也能够成为在此领域的“里程碑式人物”。

请给“科普文学”一席之地

一

谈起科普，长期以来，在人们的心目中所谓科普作品就是科技知识浅说文章的代名词。在中国，以《十万个为什么》作为一部经典的科普作品，几乎已经成为科普文章的总代表。但作为科普作家对此当下科普创作的情景，却充满了危机感，因为随着广大受众的文化和科学素养水平的与时俱进，如果仍旧停留在原来仅仅的科技知识浅说的科普小品式的形式上，那它的创作路子只会越走越窄。这表现在许多的主流媒体已经没有了科普专版，因为读者已经不满足于科技知识浅说的那种科普说教的传播方式了，用一句时髦的话说，就是“流量少了”。

对于科普作家来说，寻找新的作品形式，使其成为广大老百姓喜闻乐见，雅俗共赏的科普作品，成了他们追求的目标。以刘慈欣、王晋康等为代表的科普作家在科幻小说的创作方面取得了举世瞩目的成就，包括文学艺术界在内的社会各界，也对此给予充分的肯定。然而，科幻与现实是有一定的距离的，它们虽然在启发人们如何创新，尤其是培养青少年的想象力，具有不可或缺的作用，但在促使当下社会各界科学素养普遍的提高，促进不同专业领域知识的互相普及和交叉方面，似乎有点“远水救不了近火”之感。一方面科普小品不能满足读者的要求，另一方面科幻小说又不能解决当下问题，那么，既具有文学作品魅力的特点，又可以适时满足受众科技知识需求，并提高科学素养功效的“科普文学”，也就呼之欲出了。

以杨秉辉教授为代表的科普作家，近20多年来一直在探索科普与人文,尤其是与文学相结合的创作新路子。他先后出版了诸如《财务科长范得“痔”》《祺东的黄兴家医生》等一系列中、长篇小说。他是用写小说的形式在进行医学科普,让读者在轻轻松松的阅读中知道了肠癌、肝炎等疾病,应该如何预防的知识。卞毓麟教授创作的科学与人文相结合的散文式的作品《追星——关于天文、历史、艺术与宗教的传奇》最为典型,达到了相当高的水平,荣获国家科技进步二等奖,是科普与文学相结合创作路子最为令人瞩目的成就,极大地鼓舞了其他科普作家继续走科普与文学相结合的创作的信心,确实也产生了许多同类作品,尤以散文、小说形式的作品数量最多。我们将此类作品称为“科普文学”,也试以此进行了定义:“应用文学的形式,在社会上推广科学技术的应用、倡导科学方法、传播科学思想、弘扬科学精神的作品。”

二

上述这种由科普与文学相结合的“科普文学”作品,却没有引起文学界的较大关注。据说,科普界曾经邀请文学作家来参与科普创作,但除了徐迟的《哥德巴赫猜想》等几部作品外,其他的作品成功的不多,主要原因是大多数的文学作家的科技知识和思维方法,与他们写作水平不能相匹配,拿不出像他们在纯文学领域那样有影响力的作品。所以目前科普与文学相结合的作品的作者还是基本上来自科普作家,而且都是业余的热爱文学的科技工作者。但必须说,他们的许多作品的文学性还是不错的,也有些科普作家也被吸收为各级作家协会的会员。

但这并不等于他们的科普文学作品就可以归于文学的一个分支了。文学界有人认为科普作品可以依附在儿童文学、军事文学的类别中。如果单独成为一种文学分类,需要拿出依据。也有人说,承认科普文学是一种类型文学,与其说科普界没有做好准备,其实是文学界更没有做好准备,据一位文学评论界的著名作家曾对我说,他们还没有做好接受和评论科学作品的专业准备。另一位担任作协领导的著名作家也指出:“文学生态已经发生了很大变化,外表看起来更热闹、更活跃,内里是更坚硬和冷峻的核，需要我们用更深的洞察力去探究什么是文学的存在。”这也说明了类似“科普文学”这样的“类型文学”是搞纯文学的作家或作协领导还不熟悉的事物。

三

随着刘慈欣创作的科幻小说《三体》获得雨果奖，在国内引起很大的反响，科幻小说的创作热方兴未艾，还被改编成电影剧本，如《流浪地球》。文学艺术界也逐渐对科幻小说重新予以审视。相比之下，科普文学却没有这样的待遇，我曾经与一位科幻作家谈起过这个问题。他说，无论是科幻作品还是科普作品，它们究竟姓“科”还是姓“文”这个地位问题也没有解决，还是合在一起就叫“大科幻”吧！他还分析了科幻和科普作品中文学与科学的成分，科幻作品中，30% 是科学，70% 是文学。而科普作品中，则 70% 是科学，30% 是文学。如果科学和文学各占 50%，那就是精品了。

我想这两者应该是有区别的，正如中国科普作协理事长周忠和院士指出：“科普和科幻是一个什么样的关系？这两个‘事儿’都与科学沾边，我想肯定有相同之处，也有不一样的地方。”其实早在 20 世纪 80 年代，著名科普作家叶永烈就对此问题有过研究，他指出：“……根据我们中国的具体情况和语言习惯，我认为‘科学小说’和‘科学幻想小说’是应该有所别的。”我认为，从作品主题的时效来看，科普文学是谈当下，而科幻是谈未来；如果从数量上来衡量，科普文学作品就应该是科学和文学各占 50% 的作品。

四

最近出现的新冠疫情，让大家都觉得提高全民的科学素养是如此的重要。另外，5G、人工智能、智慧城市等新型科技已经给大家的日常生活带来巨大的影响。科普对象已经不仅仅是对平民或青少年了，广大干部，包括非理工专业背景的人们，也同样需要具备一定的科学素养。科学素养包括科技知识、科学方法、科学思想和科学精神。一般的科普小品三言两语,承担不了这科技含量较高的任务。科幻小说,更多地面向未来,解决不了当下的疑惑。这应该是科普文学充分发挥功能、大有作为的时候,问题是什么地方是它们表现的舞台?作为科普与文学交叉的类型文学,在文学界有它的地位吗?

其实科普小说也是与纯文学小说一样,可以拍摄成影视剧的。像杨秉辉教授的科普小说《祺东的黄兴家医生》其文学艺术性,已经为大家所称颂,如果改编为影视剧应该没有问题的。前不久有一部电视剧《启航》,它的最后两集给我带来了很大的震撼和启发。因为它们描述了一段如何建设"智慧城市"的故事,建设智慧城市是国内外许多城市的重要发展战略。剧情首先让曾雁来、金海东这二位渤海市的最高领导对究竟什么是"智慧城市"这个概念的认知犯了难。他俩都不懂,怎么领导全市干部和人民去实现智慧城市这个目标呢?于是由金市长和市委副书记分别带队到"西川"等两个先进的城市取经,由他们回来汇报的形式,把智慧城市的概念表述清楚了,又插入实景的画面,让观众从直观上大致明白智慧城市究竟是什么。又运用讲故事的方法,描述了智慧政务、智慧社区、智慧农业等智慧城市这个大系统的分支系统。因为如果不把这些概念说清楚,不但观众的理解会打折扣,而且剧情的艺术性也会因此逊色。这就考验编导的科学素养和艺术表达的综合能力了。从一名研究智慧城市的科技人员,还是一名业余的科普作家和文学作家的视角来看,我都对编导和演员能够用电视剧的形式演绎和解释"智慧城市"的概念和内涵,表示由衷的赞赏和钦佩。而且我认为这两集的剧本,就是科普文学在戏剧方面的成功表现。

这也给了当下文学界和科普界一个"启示"——如何给"科普文学"一席之地?

刊登于2018年4月24日《文艺报》"理论与争鸣"专版上。

智慧楼宇产业链是建设系统的发展方向

——为建设系统制定“十四五”规划建言献策

在中共十九届五中全会上审议通过的“十四五”规划和2035年远景目标建议中，提出“全面建设社会主义现代化国家”。这意味着我国完成了建设小康社会的进程。接下来政府部门将要具体制定“十四五”规划了。我们认为建成智慧楼宇（社区）的产业链，应该成为建设系统的“十四五”规划中重要发展方向之一。

众所周知，建设智慧城市是全世界现代化城市的发展战略之一。于是就有了诸如智慧政务、智慧医院、智慧教育以及智慧交通等智慧子系统。但对于城市的最重要组成部分的建筑，包括社区，却一直没有真正的“智慧建筑”的定义。根据我们业内人士的观察发现，那些被称为“智慧建筑（楼宇）”的其实是智能化建筑，“智能化”仅仅是能够成为智慧楼宇的条件之一，而不是全部。

其实能够被戴上“智慧”帽子的领域，或者子系统，它们并不是仅仅运用IT技术或者AI技术而已，它们都是一个系统工程。如智慧医院，在人们一般概念中，认为它就是能够借助于信息技术进行远程医疗、分析放射科的图片等功能的医院，其实那只能叫智慧医疗，智慧医院还要加上智慧服务和智慧管理，才能称为智慧医院。同样，也不只是应用了智能化安保、智能化门禁、智能化停车、智能化消防等一系列所谓“5A”智能化设施，还应该包括绿色建筑、现代物业管理和融入“智慧城市”等另外三个条件，所谓在四个维度上拥有“智慧”的建筑，才能称之为“智慧楼宇”。

根据我们研究的动态，目前国际上由于没有一个评判智慧楼宇的统一标准，所以如同“瞎子摸大象”，各方面与智慧楼宇相关的行业，都从自己认知的角度来判断某建筑是否智慧楼宇，即使在某些方面达到较高的水平，但互相之间无法合作，形成一条产业链，阻碍了智慧楼宇的发展，他们也因此感到苦恼。

在2019年上海举行的世界人工智能大会上，上海的楼宇科技研究者告诉各国同行，在上海市政府的支持下，我们已经发表了《智慧楼宇评价指标体系2.0》，就是由上述四个维度所组成的一系列指标。当时有的参会专家自称有了"茅塞顿开"的感觉，对我们的发言予以充分的肯定。目前我们已经对在浦东世博园区的上海鲁能国际中心进行了评价，并帮助他们制订了《智慧物业管理标准》。同时在准备对诸如兰生大厦那样的既有楼宇进行智慧楼宇的评价。因此我们就有了向政府的建设部门提出建议的依据。

我们认为，建设智慧建筑，包括智慧社区，应该是建设部门在"十四五"期间发展的方向之一，也是建筑现代化的重要标志。智慧建筑的产业链涉及建筑、材料、IT、环保、能源、土地、机电、管理、金融乃至党建、社会等许许多多的科技和科学领域，是一个非常有潜力的新兴产业，自然也是新的经济增长点。"智慧楼宇（社区）评价指标体系"就是连接它们的那条链子。希望政府部门在制定"十四五"规划时，充分考虑我们的意见。

厉害了，我的楼！

一、《标准1.0》通过了专家评审

昨天（2020年11月12日）下午，由我和鲁能集团的朱文生先生主编的《第一座智慧楼宇——上海鲁能国际中心物业管理标准1.0》（简称《标准1.0》）通过了专家评审。至此，我们上海市楼宇科技研究会参与的《智慧物业服务标准化研究》课题中编写标准的部分告一段落，尽管按照专家们所提的意见，还有少量补充或修改的工作，但与被专家们称“从未见过如此规模的篇章”来比较，已经显得微不足道了。我作为项目的技术负责人因此如释重负。在评审过程中，我发现各位专家不愧为这个领域中的“老法师”，他们从各自的专业角度，提出的问题往往一下子点中《标准1.0》的不足，甚至要害。我屡屡忍不住竖起大拇指向他们表示钦佩之意。

《标准1.0》专家评审会

但也有些意见我是有保留的，如有人对我们的成果，提出“赶超”的要求。这就涉及如何看待我们研究的成果先进性的问题，这已经不仅仅是科技水平的问题，而是一个如何看待自己的研究达到国际先进水平的人文问题。我说的这个问题，并不是老年人的“专利”，因为他们往往比较谦虚，或者说比较保守，凡事都要留有余地，不能把话说得太满。也有不少年轻人，尽管他们已经站在了高处，但对自己的团队是否具备这个资质还在表示怀疑。“高山仰止，景行行止”也成了他们不敢超越海内外同行，认为自己似乎永远只能处于望其项背地位的祖训了。

二、我们占领了国际智慧楼宇研究的制高点

上海市楼宇科技研究会（以下简称研究会）是一家以多学科系统集成研究楼宇科技的学术团体。早在 2013 年我会就与浦东智慧城市发展研究院一起研究制定了《智慧楼宇评价指标体系 1.0》的标准。又在 2015 年受上海市政府科委的委托，制定了《智慧楼宇评价指标体系 2.0》（简称《2.0》）。《2.0》的核心理念首先是厘清了“智能化建筑（Intelligent Building）”和“智慧建筑（Smart Building）”两个概念的根本区别，其次是一座建筑要获得“智慧”的头衔，必须具备四个条件，也就是四个维度：绿色建筑、自动化集成、现代物业管理和融入“智慧城市”。上述看似简单的几句话，却让我们占领了国际智慧楼宇研究的制高点。由于如今的楼宇涉及众多的专业，各方面都想在楼宇科技领域中占得一席之地。人们局限于本专业的知识和理念，导致了他们在某一局部取得令人瞩目的研究成果，却形成不了合力——产业链。我会把研究成果在沪港进行了交流，在中韩学术研讨、专题国际会议等各种场合进行宣传，由于当时还没有一座运用《2.0》评价的“智慧楼宇”可以展示，所以海外的同行总是带着怀疑的眼光，来看待这项在理念上已经让他们感觉领先的标准。直到上海鲁能国际中心的物业管理者，在走访和考察了国内外的许多一流的 IT、装备生产、物业管理企业后，总觉得他们的经验或产品，都不能解决自己具体的管理问题的时候，偶然发现了我们的成果，觉得符合他们的想法。于是

找到了我们，双方一拍即合，才有了今天的结果。

就在评价期间，2019 年 9 月在上海举行的世界人工智能大会，在其中的智慧建筑专场上，我们对着各国的同行，再一次阐述了我们的观点。虽然只有短短几分钟的发言，但言简意赅，全场观众无论是台上的“大咖”，还是普通的听众，都有茅塞顿开之感，报以热烈的掌声，予以充分肯定。有了这样的底气，我就认定用《2.0》评价的上海鲁能国际中心写字楼，就是海内外第一座“智慧建筑”应该理直气壮。其理由就是在当时的《2.0》是国际上评价智慧楼宇独一无二的先进标准。关于这一点，无论是我方，还是鲁能方面，在获得“智慧楼宇”称号感到高兴的同时，对其是否达到国际先进水平，在有些人的心里，感到不很踏实，他们在扪心自问，“我们是海内外的第一座吗?”

三、不打不相识的忘年交

在研究会参与的《智慧物业服务标准化研究》课题，编写标准的过程中，我们认为既然上海鲁能国际中心是智慧楼宇，那么它的物业管理理应是现代物业管理。同时从 2015 年《2.0》产生以来，与智慧楼宇相关的软

不打不相识的忘年交

硬件元素,又随着科技和社会发展的发生了很大的变化。所以《2.0》理应要上升为《3.0》,四个维度的各项要素、指标也要逐一审阅,修改、删除或增设的工作少不了。经过研究会的各路专家的努力,《3.0》诞生了,并上了国家标准网,代表了中国在这个领域的水平。

上海鲁能物业服务公司的陆晓丹是本课题的具体联系人,他是一位对工作尽心尽责的青年科技人员,可以说,我们的课题能够达到今天的程度,他功不可没,我是很欣赏这个小伙子的。但就是这位可爱的年轻人,在整个课题运转过程中,与我的思维方式经常处于磨合的状态之中。不仅是小陆,就是其他鲁能的一些员工也是如此。一方面他们因为处于鲁能集团的内部,自然要受到鲁能集团企业文化的影响,这一点无可厚非。另一方面他们的科技素养多半处于初、中级科技人员的水平,模仿和执行是他们学习新知识的最主要形式,要他们跳出现有的规章制度和网络、书本、文献,提出自己独特的见解,就比较困难了。用俗话来说,他们还在必然王国里摸索,缺乏在自由王国里游弋的本事,更不要说创新的技能了。

课题除了撰写标准,还有一篇论文。小陆给我展示了一篇在鲁能集团内曾经评为一等奖的文章,说要按照此文的写作风格,才能获得鲁能集团高层的认可。而我是一个写论文的老手,还是指导过许多大学生、研究生撰写论文的客座教授,那些学生后来获得了校级甚至上海市一等奖。在另一篇文章里,小陆给我发来许多他所收集各个著名物业管理企业的文章,让我学习他们的思路来制定本企业的标准。那些数量可谓"浩瀚"的文章,看得我这个老头晕头转向,发现虽然他们各自都有一些亮点,但都是一些碎片化的东西。而我们的《3.0》本身就是一个先进的体系,应该有自信心。为什么还要去全盘模仿别人,跟在别人的屁股后面跑呢?

会打扑克的人都知道,尽管老百姓玩扑克有拱猪、80 分、斗地主等各种玩法,但它们都比不上桥牌,因为桥牌综合了几乎所有的扑克技巧,因此有《桥牌谱》,那就是成体系的东西。但问题是小陆他代表了主体,而我们是客体,于是就产生了"听谁的"的根本问题。当然上述摩擦,最终我用事实说服了小陆,或者由朱文生进行协调得到了解决。小陆也得到了迅速的成长，还担任了《标准 1.0》的副主编。我俩也成了不打不相识的忘年交。

四、乐队指挥就是打打拍子的人吗？

担任《标准 1.0》副主编的除了小陆以外，还有研究会的专家汪建平先生和上海鲁能物业服务公司综合部的李华主任。李主任还和研究会的专家倪英浩、王玉良、李强分别担任《标准 1.0》正文四个部分的撰写负责人。相比之下，虽然从技术含量方面来看，他编写的第一部分“上海鲁能国际中心物业管理处行政管理制度”似乎是比较容易的一个章节，但从如何选择和编著的技巧方面来看，却是最为复杂的章节。因为上海鲁能国际中心物业管理处是鲁能集团下属上海鲁能物业服务公司的一个派出机构，它的各项规章制度就有可能来自鲁能集团、上海鲁能物业服务公司，也有可能需要按照物业管理处的具体情况，另行制定。如何把这些相关的规则制度，有机地编制到一起，确实是一件不容易的事情。因为他的团队中的大多数都是没有编写过全套物业管理标准经验的同事，这就需要李华承担如同乐队指挥的角色。要把作曲家谱的乐曲演变成听众欣赏的音乐，这其中指挥是起到关键作用的，弦乐、木管、铜管、打击乐队等的各个声部需要协调外，还可能会有合唱队的各个声部也要介入，因此指挥是一种艺术含量很高的技术活。但是上海一位著名的乐队指挥曹鹏先生曾谈到，令指挥们感到苦恼的是，许多外行的听众并不理解，他们把指挥仅仅看作挥挥手打打拍子的人而已。

我在他们公司在另一个类似的课题中，就发现这样的问题，由于缺乏诸如广义系统论等科学方法作为基础理论，所以编制出来的东西，虽然“博采众长”，广泛吸收了有关资料，看到好的文章就不分青红皂白地统统照单全收，但编制出来的“指南”，却是没有章法难以操作的文件。如同在准备一场大规模的宴会时，没有事先拟好菜谱，就将鸡鸭鱼肉蛋、青菜萝卜等食材，采购了一大批。到正式编制菜谱时，发现该要的食材没有买，不需要的食材却买了一大堆。其根本原因，就是烹调厨师还不具备编制大型宴会菜谱的本领，他还停留在食堂里的普通炊事员水平。而编制《标准1.0》这场大型宴会的菜谱，就是《智慧楼宇评价指标体系3.0》的标准。

五、在理论研究和实践中成才

我们的《标准1.0》能有今天，另一位主编朱文生先生起到了决定性的作用。首先他凭着敏锐的专业眼光，寻找建设智慧建筑中能够促进物业管理理论和实践发展的案例和信息。当他看到《智慧楼宇评价体系1.0》时，慧眼识人，立即捕捉到其中"四个维度"理念的先进性所在，马上与我会取得了联系，邀请我们前去考察。当我们为自己的《2.0》不能付诸实践而感到"怀才不遇"时，他们的邀请，对我们来说，无疑是喜出望外的事情。于是就有了彼此的接触和合作。上海鲁能物业服务公司的主要领导高瞻远瞩，非常支持朱总的举措，因为这与鲁能集团高层的发展战略不谋而合。于是才有我们合作共赢的过程。

与朱总等鲁能朋友们的合影

朱总在我们评价智慧楼宇和编制《标准1.0》的过程中，除了和我会郭际冬秘书长作为双方主要领导进行组织和协调外，他自己也非常刻苦地学习新的知识。在理解诸如"四个维度"等相关基础理论的内涵的同时，也不断把本单位的创新成果和新的理念编入《标准1.0》，不是一味简单地依靠我会专家,自己却袖手旁观。他给我留下很好的印象。

经过这段时间的锻炼,我也发现朱总在业务上有了长足的进步。如今他们公司在准备千岛湖一个为亚运会水上运动等项目服务,面积有上万亩的旅游房地产项目的物业管理。朱总经常在那里忙碌着。我觉得自己作为一个过来人,尽管与我们的任务无关,也应该帮助他们。我把自己以前主持的一个大型旅游房地产项目前期策划的案例资料借了给他,并把拙作《旅游房地产学》作为礼物赠送给了他。希望能为他在实践中锻炼,逐渐成为高层次的"帅才"做一点铺垫。

六、《3.0》就是建筑领域系统集成的中国标准

习近平总书记在浦东开发开放30周年庆祝大会上的讲话中指出:"加强改革系统集成,激活高质量发展新动力。"我们搞智慧楼宇,制定《智慧楼宇评价指标体系3.0》就是建筑系统响应总书记号召,进行改革系统集成的一项成果。当然现在没有完全到达预期的要求。因为有了《标准1.0》只是一个必要条件,还要有相应的人才去执行,才是充分的条件。我们的《3.0》也还有与时俱进的问题。因此我们实事求是,把本标准称为《标准1.0》,说明这只是一个初步的现代物业管理的成果,还有许许多多的地方,尚待完善。随着经验和教训的积累,再对《标准1.0》的内容和内涵逐步充实,相信随着时间的流逝,会有《标准2.0》《标准3.0》出现在人们的眼前。

"山外青山楼外楼,英雄好汉争上游,争得上游莫骄傲,还有英雄在前头。"我们中国人一直很谦虚,告诫大家要经常向别人学习取经。这一点是无可厚非的。尤其是鸦片战争以来,中国人一直在科技上落后于西方发达国家的水平。以学生的身份,不断认真地向国外同行学习,已经成为许多领导对下级的希望,甚至成了他们的口头语。问题是当我们的某些领域超过国外的水平时,是否还要如此谦卑呢?"……形成一批中国标准。要积极参与、牵头组织国际大科学计划和大科学工程,开展全球科技协同创新。"习近平总书记给我们指明了方向。我们的《3.0》就是中国标

准,在《3.0》的框架下,我们在吸收方方面面先进的科技成果的同时,牵头组织国内外智慧建筑产业链这项大科学工程。如今我们应该有这样的勇气和魄力。上海社会科学院的原院长王战就认为,我们应该有站在世界前列的气魄。

在上海,除了上海鲁能国际中心,还有兰生大厦、白玉兰广场、国家展览中心等软硬件都处于高水平的楼宇,有的经我们用《3.0》评定,已经是可以称为智慧建筑的楼宇了。它们与世界各国比较先进建筑的水平相比,有过之而无不及。

那么,我们是否可以说:"厉害了,我的楼!"

本文于2020年11月20日在《上海老底子》公众号平台登载。

评议与联想

毛正峻:祝贺群友钱平雷教授领衔主编的中国《第一座智慧楼宇——上海鲁能国际中心物业管理标准1.0》通过了专家评审。很荣幸,我是这次评审专家之一,并担任评审活动主持人。评审这本1100多页的《标准1.0》,与会专家和各位领导一致以为"《标准1.0》的'书重',行业导向和专业意义更重"。面对"新基建"实施,"长三角一体化"战略的布局,《标准1.0》的评审通过,对智慧楼宇评价体系的进一步完善和智慧物业管理的实践有重要的示范和引领作用。钱教授是专业技术群体中的文学大家,是作家群体中专业技术功底深厚的工程技术权威。因此,涉猎范围甚广的《标准1.0》由他领衔完成是最合适的组织架构。在人工智能、大数据、云计算和5G技术日益普及的情势下,现代智慧物业的建设和运行,有了《标准1.0》导向,意义重大。

许兴汉:筚路蓝缕,终成正果!值得点赞!

项　莉:钱老的勤奋,让我们年轻人汗颜。

顾　睿:努力出成果,干一行,爱一行,成一行!

钱雪元:你真是"厉害了,我的'钱'!"。这么厚的一本书,我现在看到头就晕。不要气馁,"是金子总是会发光的!"

请给上海留一点“城市烟火地”

前几天在微信上看到一个链接，说位于静安区和虹口区交界处的虬江路旧货市场，这处浓厚“城市烟火地”将要关闭了。随后在电视新闻中看到许多中老年“淘客”流露出留恋和惋惜，说对他们来讲，这里不仅仅是“买便宜货”简单的买卖场所，还是一种充满趣味的市井生活方式的载体。看到这则消息，我这个从来没有在那里淘过货的上海普通市民的心里，也对那些“淘客”的失落，充满了同情。

我国是一个长期浸淫于农耕文化，以自给自足为主要生活方式的国家。近代以来，经济发展在国际上一直处于落后状态。而我们上海经济发展水平，能够长年处在全国的先进水平，一个重要原因，是因为上海在中国是一座较早接受国外工业文化的大都市。尤其是改革开放以来，西方文化随着他们先进的科学技术一起进入我国，更使人们认为我国之所以落后，是因为思想观念跟不上时代发展，究其根源就是农耕文化牢牢地扎根于国人的灵魂。于是就有不少人产生了只要是西方的东西都先进的偏见。在城市建设和规划方面，以为只要有高楼大厦和通衢大道，就是这座城市发达的表现。于是就出现了“千城一面”的城市风貌。这样做放弃了具有中国建筑特色不说，还忽视了老百姓熙熙攘攘逛街购物的“烟火气”。在上海就有诸如四川北路、长寿路等本来商业氛围浓厚的区级商业街，因为拓宽道路，使之成为门可罗雀的马路。无论是普通市民，还是城建专家，都不得不承认这是规划中的败笔。也使大家认识到“全盘西化”，并不符合中国的国情。

近年来，人们逐渐发现，中国的传统文化是博大精深的文明，其中绝大多数是值得我们继承和发扬光大的精华。同样西方文化也需要对其一分为二，需要我们鉴别后再学习吸收。形成我们上海文化的，除了红色文化、江南文化，还有“海派文化”，它就是中西文化结合的产物。人们在对“洋物质”和“洋文化”逐渐地熟视无睹后，又重新审视了“土文化”的无穷魅力。最典型的表现，就是原来偏僻落后的“水乡和古镇”，华丽转身成了旅游胜地，游客趋之若鹜，纷至沓来。当地的那些小吃和土特产，也都成了旅游礼品，学者专家还和当地政府联手，挖掘其中的历史文化民俗典故和平民的生活状态，依此“制造”景点，从而提高了景区的星级档次。这也是新的经济增长点啊！

我以前在发达的西方城市，如墨尔本、布鲁塞尔等地，也看到过当地政府在每周的星期六上午，于市中心地段划出一块地方，作为“跳蚤市场”，让老百姓把自己不用的物品，带到这里摆地摊，与别人交换。这说明旧货市场，在如今也并非就是落后文化的产物嘛！

综上所述，我认为，在我们上海的市中心区也应该划出若干区域，保留类似虬江路旧货市场那样的“城市烟火地”，让市民在那里能够看到上海城市发展文脉的“活化石”，寻找其中的乐趣。今天的市民已经不会把这样的地方看作落后文化展示地了，他们会以“否定之否定”的辩证思维来看待这种事物的。

我想，如果上海也有这么几处反映市井生活形态的“城市烟火地”，也一定能够成为海内外游客在上海旅游新的网红打卡地！

2021 年 1 月 27 日《上海老底子》平台登载。

评议与联想

王如松：钱秘书长的文章很有烟火味，反映了社情民意。

郭际冬：让我们回忆起小时候浓浓的年味。

刘迪玲：都说人间烟火，有烟火的人间更有人情味。

龚英武：听说“虬江路动迁了”，虬江路商场内一家家店面在清仓，收摊。每件商品大减价，有的甚至 1 ~ 2 折在贱卖，越是贱卖的东西，越是无人问津。一片凄凉，一片萧条……但也有一些识货的朋友，凭着敏锐的眼光，丰富的经验，对一些有潜在价值的商品疯狂地杀价，杀得店主血本无归。

我对虬江路的记忆是在20世纪50年代。父亲失业在家，为追求生机，也想到虬江路上捞上一票。我下午没课时他就带我去逛逛。那时还没有室内的旧货市场，店面也不多。“旧货鬼”（上海话的叫法）都在虬江路沿街设摊，热闹时摊位延伸到新广路，辽宁路一带。大多数是一根扁担，两只箩筐。各种旧衣服，旧鞋子，旧钟表，旧钢笔……什么东西都应有尽有。这些“旧货鬼”走街串巷挑着箩筐，用低沉、浑厚的叫声：“呃呼呃，卖烂东西……”当时急等钞票用的朋友，就会翻箱倒柜拿些东西出来。收旧货的用极低价收购来，拿到虬江路设摊，多少能赚一点。我父亲欢喜淘旧货（新货买不起）记得有一次三钿不值二钿买了一块肮脏不堪的布料，拿回家，洗了半天，原来是一件部队当官用的长披风。这衣服的呢料细腻又厚实，结果做了一件长大衣。他的金丝边眼镜、阴木烟斗都是在那淘的。后来随着时代的进步，好些聪明点的人会装矿石机、收音机，再后来装电视机了，要配电子管，晶体管……各种零件都集中在虬江路，所以顾客的层次决定虬江路是低档、低价、实用商品的集散地。尤其是计划经济时期市场更为热闹。

看了欧阳先生在朋友圈里发的《虬江路动迁了》的消息。到底现在怎么样了？下午没事骑着代步车去兜一圈。一看老市场已经关门封掉了，门口仍围着许多人，在抢便宜货。虽然西面的音像市场已搬迁到轻纺市场。但东面临街的各种店铺依然灯火辉煌，商品林立毫无撤退迹象，再南面还有原来一个新商场的照开不误。各种商品应有尽有。

虬江路离我家两条小马路，但我很少去，我家有一习惯，再便宜也不用二手货。其实那里也不卖旧货了。有次我家的电视遥控器坏了，到处买不到，后来到虬江路一家店里，专门卖遥控器，各种牌子，各种型号都有，而且还便宜。再一次锅盖上一只圆的塑料头坏了，也顺利地在那里配了一个，什么高压锅的橡皮圈……在那里都有买。有这个市场真好，如真的全部搬走了，很遗憾，但也很无奈！

戴兆辉：钱先生说得太到位了，虬江路我们从小就去，那时爱好无线电，去淘零件。后来买各种电子产品，mp3、数码相机、汽车导航仪都在那里买过。现在有时闲逛还是喜欢去看看，人头攒动，说不定就能看到什么新奇玩意儿。尽管早知道有拆迁的这一天，但还是觉得非常遗憾，毕竟这也是种文化，一下子就割裂了，消除了，以后就不会再有了。我在国外待过，就像这篇文章所说，人家不仅有自由市场（flea market），还有宅前旧货出售（garage sale），保留了最原始最自然的交易方式，这是接地气的氛围。我还联想到了每周日的文庙书市，现在也没了，据说搬到室内了，不知还有没有以前的气氛？这个……还是上海吗？上海难道只有外滩和“三件套”这些硬件？

岷江（微信名）：任何一座城市，都有历史民俗文化，都有人间烟火，城市建设规划，就是要考虑城市结构的科学合理，历史文化，留一点历史痕迹，让后人不忘初心，牢记历史。城市民俗文化，是不可复制的历史资源，是一笔人文财富。懂得上海历史，才能让上海这座特大型城市光彩夺目。

何吉林：非常赞成钱兄的观点。北京前门等商业区改造后，都变得人迹稀少，是个失败的例子。

吕美安：感佩你的记忆力和表达力. 更欣赏你的敏锐观察力。“英雄”所见略同，所言甚是。这些意见，也是我曾在政协会议上的发言和作为提案的内容。虬江路虽然是野蛮生长，却曾是轻工业和生活用品的零配件，旧机床与工具的集散地，是组装收音机电视机的上海青年、会过日子的老克勒们和江浙乡镇企业的采购员经常光顾之地。因为从海伦路穿越儿童公园散步过去，并不很远，故近日又去逛了几次。市场里很少见到青年和妇女，人们互不拥挤，不为购物，只为怀旧。1969 年春夏之交，我找到原军宣队的杨益民政委帮忙，去找了市革会文教办军代表刘敌，批得 1.5 万元（同济科研费没人用，可敞开用）在理化馆创办“电子工厂”。设备科长黄明煦经常陪我四处奔波采购。为节约经费. 尽量修旧利废. 也经常光顾虬江路淘旧货（如超纯水离子树脂交换塔的塑料用焊接气枪、光刻机定位平台的零配件、精确控温的镍铬铝热电偶、为芯片装引线的点焊机的大电容等）。

倪纪芬：很赞同钱同学的“给上海留点城市烟火地”的提法。据说为了提高城市的品位，需要整洁环境，所以大城市不允许破墙开店和摆设地摊。以我们曲阳地区为例。原来赤峰路上自东向西一溜排的各式各样的小商品店、小食品店、小饭店鳞次栉比，方便了附近居民购买生活用品。特别是附近的同济大学，每当晚上成群的大学生会来到那里或饭店小聚，或逛逛商店。这些小店既为那些从业人员增添财富，也为曲阳地区提升了城市烟火气息。一声令下，仅几天的时间所有的小店铺全部拆光。那些被拆的小商店还会回来吗？

张崇大：留一点城市烟火地写得真好！大都市还需要保留那么一点点成长前的模样、那些区域还有人需要，还让人怀念，还让人自傲，咱中国人也会扔掉旧东西走上新世界！平雷这篇新作，我是越看越有味。

赵美君：钱平雷老师的作品，真是写得亲切真实，我至今还记得小时候跟着父亲、哥哥去逛“淮国旧”的情景，他们这个人逛东、那个人逛西，每次都是依依不舍地离开，我跟着他们也忙得不亦乐乎！瞅着自己喜欢的小玩意儿，那里真是一个接地气的“城市烟火地”。

戴晓虹：钱老师笔下的“城市烟火地”我虽然没去过，但长辈们的口中经常提到。我有个大姑父特爱逛文庙，我记得他经常会带几本淘来的旧书、旧英文字典啥的送我和弟弟，还赞不绝口！可能是“代沟”的原因，我们倒从没有如获至宝的感觉。

龚玉芳：上海不仅应该有高楼大厦，也应该有市井烟火地，钱老师的文章代表了广大市民的呼声。

康明琴：所谓“烟火气”，就是一个城市的特色和独有的风情。国际视野与上海风情不应非此即彼，而应完美融合。大赞钱平雷先生的观点！希望城市的管理者在城市规划中，尽力保留一些上海的记忆和上海的烟火气。

减轻北京非首都功能的遐想

北京是我国的首都。许多非首都功能的部门、单位，由于种种历史原因，尤其是戴着“全国、中央、中国、中华”头衔的机构，都留在了北京。这在以前大家都认为是天经地义的事情。因此许多大城市的弊病，如人口密集，房价高企、交通拥堵等，也给北京充分发挥它的首都功能，提高居民的生活质量等方面带来了不利的因素。因此中央决定采取疏解北京非首都功能的对策，如把北京市的相关部门、机关迁往通州；建设雄安新区，把一些高校、科研机关等非首都功能的单位搬移到那里去运营。

我在遐思，其实有些戴着“全国、中央、中国、中华”头衔的单位、机构，也不是一定要留在北京城里的。把它们安放在最能发挥它的功能的地方，才是最合适的地点。如中国人民银行是我国的中央银行，它既是国务院的一个组成部门，理应把总部放在北京，便于中央决策。但我国的经济金融中心是在上海，所以它又在上海设立一个总部，便于领导业务。也就是说央行把一部分功能，根据需要放到了北京以外的地方。不说中央的各个部委的机关，它们的许多附属机构，如科研机构、文艺团体、总医院，当年在全国发展水平比较不平衡的背景下，集中优势力量放在北京，是必须的。但到了今天其他地方也发展起来了，交通也便利了，物质条件不亚于北京了，这些单位就不一定要放在北京了。如铁路总医院在北京不是最有名的医院，但据我所知，它的医疗水平不会比原来的上海铁路局中心医院来得高，后者还是上海市的三级甲等医院呢！这样的医院何必放在北京呢？也许放到郑州更为合适。

还有中央广播文工团，初期成立时，它的曲艺团的成员多半都是搞北方曲艺的艺人，如果说相声、快板还是大多数受众能够欣赏的艺术，有些如河南坠子、单弦等曲艺形式，主要还是北方听众才能够接受的小众艺术。而曲艺团里好像没有苏州评弹、扬州评话等南方曲艺演员，这里“中央广播文工团曲艺团”戴着“中央”的头衔，却代表不了全国曲艺实际生态，是否有点名不符实啦？这在中华人民共和国成立初期，交通通信技术不发达的背景下，是可以理解的，但到了今天仍然如此，就难以解释了。

由于几乎主要大型文艺单位都集中在北京，所以绝大多数一流文艺工作者也聚集在北京，容易形成“近亲繁殖”的现象，审美情趣比较接近，其他艺术形式难以融入。如春晚的小品确实很受人欢迎，但具有同样水平的滑稽独幕戏却不能被来自北方的导演相中，其实那些导演未必懂得南方艺术的审美情趣和艺术规律。这是不利于贯彻“百花齐放”的文艺方针的。

即使像中央电视台这样的单位，也不一定要把它所有的机构都放在北京。以它的频道为例，CCTV－1 综合频道，CCTV－4 国际频道放在北京是应该的，把重要的信息及时地发送到全国乃至全球。但 CCTV－2 经济频道就不一定要放在北京了，也许放在上海更加合适。CCTV 的其他频道也可以放到祖国其他地方去，如科技频道甚至可以放在合肥。关键是现在进入信息化时代，有了互联网，中央电视台领导的意图都可以在第一时间告诉他的部下，各部门联系工作也都是可以对着屏幕完成的。或许大家觉得在同一座大楼或同一座大院里办公更加方便，其实这也有一个养成习惯的过程，如同济大学在当年并校后，有四平路、沪西、沪北和嘉定等四个校区，一所大学不在同一个校园的现象以前比较少，现在不也在正常运营吗？

也许有人认为中央电视台的频道搬迁到其他地方，不是要多一套设备吗？其实只要在当地电视台里占领若干楼面就可以了，设施设备可以共用的。有关行政和党的领导关系，可以比照其他中央派出机构的形式。

像中央广播文工团曲艺团，可以在苏州设立评弹分团，在扬州设立评话分团，在当地剧团里面选择一些一流的演员作为分团的成员，让他们拥有双重身份即可。但中央广播文工团曲艺团的编制要相应削减，这样才能达到减轻北京非首都功能的目的。

国之大者
——看病泊车

一

在党的十九大报告中，习近平总书记将人民获得感、幸福感、安全感并列提出，深化了对改革目的和发展归宿的认识。能否提高人民群众的获得感、幸福感和安全感必将成为衡量改革发展成败得失的基本指标。2020 年 4 月考察陕西期间，总书记在谈及秦岭生态问题时谈到“国之大者”，强调“对国之大者要心中有数”，要“深刻领会什么是党和国家最重要的利益、什么是最需要坚定维护的立场”。这是“国之大者”首次见诸报道。这个关键词，随后多次出现在总书记重要讲话中。建党百年之际，他在广西之行中对“国之大者”做出新的生动注解。“让人民生活幸福是‘国之大者’”正是习近平总书记近日在广西考察时所强调的。《人民日报》指出“国之大者，体现在一个个具体的家庭与个体中，蕴含于一项项现实而细微的需求里。人民对美好生活的向往，就是我们的奋斗目标。”这就让我想到在上海，开车去医院看病的泊车问题就是一件让政府部门当作“国之大者”需要解决的大事，值得我将其作为社情民意提出来。

二

最近我因肩周疼痛去上海瑞金医院看病，在上海的老百姓都知道，在当下能够自己驾车去医院看病，并在那里停车就诊是一件非常“奢侈”的事情。由于我住在卢浦大桥浦东一侧的桥堍处，而瑞金医院地处浦西一侧桥堍不远处，所以我没有开车，选择乘坐了公交车前往。那天是周一上午7时左右，上班高峰时刻，786路公交车比较拥挤，我没有坐到座位。而卢浦大桥桥面也因车流拥堵，警方暂停浦东地面车流上桥。因为自己年过古稀，一直站着有点力不从心，于是就靠右侧坐在车辆前轮在车厢里的凸起处，坐到车辆启动到达浦西的车站为止。当时没有什么感觉，但第二天起来时发现，右侧臀部非常疼痛，尤其是由坐的姿势转变成站的姿势过程中特别痛，远远超过了肩周疼痛的程度。看着部位也不像通常的"腰椎间盘突出"的症状，开始当作大腿拉伤治疗，后来逐渐疼痛延伸到了小腿部位，做了三次不同部位的核磁共振，才确诊是"腰间盘膨出"，压迫到神经，才会致疼。于是采取了卧床和理疗的医疗手段。我和妻子都在后悔不该乘坐这趟拥挤无座的公交车。

在上海，尤其是中心城区，自家驱车去医院看病，在那里泊车是一件非常困难的事情，除非你在深夜或在清晨7时前到达医院，还有可能侥幸可以在医院的停车场或在大门前的街边停车处泊车，否则基本是没有可能得到车位停车的。有些老人行动不便，家属如果驾车陪同前往医院，除了驾车的那位，还要另外跟随一位，因为驾车的家属需要寻找停车处，无法随同病人下车就诊的。不仅是像瑞金、仁济、中山、华山、曙光等地处闹市的医院，就是在浦东的曙光东院也是车位难求。如今中国普通家庭也能拥有私家车的"幸福感"，在看病需要启动的关键时刻却消失了。

当年我曾担任上海市政风行风监督员，那一年上海市民防办是我所在小组重点监督的部门。在位于复兴中路瑞金二路口上海市民防办办公大楼的顶层会议室俯瞰下去，就是正在施工的瑞金医院。我可以看到一座大楼的地下基础部分，按照我这个土木建筑专业科技人员的经验，我以为这大面积地下工程应该是未来医院的地下停车场。当时我真为竣工后到此看病可以从容泊车而感到高兴。可事实给我泼了一盆凉水，那地下工程不是停车库，而是为医院的特需门诊准备的场所。而瑞金医院大院内不断施工，去那里停车，几乎成为不可能。最近又发现曙光医院的大院内又在施工了，不知有没有安排患者可以泊车的地方？

三

发展私家车又是国家推动消费的重要方向。与发达国家每100户30~40辆的水平相比，我国的私家车只有17辆，还有很大的发展空间。但在上海，由于土地资源的紧缺，对私家车的发展，越来越严格控制了。更不用说，对外地牌照进沪看病患者的汽车进一步的制约了。这与“长三角一体化”国策的精神是相悖的。这个“管制”的“恶人”角色目前是由上海公安局的交警部门在承担。其实这是人们思维方法的一个误区，好像这仅仅是公安部门的事情。从上述的例子可以看出，要解决这个问题是需要方方面面共同作用方能奏效的系统工程。除了公安部门，还应该有卫生、城建、民防、交通、规划、经信委等系统管理部门参与。此时还可能要涉及地方人大的立法事宜了。按照我国的国情，如此多的部门协调应该由一位市领导牵头挂帅。

四

我作为一个研究综合交通和智慧楼宇的科技人员，从专业角度提出一些建议。根据IT技术发展的趋势。未来泊车的车库或停车场不能像现在停车场那样布局了。它应该像洋山港四期的集装箱堆场布局一般，采取立体泊车，而且每一排车辆之间的间隔，如同档案馆的库房一般互相贴近，这样可以省出大量土地面积。随着自动驾驶车辆的逐渐普及，自动泊车的功能也应该在设计车辆时一并考虑。病人或病人家属将车开到医院入口处后，就可以运用人工智能技术，让车辆自动开到医院的停车库去泊车。在自动驾驶汽车尚未普及前，可以在医院入口处设立泊车流动平台，当病人及其家属下车后，让车辆随着平台自动驶向停车库停泊。这些运行成本都可以在停车费中包含。这些不是“天方夜谭”，从技术角度来看完全可行。这项技术将来还可以逐渐推广到如今停车位十分紧张的居民小区中去。这还是可以形成产业链的新的经济增长点，更是让上海人民获得感、幸福感、安全感的一项举措。因此,这是“国之大者”一等的事情!

评议与联想

周文华：对老钱的看病遭遇深表同情,对泊车难更是体会深刻,对政府在养老问题上投入少,对医院以药养医的不作为颇有看法。你还在努力献计献策让人感动,值得向你学习的,但诸多问题一时半会儿是解决不了的,你那天该叫滴滴车比较好,省力省时,自己的问题自己扛。总书记讲的“国之大者”内容深得民心,但具体到下面操作的人就不同步了,民生工程的推进一直是比百姓的需求慢一拍的,就得学会适应了,好好调养身体尽量少跑医院。你肩周痛还在敲键盘写一篇应时的文章,该为你大大点赞了!

王伟兰：医院停车一直是个老大难问题,整个上海停车都不易。说是发展汽车拥有量,但停车车位、道路都跟不上。现在普遍有车者外出能乘地铁决不开车。

陈素娣：钱哥说得真好!现在停车确是一个大问题,好多有车人平时都不敢开车,主要是停车难问题。想想这问题也很难解决,但看了钱哥的文章,钱哥从一个专业人士的角度讲述了解决停车难的办法,真是让我大开眼界。愿钱哥的愿望能早日实现。

倪纪芬：看病停车难,感同身受。我们曲阳地区资质较深的只有岳阳医院。所以求医患者蜂拥而至。医院周边交通也方便,但总得有一段路要走。对走不动的病人来说有私车肯定不会放弃使用。然而如果是白天那必须准备一个小时的提前量。车辆在转弯路口就排起长队,没有半个小时到三刻钟的等候难以进院。我妈为看病停车吃足了苦头。每次车辆进不了医院,只得把我妈搀扶出车子,然后艰难移步进医院。搞得我妈气喘吁吁,我也筋疲力尽。那是多年前的事了。七八年过去了,这个问题不仅没解决,等候时间反而增加了。这次我治病出院那天,儿子就在院外等了半个多小时才把车子开了进来。所以钱同学把这问题提到“国之大者"的一等事情是深得民意的。点赞钱同学不仅提出问题,而且献计献策,发挥余热,奉献爱心。是我们老年人的好榜样。

徐　满:非常同意,去年今春我和老周两次急诊都是晚上八点以后由女婿开车送六院就诊都没停车位,到门口女儿陪进去看病。女婿围着六院马路转圈也找不到停车的地方,只好让他回家。等看完病打的回家。

山水篇

水乡抒怀
——斜塘、正仪古镇纪行

一

因为疫情，我和铁路局外经办的几位老同事，已经有大半年甚至一年没有在一起聚会了。在以前，一年中我们总要聚集几次的，不是外出旅游，至少也是会餐。尤其是每年的春节和国庆长假，那是必定有的一档节目。如今中国的疫情基本得到了控制，我有点“蠢蠢欲动”，又想与他们聚会了。我和胡定伦商量后，就在微信群里发布消息，定于10月3日晚上，我请各位带上配偶去饭店宴请一次。不料当年外经办秘书胡慕兰和她的先生沈洪波——也是我们早年的好朋友，马上给我来了电话，说他们如今经常住在上海铁路局在沪宁线上昆山正仪的公寓里，过着退休的生活，早就有邀请我们前去做客的打算。正仪有条老街，但目前正在大搞拆迁，进行古镇翻新建设，所以旅游内容不会多。因此建议我们前往不远处，位于苏州工业园区的斜塘古镇一游，并顺便观赏苏州工业园区的风貌。

如今江南一带的古镇游很是红火，著名的有周庄、乌镇、西塘、同里等一流名镇，游客蜂拥而至且不说，就是朱家角、召稼楼、木渎、前童等古镇，游客闻讯赶往也不少，可就是没有听说，在附近还有斜塘古镇。至于后者，苏州工业园区原先并未受到人们过多的关注，一部电视连续剧《都挺好》，给那里做了一次大广告。因为是在那里拍摄的外景，大家这才发现原来在苏州古色古香的市区附近，还有如此繁华发达的现代化都市的存在。基于上述的原因，我觉得这两处地方都值得去一趟。

但是不管怎样，正仪还是应该去一下的，一则是沈洪波、胡慕兰的新居，作为好友总应该去观望一下吧！二则正仪是当年沪宁线上的一站，尽管据说它如今没有多少可看的了，但重游故地，能怀怀旧，也是很有意义的一件事情。于是我与沈、胡伉俪商定，还是在10月3日，搞一次“一日游”，上午游览斜塘古镇，中午在那里聚餐。下午先去金鸡湖畔的工业园区游览，然后驱车到正仪，到沈家稍坐片刻后，再去正仪老街匆匆浏览一番，最后在那里找一家饭店用完晚餐，返回上海。我对沈洪波事先说明，两顿饭我们各自做东一次，沈不肯，说全要由他请客。我不依，因为本来我就要宴请大伙的。沈最后勉强同意说：“再讲，再讲！”于是我们在微信群里向其他朋友发出正式邀请，得到大家的一致响应，都说已经“期盼已久”了。于是就有了我的这次“古镇和老街”之旅。

二

有了去“斜塘古镇”一游的计划，自然也会对“斜塘古镇”一词产生敏感性。一个偶然的机会，在微信中看到一条名为《老街新貌——斜塘》的链接。画面上是一排鳞次栉比的老店的街面，有一群正在从事各种生产经营的人物雕塑。那是很有一点历史沧桑感的街景。还配有一段耐人寻味的文字：“这是苏州最美的老街，老苏州人谈起它，却一脸不屑，因它太新。”

但是斜塘确实有其文化历史底蕴的，据说，最早可以追溯到春秋时期。当年吴王夫差在这里建有养马场、战车基地，还建有一座颇有规模的“鸭城”。吴王经常携带宠妃西施坐岸赏鸭，对此唐、宋、明、清都有文人墨客的相关文字描述。其中明代秦夔的《鸭城诗》记载了其沧桑兴衰过程：“闻说吴王牧鸭处，年年来此拥西施。豪华已尽江山变，落日秋风动蒺藜。”

我再看看网络链接中的画面，也确实令人赏心悦目，树木花草、亭台楼阁、曲径廊棚、假山水榭等苏州园林元素一点也不少，就冲着这些给予人们美感的造物汇聚，也值得我们一游啊！更何况还有可以与挚友们，一边临水观景,一边品茗尝鲜的快活啊!带着既有憧憬,又有疑惑的心情,期盼着聚会日子的到来。

胡慕兰作为东道主,天天期盼那天能有一个好天气,所以格外地关心气象预报。但从预报来说,国庆长假期间,偏偏3和4日是有一个降水的过程。为了确保“一日游”的质量和效果,她还在犹豫是否需要改期。但大家盼望已久,也管不得天气是否下雨。正如我妻子天仪所说,江南水乡旅游,下雨也别有一番情趣。

三

是日天气阴沉,偶尔有毛毛细雨散落,于行程无大碍。我们分三路分别前往斜塘古镇。沈洪波夫妇从正仪家中,乘坐公共汽车去斜塘。徐国铭、张淑华伉俪则驱车去迎接老大哥陈国梁和大嫂傅守爱,他们从京沪高速公路赶往目的地。我们开车顺路去胡定伦、刘珮瑜老两口寓所,和他们一起经由沪常高速公路到古镇。我事先还做了功课,应该从车坊匝口下高速,可是到了金鸡湖大道后,就没有了方向,当地没有通常诸如“斜塘古镇”那种咖啡底色白字的风景旅游点的指示引导牌。正值假日,也没有行人可以询问。用手机联络,说国铭他们已经到达古镇。终于到了一个叫松涛街的路口,对面正好是红灯,我让坐在副驾驶位子上的妻子询问停在旁边一辆货车的司机,哪里是斜塘?他指着路旁一条不宽的河流说道,这就是斜塘。我这才恍然大悟,斜塘就是一条水乡的河流。司机还告诉我们,斜塘古镇就在沿着松涛街开过去,过3个红绿灯的地方。总算到达了斜塘古镇,经过一道电动的闸栏,将车停下,据说3小时以内停车是免费的。此时,我们三路人马,还没有汇聚到一起。

从大门口的平面导视图和旁边的文字介绍上看,所谓的“斜塘古镇”,是建设在具有760多年历史的斜塘镇原址上的新镇,它规划面积有16公顷(0.16平方千米),即210亩地,相当于原来上海中山公园面积的2/3那么大。总体规划分为5期,现在的地方应该是第一期吧!我也顾不得仔细阅读上面的文字解说,先拍一张照片,等到以后再慢慢地分析。

胡定伦还在与另外两路人马联络，我先迫不及待地进了门，观赏进门左侧的雕塑群像。那就是前两天在微信链接上看到的第一幅画面。

第一块雕塑是一块砖刻的说明书，几乎每个文字之间都有高低差，如同“活字印刷”模型，高低不平地插在一块竖直安放的板上。那是苏州籍著名作家范小青为《斜塘老街》撰写的文稿。“米号、酱坊、茶馆、染坊、酒家、磨坊等，这些全是从前斜塘老街的文化和生活的标志。从前的斜塘老街生活着很多手艺人……我希望我们的生活与时俱进，也希望从过去到未来的字里行间中，留下一些古往今来的痕迹。我希望修复斜塘老街是原来的前世今生，也希望现在的日子，不是从前岁月的按部就班……”我不厌其烦地写下这些文字，因为我发现，它们就是随后我在“古镇”上所看到情景最好的诠释。紧接着我们看到一组组手艺人人物雕塑的背后，就是重现了当年的一爿爿的米号、酱坊、茶馆、染坊、酒家、磨坊等商号。整个“古镇”，能够反映古镇的“古迹”的地方，大概就是此处了。

随后我们看到的大量高低不一、拥有白墙黛瓦、飞檐镂窗，屋檐到处

斜塘历史雕塑

悬挂着大红的灯笼的建筑。虽然很有古建筑的韵味,但都是带着“商”字的店铺,甚至有些灯笼上贴的字,居然是菜名。其中有饭馆、酒肆、茶馆等中式餐饮店家,更有咖啡馆、西餐厅等域外风格的休闲社交场所。当然还有卖字画、工艺品、品牌店的商铺。大概为了显示文化品位,里面也有既可以吟诗作画,又可以喝茶聊天的会所。可能是疫情时期或者不到饭点,大多数生意似乎并不景气。

终于我们所有的人都联系上了,沈、胡夫妇忙着在为我们的午餐预订菜肴。我们其他人则抓紧时间,游览古镇。由于古镇是按照苏州园林的风格建造的,而且当地开发者也尽可能地寻找此地曾经有过的历史文化遗迹。人们还是可以在这里“各取所需”做着自己兴趣的事情。这些仿古的园林和建筑中,苍松翠竹、亭台楼阁、花径通幽、假山堤岸、拱桥瀑布等苏州园林的造园元素一应齐全,游客们都可以把它们作为背景拍摄照片。尤其是许多新婚夫妇,穿起了清末民初的服饰,拍着婚纱照,倒也是一道别致的人文风景线。我在一处地面上还看见有关斜塘镇的镇名的来历《斜塘小记》:“斜塘之名见明朝正德年王鉴《姑苏志》称斜塘村,约于清乾隆年已有镇的称呼。光绪九年刻印的《彭城家谱》记载已称之为斜塘镇。”旁边还有柳亚子和明朝的高启福以斜塘为题撰写的诗篇。有一堵如同开了一扇大门的墙壁,两边有对联,中间上方有四个大字“胜境重开”,包括这四个字和上述诗人的抄录,都是一位名叫“余中元”的民间书法家写的字。在“古镇”里差不多主要场所的书法痕迹,几乎都是他的墨迹。

中午我们在临水的一家名为“洪登记”的饭店用餐。沈洪波精心地为大家点了具有当地特色诸如“三白”——白米虾、白水鱼和银鱼煮炖的新鲜水产,还有具有江南风味的各色点心等。大家在品尝美味佳肴的同时,也畅谈从上次分别后重逢的喜悦,分享各家的幸福和喜讯,也谈到对“斜塘古镇”的想法。我觉得从老街建设的本身而言,它的目标是“将传统人文和现代商业进行有机融合,打造一个集餐饮、购物、娱乐、文化等功能为一体的时尚休闲街区”,这一点无可厚非。但是对于“古镇级”的文化旅游要求,它是难以胜任的,主要是缺少一种“沧桑感”,都是新建的东

斜塘人造景

西，就会让远道而来、对历史文化有着追求的人们觉得缺乏乐趣。作为“市场细分”，主要满足当地人的文化休闲需求，还是一处可以慢慢地品味的好地方。

四

离开了斜塘古镇，我们驱车前往苏州工业园区，但此时“天公不作美”，下起了中雨。看来我们下车游览是不可能了，也只能以“走马观花”的方式，在车上完成预定在苏州工业园区的节目了。

不管怎样，苏州工业园区的现代化建设水平还是让我们感到震撼。那国际展览馆和洲际饭店，你以往只有在超大国际化大都市才能看到的建筑，现在都一一屹立在你的眼前。这与以前上海人管苏州叫“小苏州”

的视野，根本不在一个层面上，与以往国人印象中的苏州完全是两个概念。当然如今中国人的审美观，也发生了很大的变化，不再以“洋”作为判别先进和落后的标准了。古老的东西也有它的魅力。这里的发展速度实在是令人目不暇接。我因为在开车，没法拍摄下眼前惊人的情景，只有在遇到红灯时，才匆匆地拍了几张不能代表当地发展高水平的照片。沈洪波也为不能让大家看到更多的场景感到可惜。我们安慰他说，留作下次吧！

五

离开苏州工业园区，我们向正仪驶去。正仪原来是昆山市下面的一个镇，现在撤镇成为巴城镇下属的一个街道，但它的主干道仍旧显示出商业繁荣的街景。正仪也是沪宁线上的一个老站。我离开了铁路系统后，去正仪的机会几乎是没有了。这一次因为沈、胡伉俪在这里居住，也让我们有了重新来正仪的机会。在正仪，原来有铁路的林场和仓库，如今铁路局利用这些地块造房子，给职工居住。沈、胡的新居是高层公寓式的建筑，和现在一般居民的室内装修水准都是差不多的，家用电器也是一应俱全。沈、胡的新家也毫不例外，简洁而温馨，墙上还有沈洪波亲笔的隶书书法作品。沈洪波的隶书已经达到相当水平，他为我们的到来，每家准备了一把扇子，上面有他的书法。我也为他们伉俪撰写了一幅行书条幅《兰亭序》，作为他们建立新居的贺礼。大概大家事先都没有想到，会用共同的业余爱好，制作彼此互赠的礼物。

下午4点多，趁着雨停了，我们赶快把最后的一档节目——游览正仪老街——完成了。在进入拥有“正仪老街”的大牌楼前，首先映入眼帘的是种植大量“并蒂莲”的池塘和中间楼阁式的饭店——莲润楼。它的全名叫“顾瑛雅苑”，是元代文学家顾阿瑛所建的“玉山草堂”仅存的遗址，举世闻名的昆曲发祥地。我们今晚将在此用餐。此外，正仪还是“并蒂莲”原始的产地。就这两条正仪的农耕文化就让人肃然起敬。虽然荷叶还随风漂荡，不时掀起一阵阵的叶子波浪，但并蒂莲却只剩下几乎完全凋

正仪莲润楼和并蒂莲池

谢的花瓣。这里还是评弹、昆曲等传统曲艺、戏曲的表演场所。怪不得当我们吃饭时,其背景音乐居然是评弹开篇。

沈洪波、胡慕兰他们催促我们赶快去老街内看一看。正仪的青团是非常有名的点心,我们就想买一些带回上海。但被告知,这里做青团用的染色食材是一种随季节出产的植物,当地人用天然食材制作青团,因此一年中,只有几个月才有青团出售。现在不是时令季节,所以无青团可买。没有青团可买,于是大家就安心游览古镇老街风景了。这里的老街还是保持着"小桥、流水、人家"典型的江南水乡的风貌。我告诉沈洪波,其实这种水乡古镇的格局,并不是天然生成的。它是我的老祖宗钱镠,在五代十国期间,根据吴越国水乡特点(当时人们主要依靠河流作为交通要道),因地制宜创造的一种城镇格局。如今老街里经过"更新"的楼房,与水乡原来的风貌不能融为一体,造成格格不入的现象。而那些"人家尽枕河"的岸边民居,如果还保持着,就是人们心目中水乡的建筑,它们与石拱桥、河埠、岸边的垂柳等,一起继续构成水乡的景色。正仪老街就是大量老建筑和一些"新"楼房,犬牙交错共存的景象。沿着老街的街路,我们还能看到当地人仍旧按照原来的生活方式，过着平静的日子，有小吃店、理发店、小卖店沿河排开经营着。我们寻找不同角度，拍摄正仪水乡的画面，尤其是镜头要避开那些缺乏历史沧桑感的楼房干扰，还真不是一桩容易的事情。

正仪老街一景

沈洪波说，目前正仪正在大规模拆迁改造的过程中。我真希望正仪不要模仿"斜塘老镇"的建设思想，把具有历史文化的物体尽量留下来。一旦拆迁后，再复制具有古代建筑特征的街道和水乡风貌，那不是真正的老街和古镇，用同济大学阮仪三教授的话来说，那是"假古董"。我们老百姓也是在我国经济逐渐发达起来后，才对此渐渐有了新的认识。当然那些住在老街民居里的老百姓，不能让他们为了保护历史建筑，而继续住在没有诸如卫生设施的老屋里。应该在保护历史文化风貌和提高老百姓生活水平上，找到结合点。这一点我国的建筑专家已经探索出一条行之有效的路子。我希望胡慕兰作为当地的一名居民，能向有关部门反映我们的呼声。

晚宴的完美是不容置疑的，在风景如画的场景中，品尝着具有当地风味的美味佳肴，畅谈着今天愉悦的旅游经过，大家的心情不言而喻，非常感谢沈洪波、胡慕兰夫妇热情周到的安排，更珍惜几十年形成宝贵的亲情和友谊。我们都进一步认识了“缘分”两字的深刻含义。

回上海的途中，我和胡定伦及两位夫人，都一致认为，这真是一次给往后的日子能够留下终生难忘印象的旅程。

评议与联想

顾亚民：佩服平雷同学感受与领悟风景的能力，这应是“同济”人的专利吧。老同学、老同事的感情也是需要经营的，淡定从容、殷实厚重，体悟到人生的本意，给日常生活带来无尽的乐趣。看了帖子就想到要向平雷同学致意。

沈洪波：美景、美食，再加上美文，今年“中秋、国庆”双节美不胜收！值了！

潘庆云：华文语言流畅，内容丰富，信息量大，图文并茂。我等虽不能亲临现场，却是一次愉悦的神游。

陈国梁：昨天的斜塘、正仪两条老街的一日游，留下了难以磨灭的印象，东道主的热情好客，铭记在心。

钱总不愧是写作上的快手和高手，钱总的这篇游记，我应该收藏下来，慢慢品味。

参与其中的我们，兴奋和不断回味，肯定乐在其中。

文章中的情景写实和我们洋溢的欢乐心情，书写得十分真挚和翔实。

即使没有亲身经历过的人，看了文章后，也会跃跃欲试，真想亲身体验一番。

作家就是作家，作家的笔下展现的两老街的历史风貌、双佳节的欢乐喜庆状态引人入胜，我等有幸不去人潮汹涌的地方轧闹猛，另辟静境的明智之举，总有意犹未尽之感。

值得纪念的一日游！

胡定伦：从儿子家回来，听说你的游记已发到群里了，真是快手啊！我忙打开手机，边阅读，边回忆，内心的愉悦溢于言表，确是一次终生难忘的旅程。因为我们有缘，所以我们相遇。因为我们珍惜，所以我们的友谊地久天长。

刘珮瑜：亲家，你辛苦了，刚刚粗阅一遍你的大作，发觉有许多我昨天根本没注意及没欣赏的景点。已收藏此文，让我慢慢细品。游玩只要有你在，就不怕有遗漏和忘记其过程。谢谢了！

胡慕兰：文章把我带回到路局外经办的快乐时光，正因为昔日处长、主任、同事的和谐相处，才有了今日以哥嫂相称的数十年后共游古镇的欢畅。

张淑华：俗话说，慢工出细活，钱总，你却是又快又好。佩服，佩服！我要慢慢欣赏，咀嚼，体会，才能悟出文章的精髓所在。我收藏了，谢谢你！

清晨，打开手机一看，哎哟！全是高手快手，我汗颜了，整理一下心情，表达一下心声，写下一段文字：

遇到知音者，
珍惜一辈子。
交到好朋友，
同行一辈子。
友情变亲情，
幸福一辈子！

楼珍珠：钱平雷的“水乡抒怀”写得太好了，有血有肉，有图有文，精彩！

倪纪芬：钱同学今天的《水乡抒怀》描写华丽多彩，牵出一幅挚友情，水乡景的画卷。给人亲切和美感。斜塘产藕，是藕中精品，嫩、脆、甜，其他地方的藕都及不上的。我是从沪剧《卖红菱》里听来的。

钱雪元：新鲜出炉的"菜肴"！看到苏州被"长三角"热潮裹挟，我担心小桥流水的"自然"风貌要完蛋了。前年，我回乡一次，想寻找儿时的记忆，大失所望！

陈素娣：钱哥的新作，还是一如既往的详细生动，随着你的叙述描绘，我也游览了水乡斜塘、正仪古镇，知晓了古镇文化历史，看到了古镇的新面貌。送上十朵鲜花略表心意，谢谢钱哥的分享！

包秋莲：在双节假期与老朋友好朋友相聚游古镇抒情怀，真是美妙！您是一个知识渊博、经历丰富的高产作家，真是佩服！

张梅红：拜读了钱老师的新作，非常亲切。字里行间，引人步步入胜，仿佛身临其境。跟着游玩了一天，特别是最后的明月高挂，十五的月亮十六圆。宁静的夜晚，万家灯火，美美满满，难忘今宵一游。

周文华：刚读完钱平雷同学的《水乡抒怀》的"美篇"，好想笑。人生就是这样，一边忙碌着，一边快乐着。钱平雷同学携妻带友的，搞了一日游，描述得趣味十足，先是关注人员的到齐，少不了电话联系，个中自己到了斜塘，还在问斜塘，心里一定揣着一丝焦急，想笑。接着抓紧时间走马看花游古镇，一股似曾相识味迎面扑来，马上感觉到有商业元素掺和的古镇，大同小异只是换了个地方而已，想笑。吃完三白煮的农家菜后，稍稍平和了一点，原先偏高的期望值，好想笑。接着天公不作美下起了中雨带来了遗憾，漏了最值得观赏的五星级景点金鸡湖，丝丝失望缠绕心间，此刻情绪低落，调头直奔正义老友新居，又好想笑，日子没挑好。好得老友在新居里热情款待，互赠礼物带来欢喜。一看中雨转停，马上出门，去游正仪老街，总算闻到看到了市井味，还算值得一游，只是青团没买到，又想笑。接着做东宴请老友，菜肴不错，暖了心意，观夜景心情舒坦，视灯光秀越发流光溢彩，比想象中还上一档次，该是满心欢喜了，算陪着笑。接着打道回府，一路畅通送完老友回家，有点累，但很愉快。一天旅程基本达标，赶快洗洗休息，此刻笑出了声，老钱的作品真给力，文章的体验度接地气，有共鸣感，这就是笔力的过硬之处，乐到一块了，谢谢分享了！无事和着闲写一通。

回家之际

一、回家了

2019 年 11 月 23 日(周六)上海时间晚上 9:00 左右,我与妻子天仪从悉尼经过 9 个半小时的航程,又办理了机场一系列出关手续,由亲戚黄建冲先生驱车把我们送回了浦东的家中。我用“上海时间”一词,也就是“北京时间”,意味着“当地时间”,是为了说明它与“悉尼夏令时间”之间有 3 个小时的时差。从悉尼时间当天 6:00 起身,到 12:00 起飞的日程角度来说,现在已经是悉尼 11 月 24 日的凌晨了。老年人长途旅行,舟车劳顿,也有些疲乏了,应该尽早休息了。想来回到了自己最熟悉的环境,心情应该是“回家的感觉真好”,但眼前的情景和以后的数天,我们一直处于忙忙碌碌之中,当然这个“忙”,有必须立刻解决的问题,也有不能错过的机会,有一系列烦恼,也有“忙中偷乐”的喜悦。到今天基本上都“忙”完了,我静下心来,把这段喜怒哀乐经历记录下来,与微友们分享,或许会引起大家的共鸣,因为人们都会有这样的生活经历,只不过我是一连串的事情在很短时间内同时发生而已。

二、“家庭机器”零部件卡壳

一个家庭生活就像一部机器,由许许多多的元素组成,当然人和房子是最基本的元素,由这两个元素带来了一系列其他元素,其中有硬件,也有软件。住在家里面的人,时间长了,与其他所有的软硬件,形成了一种默契,也就是所谓“生活习惯”,这是他(她)最舒服的生活环境,其他再好的地方也不如自己的家,俗话说“金窝银窝不如自家的草窝”,大概就是这个意思。当然这个家,还有它的延伸含义,那就是它所在城乡村镇的自然和社会生活环境,以及在此地的亲朋好友。

当我们进入已经离开两个半月的家中,首先打开门背后的电闸,然后按下客厅灯的开关,眼前居然是一幅破败的景象。因为临行前害怕沉重的行李箱轮子会在地板上划出痕迹,所以妻子事先铺了破被单,到了走廊里,也没有折叠,就将它随意扔在地上离去了。于是破被单成了房间杂乱的第一象征。尽管门窗是紧闭的,但时间一长,尤其是经过台风季节,灰尘还是会透过缝隙钻进来,布满桌面。桌子上插花用的玻璃瓶里原本满满的水,已经蒸发了一半多,瓶里有绿兮兮的青苔,干贴在内壁上。最令人瞩目的是客厅的中央前方是一只会报时的挂钟,上方的窗口在整点会自动打开,有 2 只小鸟从里面伸出叫唤,因为电池没有电能了,窗口开着,小鸟露在外面,退不回去了。钟摆自然也停止摆动了,好像主人不在,时间也凝固了。在我家看时间的除了钟外,还有就是有线电视机顶盒上的屏幕,于是打开了电视,屏幕上显示,因为该机有一段时间没有开了,有线电视管理站暂停播送节目了。澳洲的机场没有热水供应,坐在飞机上,喝水较少,所以有点口渴。急于打开矮柜上的智能净水机,本来可以立即生成开水的机器,竟然不工作了。妻子只好在煤气灶上烧开水了,但是揿下并扭动开关,只听见点火器“嚓、嚓”响声,但不见火焰点燃。数个“家庭机器”的零部件卡壳了!真令人又渴又倦又急。

但光着急也没有用啊,事情总得一件一件地解决,妻子首先拨通有线电视管理站的服务电话,告诉对方我们回家了,这件事还算顺利,按照工作人员的指点,几分钟后,电视就开通了。回想澳大利亚的网络电视经常有间隙停顿的现象发生,无法顺利地观看。眼前虽然是久违了的国内电视,但此时也没有心思观赏了。煤气灶多按了一会儿开关,燃气终于送过来了。妻子说,可能是长时间不用,天然气重新过来要有一段时间的缘故。我翻了抽斗,发现家中也没有多余的 1 号干电池可以更换挂钟的旧电池。附近的小超市因为“整顿”,也搬迁了,夜间我也不可能走更远的路去购买,只能等到明天了。行李也基本不打开了,还要铺上好久没有睡过的床铺,等到两人洗完澡,已经次日凌晨了。如果按照悉尼时间来算,此时已经是凌晨3点多了,在悉尼再过2个多小时,我就要起身了。姐姐已经来过2次电话,第一次我正好在搬运行李,所以告诉她我们已经安全抵达就挂断了。第二次她表示次日要来我家帮助处理家务,我谢绝了,因为次日还有她帮不上忙的事宜,等待我们外出处理。她在“我们钱家门”的微信群,代我们向其他亲人报了平安,也得到了大家的回复和慰问。

三、公事、私事一大堆

在回家的几天里,公事、私事一大堆急于等待我们去处理。“头等大事”便是修复我妻子在澳洲期间折断的义齿。她的上半口牙齿是假牙,在离预定返程前30天,啃鸭脖子把义齿弄断了,上半口没有牙齿,下半口牙齿也不起作用了。悉尼号称国际大都市,跑了5家牙诊所,都说不会修钛合金与塑料组合的假牙。妻子每天只能如同婴儿般吃食物,所以一到上海,第二天大清早赶去位于静安寺附近的牙防所,她的假牙是终生保修的。那家“夕阳红”牙防所主要为老年人服务的,一个医生一个上午,诊疗不了几个老人。我妻子又不是预约的,所以成了该医生最后一位病人,医生说损坏程度比较严重,要像做新假牙一样,重新做石膏模型,因此到中午12点,才算完事,还要再等10天方可取牙。由于倒时差的原因,妻子昨天只睡了4个多小时,所以感觉非常疲乏,本来打算当天上午再去处理一笔已经到期多日的存款续存事宜,也只好等到第二天上午再去银行办理了。

这次在澳洲的两个半月,最大的问题就是看病的问题。尽管女儿为我们买了医疗保险,但那只能看看小毛小病,而且还是类似上海地段医院的家庭医生,门诊挂号费可以报销,药费就要自理,至于稍微严重一点的疾病,就要看专科医生,那是全部要自费的。澳大利亚专科医生的费用是非常昂贵的。尽管现在也有中医,但量少,药费也同样很贵。像我有慢性病,经常要看中医的人,在那里是没有条件的,心里有点纠结。在悉尼的一段时间,我的胃经常隐痛,需要调理一下,所以在周三清晨就去曙光医院找了最了解我身体状况的黄国毅医生诊断,他说,你的胃痛是由肝火旺引起的,你大概有点焦虑的情绪吧?黄医生一针见血地指出了我的症结所在。另外,我妻子在澳洲经常皮肤局部发红,澳洲的家庭医生说,是由于春天的花粉过敏所致,给了一点药膏,但发红现象一直没有停止,于是在澳洲就网上预约挂了号,到了上海就到瑞金医院请我们熟悉的李霞医生进一步诊断了一下才终于放心。

出国回来,按照惯例总要给亲朋好友带一点小礼品。这次的小礼品中有几盒椰丝塔,以前也带过,发现味道纯正,很好吃。所以这次又买了。谁知道产品上面有烘焙日期和保质期,为期 15 天,据内行人说,这是因为食品中没有添加剂的缘故。但在临走去超市购买时,已经一半时间过去了,所以到了上海需要立即送人,因此容不得我拖延时间,要尽快送去赠送的对象那里。另外,铁路局的两位老领导近来都患了大病,让我牵挂,因此趁这个机会,赶去看望了二老。

在悉尼期间,上海市楼宇科技研究会的郭际冬秘书长就通过微信与我联系,说上海易居研究院受上海电气集团委托,将举办一场学术研讨,邀请我会去作一个有关智慧楼宇专题的演讲。郭秘书长认为我是最合适的人选,于是就推荐了我。到了上海后,易居研究院的负责人崔霁女士就与我联系,还希望我尽快做出 PPT 发给她。于是我又花了大半天的时间编写了演讲的 PPT。

挂钟换电池还是比较容易的事情,那个价格不菲的"智能净水机"给我们带来了不少的麻烦。一连三天那个公司的员工都来检修,他刚修好,一回头又不正常了。

总之,"家庭机器"也只能要求它日后逐渐达到正常运转吧!

四、忙中取乐观菊展

但事情再忙,能够给我们带来愉悦的事情也不能随意错过。在澳大利亚期间,得知上海的共青森林公园正在举行第 13 届全国菊展,10 月 26

日至11月26日,为期一个月。哥哥、嫂嫂、姐姐都先后去参观过了,并且拍了照片,在家族的微信群里展示,确实很壮观,这是一次不能轻易放弃的观赏机会。11月25日(周一),上海的气温大跳水,寒风凛冽。我和妻子还是在疲乏和繁忙中拨冗驱车前往公园参观。一到公园的西大门,用一道道菊花装饰的拱门引人注目。它们代表了全国菊展开办13届以来,每一届举办地的名字,其标牌置于每一道拱门的顶端,第一届是上海,随后无锡、合肥、开封等地都举办过。这次共青森林公园成了菊花的世界。路边、桥上、水面上都有用菊花布置或用菊花制成的动物模型,而且都是非常漂亮的品种。以前这样的菊花,是在菊展中单独作为盆栽"主角"展出的,如今只能承担"群众演员"的角色了。我和妻子忘记了疲劳,都十分兴奋,感到"来赶末班车"太值得了。

其实这还仅仅是开始,大量好戏还在后头呢！进门大路的末端是用菊花拼接成的"万马奔腾"的图案,非常壮观。人们纷纷在此留影。据说,这次菊展有好几个展出板块,到此时我们也弄不清楚首先应该往哪个方向走了。那边有一座塑像很吸引人的眼球,那就先往那个方向走去吧！原来这个展区的主题叫"金陵菊韵·莫愁烟雨"。是南京市绿化园林局提供参展的。那座白色的塑像无疑就是莫愁女了。她亭亭玉立地耸立在中央,旁边是各种造型的菊花。过去一点是苏州市参展的,主题叫"水墨江南·菊韵姑苏"。展区用苏州园林建筑的手法,用石舫、回廊、假山、洞门、楼阁、匾额等园林元素,配以各种菊花小品,展示出金秋十月江南园林的景观特色。我忽然发现,如今的菊展已经不是主要展示菊花自身的魅力了,而是利用菊花作为基本元素,以造园的方法,把一个个中国各地古今文化的主题表现出来的一次集体展示。面对一望无际的各个展区,我是无法把它们完整地仔细观赏了。我只能有重点地选择几个展区,其他景区只能是走马观花一扫而过了。重点选择哪些展区呢？我想把我的中学、大学同学的家乡或者现在定居的展区,作为稍微仔细观赏的对象,以便我在撰写散文时,可以比较详细地进行叙述,让他们了解家乡菊花文化展示的情况。它们是北京、杭州、开封、郑州、济南、无锡、广州、重庆等地。

因为当时我是打算用作“美篇”的方式，运用图文并茂的形式来报道给同学们的，有了照片，就有了直观的印象，可以达到预期的目标。

杭州不仅有我中学、大学的同学蒋琴英、刘念祖、冯德涌，也是我曾经工作生活过的城市，对它我是有特殊感情的。杭州展出的主题叫《西湖院子》，它以杭州传统院子为主题，西湖特色植物秋桂与举世闻名的龙井为

全国菊展西湖院子

背景，配以各种大量菊花，形成植物景观。加上溪水自然蜿蜒流淌，为你们展现一幅具有杭州特色，以及人与自然和谐的丰富的文化内涵的菊花盛会。为此，我让妻子以悬挂“西湖院子”四个字的四只灯笼为主题标志，拍摄了一张照片。并请其他游客，以院子的月洞门为背景，帮助我和妻子拍下了本次游园的唯一合影。其次让我关注的是无锡市的展区，无锡是彭杏林同学工作生活的地方，也是徐满、孙行琦、马喜荣、张爱福等同

学的祖籍所在地。他们展区的主题是《惠山秋韵》,它把惠山古镇的各种元素,微缩在了这里。不仅有古镇的牌坊,还有江南民居的黛瓦马墙,加上小桥流水,只见桥街相连,河埠廊坊,船只在秋韵中行驶。配以层层叠叠的菊花,花团锦簇,给秋天增添了生机和芬芳,不愧为一道靓丽的风景。济南有我大学李庆振、姜乃亮、刘化民等三位同学定居。济南的展区我自然会投去更多的眼光。济南号称“泉城”,趵突泉所谓“天下第一泉”,无疑是济南人的骄傲,自然也是济南展区的主题——《泉生济南》,这里把趵突泉以及泉边的观澜亭的实景进行了微缩,用以代表泉城的文化特色。开封是张天成同学的老家,郑州是他的定居城市,两个城市都有展区。尤其是开封,是本次菊展的大户。不仅在一般展区有开封的作品,还有开封园林企业特别展区,更有以“清明上河图”为主题的大型展区。所谓“菊花文化成就魅力之城”一说,将菊花不仅可以用来观赏,还可以制成菊花茶、菊花糕、菊花酒等菊花系列食品。广州有吕前进、王其兴同学,我也搞不清陈思源同学定居的顺德,与广州之间是否有隶属关系。广州展区的名称叫“云水相望·粤新芳长”。他们以菊花情致携以岭南文化的特色。“云”是指白云山,“水”是指“珠江”,“粤”用岭南跑马灯、锅耳墙来表现,“新”指广州的现代化景观。“芳长”是指用菊花搭配,勾画出美丽的画面。重庆市是我最要好的表弟兼同学柴慈镛定居的地方,也是彭杏林夫人我们称为“大嫂”的陈世和的老家,重庆的展区应该是本次会展最大的景区之一,在最里面。它的主题是“山水之城·美丽之地”。该景点远眺,我就知道是通过垂直插花为材料,用重庆的地标——人民大礼堂和解放碑为主要造型的。他们应用黄、橙两种颜色的菊花,代表长江和嘉陵江,衬托出两江交汇处的美丽景色。北京的展区自然是最引人关注了。因为每年的国庆节,天安门广场上的大型花坛充分显示出首都绿化的水准。北京也是李广升、范巧芝同学工作定居的地方。北京的景区名称叫《京华菊韵》,老远看去就知道处于中心地位的是北海的白塔,还有玉泉山的宝塔等。在景区的两端是两根巨大的画轴,原来是一幅以“燕京八景”为主题的立体山水画卷。据介绍,这是为了展现北京悠久璀璨的历史

全国菊展的北京园

文化和菊花栽培技术,同时也为祖国七十华诞的一份献礼。我的大学同学叶立武是湖北新洲人,属于武汉的郊区,他现在定居在贵阳。瞿伟廉同学是武汉一所大学的教授,但菊展中没有发现武汉市、贵阳市的展区,湖北只有荆门市参展的以“农耕文化”为主题的“农情谷韵”景点。我们大学许多同学都有铁路工作的经历,这次菊展中郑州的景点铺有轨道,唐山的景点有一台“和谐号”的机车,铁道文化也被人们用来作为参展的元素。其他地方如天津的“杨柳青年画”、山西“悬空寺”等景区主题,也很吸引游客的眼球。

当然上海各区和绿化专业单位的参展作品,也不亚于上述景点。如我家所在的浦东新区的景点主题叫“领航扬帆”。景点采用一条正在航行货船的造型,用各色菊花形成的弧形花带,代表船舶破浪引起的波浪。崇明区的“不忘初心”展区,运用菊花组合成牡丹国花的造型,是一处充分菊花发挥作用的景点。其他一些区过多地应用其他非菊花,甚至非植物花卉的材料,似乎与本次菊展的大主题——菊耀盛世,有点离题了。

这次菊展除了上述大型室外景点外，也有传统的室内菊花的展示，叫作“百菊赛展区”。展示区是一个巨大的临时帐篷，进口处是蛇形围栏，如果不是在展会的后期来参观，大概要排很长时间的队。第一部分是各地送来的菊花栽培的精品，每一个地方或单位送展的盆栽菊花放在一个由外逐步升高朝里的木架上，外面以窗口的造型，对观众展示。我也是匆匆忙忙重点地把上述地方送展的菊花拍成照片完事。其他菊花盆景和个人送展的作品，也就一带而过了。这次意外的收获在于，这里还有以菊花为主题的书画展览，吴昌硕、齐白石、潘天寿等大家的菊花画真品都在这里展出，真是一次难得的观赏机会啊！

在参观菊展的同时，我和妻子也注意到共青森林公园的秋色，尽管初冬已经来临，但还不是隆冬季节，被秋霜染成的五彩缤纷的各色树叶，还基本上留在树梢上。公园有近 2 000 亩的面积，在上海市区是一座很大的公园了，天气寒冷，游人稀少，来的都主要观看菊展了。其他非展区的地方森林茂密，湖水微微荡漾，没有人迹，显得很静谧。我和妻子都觉得有点像前两周在悉尼，女儿、女婿带领我们去的两所公园的意境。但澳洲的公园自然的成分更多一些，人文东西较少，即使是我们曾在堪培拉、珀斯看到的全国性的花展，无论是规模，还是文化内涵都无法与眼前的菊展相比拟。

当我们粗粗地参观完毕，拖着疲乏的步伐，走出公园大门上车时，发现自己又累又渴，但心情却是十分兴奋，为能赶上全国菊展的最后展期，感到十分幸运。

五、共同的记忆

从 11 月 23 日（周六）抵沪，到今天（周五）只有 7 天，正好是一个星期的时间。没有想到期间要做的事情，如此之多，超过以往平日生活的好几倍。当然这些事情在我们日常生活中也都要碰到的，这次主要是由于外出了数月导致它们碰到一起的结果，不过也都过去了。况且，其中有苦也有乐。我想，这种平平常常的情况在其他家庭也同样会发生，只不过人家一般不会讲出来而已，更不会把它记录下来，形成一篇文章。我把它写了出来，作为微友们共同的记忆吧！

本文于2020年12月9日在《上海老底子》公众号登载，并在澎湃新闻上传并发布。

后记：从《回家之际》一文的内容来看，应该是由两大部分组成：回家时遇到的一系列琐事和参观“全国第十三届菊展”，按照一般情况，写成两篇记叙文比较合适。但由于客观原因，我把它们以时间为串联红线，“一锅烩了”。但没想到仍旧获得许多微友的点赞和评议，有的是有相同的经历，引起了共鸣。有的是有身临其境的感觉，更多的是给我鼓励。有些评议本身就是一段精彩的文字。我在感谢各位微友的点赞和评议之余，也把它们中的一部分摘录下来，与微友们分享。

评议与联想

方鸿辉：原来游记也可以这么写。机智幽默，自然融入人文，直率得透明与透彻，独具一格！

钱平天：平雷弟刚从悉尼回来，写了篇杂文，主要讲了刚回国的琐碎家事和“乍暖还寒”的心情，用较大篇幅再次介绍了在上海共青森林公园里举办的全国菊展，我虽说早已参观过，仍然感觉他的补充很有新意，因此把此文推荐给各位同学欣赏。平雷也是澄衷学子，他是1964届的学生，六年的母校生涯，与我班同学几乎都是熟识。请各位不要见外！

林福妹：拜读平雷学弟的大作，感到格外亲近，犹如一起到他家，一起观看菊展，身临其境。妙就妙在这里。

毛正峻：好羡慕，你们这辈子活了别人两辈子的精彩。

顾正兰：平凡的生活，写出不平凡的文章，真有文采！百忙中，还作了一篇图文并茂、较长的“美篇”，真是不容易，毕竟是70多岁的老人了！值得点赞！

徐荣林：写作水平高超，让人敬佩！

陈素娣：这是非常接地气的一篇文章。房子很奇怪，你不住就会破落，所以可以想象几个月没住的样子。回来几天处理了那么多事务确实不易。看来无论国外多好，只能旅游玩玩，真的居住还是国内比较方便。你忙里偷闲去看了菊展，但不知钱哥在百花园里是否看到七彩菊，这是新品种，不知道的人还以为是假花呢。钱哥除了处理家事外，还要准备报告，你真了不起。期待看到你一篇篇精彩的文章。

茆诗咏：在倒时差之际，你能写出如此图文并茂的“美篇”，说明你的写作水平和对生活的领悟非同寻常，值得为你点赞！

汪美丽：佩服钱老师的精神，一周内完成了这么多的事情，还写得这么详细。

赵妙英：平雷学弟真是习文快手！澳洲探亲刚回来，短短一周时间，处理了那么多家庭琐碎，公事私事一大堆！还参观了菊展。按常理一般都疲惫不堪了！但是平雷却还能写出一篇《回家之际》的纪实长文，与微信朋友分享，真不简单！写得真好！他那种对待生活不辞辛劳的热乎劲儿，以及还像年轻人一样奋发向上的精神面貌，真值得我等学习！

祝若霞：首先拜读了你的大作，深有同感。我们夫妇与你们同样，在瑞士探亲三个月，也于11月24日返回上海，回家的情景如你所述，不是这儿坏，就是那儿坏，反正要疲惫忙着好几天……你会写，也肯写，也写得真好，向你学习。

张淑华：对身边发生的事观察的如此仔细，洞察力非同一般，解决问题的能力这么得心应手，面面俱到，这哪像一个古稀老人的思维，比年轻人更胜一筹。佩服！

胡慕兰：钱总的《回家之际》几次拜读，让我看到了一对夫妻出国回家的所见所遇，身临其境。其间还时不时地表现了钱总对陈处长的浓浓爱意。

孙行琦：你到澳大利亚探亲两个半月回来，有这么多事情要处理，还挤出时间，到共青森林公园观看全国菊展，很是佩服，说明你很会追求并享受美好的生活。又深感你参观菊展，是按照亲友、同学出生及生活所在的省、市为线索，来制定游览菊展的路径，进行观看、拍摄活动的，这也为撰写文章的主要线索，打好了基础。这次共青森林公园全国菊花展确实是历年办得最好的一届，值了。

顾亚民：看了平雷同学今天的帖子，受到感染，禁不住将微信往上推，终于看到了《回家之际》，免不了也想说几句迟到的话。总是一个老人了吧，能有这样的心境和情趣，将日常生活中的大小琐事处理得如此周到、妥帖，那是一个对知识和生活有无限关照与完美追求，用身、用笔、用心地对待一切事物，情深意笃，是一个大写的、透明的智者作为，值得讴歌，也证明了一个作家的笔是停不下来的。平雷同学保重并祝阖家幸福快乐！

周文华：也是补看了钱作家的《回家之际》，才知道有点迟了，进门家里是一副乱糟糟状态，在你的妙笔生辉徐徐道来下就好像入了我们的眼眸，还夹带着幽默感，那2只小鸟的罢工使人始料不及，时光不知何时停止了脚步，得找电池了，那蒙上厚厚的意外灰尘，那智能净水机的偷懒放不出热水，那电视不吱声，开不出烦恼事，一切都使二位老人忙得不亦乐乎，当时的心情可想而知，但你在恼，我们在乐。那一堆烦心的烦恼事得感恩两个半月的天伦之乐了，这是不出门的人体会不到的，更令人好笑的是为挤上菊展末班车，两位不顾舟车劳顿和家里的乱象，又冲冲赶往菊展边拍照边匆匆兜了一圈，还找人留了两人合影，实是可以拍一部喜剧片了，还不忘抽时间写了一篇长长的图文并茂的精彩叙述文与大家分享。钱平雷同学夫妇对生活的热爱委实感动了我们，哪是老人在游记？分明是激情犹存的年轻人，在体验人间的美好事物，在此真心祝福你们童心不泯，快乐驻心，长久相守，延年益寿！

楼珍珠：平雷同学虽然刚到家，有许多事要等他去完成（如电视节目暂停了、饮水机“罢工”了），但是他还是耐心、详细、并图文兼之地，向我们介绍了共青森林公园的菊展，就像我们也同步进入了公园，谢谢！

西澳纪行

2019 年 9 月 18 日(星期三)悉尼—珀斯

一、带着读者去旅游

据喜欢读我散文的微友说,看我写的游记,有身临其境的感觉。前段时间,我几乎停止了创作。后来我发现阅读自己写过的文章,很有利于帮助自己回忆起曾经经历过的有趣味的事情,于是我又开始有选择地撰写一些我觉得有必要记录下来的东西。朋友们劝说,希望我继续写一些散文,并用微信的形式,与大家一起分享交流。如果按照这样的愿望,对文章的质量就有了一定的要求,因为毕竟读者是根据你的文字描述来想象当时、当地的情景的。所以自己要有“带着读者去旅游”的心态,力求把作为介绍对象的人和物,交代清楚和表达明白。这篇题为《西澳纪行》的游记的撰写,就是在此背景下开始的。

我这次来澳大利亚已经是第六次了。早在 1988 年应澳大利亚铁道学会邀请去新西兰奥克兰参加国际轨道会议,我就来回经过悉尼,那次还到堪培拉游了一天。以后因旅游、探亲的原因,又五次来到澳洲,陆续到过墨尔本、布里斯班、阿德雷德等各州的首府,以及凯恩斯、黄金海岸等风景旅游城市,以及卧龙岗、纽卡斯尔等东南沿海的中小城市。但就是没有到过占澳大利亚领土总面积 1/3 的西澳大利亚州(下称西澳)的首府珀斯(Perth)。如果去了珀斯,就等于在澳洲的主要大城市都留下我们的足迹了。下次如果再来澳洲,就去相当于中国的海南岛省会海口的塔斯马尼亚的首府霍伯特,那么澳大利亚的主要旅游地就算都到过了,因为一般旅游者很少去北领地的首府达尔文。所以这次来澳洲前，就有了去珀斯的计划。

从悉尼去珀斯，从地域跨度而言，很像从上海去新疆乌鲁木齐旅游一趟。这大概就是我这个"理工男"的思维方式，喜欢用逻辑思维中的比较法。新疆的面积占全国的1/5左右，与乌鲁木齐周边没有其他大型城市一样，珀斯有"世界最孤独城市"之称（方圆1 300英里，合2 092千米内，无大规模城市）。珀斯市区的面积为5 386平方千米，上海市除崇明岛外的面积为5 299平方千米，两个城市市区的面积相仿。但珀斯市区人口只有186万，连上海的1/10都不到。珀斯距悉尼4 228千米，而从上海到乌鲁木齐的距离，走铁路是4 077千米，走高速公路大约在4 300千米，两者倒也差不多。这就意味着我的这次西澳之旅，相当于从上海到新疆去旅游的行程。由于悉尼与珀斯在澳洲属于不同的时区，相差2个小时，而上海与悉尼也是2小时的时差，所以珀斯与上海属于相同的时区，没有时差。也便于我与国内亲友联系。

二、启程赴珀斯

从悉尼到珀斯的飞行时间为5个小时左右，今天悉尼机场的起飞条件欠佳，飞机晚了近一个小时才起飞。我们这次乘坐的航空公司叫维珍，（VIRGIN），飞机倒也算大飞机了，上座率也不算低，中间也供应一顿午餐，但品种与国际航线相比，稍微简单了一点，不过饮料、热的主食和甜点都有，倒也可以说品类一应齐全了。妻子说，味道好于国际航线的伙食。每个人座位的前方即前座的后背上都有屏幕，可以看节目，但可选择的节目有限，大多数人都把它关闭了。只有正前方舱位的隔离墙壁上的大屏幕，不断播放着与航程有关的各种信息：飞行高度、速度、离终点的距离、两地的时间以及估计到达时间等数据和画面。旅客们也只能在"关注"这些有用的消息中，度过几乎从上海到新加坡相同时间的航程。屏幕上有一幅画面引起了我的兴趣，就是从地图上看，悉尼与珀斯在差不多同一纬度上，从理论上说，走直线距离最短，但屏幕上从悉尼到珀斯的航线却是一条弧线,中间有1/3的航程是在海面上飞行。这其实是因为地球是个球面,短距离的两地之间似乎应该是直线距离最近,但长距离就不是这样了。这个道理还是早年我的德馨堂兄告诉我的。有一次,他从纽约回上海,在阿拉斯加的某地停留一下,我觉得很奇怪,纽约与上海的纬度差不多,怎么会跑到北极圈的阿拉斯加去了?那不是绕远路了吗?德馨堂兄拿了一个地球仪给我做了解释,原来就是上述道理,从纽约到上海最短的距离,就是经过阿拉斯加的航线。趁着长时间旅程的无聊,我在飞机上,搞一次科普宣传吧!屏幕上飞机已经越过海面,到了对岸继续飞行了。

飞机晚了20多分钟,到达珀斯机场,走了一段长长的路,到了取行李的地方。看上去机场的设施很新,我们怀疑是一座新建的候机楼。到了出租车等候处,发现不用等候,就可马上上车。驾驶员是一个大胡子的老司机,据他自己介绍,是巴基斯坦籍的澳洲人,来珀斯30多年了。我们订的宾馆就在市中心,他说,从机场到市中心有17千米。他知道我们是中国人,马上显得非常友好。我们问他机场是否是新建的,他说,30年来一直就是这个机场,只不过最近新装修过了。他还热情地告诉我们,他当年在巴基斯坦曾夹道欢迎过周恩来总理。他来澳大利亚本来是先到悉尼的,但由于悉尼的政策,他不能贷款购房,而在珀斯可以,所以他来珀斯落户至今。据我知道,珀斯市区最主要的景点是天鹅河和国王公园。但我们在珀斯市区旅游的时间只有今天下午的这点时间。于是问司机,怎么去国王公园?他告诉我们,在宾馆门口就可以乘坐免费的"黑猫(CAT)"巴士去国王公园,否则要走40分钟。没想到他的建议,给我们今天下午的旅游提供了免费的交通。而珀斯的交通不便宜,从机场到宾馆17千米,要48澳元,合人民币240元。女儿给了他50澳元,也就是说多给了他2澳元,而他帮助我们节省了不知多少澳元了。2澳元买个金点子,太值了!

三、第一个景点就征服了我们

我们在宾馆办好了入住的手续,就急忙赶去国王公园。门口的"黑猫”巴士站上有不少乘客在候车,其中最多的是穿着统一校服的女中学生,她们大概是下午放学回家搭车的。我们上了大巴士,开始因为这些学生,车厢里比较拥挤。但没有几站,她们就纷纷下车了,车厢里显得空荡荡的。从车上的标记我才知道,整个珀斯市区有四条“猫”(CAT)巴士,分别为红、绿、黄、蓝。其中两条是环线,周而复始在市内主要街道行驶。驾驶员的服务态度很和气,在国王公园附近的车站,见我们远远赶来,就停在那里等候我们,还友好地笑迎乘客。大概这里的站名不好记,他们给每个车站定一个数字的站名,如我们门前的车站就是红线 7 号站,便于乘客寻找。从车窗看珀斯的市区,是澳大利亚 20 世纪早期的建筑和现代建筑混合在一起的街景。我也发现在珀斯,东亚人面孔远比悉尼、墨尔本少,而南亚人、非洲人、穆斯林打扮的人却比悉尼、墨尔本要多得多,这与西澳的地理位置靠近非洲、印度洋和马来半岛有着密切的关系。这些都是后话。

从宾馆拿到作为导游小册子的珀斯简图,我发现珀斯的地形与上海有相同之处,他们把市区划分为东、南、西、北珀斯和中央商务区等区域,那条天鹅河如同黄浦江穿过市区,但这条河河面很宽,在南珀斯和中央商务区的“夹击”下,有点像湖泊,因此有些人称它为“天鹅湖”,带来一点浪漫的色彩。天鹅河到国王公园所在的西珀斯伊莱山那里转了一个大弯,就像黄浦江在陆家嘴转向一样,朝北流去,于是这就让国王公园成了观赏珀斯市区全景的最佳观察点,也把我们征服了。

当我们进入国王公园的入口,迎面就被两侧参天大桉树夹住的大道所震撼了。每棵一个人难以怀抱的粗大树干的根部前,都有一块牌子,说明这棵树是何年、何人栽种的。都是在 1928 至 1929 年间种植至今的近百年树龄的大树。守在门前的一棵不知名的大树,像一把巨大的伞,引人关注,是否就是本园镇园之宝,所谓“世界上最大的面包树”我不得而知。另一棵名叫“Dragon Tree”(龙树)的大树,因其独特的造型,也令人瞩目。总之,这里除了各种参天大树外,还有大片绿莹莹的草坪,这座占地面积 4.06 平方千米,相当于 8 个上海长风公园的世界最大市中心公园,果然名不虚传。我们还看见各种塑像、国家战争纪念碑和永不熄灭的篝火，看来任何国家对民族英雄都是很尊敬的。“来得早不如来得巧”，这里正在举行每年9月举办的澳大利亚最大的野生花卉展览。

西澳珀斯一景

然而，最令人振奋的是，在这里的几个观景台上，可以全方位地看到珀斯市容。在第一个观景台就可以看到如同上海外滩位置的中央商务区临河鳞次栉比的高楼大厦群，那宏伟的气派与在街里看到的老式英伦风格的商店、教堂、学校、博物馆建筑与少量现代建筑混杂在一起的景象，截然不同，形成巨大的反差。让人感觉珀斯也俨然是一座现代化的国际大都市。到了第二座观景台，看到的景色更为壮观。转了弯的天鹅河两条河段的中间是南珀斯，它的全部地域似乎都在我们的视线之中。它一侧的建筑与对面的高楼大厦群，隔天鹅河相望，河面上白色的轮渡正往返于两岸。可以想象得出，坐在轮船上的游客，观赏两岸风景的愉悦心情。南珀斯的另一侧是一条沿河的马路，上面行驶着来来去去的汽车，因天气阴暗,提前开灯,形成了浩浩荡荡的红、白两股射光洪流,往返奔驰在大道上,真可谓气势磅礴。远望正前方天鹅湖东侧的丘陵,各种红色屋顶的别墅星罗棋布地分散淹没在绿树丛中。这种前方整个天空覆盖下的城市各种元素有机组合,与自己所处的各种树木花草齐全的大花园,所共同营造的珀斯市容宏大的格局,让我们最为赏心悦目,由衷赞叹,感到此次不远万里来到西澳,实在是太值得了。

四、珀斯市区踏勘和见闻

看看天色将晚,我们以难以割舍的心情,离开国王公园,回到了市区的天鹅河畔。我们发现临河的摩天大厦与河岸都有上百米的距离,中间是大片的草坪,可见此地生态环境的优美。但是天鹅河的河水却并非在澳洲司空见惯的碧波荡漾,而是呈暗黄色,令人稍稍有点遗憾。沿河的道路有不少正在骑自行车和跑步的人们。女儿说,靠近轮渡码头的一座钟塔,是导游资料上介绍的景点。于是忍了饥饿和疲乏,走到它的跟前,原来这是一座用玻璃和钢铁建造的塔形建筑。那时正好是下午 6 点,它发出大家熟悉的与英国伦敦大本钟同样的格林尼治敲钟声,稍晚塔内灯光闪闪,成了珀斯夜间的一道风景,到此珀斯的市内的浏览就算结束了。

因为飞机上供应的午餐量太少,加上走了很多的路,大家都盼望能吃一顿可口的中餐。但发现珀斯城区的中餐馆远少于悉尼。总算发现一家叫“人民公社”的饭店,估计它肯定是中餐馆,于是就走了进去,确实店家掌柜和服务员全是华人。只见它的店堂里居然成了“文革”时期的饭店。墙上张贴着当年的宣传画,但把毛主席语录改成推销饺子的广告语,碗、盆上都印有毛主席的头像,架子上还摆了下乡知青用的水壶、书包等的装饰品。供应的食品品种有水饺、馅饼和油条等中式点心。他们用几十年前带饭用的铝制饭盒装的水饺,味道一般,但价格不菲,12 个白菜水饺要 12 块澳元。我们只能填饱肚子完事。赶快回宾馆洗漱,因为时差告诉我们应该休息了。

评议与联想

钱仲方：谢谢分享，叙说得条理清晰又图文并茂，如同我也去了一趟，真好！并期待续集。

钱平天：这篇游记写得真好！在我们面前展现了大部分中国人并不熟悉的澳大利亚西部地区的“冰山一角”！我们期待着续篇尽早发表！

倪纪芬：钱同学又带着我们去游澳洲了。叙述得真详细，可惜我方向感很差，东南西北记不住，不过内容还能记一些。今天去的地方叫珀斯，那里有个国王公园，公园里的树特别粗壮，树干矮矮的枝叶茂盛，印象特别深。还有英雄纪念碑，花草展览。在珀斯市里有天鹅湖，大草坪，车水马龙。巴士分四种颜色方便乘客，这办法真好。尽管是澳洲的边远地区但也蛮繁华。还记住了那里的物价不便宜。读了一遍钱同学游记能记住这些还不错吧。跟着钱同学继续游下去。

顾亚民：平雷同学的《西澳纪行》看了，倪老师的记性好，能复述出如此多生动迷人的景致，所以就跟在老师帖子后点赞了。但自信“方向感”能稍胜于倪老师的，也能有哈哈一笑之处！

李喻犀：读了的确有身临其境的感觉，真好！

陈素娣：钱哥，真心佩服你！我看看都要费很长时间，你把它写下来要花多少时间呀！你的记性真的是太好了！跟着你的文字我就像也去澳洲珀斯游了一次，如亲临其境，非常享受。谢谢钱哥！

陈文霞：犹如和你一起去珀斯旅游，分享了你详尽描述的所见所闻，期待续篇。

钱莹臻：上面的评论说得太对了，我是随着您的游记开了眼界。

章杏波：全文交代了西澳的来龙去脉，脉络清晰！要说“带着读者去旅游”，本人肯定是其中的忠实读者之一。

2019 年 9 月 19 日（星期四）珀斯—尖峰石阵（Pinnacles）。

一、西澳特有的草树和沙丘

今天旅游的项目叫作“尖峰石阵”（Pinnacles），早餐后我们在宾馆的门厅等候旅行社的导游来接我们。天空有着太阳的同时，下起了雨。从昨天到今天，珀斯的天气就像中国江南的黄梅天，“东边日出西边雨”，让人躲避不及。天气也显得阴冷。我和妻子赶紧回房间，把风衣带上，免得受凉。8:30一辆中巴来接我们了，下来一位年轻的导游兼司机，迎接我们上车。等我们登上车一问，原来今天旅行团的游客就是我们三个人，用导游的话说，赶上“私人订制”的旅行团了。小伙子自我介绍姓“佘”，是一位福建籍的中国人。路上问起他的经历，原来他也是悉尼科技大学的毕业生，还是我女儿的小师弟呢！一路上，他介绍导游词时说，他主要负责走珀斯北线景区。我们目前这条脚下的公路是沿着印度洋海岸线的高速公路。这里属于地中海气候，夏天干燥无雨，而冬天多阴雨。公路两侧多灌木，东南海岸那里的桉树，到这里也长不高，也没有考拉能吃的品种，因此考拉在这里无法生存，袋鼠也只有小个子品种。这里盛产一种名叫“草树”（Grass Tree）的植物，也称“黑男孩（Black Boy）”。看上去像一只只小草垛，有高有矮，它的绿草朝天长在上部，枯萎的草在中间，下面是黑色的树干。因为这种植物会生长一种树胶，在高温条件下会自燃，但树干不会烧尽，新的草又会长出来，树干也会不断长高。这种植物只有西澳才有。以前土著人用烧过的树炭抹脸，用来做狩猎的保护色，所以有了“黑男孩”的别称。于是我专门让小佘停下车，拍了照，可以让读者们了解这种以前并不了解的植物。

佘导又说，这里风很大，海边的岩石风化得很厉害，形成了颗粒很细的白沙，随风吹上陆地，日积月累形成了沙漠。从车上远眺确实有些地势较高的地方的顶部，如同白雪一般，堆积着厚厚一层白沙。说话间就到了今天第一个景点——朗塞林沙丘（Lancelei Sand Dunes）。我真是没想到，这里的地形与以前在电视里看到的新疆大漠没有差别，也是高低起伏，一道梁接着一道梁。所不同的是这里是白沙，新疆是黄沙。还有这里在高

草树

处可以看到碧蓝的海洋，而新疆那里是干燥无边的戈壁。其他如从上到下坐着滑板滑沙的刺激运动，在这里照样可以进行。

二、澳龙与龙虾文化

随着时间的推移，转眼已经到了吃午饭的时间，今天的午餐是澳洲龙虾套餐。小佘开始给我们介绍“龙虾文化”。西澳的龙虾与我们在国内吃到的“澳龙”从品种上，是不同的亚品种。我们概念中的“澳龙”多半是澳大利亚东南海域产的龙虾，虾仔一般重为 100～250 克，成年虾在 750 克以上，最大个体有达 5 千克，虾体色为褐绿色，头胸部和腹部均匀连接，外被一层坚硬外壳，胸足 5 对，第 1 对特别发达而成强大的螯钳，主要摄食小鱼、虾蟹类、小贝类。而西澳的龙虾，个子要小一些，身长大约在 30

厘米左右，身体天然通红，前方有长长的触须，但没有螯钳，只吃一些藻类食物，所以肉质更加细嫩鲜美。车到了一个叫龙虾屋(Lobster Shack)的地方，这是一家龙虾公司，在那里我们除了品尝龙虾外，还要继续接受龙虾科普教育。一位姓曾的姑娘接待了我们，她把我们领进一间小型录像放映厅，让我们看了一部5分钟的录像片。影片继续了小佘的介绍，就是更加形象化了。西澳龙虾的学名叫印度洋岩石龙虾(Indian Ocean Rock Lobster)。捕捉它们是采用特制的木笼子，把饵料放置在里面，在夜间放入海里。到天亮后，就可以提升上船拿出来了。但政府有规定，不到一定的长度，要放回大海。如果到达可出售的长度，要在其尾部有5片强大的尾扇中，拿掉2片。为了让观众进一步了解加工过程，让我们"更上一层楼"，到达围绕在加工车间的上方的通道，观看每一道工序。每人拿一个电话听筒般的解说词耳机，根据指示牌上的数字，按下话筒柄上相同的按钮，你就可以听到与下面各道工序相关的汉语解说词。这套设备从丹麦进口，按照不同商品的要求，进行合格品类选择、半麻醉、清洗、分类、装箱等步骤，自动化或半自动化操作。

接受完这些西澳岩石龙虾工业化生产的教育，我们也感到有点饿了。于是进入餐厅，品尝它的美味。我们的套餐包括半爿龙虾、蔬菜沙拉和炸薯条。当然这套菜肴是用西餐方式烹调的，用了黄油、番茄汁等调料，不怎么对我们的口味。席间，我们与小佘进一步交流。知道他的全名叫佘哲宇，目前在西澳旅游集团工作。彼此初步印象不错，于是互相扫了微信。他建议我们餐后去后面公司码头看看大海和捕虾船。

三、远古的叠层岩和盐湖

紧接着我们就往今天的"主菜"尖峰石阵去了。在去那儿以前，小佘还带我们看了一个小的景点——盐湖。车到跟前一看，就是一个小小的水塘，与上海长风公园的银锄湖相比，它的水面面积小多了。佘导说，你不要小看它，它是在古生物研究史里很有名气的"提斯湖"。它的存在已经有几十亿年的历史了。湖里面的蓝藻群，这种地球上最早的生物形成了化石——叠层岩。沿湖周边土地里的植物，难以正常生长不说，就是湖边的石头，也叫叠层岩，由于长期盐水的浸泡，已经量很少且很脆弱了。果然，湖边竖立的指示牌，说这种叠层岩的结构很脆弱，一碰就碎，希望游客不要接触它们。我们果然看到碰碎的石块。看来这里的自然景色虽然并不令人注目，但却有着悠久，甚至远古的历史。这也是西澳景点的一个共性，让你不能轻视它们。

四、名不虚传的尖峰石阵

离开提斯湖，我们直奔今天主要的景点——尖峰石阵。这里离开珀斯有 260 多千米。一路上，佘导给我们介绍了尖峰石阵的概况：此景和提斯湖都是南邦国家公园（Nambung National Park）的组成部分。这个在沙漠里的奇异活化石原始森林，有着数以千计、高达 5 米的石灰岩柱，确实巍巍奇观。据说，在太古时代，那里曾被森林覆盖。从海边吹来的沙，让沙地逐渐形成，而且沙子的颜色呈金黄色。它们是原始森林枯萎、大地被

尖峰石阵一角

在尖峰石阵合影

风化后残留,沙沉下去了,残存在根须间的石灰岩就像塔一样遗留了下来,而石灰石是由海洋中的贝壳演变而成的。雨水将沙中的石灰质冲到沙丘底层,而留下石英质的沙子,滋生腐殖土,然后长出植物,植物的根在土中造成裂缝,慢慢地被石英填满裂缝后石化,然后在风化作用之下,露出沙地地表,就成为一根根石柱。石柱从 5 至 10 米长短不等,爬上石柱往周边眺望,可以看到这片似乎漫无止境的奇妙景观。在我们没有进入现场前,光听佘导的导游词,还是想象不出它奇异景观的样子。

等到佘导把车开进景区大门,天公作美,没有下雨,否则,就要游客从很远的地方走进去。佘导就沿着景区经营管理者用碎石块作为引导游客或旅游车前进的路径,直接驱车到达该景区最为精彩的景点。正如佘导所说,给游客第一印象一定是“震撼”。只见各种形状的石柱,在金色的沙漠中,如雨后春笋般拔地而起,千姿百态,让游人目不暇接,给人一种好像不在地球上,而在外星的奇妙感觉。为了表示佘导与我们有缘分,我们建议在此合影。佘导特地选择了一根酷似骆驼的石柱,作为我们留影的背景。这里的石柱形状变幻莫测，有高的，也有粗壮的，还有各种动物造型的，我们也不知道应该选择哪几根作为拍照的对象，佘导熟门熟路地为我们介绍，让我们捷足先登，找到拍摄典型景观的好地方。他还告诉我们，由于这里整个地势较高，地面沙子被大风刮走，除了露出的石柱，实际上还有更多的石柱埋在地底下呢！他指着一处突出地面，顶上长着小树的土堆，说其实这才是原来的地面高度。佘导还将我们领到一处观望台，让我们了解尖峰石阵的全景，确实巍然壮观。深感驱车往返500多千米，专程来看此景是非常值得的。

由于我们这个团只有我们三人，又有佘导的随车介绍，因此不像一般游客需要徒步跋涉在沙漠之中寻找景物，需要消耗更多的时间和体力。我们很快就看完了最精彩的部分而提早返程了。佘导在车上继续从文化角度给我们介绍该景点的故事。据说，刚发现这里的地理地貌的时候，有人认为它很像佛经里描述的释迦牟尼的某个道场的特征，后来又发现在土耳其也有这样特征的地方。于是两地就争了起来，都想成为正统的道场所在地。后经权威人士考证，说两地都不是释迦牟尼的道场，于是只能作罢。但西澳政府却认为这是一处宝贵的旅游资源，于是就把它开发建设起来了。我觉得这段传说很有文化内涵，就把它写下来了。与更多的读者分享这段有趣的传说。

在返回珀斯的途中，我们与小佘拉起了家常，他从高中就开始在澳洲上学，大学本科毕业后数年，应朋友邀请到这里做了导游。我妻子对小佘勤奋工作很是赞赏。小佘准备几年后还要进一步深造。我针对他的想法给他提了建议，他觉得很有启发。最后他把我们送到离宾馆不远的一座很雄伟的教堂建筑门口，建议我们进去看看，就彼此告别了。妻子和女儿觉得头一天因为雨天，在国王公园鸟瞰珀斯市容，观赏效果不够理想，女儿这个摄影爱好者还想再拍几张，与她的微友们一起分享。于是她们又去了国王公园。我是急急忙忙回了宾馆，去完成我的《西澳纪行》的第一篇文章了。

评议与联想

舒庆华：来澳洲已经30年，因为珀斯距离悉尼太远，从来没有考虑去珀斯旅游，现在是我下一个旅游地的选择。

陈怡群：这次澳洲纪行又让我如身临其境般地随着字里行间走着看着，开了不少眼界，草树集生死、鲜枯于一体，顽强地散落在荒漠里，令人惊叹。

章杏波：未到过澳大利亚珀斯的驴友们，跟着作者细腻入微的笔触游珀斯，可以获得一种身临其境的感觉。这何尝不是一种除实地旅游之外的精神享受！

钱平天：平雷的旅游文章写得越来越好了！精彩详尽的文字（包括英语的名词）随着旅行的进行过程，娓娓道来，又适时插入照片（不容置疑平雷照相技术大有长进！），简直就是把我带入了当时的现场，有声有色身临其境！我把这两篇游记帖子转发，有读者立即回消息急待续篇，这个现象说明平雷的旅行文章已经达到专业作家水平了，值得一赞！

钱丽臻：如同随行，真好！

陈素娣：你的《西澳纪行（二）》，福建小伙子导游带你们三人游览了珀斯的尖峰石阵（Pinnacles），那真叫开心。就你们三个人那不要玩得太爽哦！国内景点总是人山人海，能静静地观赏也是一种幸运啊！

2019年9月20日（星期五）珀斯—波浪岩（海登）

一、一个善于制造景点的导游

按照本次旅程的安排，今天将要到离珀斯东南350千米以外的一个号称“世界第八大地质景观”——波浪岩（Wave Rock）一日游。据说整个旅程需要12个小时以上，所以导游在前一天就通知我们，早晨7:15就要出发。果然当我们7:15走出宾馆大门时，发现一辆“西澳行”（Western Safrai）旅行社标志的中巴已经停在对面的马路上了。一位带着中国南方口音，50岁上下的中年导游热情地招呼我们上车。随后他又驾车到市内若干宾馆,7:30 把另外 15 名华人游客都迎接上车之后,就启程前往景点波浪岩了。

导游自我介绍,他姓宋,名字叫戴维。中国台湾人,来珀斯 30 多年了。坐在副驾驶座的是一位女士,与她后座的一位先生是一对从深圳移民到南澳阿德雷德的夫妇。由于那位女士特别喜欢讲话,什么事情都要了解打听,宋导也不厌其烦地回答,这就彰显出宋导是一位非常健谈的人,我们也因此“被了解”不少有关他的信息。这也反映出他人生阅历的丰富和精力的充沛。如他出生在中国台湾高雄,大学学的是日文,结果家族都来澳洲发展,他也来了,娶了一位日本籍的妻子,于是又与日本结下不解之缘。以前开过日本料理店,搞过批发,三年前因为喜欢旅游,又干起了导游。从导游的技能来看,他虽然业务熟悉,但与以前在东欧旅游见到的潘导相比,专业性上还是有着明显的差距。令人佩服的是,在西澳的旅游资源欠缺,或者说旅游项目尚未大规模开发出来,每一个景点都要长距离驱车前往,而景点的游览却只有个把小时计算的当下,让游客感觉到自己对旅游元素的满足,是一件非常困难的事情;但由于他的知识面广博,以及对沿途情况熟悉,他在一路上“制造”出多个景点,让我们这些游客深感颇有收获,不虚此行。

二、典型的英国 19 世纪的小镇

由于整个行程要 350 千米,来回 700 多千米,司机长时间驾车,是容易疲劳的,而且沿路地理地貌单一,游客也会感到单调。所以必须在沿途停靠几个地方,休息方便。于是就有了今天第一个景点——约克(York)小镇。从它的建筑上标明的年份,它建于 19 世纪后期。据宋导讲,是因为珀斯聚集了太多的人,吃饭的粮食成了问题,于是就派出一位只有 21 岁的军官,让他带队去寻找适合种小麦的地方,最后在现在约克镇的周围找到了大片肥沃的土地,定居下来,形成了今天的约克镇。看到这个长度为 200 多米,只有 4 000 人的小镇,沿街英国风格的建筑有市政厅、旅馆、小酒馆、邮局、甚至还有法院、博物馆,都是 19 世纪建造的,小酒馆的门前小餐桌旁，都坐着上了年纪的老人，确实有一种穿越时空，回到当年的感觉。我突然想起《新概念英语(2)》教科书中的文字描述的内容和插图，都与眼前的情景相似。这里的确具有浓厚的英伦文化氛围，可以让游客体验。

趁着我们回到车旁，我问及宋导的中文名字，他说，他叫宋政育。他问我，是否教授？我说也对，但我还是作家。他说一看我就像教授。我给他看了我与南澳导游印在书上的合影，也让他与我合个影，留作纪念。他告诉为我们拍照的我女儿，要把标有“内陆第一镇”字样的牌子，作为背景。

三、一望无边的小麦、油菜花田和 3 000 多千米长防兔网

我们这一路与昨天朝北走的景色是很不相同的。昨天沿印度洋高速公路的两侧行驶，基本上都是长着草树的荒野。而今天的这一路多半是一望无边的小麦、油菜田，或者休耕的农田，以及少量不长庄稼的盐碱地。这些本来不起眼的东西，到了宋导的口中，都包含了许多知识，还有故事。在我们中国的江南，春天田野里金黄色的油菜花田，确实吸引了城里人的眼球，人们踏青去观赏。而返青的小麦，一般没有太大的吸引力，因为绿色在江南太容易看到了。但在这里因为人烟稀少，除了一望无边的田野，几乎看不见村庄和城镇。然而，这“一望无际”可以望到道路两边的地平线、铺天盖地的绿油油的小麦和金黄色的油菜花的农田，在国内是看不到这种景象的。它给人一种想要拥抱大自然的冲动。宋导在途中停了车，让大家拍摄这眼前只有春天才有的美景。那对副驾驶座上的夫妇，走进油菜花田，相拥留影，果然富有艺术感染力。一路上除了上述两种农作物外，还有休耕的农田里的野花也是一片金黄色，如果不仔细观看它们的高度，容易与油菜花混淆。

宋导特别让我们注意路边一米左右高度用木柱和钢丝组成的栅栏，说它叫防兔网(Rabbit Proof Fence)，是防止兔子吃麦子而建立的装置。令人惊讶的是它们有 3 000 多千米，全世界第一。到了一个地方，停下

车，介绍我们看看因此还专门竖立了一块说明牌子，记载了有关防兔网的事宜。宋导说，防兔网如同万里长城一样，现在已经不起作用了，但留下了许多文化和故事。有一位土著人和白人生下的混血儿，以此写下一本世界名著，后来拍成电影，中文名字叫《孩子要回家》。说当年白澳欺负土著后裔，把他们都集中起来，一位土著孩子，记住母亲对她说，沿着防兔网可以回家的情节。

路上，宋导还让我们注意一种人工养殖的“鸵鸟”，说澳大利亚的国徽上有两种动物，一种是袋鼠，另一种就是眼前的叫“鸸鹋”，而不是鸵鸟，它们之间的区别在于，鸵鸟是前后两个爪，鸸鹋是前一个后两三个爪。雌性鸸鹋大约生8~9个蛋，就远走高飞了，孵蛋的任务由雄鸟承担。孵蛋时间大约是8周，然后雄鸟还要抚育幼鸟2年。国徽上用这两种动物，是因为它们有个共同的特点——只会朝前，不会后退。一席话，让我们又长了知识。

四、盛名之下的波浪岩

就这样在宋导一路不断制造故事和景点的氛围里，我们经过4个小时的旅程，就要到达本次旅游的目的地——波浪岩了。宋导先把波浪岩如何被发现的故事做了介绍：1963年有一位美国记者偶然发现了这里的奇观，拍了一张照片，拿到国际摄影赛上，引起了轰动，世界上居然还有如此的鬼斧神工的造物？他的作品获得了第一名，波浪岩也因此出了名。形成如同波浪的形状是由三个因素——风沙、雨水和日夜巨大的温差共同塑造的。温差让花岗岩崩裂变形，风沙使粗糙表面趋平，雨水长期的侵蚀，使其光滑。我在想，这如同机械加工，温差“粗加工”，风沙“细加工”，雨水“打磨”。石壁上的彩色条纹是由里面不同的化学成分引起的。随后宋导说，这里还有“河马哈欠”和马尔克洞穴，能看到新石器时代的“古代猿人”留下的图画和手印。

中午我们领取了每人一份的BBQ午餐——一块牛肉，一根香肠、一块鸡肉和一点米饭。据说米饭还是因为东亚游客多了，才准备的。景点的说明,除了英文外,还有中文。这里每年有15万游客,来自中国的外国游客比例肯定不少了。我们15位旅伴之间也逐步熟悉起来了,除了那对夫妇外,还有来自墨尔本大学的三名女留学生,两位来自广州,现在悉尼带孙辈孩子的老年夫妇,两位中国香港姑娘,一对来自深圳的湖南籍中老年夫妻,我们都觉得那位夫人与我的同事张星玲长得很像,还有一位独自旅游的吉林妇女。

我们还在吃饭,呼啦啦,进来一大群日本老年游客也来就餐。宋导说,我们赶快走,否则只有100米长的景带,占满了游人,是无法拍出理想的照片来的。我们上了车,不一会儿就到了第一个景点——河马哈欠岩。天哪!那就是一块有一个浅浅的洞穴的岩石,有一点像张开嘴的河马。这种景色其实在国内到处都有。大家匆匆地拍了两张照片,就迫不及待地直奔波浪岩。

那块酷似波浪的岩石高15米,长110米,冷不丁一看,确实具有震撼人心的感受。缓和的曲线,动感的波纹,光滑的表面。大自然怎么会有如此逼真的波浪造型?况且它的形成与江河湖海没有一点关系!我们赶快趁着游人较少的时候,摆下冲浪的姿势让旅伴帮助拍照。人们不顾表面的光滑,用力冲刺上去,在尽可能的高处拍下倩影,更显珍贵。我们也拍下在无人情况下的自然风景照。总之,千里迢迢来这里,无论如何也要有几张拿得出手的照片,为自己,也为亲朋好友留下美好印象。

这里的导游指示牌介绍:这波浪岩并非眼前的一块独立的岩石,而是由北边这一百米的海登石、形状似河马张口的河马岩以及骆驼岩等数块岩石串联而成的风化岩石。澳洲沙漠中的波浪岩,如今在西澳已成为地标,但其实早在25亿年前就已经形成了。于是我们又从波浪岩旁边的石头踏步,拾级而上,从更高的位置观看周围的风景。稍稍遗憾的是,这里的苍蝇特多,不时碰在游客的脸上。据说在中部的"红石头"景区,苍蝇更多,人们要戴好防护帽,才能游览。

虽然大家意犹未尽,毕竟远道而来,但这波浪岩就这么大的一个地方,也只能无奈地离去。于是到了下一个景点,看史前人生活的洞穴里的

波浪岩

图案。里面实在太小,日本老人占满地方。我只有在洞口处看到两个手印和一个蜗牛的图案,据宋导说,宝贵之处在于史前人究竟用了什么颜料,可以保存久远。但从观赏性来说,实在不敢恭维。

五、归途中接二连三的“人造”景观

今天的“主菜”品尝完了。按照常规,归途行程需要 4 个小时,似乎除了睡觉外,没有什么事情可做了。没想到宋导接二连三地“加菜”,有些还真的十分精彩。

我觉得最可贵的是看到太阳在无阻挡的情况下,从地平线落下。以前在国内,无论日出或日落,地平线处总有云彩即所谓朝霞或晚霞阻挡,看不到太阳贴着地平线升起或落下。后来在新西兰南岛,我看到了太阳贴着海平面落下。在悉尼的高楼,看到远处海平面太阳贴地平线升起,但都是贴着水面升降。这次让我意外地看到太阳在陆地的地平线上贴地降下,实在幸运。由于我们返程是朝西北方向走的,有不少路段是正西方

西澳日落

向,宋导在一处周围没有任何高地,且没有高大植物或建筑阻挡视线的地方停了车。一是让我们看看360°地平线全景,二是看看夕阳西下时的麦田。大片麦子披上了金光,煞是好看!大家纷纷拍照留影。但此时太阳尚未下山,等到我们回到车上,正前方的太阳正在往下落去,霞光万丈,周围的云彩都镶上了金边,随后太阳渐渐地从整个变成半个,最后到了地平线下面,外形不见了,但强烈的光线仍旧向上放射出耀眼的光芒,真是一幅灿烂辉煌景象的图画!

至于宋导不遗余力地向大家介绍的历史悠久的盐湖,我好像兴趣不大,我对那个东北女士说,就是一个“泡子”而已!泡子在东北话里就是池塘。等到汽车回到珀斯时已经晚上8点20分了。我们在中国城下了车,赶快找了饭馆吃饭,随后返回宾馆,结束了10多个小时的旅行。至于

广阔的地平线

写作,我是没有精力啦!

评议与联想

陈素娣：钱哥,我又看了一遍《西澳纪行(三)》。你真的是风度翩翩,就如导游所说一看就是教授范儿。那导游也是一个帅哥,一看就是个很聪明很灵活的男人。女儿很像你,夫人很年轻。你很幸福,周游世界,此生无憾。

顾亚民：跟着平雷同学的车轮与脚步在历史与现实重叠的陌生国土上行走,能发现许多令人心醉神迷的图景。在一个陌生的地方用心、用情采撷日常生活中的美好与温柔,用客观的视角和姿态对旅行投以哲性、思辨的观照。阅读平雷同学的游记犹如又上了一堂生动的历史地理课。

周文华：回老顾,对钱作家的游记读后有同感,只觉得不再需要有啥要问的了,写得太详细了,对这个珀斯周边几百千米的地貌人文环境,已不再陌生了，真是写得图文并茂有水平享受了。大片白沙漠里也有植物的生命存在很稀罕，对龙虾也长了知识，了解了许多，在异国他乡穿越了沙漠地，还有19世纪的英国小镇所见所闻等，很值得用文字记载下来。但你读后说只要跟着平雷的车轮与脚步游就可以了，意思不再需要亲力亲为的旅游了，这是懒人的说法，你现在不出去游，怎么指望十年后去看西北大沙漠变绿洲呢，信服力在哪里？建议该去一次先感受一下，才对呀！

张崇大：见景惊奇，文更精彩，引人入胜。如同行欣赏西澳人文景观，文笔实在是了不得！

章杏波：此篇《西澳纪行（三）》，图文并茂，引人入胜，全文巧妙穿插，于平淡中显露突兀，新潮中隐含远古，值得一读！文中几幅图片：绿油油的小麦田；总算到了波浪岩；360°地平线；太阳沿着地平线降下去；其摄影技术和上佳效果达到专业水准！

2019年9月21日（星期六）珀斯—悉尼

一、西澳和珀斯给我们留下了美好的印象

为期四天的西澳之旅今天就要结束了，说是“四日游”，其实只有2.5天的游程。今天白天的时间，都用在了乘坐飞机上。清晨，由宾馆代为呼叫的出租车，只有5分钟就到达了。一名不善言谈的印度籍的司机把我们送往机场。他那冷冰冰的表情，与我们到的那一天送我们去宾馆的巴基斯坦籍司机的热情形成了强烈的反差。我们看着车窗外的珀斯街景，议论着对珀斯乃至西澳的印象。双休日清晨的珀斯，行人更加稀少，大片草坪绿地，种有热带棕榈行道树的街道边的随处安放的长椅，以及现代化的高楼大厦形成的城市风貌，加上前两天看到的人和事，让人觉得这座城市曾被冠以“全球最宜居城市第六名”和“世界最友善城市”的称号，确实当之无愧。免费的公交，淳朴的民风，市内大片的绿地，都反映出珀斯无论居住环境，生活素质及社会福利等都是极佳的城市。西澳是政府鼓励

澳大利亚东南地区居民移民的地区，但240万的人口，有近200万住在珀斯市，其他广袤的地区只有40万人，它的第二大城市也只有10万人口。那天从波浪岩返回珀斯的途中，当中巴车翻过一个高坡，眼前突然出现了灯海一片，完全是一个繁华都市的夜景。宋导说，这也是珀斯的一景。他还说，从人造卫星上看地球，在这里其他周围地区都是漆黑一片，但在这里却可以看到一片光明。妻子对珀斯印象极好，说空气比悉尼更加清新，在这里，身上的疼痛不舒服都消失了。我们开玩笑说，你干脆移民珀斯得了。

西澳的面积有250万平方千米，比我国新疆的180万平方千米要大得多。所以绝大多数地方是看不到人的。据介绍，农业大面积生产，光是小麦就种了18万平方千米，是中国台湾面积的4倍多。它的种植并不依靠水利灌溉，而是靠天吃饭，当然也不可能精耕细作。几个风景地周边看到的枯树成片，并不清除，而是让它们保持自生自灭的自然状态。需要时，只是在旁边补一点树苗而已。由于西澳的农业、矿业资源极其丰富，而人口稀少，平均生活水平就高了。除了房价外，其他的物价一点不比悉尼、墨尔本等东部发达城市来得便宜。尤其是蓝领的工资，一般都要比白领高许多，这个现象在全世界其他国家很少见。总之，这是一个尚未全面开发的地区。

二、旅游资源和旅游胜地之间的差距

西澳确实拥有丰富的旅游资源，但是大多数都未曾开发。由于文明历史较短，所以西澳以自然资源为主，人文资源缺乏。据宋导说，西澳有四处世界遗产，但大多数游客并不能享受，都是因为地方偏远。中国游客都说，来西澳旅游有点像在新疆，车要开很长时间才到一个景点，但真正的游览时间却相对较短，像昨天的波浪岩，12小时的旅程，只有一个小时用于波浪岩的游览。

据宋导和佘导他们介绍，近年来西澳旅游的发展呈几何级数增长，主要是许多游客对澳洲东南地区都游过了，于是把眼光投向西澳。但旅游资源要成为旅游项目,中间还是有差距的。西澳旅游界的人士是努力的,他们想尽办法挖掘天然旅游资源的文化内涵。像昨天的盐湖(泡子),从外表看实在没有什么美感,除了导游宣传它的历史和科技外,当地人还在湖边放了几个用钢条做成的塑像。不仔细看,以为是几堆废钢铁。看了底座处模糊的字迹,才知道是有创意的塑像。其中有一座上有"Is That Rain"的英文字样(中文意思是"下雨啦?"),我让宋导一起来看,他恍然大悟,这塑像是一个人摊开双手在接雨水的意思。他说,他以前也没有注意到下面的文字。再看看另外几座塑像下面的文字,塑像的含义都明白了,有耕作、收割等意思,让我们体会到了塑像者开发景点的用心良苦。这似乎也是西澳人开发旅游资源的一个案例和象征,其他如旅游商品、不同国家游客的不同习俗如何满足,都还没有完全开发出来,处于"初级阶段",今后的工作可谓"任重而道远"。

三、飞越大海回到悉尼

我们回程的飞机是波音737,每排有6个座位,机舱走道左右各3个座位。我们三人正好占了一边3个座位。我有幸靠窗,可以俯瞰下面的景色。那天到了空中后,大部分地区都处在云层之上,没有太多的可观赏的景观。我曾经试图利用时间把前两天落下的"功课",用手提电脑撰写,但毕竟座位空间有限,结果没有写多少。令我满意的是,当飞机飞越航线中海洋上空到达彼岸的海岸线的一瞬间,有一种奇特的快感,给我捕捉到了,我立即拿手机拍摄了下来。悉尼到了,又是两个小时的时差,我们感觉是下午,当地已经是黄昏了,这一天又要过去了,我们的四日游的第四天也就接近尾声了。尽管我们也是客人,但到悉尼还是有一种回家的感觉。回家的感觉真好!

评议与联想

章杏波:好一个"Is That Rain"!"桑条无叶土生烟,箫管迎龙水庙前"。看来澳洲广袤无垠的西部地区也有祈雨、靠天吃饭的古俗民风。雨露滋润禾苗壮，好在西澳地广人稀，一场及时雨，够充半年粮。作者笔下的西澳描述，令人印象深刻！

李喻犀：写得真好，你对西澳的客观描述，让我们对珀斯有了更多的了解，希望您每次的旅行都带上我们，期待新作……

陈素娣：西澳之游结束了，我们也跟随着钱哥的游记游览了一番，真好。谢谢钱哥的付出！谢谢钱哥的分享！

顾正兰：四天西澳旅行描写得好详细哦，好像让我身临其境，跟你们一起去旅行了一样，辛苦你了！文笔流畅，图文并茂，让我一口气看完！谢谢！

倪纪芬：跟着钱同学游西澳长了好多见识。苍茫无际的沙丘是白色的，好新奇。叫黑男孩的草树，有树的树干，而树叶又是一堆堆草丛，所以叫草树倒是名副其实。树干是烧焦的，然而树的上部仍然郁郁葱葱。真是野火烧不尽，春风吹又生。澳龙是好东西，讨人喜欢，却不知它还分西澳龙和东南澳龙，长知识了。平时我们吃的都是东南澳龙，也叫小青龙。尖锋石阵原来是一根根的石柱子，开眼界了，惊叹大自然的鬼斧神工。那波浪岩真的是世界奇观，缓和的曲线，波纹像在流动，宛如一幅山水画。又一次惊叹大自然的鬼斧神工。能看到 360 度地平线上太阳的降落，钱同学真幸运。摄下那时的美景让我们共享，谢谢钱同学了！

李正兴：写得详细，很有风趣，好像我也参加了旅游，真精彩。

陈文霞：你凭借超人的记忆力详细描述了四天辛苦而有特色的旅行，图文并茂地介绍了西澳的自然风光和资源，仿佛我也去了一趟珀斯，真好！

真正到过澳洲了

——欣赏悉尼歌剧院音乐会有感

一

以前当人们提起澳大利亚，可能第一个印象就是悉尼歌剧院，它似乎就是澳洲的地标和象征。我本人对悉尼这座城市的第一印象，就是来自于20世纪70年代后期看到一张悉尼歌剧院的照片。以前我们通过地理课或者电影，还有报纸，知道国际上有莫斯科、伦敦、巴黎、纽约、东京等世界著名城市，还知道了诸如华沙、柏林、布拉格、新德里、开罗等一些国家的首都，甚至知道了孟买、里约等地区大城市，却不知道在澳大利亚有悉尼，这么一座南半球最繁华的国际大都市。主要的原因可能是我孤陋寡闻，也与当时中国与澳大利亚没有太多的交往，媒体上对它的报道有限有关。在此以前，我对澳大利亚最初的印象就是悉尼港桥，它曾经出现在我的专业教科书里，但由于“文革”原因，也没有正式上过专业课，所以注意了它的构造，并没有把它与所在的城市联系起来。当我第一次看到悉尼歌剧院的照片时，作为一个建筑爱好者，还是为它的外形感到震撼，因为还从来没有看到过一组建筑可以用如此特别的造型来建造。我们一般看到的建筑，它的外形一定是直线、圆，或者椭圆等比较规范的几何线型单独或者交叉所构成的。而悉尼歌剧院的主体建筑外形好像一组雪白的半截贝壳，而不是规范简单的几何图形。它与旁边的大桥以及四周碧绿的海水共同形成一幅美丽风景画，令人赏心悦目。从此悉尼在我心中留下了美好的印象。

二

1988 年 10 月我应澳大利亚铁道学会的邀请,参加在新西兰举行的国际轨道学术会议,来回都经过悉尼,住在位于悉尼唐人街的一家旅馆里。除了参加有关学术方面的活动外,第一个旅游的目的地就是悉尼歌剧院,当亲眼看到这座举世闻名的建筑时,还是感到很震撼的。从远处看,悉尼歌剧院的外形犹如即将乘风出海的白色风帆,带着所有人的音乐梦想,驶向蔚蓝的海洋。从近处看,它就像一个盛放着贝壳的大展台,与雄伟的悉尼港桥、绿树成荫的植物园等周围景色和谐相处,相映成趣。由于当时囊中羞涩,没有多余的钱支付价格不菲的参观门票,只能以它为背景拍几张照片留作纪念,再隔着玻璃对里面张望,就算"到此一游"过了。

真正到过澳洲啦!

2004 年 10 月,隔了 16 年,我随当时的工作单位组织的考察团,又一次来到澳大利亚,第一站又是悉尼,旅程中有一档节目是参观悉尼歌剧院。这一次是可以进入里面参观了,而且有导游介绍,知道了许多有关它建设的内容和趣闻。悉尼歌剧院整个建筑占地 1.84 公顷(1 公顷约为 10 000 平方米),长 183 米,宽 118 米,高 67 米,相当于 20 层楼的高度,是由丹麦建筑师约恩・乌松(Jorn Utzon)设计的。它从 20 世纪 50 年代开始计划兴建,1955 年起公开征求世界各地的设计作品,到 1956 年共有 32 个国家和地区的 233 个作品参选,后来丹麦建筑师约恩・乌松的设计方案中选。从 1959 年 3 月开始建设,由于资金筹措等原因,直至 1973 年 10 月竣工。然而这座轰动世界的伟大建筑,设计师约恩・乌松本人居然没有亲眼看到过。最令人瞩目应该是它的贝壳外形,据设计师本人介绍并非来自贝壳,而是橘子。某天在吃早餐时,他一边剥橘子,一边想方案,突然间发现,剥开的橘子瓣竟然组合成一个很有趣的几何结构图,这就成了悉尼歌剧院造型的依据。关于这个故事,在歌剧院的门口,还有铜制模型说明。那次参观并没有进入大剧场,只在黑暗中,看到一个小型的场地中,一支来自日本的中学生管弦乐队在排练。那次参观给我最为震惊的是,如此豪华的建筑,其内装饰居然是混凝土模板脱模后的原貌,没有任何装饰材料!以后,我多次来澳洲,才知道这里的建筑理念就是如此。

之后由于女儿在这里成家立业,我又来了几次探亲。但再也没有进入悉尼歌剧院,甚至都没有走到它的跟前,只是在坐车跨越港桥,或者乘船时远眺,欣赏它的雄姿。去年我想用中国画的形式,画一幅悉尼的风光画,当然歌剧院与港桥是最具代表性的绘画对象了。由于要画图,我不能只是一般的了解它们的结构了,还需要对其细部进行仔细的观察,并查阅一些资料。于是总结出:它的外观为三组巨大的白色壳片,耸立在暗红色钢筋混凝土结构的基座上。第一组壳片在地段西侧,四对壳片成串排列,三对朝北,一对朝南,内部是大音乐厅。第二组在地段东侧,与第一组大致平行,形式相同,是规模略小的歌剧厅。第三组在地段的西南方,规模最小,由两对壳片组成,是餐厅。那幅画的歌剧院部分,就是按照这个组合绘制的,并知道在 2007 年,这组建筑被联合国教科文组织评为世界文化遗产。

上周六,我们全家一起去悉尼艺术馆参观美术展览,从那里出来,穿越植物园打算去乘轮渡去一个名为“玫瑰湾”的地方。经过歌剧院，女婿问我们在里面听过音乐会没有？当听说没有，他说，他和女儿已经在里面听过好几次音乐会了，其中一次是中国钢琴家郎朗在此举行独奏音乐会。悉尼歌剧院也是世界著名的表演艺术中心之一，各国音乐家也以在此表演为荣。他建议我们应该在这里欣赏一次音乐会。按照他的意思，没有到过悉尼，等于没有到过澳大利亚，没有到过悉尼歌剧院，并在里面欣赏过音乐，也好像没有真正到过澳洲呢！于是他对女儿说，应该尽快给爸爸、妈妈买票，听一场音乐会，至于能欣赏到什么音乐会，也只能看歌剧院近期的安排了。考虑到我们年事已高，女儿给我们买了下午的一场音乐会，到底是什么内容直到当天我也没有弄清楚，只是像完成一次“历史使命”似的。

我把将要去悉尼歌剧院听音乐会的消息，告诉了每天下午与我在附近操场上散步的一对上海籍的朋友姚振亚、包秋莲夫妇。他们很认同我女婿的观点，认为能在悉尼歌剧院表演和欣赏都是一件很值得、很有意义的事情，并带着自豪的口吻告诉我，他们的女婿曾经和一些上海的朋友组织和赞助了中国“三大男高音”魏松、戴玉强、莫华伦在悉尼歌剧院举办了演唱会，他俩也因此去现场观赏，据说很有气势和水平，获得了巨大的成功。

三

就在这样的背景下，我们欣赏了 2019 年 10 月 17 日（周四）下午 1:30 的一场名为《Donald Runnicles conducts Bruckner Symphony No. 7》（翻译成中文就是《唐纳德·罗尼科尔指挥布鲁克纳第七交响曲》）的音乐会。在此之前，这唐纳德·罗尼科尔和布鲁克纳究竟是谁？我一无所知。我们的女儿为我们买的票子的票价是 55 澳元/张，不算便宜，但进入悉尼歌剧院参观的门票也要 46 澳元/张，这样一比较，也就不算贵了。进了音乐厅的大厅，我也取了一份免费的说明书，当然是英文的。我们也顾不上看了，就进入了音乐厅。我们的座位就在乐队舞台的右上方，离乐队的距离很近，可以清楚地看到演奏员和指挥的面孔，但稍微偏了一些，我的座位与指挥台的位子在同一水平线。这个音乐厅相当大，据说有 2 600 多个座位。观众席分了上下、左右、前后多个区域。舞台正前方端头有一架巨大的管风琴，那底下也有观众席。我都在怀疑下午的音乐会，又非周末、假日，哪来那么多的听众？但当音乐会开始时，我估计 60% ~70% 的座位都有人了。基本上都是老年白人听众。我女婿事先关照我，听音乐会按照这里的惯例，观众要着正装，为此我和妻子也“入乡随俗”都把西服拿了出来穿上，我还系上了领带。可到了剧场一看，哪有人像我们这样着装的？这些老人都穿长袖衬衣和长裤，女士穿连衣裙，比较正规，不像这里当地人平时衣着非常随便的样子，于是我也把领带撤了。音乐会马上就要开始了，每个区域都有一位工作人员，他嘱咐我们，开始后不许拍照。所以很遗憾，我没有一张音乐会正式表演的照片。

除了大部分演奏员就座外，首先上场的是首席，他领着大家校音，各个声部都对了一下基准音。然后那位指挥家就登台了，他首先拿了话筒说了一通话，说得很快，发音也不是很标准，我们只听懂几个诸如纽约、伦敦的地名和若干英文名词，具体内容我不得而知。我只好采取似懂非懂的方式去欣赏了。我对妻子说，前不久中央音乐学院一位副院长到中央党校做报告，他的意思说，听音乐不必追求“听懂”其中具体在说什么，你可以按照自己的感受去理解乐曲表示什么意思，我们也只能这样欣赏音乐了。我则用自己的音乐知识去观察眼前的悉尼交响乐团的水平。这支乐队是双管乐队的编制在演出。乐队的排列也与我们在国内看到的不太一样。他们的第一、第二小提琴声部是分坐舞台中心两侧的，中、大提琴声部的位置也不一样，大提琴声部就在指挥的正前方，而不是在国内看到的，通常在指挥的右下方。尤其是贝斯大提琴声部全部位于舞台的左侧，而不是右侧。其他如木管、铜管和打击声部的位置没有什么特别。演奏水平是一流的，各个声部的发音清楚，但彼此和谐。除此之外，我们只能如同欣赏其他西洋交响乐一样，在不熟悉的时轻时响的旋律里，像在云雾中一般地聆听着。

在悉尼歌剧院听交响乐

那位指挥家,只有在第一部分演奏完后,下台休息了一会儿,趁此机会,我赶快看了一下说明书,原来他是悉尼交响乐团的首席客座指挥,还担任过德国、美国、英国等好几个乐团和歌剧院的音乐总监或客座指挥。今天表演的是奥地利18世纪的作曲家布鲁克纳的第七交响曲。随后那位指挥家又一次登台了,他与其他指挥家不同,是用左手执棒的,在一个多小时里,一口气把其余乐章都演绎完了。大概下面的听众都是具有一定音乐修养的,几个乐章的间隙没有人鼓掌,等到全曲结束时,下面发出了持久热烈的鼓掌。就这样我的悉尼歌剧院听音乐会的经历就算完成了。这样我就能说"我真正到过澳洲啦"?

四

我这个人就有点"非要弄个明白不罢休"的脾气。我不能就如此不明不白地就算欣赏过音乐会了。于是回到家,又拿出说明书,反复琢磨,又是翻英文,又是翻德文,才大概搞清楚,刚才的音乐会的内涵究竟是什么。

布鲁克纳是一位18世纪的奥地利的音乐家,他对德国著名音乐家瓦格纳极为崇拜,他的交响曲也是在不断的进化之中。他被公认为一个乐坛怪人,饱受乐评家讽刺,这一切直到他的第七交响曲1884年在莱比锡首演,获得巨大成功为止。随后第七交响曲又在纽约、芝加哥、布达佩斯、伦敦等地演出,很晚才在维也纳演出。前面指挥家介绍中有"纽约、伦敦"大概就是这段话中的内容。

说明书对这部交响乐的介绍,一上来就是四个章节,我发现用的是德文:

Allegro moderato

Adagio. Sehr feierlich und sehr langsam

Scherzo. Sehr schnell

Finale. Bewegt, doch nicht schnell

我学过一点德文,但我手边这时又没有《德汉词典》,我就用了手机里"有道词典"进行翻译,翻出来的中文,我不得其意。于是打电话询问了我的好朋友胡定伦先生,他博学多才,既懂英文,又懂乐理。他告诉我,那些音乐术语,都是来自意大利文,无论是英文还是德文,都运用意大利外来语,是一样的,经他点拨,我才有点明白了。上述四句话的中文是:

中速的快板

柔板:很庄重并很缓慢

诙谐曲:很快

结尾:在动,但不快。

在第二乐章柔板中,表达了作者对瓦格纳之死的预感和悲伤,因为瓦格纳对他有"知遇之恩"。据胡定伦先生告诉我,瓦格纳当时曾认为,德国在贝多芬之后,没有出现过超过贝多芬的音乐家。但对于布鲁克纳,他说:"我只知道有一个人,可以和贝多芬相提并论,而他就是布鲁克纳!"在别人都讽刺他的时候,瓦格纳能对他做出如此高的评价,当瓦格纳去世的时候，布鲁克纳能不有所表示吗？

而布鲁克纳实际上是到了20世纪，才等来了世人对他的普遍认同。昨天的表演也是澳大利亚音乐界对他的一次致敬。如果我事先了解了这些信息，那么欣赏的效果就大不一样啦！这是后话。

出了歌剧院，外面正刮着大风，连帽子也几乎戴不住。我和妻子还是坚持在平台上拍了一张照片留念，因为除了我要以此撰写一篇文章外，这也是我们“真正到过澳洲了”的重要证据。

评议与联想

陈素娣：钱哥文笔流畅，叙说详细，随着钱哥的文字表达我们也仿佛进了悉尼歌剧院，听了一场音乐会，并且了解了悉尼歌剧院的历史。音乐会中间是不能拍手鼓掌的，现在国内也是如此。我在上海交响音乐厅、东方艺术中心等剧场聆听了几场音乐会。国内的听众音乐素养也是非常好，中间没有人拍手，安静得一点声音都没有。到乐章结束时观众马上爆发出雷鸣般掌声，我当时就感叹我们上海朋友的音乐修养文化素质就是高。

钱平天：平雷巧妙地将悉尼歌剧院作为“澳洲代表建筑”，表述了一个理念：只有亲身进入这座世界著名建筑并再聆听一场世界级的音乐会，才是“真正到过澳洲了”。其实这是一种似是而非的诡辩法。因为澳洲太大，特殊代表太多，譬如袋鼠、考拉、鸸鹋，还有许多特殊的建筑和名胜……我细细品味这篇悠长的文字，随着内容层次展开，有许多过去并不了解或一知半解的知识，很快且带着趣味地被接受着，有一种“噢！原来是这样的！”的恍然大悟。

陈天仪：悉尼歌剧院的屋顶颜色远看是白色的，近看是浅绿色和淡米色共同拼接的图案所组成的。

包秋莲：拜读了你的文章，写得很生动、有趣、细致，值得点赞！关于提到了我们的名字，也没有关系。我想，也没有几个人认识我们的，只是作为你的一点经历。也说明歌剧院与我们华侨、华人也有着亲密的关系。

毛正峻：这座多次修改，建了17年才完成的著名建筑，我曾经去参观过两次，其中一次是静静观看了乐队排练。没有正式聆听过它的音乐会，不知道还有没有机会。

方鸿辉：有生活才能如此鲜活，夺人眼球，如同歌剧院勾人魂魄的轮廓之魅影。值得称道！

高炉森：读了你的《真正到过澳洲了》一文，感触良多。首先，你对悉尼歌剧院形象的描述极其细致，从外观到内景，连内部的容积长宽高都一一标出。剧院与环境的协调，设计的由来，都娓娓道来，给人构造了一个立体的形象，跃然纸上。有两点印象特别深刻，其一是拱顶上的材料用的就是原来建筑时留下的混凝土顶棚，这个细节太令人诧异了。作为一个音乐厅，顶棚和墙壁都要经过吸音处理，使舞台上声音经过顶棚和墙壁的反射到达观众的耳朵，有严格的要求，声音的回响时间和延迟时间不能超过一定的标准，这样处理后，在观众席任何位置上，都能享受到相同的音乐感受。现在的悉尼歌剧院的顶棚虽然是混凝土的，但实际上它是经过精心设计的，它的音响指标是达标的。这样有两个好处，一是形象古朴和环保，二是节约成本。其次，你详细解释了歌剧院建筑的设计原理，设计者不是根据贝壳形象来设计的，而是根据剥开的橘子瓣组合成的几何图形来设计的。这纠正了不少人的认知，我也以为是根据贝壳图形来设计的。再者，你对演奏者和曲目追根刨底的探求，也为本文增添了色彩，满足了我们的好奇心。我们也很想了解歌剧院平时演奏的是些什么曲目，以前有些文章写得太笼统印象不深，而你的文章就写得很仔细，给我留下了很深的印象。

陈文炜：今天看了你在朋友圈发的《真正到过澳洲了》散文，写得非常精彩。亲眼看看悉尼歌剧院是许多人的愿望。2018年11月9日我从北京飞新西兰北、南岛，又飞澳大利亚玩了东部诸城市，最后从墨尔本返京。悉尼给我留下了深刻印象。那天上午10点参观歌剧院，正赶上悉尼交响乐团彩排。静静地观看了他们的彩排后，在歌剧院外欣赏了漂亮的建筑造型。傍晚又坐游轮边吃晚餐，边观赏风光。就如同你在文章中发的照片,从船上看到了由悉尼歌剧院和港桥组成的画面。当时我就想起了你的创作画(以前你在微信中发表过)。真是天才,你画得太棒了。想来这幅画放在镜框里,悬挂在家中,看到它,一定会想起在澳州探亲的美好时光!

夏 萍:第一,钱老师,你真幸福。澳大利亚是一个高消费的国度,女儿、女婿买的音乐会门票,价钱很贵吧? 有这样有孝心的孩子,真幸福!第二,你真认真。虽然有专家说听音乐会,不必追求听得懂,但钱老师你细细地将有关资料翻译了出来! 很钦佩你的钻研和好学精神! 谢谢你的美文!

邦迪海滩的现代艺术启蒙记

一、不经意中进入现代艺术领地

我女儿鹿怡告诉我们，在悉尼最有名的邦迪海滩近日有雕塑展览，建议我们前去参观，周六这里刮大风，不便外出。周日我们在悉尼的发小舒庆华夫妇邀请我们全家和另一位发小陆汉德一家到他们家做客，共进午餐。于是我们把去邦迪的时间定在 2019 年 10 月 27 日的星期天上午。对于去海滩看雕塑，我一直以为是看“沙雕”。这个玩意儿我以前只有在电视上看到过，在我国的舟山也曾经办过沙雕比赛，但没有亲眼看见过。因此亲身到现场感受一下，也是一种很有新鲜感的体验。那天清早我们就上路了，没有想到，从女儿家到邦迪海滩只有 20 多分钟的车程。我们把车停在路边，眺望海滩，感叹邦迪海滩确实是一处风光优美的世界级旅游胜地。但是又发现下面除了与平时一样，有人在冲浪、游泳、晒太阳外，没有一点沙雕的影子。经路人指点，说由此往右沿海岸线走两千米处，就是雕塑展览的地方。我们朝着那人指点的方向往下走几步，就发现人流正往同一个方向涌去。老远看见前方有一座如同火炬形状的金色雕塑，耸立在前方。旁边还有其他五颜六色的各种雕塑，沿着道路两边的不同地形置放，直到视野的尽头。那不是沙雕展览，而是一些形态并不吸引眼球的人造模型啊！我心中不免有点失望，等到我走到那座金色雕塑的跟前，看到这座雕塑下方的标牌，再环视一下，周边的其他雕塑，才有点明白这其实是一场“现代艺术”的室外展示活动。

对于“现代艺术”，我是一个标准的门外汉，而且一点不感兴趣，那些“艺术家”，以一些没有艺术感的东西为材料，做成既令人感到莫名其妙，也没有美感的“艺术品”,而让观众啼笑皆非。最典型的例子,是一个法国叫杜尚的画家,弄了一个小便器,在上面签上自己的名字,再将其取名为“泉”,放到美术展览馆里展出,这还居然被他们捧为经典作品。近年来,国内也有些年轻美术工作者,尤其是美院的青年学生,搞了一些怪怪的“作品”,甚至有人还在展览现场做出怪异的动作,那也算一件作品,向观众展示。我除了在媒体上看到有关报道外,从来没有产生过到现场参观的念头。可今天到了这个地方,不可能就此逆人流后退,也只好“被接受”一大批“现代艺术”作品的教育了。

二、“被参观”现代艺术作品

首先本次展览的第一号作品,粗看它好像一把金色的火炬,又好像一条正在向上盘旋的蛇,英文的名字叫“The Statue of Mad Liberty”,翻译成中文就是“疯狂的自由女神像”,作者是一个中国人的名字:Wang Kaifang,据说他叫王开方吧! 但当时我是没有弄清作者的创作主题思想的。这座雕塑旁边是第3号作品,是一根垂直的上面有炫纹的玻璃棒,名字就叫“glass(玻璃)”,作者Toshio lezumi,看上去是一个日本人的名字。走了几步,看见第2号作品,放在一块凹进去的大石头上,像一块白色多孔的大骨头。它的名字叫“Shared Light(分享光明)”,作者名字看上去是一个欧洲人。

我随着参观的人流向前行走着,但由于时间等原因,不可能一一仔细观看每一件展品,并拍下照片,只能选择几件比较吸引眼球的东西仔细地看看,或者拍下照片。有一件被编为8号的作品,名字叫Spilt Imprint(溢出的痕迹),作者是悉尼当地人Katie Stewart。他利用海滨小路岩石表面的留有空隙的地形,把一些陶制品放置在孔洞里,与天然砂岩共同形成一件作品。还有一件第11号作品,四个小人顶着一匹倒置的马,名字叫“Empires Dismantled(帝国解体)”。看上去像金属制品,当时我也拍了一张照片,但并不理解作者的创意何在。有一件颜色非常鲜艳的作品,它是由3组五颜六色的塑料物件拼装而成。这是第13号展品,摆在那儿非常

邦迪海滩上的现代雕塑

醒目，但我总感觉有点俗气，名字叫“Divine Assembly #8，#9 and #10.（#8、#9 和#10 非凡的装配）”。

走着看着，海岸小路右侧的石壁上，高高低低放置着一片白色的小房子引人注目，我猜想这些东西要表达什么意思？我妻子说，你看！那些小房子很像一张张脸。还真是的，有点道理。但再向前走几步，另一片房子又不像了。等到走完这些小房子布置的路段，仍旧没有看到该作品的标牌。我有点不甘心，也不管妻子、女儿已经继续随人流前进了，我又回过头来寻找它的标牌。终于在一处不显眼的旮旯里，看到了它的标牌。那是第 16 号展品，名叫“Out of Reach（遥不可及）”。随后我还拍了三根竖立红色巨大的树叶形状的板，是第 14 号展品，名字叫“Red Gum（红色的橡皮）”。这条海滨小路的尽头是一只足球形状的球体的第 15 号作品，名叫"Complex Nest(复杂的鸟巢)"。走到这里,我对于上述作品的创意,光是从标牌上的作品名称去猜测,仍旧如同处在云雾之中,无法完全理解。

三、柳暗花明又一村

"山重水复疑无路,柳暗花明又一村"这句古诗用在这里,实在是太确切了。眼看海滨小路已经走到了尽头,右侧旁边又露出一条上山的小路,其宽度正好是上下两股人流可以相向而行。当我们沿山路登到高处时,看到上面放置了不计其数雕塑作品的高地,此处中文叫"邦迪南岬——也就是形成邦迪海滩南侧的海角,也称"马克斯公园"。到此处看展览,有点像到达一处品种十分丰盛的自助餐的餐厅里,面对满桌从未品尝过看似美味的佳肴,也不知选择哪种菜品下箸。加上临近中午,烈日当头,有限的时间,只能挑选吸引眼球的作品,真正是"走马观花"般地浏览一下了。我除了对着作品拍照外,再就是把它们旁边小得不起眼的标牌,也尽量拍下来,可以拿回家通过"反刍"来尽量理解其内涵。当然一般来说,观众比较集中的作品,也就是比较吸引人的作品。

首先看到的是两个直径在 1.5 米如同破壳般的物件,观众们都在往壳体内张望,其中一只壳里有 3 只考拉形的毛绒玩具。这是第 22 号作品,名字叫"Front Line(前线)"。另一个作品是几个大小不一的,用竹子编成的球体,其中两个大的球,还留有门,里面还放置了桌子,一些观众还钻了进去,不知在体会什么?该展品是第 28 号作品,名字叫"Transience(过渡、短暂)"。我女儿告诉我,那里有一只鸟,很好看,于是我们走到它的跟前,并拍下照片。可是再沿着展品走几步,发现它的后部是一辆汽车的造型,这又算什么东西?这是第 51 号展品,它的名字叫"Birds of Paradise(波罗底斯岛的鸟类)",是两位捷克的艺术家的作品。

有一件作品,我有点眼熟,就是一黄一绿,两个球体,上面还有中文字,是绿箭口香糖的包装纸。这件被编为第 27 号的展品,名字叫"Yellow and Green(黄色与绿色)",作者果然是一个中文名字:Jiao Xing tao(焦兴涛)。这件作品曾在上海的一次现代艺术展览会上展出过,是那次展览会中被媒体报道得最多的一件作品。出于对职业的敏感,有一件作品,其材料好像几乎都来自铁路,形状看上去像一条隧道,它是第 26 号展品,名字叫"Between(在一起)",是一位希腊艺术家的作品。

该高地上最引人关注的莫过于一座白色的头大身小的人形雕塑了。这是第 39 号作品,名字叫"Angry Boy(愤怒的男孩)"。这座展品通过标牌的名字,总算可以看懂了。他看上去在生气,或者在生闷气。

林林总总的作品实在太多了,我也不可能在本文中一一介绍啦!

四、原来这种作品还可以买的

我们发现高地的端头有几栋活动房屋,上面有《Sculpture by the sea》(海边的雕塑)的大标题。副标题是 Twenty Third Annual Exhibition(第 23 届年度展览会),到此为止,我才刚刚知道这个展览会的名字,原来已经举行 23 次了。

当我们走进帐篷,更是吃惊,原来里面是外面不少雕塑的小型化的展示厅。第 14 号作品,名字叫"Red Gum(红色的橡皮)",第 39 号作品,名字叫"Angry Boy(愤怒的男孩)"等都有小型版,下面还有标价:第 14 号作品标价 600 澳元,第 39 号作品标价 13 500 澳元。也有不少作品我尚未看到过,本次展览有 111 件展品,由于时间关系,我大约只浏览了一半而已。有一件作品是一个人形,在外面现场没有看到过,仔细一看全是"废物利用"做成的,标价 7 000 澳元。

时间已经超过 11:00 了,我们还要赶紧去庆华家聚会,所以后面的展品我也不准备完全地参观了。女儿半开玩笑地对我说,你又可以写一篇文章了。我也想写,因为这是可以让我留下记忆的事件。但是如果要写散文,似乎信息不够充分,也没有发现有说明书在分发,或者有资料可以索取。我突然看见有一位白人老太手里拿着一本小册子,好像与本次展览有关,于是就问了工作人员,他说,那是要自费购买的。于是妻子、女儿就按照工作人员的指点到一个服务台买了一本,价格不菲,要 12 澳元。庆华来电话了,说汉德一家已经到他们家了,问我们在哪儿?我说在邦迪海滩参观雕塑展览会，知道从这里到他们家，开车还有相当一段距离要走，所以正在往他们家赶去。在去停车处的途中，我发现路旁有一个小亭子也在卖与展览有关的纪念品，包括那本小册子，它的边上还有一本小册子，我扫了一眼，发现封面上除了有《Sculpture by the sea》（海边的雕塑）的大标题外，还有"'Kids' Guide（儿童导读）"的字样。那是一本普及读物！对于我这样英文水平一般，对现代艺术又外行的人来说，看普及读本确实应该是理解展品含义的一条捷径。于是我就毫不犹豫地买了一本，也不便宜，要 7 澳元。到此为止，现场参观算是结束了。在去庆华家的途中，我翻阅了这两本书，稍微了解了本次展览会的一些背景。这次展览会的展品来自 18 个国家和地区的 140 位艺术家的 111 件作品，除了澳大利亚、新西兰以外，主要来自欧洲，还有中国、日本、美国、巴西和以色列等其他洲的国家。我们刚才看到的作品置放的场地，属于邦迪海滩，其他还没有看到的作品，是放置在继续往下走，沿着一条名叫"Tamarama Coastal Walk"的海滩步行道的两侧。

五、现代艺术基本概念的学习和消化

等到我准备撰写这篇散文时，我发现光凭这两本书和照片，以及自己的一点印象，是很难向读者说清楚展览会的内容的，收集一些相关资料是必需的。现在最方便的办法就是上网搜索。网上有关现代艺术的信息倒是真不少，我除了阅读外，还摘录了一些，并进行思考和消化，最后把我认为有关现代艺术最基本的一些概念叙述如下，供微友们参考。我估计大多数的微友与我差不多，对现代艺术还是比较陌生的，了解一点相关知识，对今后在生活中，遇到类似的情况如何理解，不失为一件好事。

（一）基本概念

现代艺术，又称现代派艺术，是指 20 世纪以来，区别于传统的，带有前卫和先锋色彩的各种艺术思潮和流派的总称。它是基于科学和理性基础上建立的，也是西方数百年来的思想文化核心。现代艺术的特点在于打破艺术家、作品和观众之间的区别，主张艺术干预人类生活。

（二）发展阶段与主要特点

现代艺术的性质有学者把西方美术的历史概括为三个阶段：前现代、现代、后现代。无论是“前现代”还是“后现代”，都是与“现代”进行比较后才可能产生的看法。可以从两个角度体察“现代艺术”发生转变的原因。一种是从风格和形式的角度，另一种是从价值的角度，所谓价值，就是判断好与不好的标准。不同价值观导致了不同的评价结果，比如，用传统书法的价值观看当下主流的书法，就会认为今不如昔。具体说，现代艺术的价值观表现在下列几个方面：

（1）追求纯粹，现代艺术追求视觉产品的纯粹性；

（2）提倡原创，这是把体育竞技的标准用到了艺术上；

（3）形式至上，这是为形式而形式，赋予形式以独立价值和功能；

（4）自我中心，现代艺术家多闭门造车，表现自我，不考虑观众；

（5）整体单调，造成了一定程度的全球性艺术语言贫乏症。

于是就在20世纪60年代末出现了反对现代艺术的力量——后现代艺术。它是在科技强权席卷一切，纯粹化的艺术山穷水尽的背景下，出现的新的艺术活动，下面就是当时新出现的几项艺术形式：

（1）大地艺术（Land art 或 Earth art），可以看成室内装置作品向户外发展的结果。

（2）装置艺术（Installation），由非艺术材料构成，往往由弃置传统雕塑材料而来，它们是装配起来的，而不是画、描、塑或雕刻出来的。它们的全部或部分组成要素，是预先形成的天然或人造材料、物体或碎片，而不用艺术材料。

（3）身体艺术（Body art），是创作者将自己的身体作为艺术表达的材料，并结合绘画、摄影、录像等身体艺术或其他现场记录手段，形成的一种非戏剧化的表演艺术，这里“非戏剧化”，是指无虚构、表演和做作成分。

（4）概念艺术（Conceptual art），来源于1920年代早期的达达艺术，认为艺术没什么神圣和持久的价值，它的本质是思想或者概念，物理形态的具体作品并不重要，所以也叫思想概念艺术（Idea art），

(5) 过程艺术(Process art),认为艺术的制作过程比事先的构思重要,体验时间流逝胜于观看静止和持久的物体,力图表达瞬间即逝的短暂存在,此种艺术多使用易于体现时间变化的软性材料。

(三) 现代艺术流派

现代艺术主要流派包括了现实主义、野兽主义、立体主义、未来主义、印象主义、野兽主义、达达主义、超现实主义、抽象主义、波普艺术、超现实主义、抽象主义、波普艺术等。其中我们比较熟悉的有印象派的代表莫奈的作品《稻草垛》、立体派的代表毕加索的画,毕加索往往喜欢碎裂、解析、重构。简单地讲,就是把东西拆散后,再堆在一起。他们有个共同的特点,就是崇尚"概念主义","我说它是艺术就是艺术",用他们的行话说:"一件艺术品,从根本上讲,是艺术家的思想,而不是有形的实物。"

现代艺术在室内短暂陈列的立体展品,其中极少部分也会被博物馆收藏,它是一种布置展品的方法而非艺术特色或风格,所以它可以为许多艺术流派服务。

六、对展览会的回味

有了上述的感性认识和理性认识,再回过头来品味那天的邦迪海滩雕塑展览会,就有了进一步的理解。这次展出确实是大地艺术、装置艺术、概念艺术、过程艺术等各种理念充分显示的一次盛会。

再看看那些作者的作品创意,可以让观众去对比一下自己对这些作品概念和意味的猜想是否一致。我举几个例子,请微友们思考一下:

第 11 号作品,四个小人顶着一匹倒置的马,名字叫"Empires Dismantled(帝国解体)"。其创意是:以前,马可以驮人,这个雕塑现在可能在告诉我们什么故事呢?

第 14 号展品,名字叫"Red Gum(红色的橡皮)",是三根的竖立红色巨大树叶形状的板,其创意是:这位艺术家经过漫长的海上旅行,来到澳大利亚。她记得看到和闻到的桉树的味道,用此作品表达她对澳洲风景的颂扬。

第 15 号作品,名叫“Complex Nest(复杂的鸟巢)”是一只足球形状的球体。其创意是一个直径为 3 米的抛物线天线,尽管现在看起来有点不同,它就像我们在风景中的鸟巢一样常见。

第 16 号展品,名字叫“Out of Reach(遥不可及)”,作者把 100 个陶瓷房子被放置在沿海的岩石上,但人们无法到达这些房屋,这个作品是讲述许多从未有过家人们的故事。

第 22 号作品,名字叫“Front Line(前线)”。其创意是“故事、想法、声音和音乐可能储存在这些豆荚里,现在它们被打开了,也许所有东西都跑掉了,它们去了哪儿?”我原来还以为是蛋壳呢!

第 26 号展品,名字叫“Between(在一起)”,是一位希腊艺术家的创意:当你穿过这座雕塑中像隧道的东西,进入的大圈随着小圈的变大而变小。

第 27 号的展品,名字叫“Yellow and Green(黄色与绿色)”。其作者创意是这些口香糖包装被放大,做成了巨大的雕塑。把小的东西变成大的东西,让我们以不同的方式思考问题。

第 51 号展品,它的名字叫“Birds of Paradise(波罗底斯岛的鸟类)”,就是前面是一只鸟,后面是一辆汽车。作者的问题是:列出所有鸟和汽车所构成的东西,当你把两者放在一起会发生什么?

限于篇幅,我并没把前面叙述过的作品的创意都一一列举,剩下的几座雕塑作品,就请微友们自己去猜想吧!希望您通过阅读这篇文章,对本来并不熟悉的现代艺术较以前有进一步的了解。

评议与联想

夏　萍:雕塑,很难弄明白的艺术品!

陈素娣:现代艺术虽然像我这种老年人,不是特别欣赏,特别懂,但是对这些作品所显示的想象力,我还是佩服得五体投地的。这些作者的思维太扩展了,简直有点天马行空了。看得出作者富有灵感,有极强的创造力。没有做不到的,只有想不到的。谢谢钱哥的分享!谢谢!

我也是可以吃西餐的

我们上海人以前把吃西餐叫作“吃大餐”。在大家的心目中，似乎比吃中餐要高级，因为当时大多数人都没有经济条件走进诸如红房子、天鹅阁、德大等上海为数不多的西餐馆，如果有一天有机会进去吃一顿，就叫“开洋荤”。上海人自己也喜欢做西餐，最普遍的是模仿早年俄式大餐的“老三样”——土豆沙拉、罗宋汤和炸猪排。

如今我们有的是机会可以吃西餐了，包括旅游、探亲，甚至开会、出差。等到以后真的到国外的饭店吃当地的菜肴时，才知道上海那些老牌的法式、意大利式、德式西餐馆的菜肴，已经按照上海人的口味，改造过了，不是这些国家现在正宗的菜肴了。俄罗斯的大餐也并不仅仅是“老三样”那么单调的几种。

但这些所谓正宗的西餐，多半都是运用油炸、烘烤，甚至生吃的烹调手法，而且用的调料也是我们一时难以适应的，所以到了国外，除了偶然吃一、二顿西餐外，还是吃中餐，最好还是家乡口味的饭菜最“乐胃”。尽管在国外的那些中餐馆，因为也要迎合当地顾客的口味，也对中式菜肴作了改良，往往已经不是原来正宗中国菜的味道了，但对于中国人来说，相比之下，还是他们餐饮的最好选择。

这些年“洋快餐”，诸如肯德基、麦当劳、必胜客等也纷纷到中国各地开设他们的分支机构。开始时大家也因为图新鲜、怀着“开洋荤”的想法去品尝一番，尤其是他们餐饮文化的策划主要针对青少年顾客，所以颇受大人小孩欢迎。但时间一长，他们的炸鸡块、炸薯条等以油、冷为特点的产品，渐渐地被如今怕高油、高糖饮食的老年人所敬而远之，即使是中年人也更喜欢中餐点心。于是这些洋快餐店也“入乡随俗”,有些也供应起豆浆、油条等典型中式餐饮品种了。中西餐饮文化,就这样在不断地互相渗透和交融。

我也是一个老年人,我也同样与大多数中国老年人一样,不能适应外国餐饮。尤其是我有胆结石、痛风等慢性病,因此,在餐饮上更加避免高油脂、高嘌呤的食品。在国内,我是尽可能不到饭店吃饭的,毕竟饭店的菜肴,油水更加足一些,菜肴以荤菜为主,嘌呤也会高一些。即使去了,也是以会客为主,吃得很少。到了国外,更是如此,他们用黄油烹制的菜肴,是我躲避不及的。因此连我妻子都对我有意见,她说到国外,应该品尝当地菜肴,了解当地饮食文化。像我这样对西餐一概敬而远之,错过了享受的良机,太可惜了。

昨天在澳大利亚的悉尼,接受了一位朋友沙莎女士的宴请,多少改变了我的偏见。原来西餐并非都是油腻难进、高嘌呤的菜肴。沙莎女士是我在上海铁路局工作时的一对老领导沙千、佘赤华夫妇的小女儿。当年为了帮助解决我父母身边没有子女的困难,他们帮助我从哈尔滨铁路局调进上海铁路局,也因此改变了我一生的命运。我与他们一家结下了不解之缘,与他们的孩子以兄弟姐妹相称。沙莎 30 年前闯荡澳大利亚,在这里成家立业,也融入了主流社会,熟悉包括饮食文化在内的当地文化。如今因为有微信,所以我们都知道彼此的行踪。她得知我与妻子来悉尼探亲,就主动与我们联系,热情地邀请我和妻子赴宴。她说,你们一直都吃中餐,应该尝试吃一次西餐。她把宴请的地点,选在悉尼最佳的休闲环境之一的达令港。我们在市中心的一个地铁站会合后,她带领我们到了对着碧绿海水的达令港岸边的一片餐饮场所。达令港我来过许多次了,据我所知,这些沿岸的饭店,平时都是白人顾客光临的地方,很少有华人在那里休闲餐饮的。沙莎把我们领进了一家饭店,说她以前宴请国内来的朋友都在这里。我又在那里强调我的身体和餐饮习惯了,说来这里也吃不了什么,主要是与她会面。沙莎表示很理解我的想法,但说海外的中餐能比国内的中餐做得好吗？况且西餐并非你想象的那样,都是油腻和高嘌呤的。

服务员为我们每人送上了菜单,这对我和妻子就是多余的了。沙莎首先向我们推荐一道“烤猪排”,我一看菜单,那是一块很大的肋排,有点担心吃不了。沙莎说,请放心,里面有骨头,实际量并不大。而且告诉我们,此菜一点不油腻,是在烘烤时,把调料逐渐涂抹上去的,不是油炸烹制的。作为辅菜,她又点了一道我说不清名字的沙拉,说其中有一种叫“芝麻菜”的蔬菜,估计你们没有吃过,可以品尝一下。她又为每人点了一份上面有食物的吐司面包。按照惯例,每人应该喝点酒,我们都谢绝了,我和妻子平时是滴酒不沾的人,出门都带着茶水。沙莎说,“入乡随俗”她为自己点了一杯葡萄酒。

首先上来的第一道菜是吐司面包,一片圆形的面包上配有五颜六色的各种食材。其中蔬菜块粒显得很新鲜,味道也不错。最关键的是,它一点也不油腻,让我解除了开始的疑虑。随后那道主菜“烤猪排”和沙拉也

主菜:烤猪排

上来了。那块猪排看上去确实很诱人,暗红色的涂料油光光地发亮,勾起了人们的食欲。沙莎先沿着肋条骨头的方向为我们切下一块肉排。我发现里面的肉质并不肥腻,我品尝了一下,咸中带甜,很是鲜美。配以爽口

的“芝麻菜”沙拉,确实是一种从来没有领教过的很有味道的享受。那道沙拉配有一种白色条形的食材,我咬了一口,颇有咬到上海菜中烤麸的咬劲感觉。沙莎说,这是一种奶酪。我平时对奶酪是一点不碰的,今天我居然已经吃完了一块奶酪,还全然不知呢!沙莎又为我们每人切下一块肉排,我已经有点吃不下了,虽然是肉带着骨头,其量还是不少啊!沙莎问我们再来点什么?我们都摇手称饱了。那块猪排,尽管沙莎说,形大量不大,但客观摆在那里,我们都无法“消灭”它呀!结果请服务员打包,让我们带回家,给女儿、女婿也品尝一下。这是后话。

辅菜:芝麻菜与奶酪沙拉

这顿饭,正如沙莎事先所说,西餐并非我们概念中的样子,一旦你了解了当地的餐饮文化,还是有不少饮食是可以品尝甚至享受的。我们也表示,要向女儿、女婿介绍,悉尼还有不少我们中国人可以享用的饮食文化哪!沙莎不仅宴请了我们,也给我们上了一堂餐饮文化课。我把这个过程写了下来,与我的微友们共同分享。

评议与联想

沙　莎:哈哈!那么快又一篇文章出来啦,那排骨还未消化呢!那吐司面包叫“Bruschetta”,发音为“布旭盖达”是意大利式的前菜。传统的做法是西红柿,红洋葱,Basil 罗勒菜都切碎,再放橄榄油、盐和胡椒粉浸一下,然后放在面包上。昨天吃的时候他们加了一点牛油果。

陈素娣:说的对,我们到了国外,应该品尝当地的西餐。我是一个很随和的人,对饮食也没有什么特别的要求,什么都吃得惯。自己旅游就是可以做自己想做的事,而跟团就不能那么随心所欲了。比如这次去国外,因为很多人都吃不惯西餐,所以旅行社安排的餐食都是中餐馆。我觉得到了国外还是吃中餐,对国外旅游来说总有点缺憾。所以旅行社不安排餐食时,人家都是在宾馆里吃方便面,我就趁机到外面吃西餐,我喜欢尝新。

张星玲:钱总在海外的生活丰富多彩!钱总对所有的生活细节都能写出如此让人看后感觉贴近生活接地气的文章。每一篇短文看后都会让人期盼着下一篇。这就是科普作家写作特有的个性化文章的魅力。

吴江探胜记

——平望小九华寺、黎里古镇巡礼

一

吴江，原来是江苏省的一个县，后来是苏州市下属的一个县级市，如今成了苏州市的一个行政区。近年来，说起吴江，游人们并不关注它的行政中心城区——松陵镇，最关心的却是被联合国教科文组织列入《世界遗产名录》的著名苏州园林之一退思园所在的同里镇。最近一段时间，就是因为同里镇具有位于江苏省东南部，东接上海市青浦区，南连浙江省嘉善县，西临太湖的地理优势，和青浦、嘉善一起，连成了长江三角洲一体化国家发展战略的样板试验区域，因而受到人们更多的青睐。由于太湖流域的名胜古迹实在太多，因此对于吴江，在以往，除了同里古镇及其退思园、震泽古镇及其慈云寺塔等几处具有代表性的旅游风景地，被人知晓外，更多的文化历史古迹都被人忽略了。黎里古镇和平望的小九华寺，大概就是早年被大家忽视的两处景点。

周庄、甪直等几个江南小镇，以前由于交通不便而得不到开发，导致原来古镇的容貌基本没有发生根本变化。当经济发展起来后，住在大城市的人们突然发现，儿时课本中鲁迅、茅盾、叶圣陶等文人笔下描述的水乡景物，在那里仍旧能“原汁原味”地呈现在面前。这些“小桥、流水、人家”江南村镇的风貌，居然如此富有诗情画意，于是人们惊喜不已，对其进行了开发，使其成为举世闻名的风景游览区。在中国的旅游界甚至还有“北有避暑山庄，南有水乡周庄”一说，因为避暑山庄和周庄平级，都是我国5A级的旅游景区。节假日，那些有点名气的古镇，游客人山人海，全然没有了水乡平静的生活氛围。当然,当地百姓也纷纷做起了生意,当上了船娘,更多的变成了房东,依靠老祖宗留下的遗迹,改变了自己的角色。

于是作为一名中国普通老百姓的我,也心向往之,开始到各个古镇去游玩。说起来也真不好意思,当年我在铁路系统工作时,因为修理桥梁,去沿线小镇住宿是常有的事情,那时大多数的小镇所在地,都是如今的“古镇遗址”。由于靠近铁路,经济就比较发达,所以当地政府和民众提前进行了大规模的更新改造,于是如今都成了由半新不旧的建筑和街道占主流的小城镇了。用当年《人民日报》记者曾对此有过的评议来讲,“他们把一流的历史古城建设成三流的现代化城市。”当自己步入老年,也会喜欢怀旧,回想当年工作生活,因此也经常在节假日,与铁路局的几位老伙伴带上各自的老伴,自己驱车到江浙一带的古镇和其他景点游览一番。如果在春节期间,我们还要在该古镇附近寻找一座庙宇,大家无论信不信佛,也烧三炷香祭拜一下,为家庭安康祈福。因此“一座古镇和一座庙宇”是我们每年春节旅游目的地的“标配”,最好还有不要“人挤人”现象的“附加条件”。近二十年下来,上海周围方圆100至200千米范围内,具备“标配”条件的地方,几乎都走遍了。寻找新的目标,成了我们的“功课”。位于吴江的黎里古镇和小九华寺,就是一组符合我们要求的“标配”。能够寻找到它们,却还有一段曲折的经历。

二

我们长期“吃铁路饭”的人都知道,一般来说,铁路沿线的景点,因为交通便利,游客会比较多。沪宁线和沪杭线有“黄金旅游线路”之美称,它们沿途的景点往往旅客也会比较拥挤。相比之下,避开铁路的景点,游客也就较少,旅游体验的效果就更佳。吴江一带以前没有铁路,所以就选择在吴江寻找新的景点,什么同里、震泽古镇都去过好几回了。我发现有一个叫黎里的地方,应该有玩点,因为在地图上,紧贴着黎里镇那个圆圈的旁边,标着一个黑点,还有“柳亚子故居”的文字,那里应该算一个景点吧!于是大概在十年前,我约了几位大学时代的同学去了黎里。到那里已经是中午了，在吃过午饭后，我问饭店老板，如何去古镇老街？他露出一副诧异的脸色反问道："黎里老街有什么好玩的？"又说道，这里没有什么可以游览的！他好像懒得连指点一下都不愿意了。在这样的情况下，我们还会有一定要去古镇老街的劲头吗？我们只好在不得已的情况下，去了吴江一位民营企业家自己建造专门摆放各种石头的园林里，兜了一圈回上海，才算完事。

近年来，各种媒体都在宣传黎里古镇如何如何，说它是一座保存较好的典型江南古镇，其历史可追溯至2500年前，它与同里和湖州的织里，以及常熟的古里一起，号称"江南四里"。居民千百家，境内河道密布，各式桥梁纵横，素称鱼米之乡。黎里古镇的市河叫黎川，两岸搭建了长长的廊棚。江南气候四季分明，黄梅时节多雨，夏季台风侵袭，盛夏太阳炙烤，冬季西北风凛冽，廊棚为过往行人，"晴天不打伞，雨天不湿鞋"，提供了方便，这也是古镇市容的最大特色之一。另外，黎里人文荟萃，曾出状元1名，进士26名，举人61名。其中以曾被毛泽东写入其诗篇的柳亚子最为著名，柳亚子纪念馆现在为全国重点文物保护单位……就凭上述这些信息，就说明黎里古镇的自然景色和人文景观都有可以观赏的地方，奇怪的是那个饭店老板居然把它说得一无是处。后来我才悟出了道理，那个老板的话正应了一段"谚语"对旅游下的定义："从自己待烦的地方，到别人待烦的地方去"。但是我当然还是要补上游览黎里古镇这一课的。

确定了古镇游览的目标，就要寻找一座附近的庙。从地图上我发现吴江的平望镇离黎里很近。据我所知平望虽然属于吴江，但它的地理位置却不容小觑。它具有联结长江三角洲中的苏、锡、常地区和杭、嘉、湖地区交通枢纽的独特地位，上海的第一条一级公路叫沪青平公路，长80千米，居然把上海市境外的平望作为该路的终点，包括从上海出发的几条高速公路都在这里穿越或交汇。在沪青平公路上有黎里一站，可见黎里离上海更近。从地图上看，在平望镇附近有一座名为"小九华寺"的庙宇，位于黎里附近。我对此庙毫无概念和印象，于是就上网搜索了一番。百度网上介绍："平望小九华寺始建于唐代，重建于明万历年间(1616)，占

柳亚子故居

地百余亩,殿堂楼阁300余间,僧众500余人,碑刻经幢,佛遗物宝繁多,是苏州地区的名寺之一……小九华寺坐落在风景秀丽的莺脰湖畔,四面环水,只有一座伟岸挺拔的安德桥相连。过去在小九华寺对面还有一座美丽的暮虹桥做伴。红墙碧波、晨鼓暮钟、橹声梵音不绝于耳,不失为一块佛教宝地……"啊! 光凭上述的简单介绍,我就判断这是一座有着深厚历史文化积淀的佛教圣地,肯定能够满足我们参拜祈福的需求。

根据以上分析的结果,我们下一次春节旅游的"节目单",就算排定了。然而"人算不如天算",一场新冠疫情,打乱了我们原来的计划。总算等到2020年的中秋国庆长假,但由于种种客观原因,原来的"旅行团"大多数成员没能同行。结果由我和妻子天仪,邀上也会开车的徐国铭小弟,一起完成了这趟久违了的旅行。

三

我们按照计划，在中午到达平望，还没有进入镇区，在车上就远远看到一座金光闪闪的宝塔，它在周围建筑的包围下，鹤立鸡群般地屹立在人们的视野中。国铭猜测，那大概就是“小九华寺”了。我们顾不得游览，先找饭店填肚子吧！这平望虽说在交通要道上，与前年去浙江丽水这座地级市一样，节假日要找一家像样的饭店，还真不容易。总算在路人指点下，我们在一家名为“步步高”的饭店里点菜吃饭。稍事休息，就直奔“小九华寺”而去。没想到在卫星导航指引下，没有转几个弯，就到了“小九华寺”的大门前了。几乎没有看到其他游客，我们在被测温后进了庙的入口。天仪和国铭虽然都不到 70 足岁，但也不用买票。进了门，向右一拐，就见到庙宇的大院。里面所有殿堂、雕塑、香炉等建筑和器物，好像都是新造的，它们合在一起给人的第一印象就是金碧辉煌。那座高耸入云的宝塔果然就是此庙的建筑，它像一把宝剑插在众殿堂的后方，保卫着庙宇的平安。

小九华寺正门

我们首先进入的“天王殿”就与众不同，除了正面的弥勒佛，背面的韦陀菩萨，两侧的四大金刚外，还有两座雕塑分别置于后门的两边，他们的样子与四大金刚很像，也都由玻璃神龛笼罩，但我说不出他们的名字，其中一位手中握的武器是钢鞭，我猜测他俩是否是门神程咬金和秦叔宝？但这是佛教圣地，不应该有道教人物啊？带着疑惑，我们走出了天王殿。

大雄宝殿的两侧分别是钟楼、鼓楼、财神殿、观音殿、地藏殿、500 罗汉堂等各幢高低错落不同的圣殿。我们似乎顾不上去这些殿堂了，先到大雄宝殿瞻仰一番。大雄宝殿飞檐翘首，黛瓦粉墙，巍峨壮观。赵朴初题写的“大雄宝殿”四个大字金光闪耀，高悬于正门上空，不愧为大家手笔。殿正中供奉释迦牟尼像，左右分别是阿弥陀佛和药师佛，妙相庄严。三尊佛像面容丰腴饱满、神态敦厚、慈容善目、沉静端庄。佛体金装重彩，令人肃然起敬。大殿两侧则是形态各异、栩栩如生的十八罗汉像。所有塑像，制作精细传神、工艺精巧。唯一让我们感到不解的是，为何如此鲜艳，缺少了沧桑沉淀的色彩。

随后我们向大雄宝殿后面走去，那里还有藏经楼、地藏阁、斋堂、功德堂等建筑，尤其是那座叫“药师塔”的宝塔。在大雄宝殿的东侧对面的墙壁上，有许多颂扬该寺诗词的书法作品，篆、隶、楷、行、草等五种写法俱全，让人很是赏心悦目。大雄宝殿背后，还有一口名为“地藏泉井”，据说为寺内一宝。旁边有文字介绍：井深十余米。明万历年间，小九华寺大规模扩建，并兴建地藏阁。地藏王菩萨在空中显灵，用杖杵地，突涌泉水，其水甘甜，被后人称为“地藏泉井”。现在用水龙头引出泉水，国铭扳了一下龙头，居然有水流出。藏经楼、地藏阁，都是体量很大，但很现代化的建筑。两者相连处有台阶，游客可以拾级登上藏经楼。藏经楼下有一长排释迦牟尼的塑像，上方是用木板排列刻写的《莲华经》。楼上有如同大礼堂般的讲经堂，“主席台”上有三尊金色的菩萨，我也搞不清他们分别是谁？从藏经楼的露台上，可以仰望眼前的宝塔和地藏阁的雄姿，也可以俯瞰由假山、放生池、照壁、观音院和连廊等建筑构成的后院。除了连廊看上去是有年头的建筑外，其他都是新建的实物。我们走下藏经楼来到后

成排的佛像

小九华寺后院

小九华寺大型照壁

观音院里的塑像群

院，眼前一堵巨大的照壁，让我感到震撼，这是以地藏王为主题的由一组组故事描述的画面。每个故事都有文字标牌说明。雕工十分精细，我用手机是无法把整个照壁拍摄下来的，只能拍几个局部意思一下了。据说地藏王的道场在大九华山。他经常出去授经讲课，修行路上都修了小九华寺，其中安徽、浙江都建有小九华寺，平望小九华寺便是其中一处。

那观音院的中间是由一尊三面站立的观音菩萨塑像围起来的群雕。院子围墙大门对着院内三面墙壁前，坐着各种诸如由“送子观音”命名的观音白色石质塑像。这与前院观音殿中，中间是金色观音雕塑，从地面到顶的三面墙都是一尊尊小型平面嵌入式的观音塑像，形成了不同风格的氛围。这种布局在该寺中屡见不鲜，同一种佛像会大量重复地出现，我至今也没有搞懂其中的奥秘。一句话，如此规模的寺庙，我还是第一次看到，那就是但凡以往在其他寺庙中看到的各类物品，在这里全部集大成了。

观音殿里的塑像

走出寺庙大门，面对的是烟波浩渺的莺脰湖，简称莺湖。据说它也是杭嘉一带的名湖，与嘉兴南湖、杭州西湖齐名。曾引来不少文人雅士吟诗作画，如白居易、李白、杨万里等都留下脍炙人口的诗篇。“小红吹箫工唱歌”，就是在这一带留下的名句。一尊金色高大的观音塑像在正前方耸立，其他附属建筑和雕塑和谐地分布在其周围。不远处有一座多跨拱桥，它是否就是所谓的安德桥，我就不得而知了。在寺庙的外围墙上，还有许多石刻的画面，讲述吴江曾经出现的名人和他们的事迹。其中就有我的澄衷中学老学长，著名大法官倪征燠。

小九华寺外墙上有关老学长的事迹

我们都对该寺庙缺乏沧桑感，感到些许遗憾，后来看到贴在大雄宝殿的西侧外墙的宣传画才知道，这些殿堂都是在2000年以后才建造的，最晚的是在2015年。直到今天我撰写文章，再一次查阅网络才恍然大悟。原来这座名寺古刹，也历经了沧桑巨变，经受了历史风云。1949年改为平望粮管所，1970年改建为面粉厂，原先庙宇建筑曾经被改作他用，面目全非。所幸至今寺中遗址上尚存一棵桂花树、一棵黄杨树和一口古井，作为物证，留下了历史的回忆。1997 年，经吴江市人民政府批准，同意恢复平望小九华寺。此举深为中国佛教界赞誉，中国佛教协会会长赵赴初先生闻讯，欣然亲笔题匾“小九华寺”。对于一座寺庙来说，20 来年的时间，不能算古寺了。因此，此庙宇名气还不大，怪不得在长假期间，游客寥寥无几。

四

从平望小九华寺出来，我们驱车急急忙忙地赶往黎里古镇，先到了我上次来黎里吃午饭的那条街道。这里显然有许多的游客，路边停满了各色小车。按照以前到其他旅游景点的经验，当地的旅游引导标牌，会将游客的车子指引到离景点还有相当距离的停车场。这里现在是 4A 级旅游景区了，也会采取这个把游客分散的对策。当我们把车子开到停车场附近，发现里面已经停满了车。要里面开出来一辆，后面才能进去一辆。我们问了站岗的辅警，他说，你们往前开，过了红绿灯，靠在路边即可。我们往前走了不远，发现一条小马路交叉处，有“临时停车场”的标记，于是立即拐弯开了进去。果然里面有不少空位。原来已经接近下午 3 点，旅客们开始往回走了。

黎里水乡一景

泊好了车，我们可以正式游览黎里古镇了。我们穿过了一座公路桥的桥洞，就看到了具有水乡特征的景物——石拱桥。翻过了这座桥，就算进入古镇老街了。果然整个古镇是按照市河黎川两岸来分布的。据介绍，古镇共遗留 4 000 多米明清古驳岸，256 座河埠和 254 处缆船石，在市河上，跨越有 12 座各种形式的古石桥。古镇它既有“人家尽枕河”的名居，更多的是沿着河岸布排的店铺和向后布局的弄堂。廊棚果然是该镇最典型的特点之一，它充分展现了江南水乡人家的生活智慧。黎里的廊棚形式多样，有披檐式、人字式、骑楼式，还有过街楼式等，参差错落，逶迤曲折，在以往到过的江南古镇中并不多见。

驳岸和河埠上雕刻着各式各样的缆船石，也算此地另一个特色。建于明清时期的古驳岸，河埠式样众多，有淌水式、双落水、单落水和悬挑式，双落水和单落水又分内凹式和外凸式等多种。驳岸和河埠上雕刻着各式各样的缆船石，有暗八仙、笔锭、如意、犀角、双桃、双桔等，当属江南古镇之最。

黎里廊棚之一

黎里廊棚之二

水乡生活

弄堂多也是黎里古镇的一个特色。据说全镇到现在保留弄堂115条,其中暗弄堂90条,超过百米的11条。弄堂本身也形式多样,有明暗并列的双弄,所谓明弄就是露天的夹弄,暗弄则是有屋顶的弄堂或走廊。还有两条暗弄相并的双弄等,堪称江南古镇之最。但这些弄堂也往往曾经“藏龙卧虎”,大户人家为显示达贵,都拥有整条弄堂,一般称“某家弄”,例如周赐福弄、李厅弄等。在黎里,这样带姓氏的弄堂占全镇弄堂总数的近一半。我们也走进了一条深不见底的叫“王家弄”的暗弄,走了半天,也没有看到什么东西,只有在一扇镂窗中,看到里面是一进厅堂的院子,才知道这是一座有着多进的大户人家住宅的走廊。还有一处门口有“端本园”的牌子,要买票才能入内。进去一看,是一座私家苏州式园林,虽然很小,几分钟就能走遍,但亭台楼阁、假山花草等苏州园林元素,倒也运用得淋漓尽致。还有一处“黎里民俗博物馆”,也是要买票才能进入的。里面摆设了黎里农耕文化所需要的各种农具,显示了黎里大户人家的衣食住行和婚庆等生活场景,还有曾在此宅居住的名人的事迹介绍。

黎里古镇端本园

黎里民居“洞房”

黎里民居厨房

古镇上的教堂建筑

国家重点文保单位柳亚子故居，应该是黎里最为著名的历史文化展示处了。它不仅不用买门票，而且还有小册子免费赠送，主要介绍柳亚子的人生经历和革命社团“南社”的历史。这里本是清乾隆时期工部尚书的私邸，前后六进，有栩栩如生的砖雕门楼，还有乾隆的梅花碑、刘墉与著名画家合作的祝嘏图。柳亚子故居收藏着国家一至三级文物藏品120件，其他文物藏品152件，还有其他书画文物500余件。此外，古镇中还有若干座西式建筑，如学校、教堂，说来也奇怪，融在其中，并不觉得别扭难看，反而给人一种清末民初的历史时空感觉。

黎里老街的土特产我不敢恭维，什么辣脚、套肠、油墩、海棠糕、多肉馄饨都引不起我的食欲，还有什么“老虎豆”之类蚕豆制品，也没有购买的兴趣。看来开发旅游产品，是黎里景区需要下大功夫的一桩事情，因为

“购物”也是旅游的不可或缺的“六大要素”之一。

毕竟年事已高，我们围着市河走了一圈，虽然从两岸看去，对岸景色不一，但路走多了，也有点累了。总的来说，黎里古镇是值得走一趟的。它在江南古镇群中，可称得上“独树一帜”，有着它自己的特色。

五

酝酿很久的吴江“一庙一古镇一日游”之旅即将结束了。我们在镇上饭店吃过了晚饭，就打道回府了。接下来我要撰写此行的游记了。当我在准备开题时，遇到了困难。我发现很难用简单的词汇，说清本文的创意。我有在吴江寻觅新景点的意思，用“探”字应该是合适的。而且被我找到的旅游项目都可以说属于上乘的景物，在《汉语现代词典》的“探”字条目中，我发现了“探胜”这个词汇，它的解释是“探寻优美的景物”。这个词汇可用！另外，我还发现了“巡礼”这个词汇，它有两个解释：其一，“朝拜圣地”；其二，“借指观光或游览”。“巡礼”用在“——平望小九华寺、黎里古镇巡礼”作副标题，不也是恰如其分吗？于是就有了这篇游记的来历。

说来也奇怪，黎里和平望距离上海只有七八十千米，与上海到苏州市区的距离差不多，但相比于西北方向的苏州市区的景点，上海人对西南方向的黎里古镇和平望小九华寺好像就比较陌生，也不太清楚它们是如此值得休闲游览的好去处。也许我的这篇游记，会给人们一个想要前往实地观赏一番的提示。

评议与联想

胡定伦：游记对“小九华寺”的描述，自然生动，如流水行云，条理清晰，结构层次分明，显示出不凡的文学功底。另外，标题和副标题，也颇吸引眼球，读到结尾处，方知作者在开题时下过功夫。诚如作者希望的那样，读完之后确实是产生了前往平望、黎里实地观赏一番的欲望。

为 诚（微信名）：我在距平望不远的浙江南浔做过不少规划和建

筑设计项目,每次去那儿,走 318 国道,经过平望就知快到了,往前一站是震泽,而它就是南浔的邻镇,省界在二者之间通过。那些小镇本来都多少有些特色,土特产什么的(日语汉字称名物,倒也很传神),小时候记得平望有名的是辣酱! L. L(微信名)说得不错,一般城镇现在差别不大了,充斥着粗陋的建筑和各种争辉的店招和广告,学建筑的很无奈,不是没本事,而是没本事改变这现状。

L. L(微信名): 主要是老建筑都毁了,新建的都是千人一面,连本地话也快没有了。

公交13路见证的上海岁月沧桑

一

13路是上海市内一条无轨电车线路。说起上海市区的公共交通，在20世纪50—80年代，主要就是有轨电车、无轨电车和公共汽车3种。当时1～10路是有轨电车；11～29路是无轨电车；30～100路是公共汽车。它们和自行车、市轮渡一起，是上海市民出行最主要的交通工具。曾几何时，老式的有轨电车作为落后的交通工具被淘汰出局，它们曾经占据的1～10路的线路名，一度已经成为大家的记忆一起进了交通历史博物馆，后来又有6路、8路等名称被其他公交交通工具所再次应用。原来的市区如今称为中心城区，郊区也撤县改区，与市区连为一体了，上海的公交线路已经有上千条，连我这个曾经的交通科技工作者也根本弄不清楚它们是如何分布的了。如今我们上海市民市内出行，除去私家车外，最主要的出行方式是轨道交通，如果乘坐地面公共交通，人们最关注的也是自己居住地附近的几趟，一是去离家最近的轨道交通车站，二是它可直达我经常要去的地方，如单位、医院、超市或者亲友家等的几条公交线路。

为什么我会选择13路作为本文的主题呢？因为它曾经与我成长过程的生活密切相关，从它在1960年由13路无轨电车登场开始，到1995年我离开上海铁路局调到上海市内不再乘坐13路电车为止的那段经历，就是我一个虚岁15岁的少年郎到50岁知天命，35年的人生阅历。那段时间它行走路径是以提篮桥为起点，经周家嘴路、海宁路、河南北路、天目路、长寿路等上海市区的主要街道，至曹家渡终点站。这条路径串联着上海许多重要的地段，也记录了我人生的轨迹。

作为一篇散文的体裁需要，我还特地上网查询了一下13路的“前世今生”。线路前身为抗战胜利后上海公共交通公司开辟的12路公共汽车，起讫站为提篮桥至新闸路。1956年11月1日更名为72路，西端延伸至忻康里。1960年10月8日72路公共汽车改为13路无轨电车，由提篮桥经长寿路至曹家渡。2002年9月5日，13路临时延伸至中山公园，后又于2005年9月17日缩线至曹家渡。2010年3月31日，原922路并入13路，调整后设置全程车（提篮桥至中山公园地铁站，即原922路）与高峰区间车（提篮桥至曹家渡，即调整前的13路）。全程车全部由汽车运行，区间车为汽电混行。至2011年7月，服务于区间车的无轨电车陆续报废或转至其他线路运行。因此说，13路已经不完全是我记忆中的一条无轨电车的公交线路了。

二

当年上海的市区公交线路是按照一定的规律来安排的。由于上海城市的格局以东西向的城市道路为主要方向，南北向的干道相对较少，因此上海大多数的公交线路大体是东西走向的。如71路公共汽车从外滩驶向天山路，26路电车从外滩驶向徐家汇，25路电车从军工路驶向十六铺等，都是这个走向。南北走向的公交也因此较少，最有名的要数41路公共汽车，从北站驶向龙华，横穿上海市区。因此需要配备若干条上海市区“对角线”方向的公交线路。如17路电车从通北路驶向打浦桥就是这样一条线路。还有一条具有特殊行走轨迹，几乎所有老上海人都熟悉，至今仍旧在行驶的线路，那就是围着上海老城不断转圈的11路电车。

当初的13路就是一条基本是东西走向，偏北布局的公交线路。它途经了上海好几个重要地段，包括提篮桥、四川北路、北站、新客站、大自鸣钟和曹家渡等商业中心或者旅客集散地。在1959年原来的提篮桥区尚未与虹口区合并之前，提篮桥就是该区的商业、文化中心，所谓“首轮电影院”就有2所——大名和东海，当时在上海上映的最新的电影都可以在这两所影院看到。这里还有东山剧场可以观看越剧、沪剧之类戏曲。而像下海庙、犹太街、提篮桥等如今被称为“文化载体”,因为政治原因,那时被人们忽略淡化了。当13路将要行驶到海宁路四川北路交叉的地方,又迎来一处“文化”高地。在那里集中了国际、胜利电影院、解放剧场、虹口戏院等4座影剧场,几乎所有的市井文化包括交响乐那样的高档艺术欣赏都能在这里得到满足。更不要说四川北路曾经是上海第三条商业大街,连燕记西餐社那样的“开洋荤”的场所,也曾经开设在13路沿线街边。

老北站地区是上海最大的客运集散地,又是交通枢纽,这里除了具有火车、长途汽车上下车与外地沟通的功能外,也是市民去吴淞、宝山、崇明郊区上班下乡途中搭乘公交的地方,此外与旅行相关的各种商业服务也一应俱全。后来在1987年末,上海火车站搬至原东站,被市民称为“新客站”的地方后,老北站地区一下子冷落下来了,新客站那里却因此热闹起来了。无论老北站还是新客站都是13路电车要经过的地方。

13路电车几乎走完了普陀区最主要的商业街道——长寿路的全部路段到达曹家渡。长寿路最精华的一段应该是它与西康路交叉处的“大自鸣钟”。虽然大自鸣钟作为“地标”早已经被拆除了,但附近的上海第四百货商店作为当地最大规模的商业机构成为新的地标,围绕着它的各种著名餐饮在上海也应该占有一席之地。长寿路的西端曹家渡也就是13路的终点,它则是一处跨静安、普陀、长宁三区,呈五角形的街区。是上海除了江湾五角场外,另一处称为五角场的地方。这里不仅有沪西电影院等文化设施,还有诸如“沪西甬江状元楼”那样的名菜馆等商业服务场所。用上海俗语来说,就是一处闹猛的地方。

除了上述几处热闹的“节点”外,还有诸如上海铁路局、上海第一人民医院、国棉一厂、澄衷中学、燎原、泰山电影院等上海重要企业、学校、医院、剧院等,也如同珍珠一般串联在13路的沿线,更不要说其他离该线不远的周边的其他单位,如在安远路上的上海牙膏厂,13路也是他们的不少员工每天需要搭乘的公交。

三

我出生在位于虹口区唐山路、东汉阳路和商丘路等三条马路交叉的一幢船型建筑内，并在那里长大成人。小学、中学都在离提篮桥不远的地方。上大学也要先走五六分钟穿越商丘路到周家嘴路上的13路的新建路站，搭乘13路到吴淞路站下，再换乘55路公共汽车到学校。以后到外地铁路部门工作，回上海或者回外地，更是需要与上海站打交道了。上海火车站（老北站）离我家2.5千米，说远不远，说近也不近，所以一般来说，去上海站（老北站）一定要乘坐13路电车的。

其实我去上海站最早应该追溯到20世纪60年代。当时坐火车去外地旅游还不是普通市民能够享受的事情。我姐姐和住在我家隔壁的表哥，他们考上外地的大学，或者分配到了外地，都是乘火车离开上海的。原先列车座位不实行对号入座的时候，帮他们“抢座位”，往往是我和几位表兄弟经常要执行的“任务”。以后除了我被分配到了外地铁路局回沪探亲期间，弟弟和其他亲朋好友因为上山下乡或者其他原因分配到了外地，虽然列车已经实行对号入座，但由于物质的匮乏以及上海与外地生活水平的差异，人们需要携带更多的物品返程，于是“抢行李架”又成了我这位铁路员工帮忙的义务。尤其是为支内、支边职工、上山下乡知青送行或接站时，更是与13路一起见证了多少上海人的悲欢离合的情结啊！因为这些都要先乘坐13路电车到北站。

以后调回上海铁路局上班，或者需要乘坐火车出差，也都要与13路打交道。我从东北的铁路部门调到了上海铁路局杭州工务段。我开始在沪杭线上从嘉兴到杭州的路段上，从事桥梁维修工作。因为从上海到杭州铁路为189千米，按照铁路规定，职工在200千米范围内可以通勤，因此我每周六回上海休息，周一返回。浙江的丰富物质，让我从以前尽量从上海带东西回东北，转变为从浙江带主副食品回上海的举动。每当我拎了装满了诸如黄鳝、甲鱼、螃蟹或年糕的“杭州篮”，在北站13路电车站等车的时候，迎来了多少还在计划经济中凭票供应上海市民的羡慕的眼光啊！说他们“垂涎三尺”绝不过分。

1978 年我被调到位于北站的上海铁路局的总部大楼上班，不久先是分配我位于上海站背后的虬江路的铁路宿舍居住，回父母家要乘 13 路。后来分配我到位于中山公园附近的老西站（长宁站）旁新工房。上班去北站先要乘一趟到曹家渡的 54 路公共汽车，然后换乘 13 路电车到北站。至此我继续与 13 路打着交道。当时公交是上海市民最主要的出行工具，其拥挤程度，让老上海人至今回想起来，还都有一点后怕呢！但 13 路车队对此下了功夫，他们在曹家渡终点站增加了运力，维持好了秩序，让乘客能够井然有序地乘降，也保证了我辈能够准时上班了。后来该站被市政府有关部门评为“文明车站”。作为一名乘客，我还是牢牢地记住了 13 路线路这一在当时来之不易的荣誉。

四

当 1990 年初新客站建成后，有一趟从老西站开往金山卫的客车，每天都要拉到老北站来检修。当年由于条件限制，老北站不仅承担旅客上下车的功能，还要承担列车检修、清洗、上水、上煤和提供餐车上食物的职能，用铁路的行话叫作“客技站”的功能。用通俗的比喻，就是饭店把厨房和餐厅的功能混在一起了。如今有了新客站，也就是说，餐厅有了，老北站就可以用作“厨房”了。说来也许凑巧，那班去金山卫的列车，在老北站检修完毕，回老西站的开车时间就在 17:15，它还在新客站停一下，这不仅让我们这些住在老西站的职工能够搭乘回家，还让家在苏州、嘉兴一带的职工也能每天通勤回家了。我每天在 17:30 就能回到家中，这在以前是完全不可能的事情。时任上海铁路局局长的张龙，也是上海市铁道学会的理事长，他看到了轨道交通的魅力以及对市内交通发展的重要作用，让运输部门安排去金山卫的其中一趟列车在早晨从老西站开回老北站进行检修，并在新客站停一下，这样这列客车无形之中就成了铁路职工的通勤车。当时上海第一条轨道交通还处于试验段（漕溪路段试验工程），我们作为铁道学会的会员还以学术活动的形式，到那段圆形隧道内参观，步行走了1.3千米。我们的通勤车也成了早于1993年5月28日上海市正式运行的地铁1号线的“非正式轨道交通”了。我也因此结束了与13路电车朝夕相处的经历了。当时我作为上海市铁道学会主持日常工作的副秘书长，写了一篇《城市有轨交通将东山再起》的文章，刊登在《文汇报》上，指出普通铁路、地下铁路、轻轨以及新型有轨电车等有轨交通将成为城市交通的主力，这篇文章受到上海市民的极大关注，不仅被用于新版的《十万个为什么》，而且还获得两年一评的“上海市优秀科普文章”的称号。在上海没有像哈尔滨、北京等其他城市将普通铁路也提供给市民，用于通勤车服务的做法，而将地下铁路、轻轨合在一起，统称“轨道交通”。新型有轨电车也在松江等地成为独立于“轨道交通”的公共交通。

五

当1995年我调离上海铁路局到市内工作，尤其是我父母家搬离虹口后，我几乎再也没有乘坐过13路。无论如何，在上海铁路局总部的工作，应该是我一生中成长最为迅速的阶段，位于老北站的上海铁路局大楼和行驶在楼前天目东路的13路电车，是我这段经历最好的见证。

尽管我以后没有乘坐过13路电车，但它的路径沿线的变化，令我念兹在兹，密切关注。20多年了，上海人民褴褛筚路、艰苦奋斗，随着时代的变迁，也可谓“翻天覆地”。首先是提篮桥地区，如今列入了北外滩开发的程序，那是上海与外滩、陆家嘴形成“三角鼎立”水平的建设项目啊！目标是“汇聚现代化国际大都市核心发展要素的世界级会客厅”。其范围就是南面位于13路提篮桥起点站附近的黄浦江畔，北面是13路行驶经过的周家嘴路、海宁路一线。13路所经过的公平路也是北外滩核心商务区的东侧干道。我的一些住在该范围内旧式里弄的老同学，也因此得到了动迁改善居住条件的良机。

如今的提篮桥地区高楼林立，虽然大名、东海电影院与13路沿线其他诸如国际、胜利、泰山、燎原等传统电影院一样，歇业或者缩小规模，不再承担市民主要娱乐场所的功能。但下海庙的道教文化、犹太街的“二战”文化，甚至监狱的监狱文化合到一起，使提篮桥成为具有浓厚历史文化旅游资源的网红打卡地。而另一种综合性的休闲场所也在13路沿线星罗棋布。最普遍的是诸如提篮桥来福士广场、长寿路亚新广场那样的销品茂，也有位于周家嘴路与溧阳路交叉处，虹口港畔的1933老工坊——上海工部局宰牲场——我们以前叫它“杀牛公司”，如今有了一个雅号——上海音乐谷，为AAA级旅游景区，它包含了国家音乐产业基地、1933老场坊、半岛湾时尚文化创意产业园、SNH48星梦剧院、三角地艺术园等8个项目。屠宰场华丽转身变成艺术高地，这也是上海产业和娱乐转型的一个典型。

位于老北站的铁路局大楼如今也改了名，从原来的“铁道部上海铁路局”变成了中国铁路上海局集团有限公司。它的管辖地区、线路从主要分布在上海、江苏、浙江、安徽、福建、江西等华东5省一市，缩小到上海、江苏、浙江、安徽长三角地区。但是铁道科技却是更新换代了。在新客站上车的客车，传统的绿皮车列车基本消失了，被取代的是动车组甚至是高铁。昔日旅客大包小包背着沉重的行李吃力移动的场面，被他们踏着轻松的步伐拖着五颜六色的拉杆箱的景象所替代。

北四川路、长寿路由于马路扩建，导致昔日商业繁华、人头攒动的烟火景象消失了，取而代之的是车水马龙的交通以及两侧鳞次栉比的高楼大厦。特别是13路沿线的交通功能被发挥到了极致。目前正在紧张施工的“北横通道”，它西起中环（北虹路），东至周家嘴路越江工程，采用地面、地下及少量高架的组合形式，全长约19.4千米。北横通道包括长宁路、长寿路、天目路、海宁路、周家嘴路等道路，它也是上海骨架性主干路网的中原组成部。其精华区段就是13路行驶路径的地下或者上方，这也映衬出13路电车线路走向在上海交通中曾经突出的地位。

现在的13路公交延伸到了中山公园，那是长宁区的核心地区。这里如今又演变成面向长三角的大虹桥的“桥头堡”。长三角一体化是国家的战略，从这个角度来看，13路公交又承担起新时期大上海这座国际大都市执行“对内、对外大循环”战略的最佳见证的角色。

近年来，我一直在位于长寿路武宁南路口的智慧广场“发挥余热”，在办公室，就可以清清楚楚地俯瞰到往返行驶在长寿路上的13路电车。尽管我并不乘坐，但总对它有一种似曾相识的“老朋友”的情结，因为它已经陪伴我走过了60年的历程，尤其是前35年。只要它保持在这条路径行驶下去，我还会继续关注它和与它相关的事物和环境。如果13路是有生命的人物，“相看两不厌”应该是我们友情的最好写照。

此文2021年4月12日《上海老底子》公众号登载。

评议与联想

徐佩珍：谢谢钱老师，文章唤起我对13路的无尽思绪。我家住在海宁路乍浦路，13路电车站就在窗户下面。我去川沙中学上学，得先坐13路到提篮桥，换乘8路到定海桥，再摆渡到高庙，然后坐上去川沙的小火车。家中凡有外地亲友坐火车来往，全家出动乘13路接送那是常事，而送行的重要任务就是抢行李架。另外，我先生的长兄家住长宁路大自鸣钟，乘13路自然成了兄弟间联络的必选交通方式。

江世亮：我也时常坐13路。所以钱老师文中提到的场景有些也熟悉的。谢谢分享！

戴兆辉：又见到钱老师有关上海公交线路的佳作，引起我的许多共鸣。以前外婆家在安远路胶州路，13路是主要交通线路，后来在新客站上班，在海宁路转车，也是天天乘13路或63路。我现在住在中山公园，有时还会坐13路。

韩　曙：现在13路电车西面的终点站在长宁区中山公园地铁站附近的凯旋路龙之梦商场，最近乘坐了13路从中山公园到吴淞路，一路上变化蛮大的，仅新客站到宝山路这一段，老房子都在拆迁，天目东路沿线的山西北路，江西北路，浙江北路，再也没有往日热闹的场景，但可以想象，未来那里的高档楼宇将一座座拔地而起，一改昔日老旧穷的面貌。

赵妙英：谢谢平天同学转发你弟弟的好文章！13路公交车对群里

大部分同学都有回忆,因为我们都住在13路公交车站沿线!为平雷同学的好文章点赞!

方鸿辉: 钱平雷的文章总是这么流畅并能抓住市井生活的亮点,看了会成瘾,时髦说法是很接地气。更令人佩服的是他总是思考不断,著述不停,真的是老当益壮。但愿他身健笔健,给大众留下更多充满阳光也总是接地气的好作品!

卫国昌: 见解独到,富有深意,历史回忆,仿佛眼前。正视现实,变化惊人,展望未来,蓝图可期。

陈国梁: 13路公交车是和我最有缘分的公交车。五六十年代我们家就住在万航渡路曹家渡附近,每每出行大多乘坐13路电车,姨妈一家住在海宁路吴淞路,每周去姨妈家访亲,何况附近有国际、胜利电影院,解放、虹口戏院。常常可以去那里观看电影或戏曲节目。离四川路也很近,是逛街休闲的好去处。20世纪80年代,我先在老北站铁路局机关大院上班3年,后来的13年则在新客站上班,在这16年中,进出单位大门后,几乎都要乘坐13路公交车,因此无形中也有了一种亲切感。退休后,三个弟弟家都在中山公园附近,兄弟之间串门,也需要乘坐13路公交车。所以几十年来,13路公交车是我乘坐最多的公共交通工具,应该感谢一代又一代的13路员工的热情辛苦的劳动付出。

朱源熙: 这篇文章写得非常好,你真不愧为作家!那时候我也经常会坐13路电车,感同身受,但是我哪里能够写得出你这样有深度的散文?祝愿你写出更多的佳作!同时也祝愿你为国家为上海发挥更多的余热!其实,这篇文章不仅仅是一篇散文,还有历史、情感……而且还对市政交通方面工作的人有指导和帮助作用,还有对大众的科普教育。

钱雪元: 年纪越大,回味越浓。你的一大筐作品是老上海的精神家园。

陈素娣: 钱哥的文章总能让人回忆起过去的岁月,引起共鸣。13路我不要太熟悉噢!我姑姑住在北站浙江路那里,我每次去姑姑家都要乘13路。我插队去安徽,火车站来回总要乘13路。那时不舍得也没有什么出租车,印象中那时要乘出租车都是家里碰到大事了,比如结婚、急诊等。一直到我离开虹口搬到杨浦后13路就乘得比较少了。后来搬到中原我退休后,时不时我还是会乘13路。因为地铁是快,但是地铁有时风很大,我头会不适。另外我这个人欢喜乘车看外面,坐在地铁里啥都看不到。再说退休后时间多了,也不在乎多乘几分钟或半小时,所以我到中山公园附近,到曹家渡那里去,我还是会乘13路到提篮桥,然后再乘842或854路回中原。所以说13路是记载了我们一生的历程。

刘中辉:13路电车也曾经是我必须乘坐的公交线,大学六年每周要乘,后来工作去了外地,从火车站到家更是必乘。直到我搬家至莘庄,又有了轨道交通才疏远了。文章勾起我不少回忆,谢谢分享!

楼珍珠:“唐山路大规模的动迁”让我们这些曾经生活在13路公交车边的人远离了它,钱平雷的文章《公交13路见证的上海岁月沧桑》,又让我们回忆起来从小到老,乘坐过无数次的13路,看到13路公交车驶过的周边的道路、建筑慢慢地变化,感想不少!

蒋琴英:看了你的文章,写作水平越来越高,你的记忆力超强,善于观察、记载、积累、分析、思考,虽然辛苦,但收获满满,这是人生的追求。我为你点赞,感谢你让我分享!

龚英武:今天早餐后,打开手机,未读的信息很多。第一眼看到以外白渡桥为Logo的图标,便知道是你的信息,首选必读。浏览了整篇《公交13路见证的上海沧桑岁月》,不熟悉你的人,还以为你曾在公交公司档案室工作过,其资料的丰富、详细,将13路电车的来历和变迁都讲得清清楚楚。整篇文章具有的历史价值,是可供后辈们研究借鉴的。我与你是同龄人,又住邻近处。13路伴我们一起成长。虽然沿线一路上无亲戚走动,但作为一个电影戏剧爱好者,却经常乘坐13路去观看电影戏剧。往东去到提篮桥,有大名、东海、东山影剧院。往西是海宁路最闹猛地段,有国际、胜利、解放、虹口等影剧院。直到1963年7月,我报名去新疆,弟妹们和邻居小孩也是乘13路,把我简单的行李早早地送上52次列车的行李架上。车内车外都是送客,七月里的三伏天,规定我们必须穿着刚发的新军衣，汗水湿透了衣背，渐干中的白色盐迹，呈地图状在衣背上。月台上人山人海都是前来送往亲属和朋友。车窗上伸出来的手和车下的手紧紧地握在一起，说不完的嘱咐，说了一遍又一遍。火车的汽笛鸣叫起来……突然间惊天动地离别的哭声，在车内车外同时响起，让我至今难以忘怀！随着车轮"咯噔"一响，坚持到最后紧拉着的手，也一下子松开了，从此就各奔一方了……感谢你帮助我回忆起过去岁月中与13路相关的轶事，想来其他读者也会有同样的感受，你功不可没，难为你的一片苦心。

柴慈铎：拜读了钱平雷先生的大作《公交13路见证的上海岁月沧桑》感慨万千，我觉得此文是"上海老底子"发行以来不可多得的好文章，这篇文章集城市交通、人文地理、风土人情、历史变迁、科普知识之大成，以个人的亲身经历和社会变革，详尽地叙述、描写了上海这个国际大都市几十年中，特别是改革开放以来翻天覆地的巨大变化，引起包括我在内的广大老上海的共鸣，还让广大的新上海人认识了上海，外国友人也能从中更加了解上海。钱平雷先生文中所讲的都是我们亲力亲为、耳熟能详、通俗易懂的事情，最后要谢谢钱平雷先生的赐文！

杨妙生：大作读罢，浮想联翩，最深的印象还是13路之江宁路站，离筱青家近在咫尺，去他家真的是非常方便，回吴淞到北站换51路公交车也方便。所谓浮想联翩，除筱青的家外，想起了筱青的好朋友马骏（高中校友），瘦瘦高高的身材，健康状况也不怎么好，但人帅、热情、开朗，就住在筱青家对面弄堂里，交往中我们也成了朋友。我有时和筱青一起，去他家里坐坐，认识了马骏的两个侄女。他哥哥在地质队因公殉职，两个女儿由马骏操心，侄女蛮漂亮，大的活泼，小的内向，马骏关爱侄女的情景历历在目。后来马骏因病英年早逝，筱青也走了，旧城改造，原民居区域面目全非，早已失联，然往事尚在脑海，回忆过去的岁月，怀念一下逝者！

最美不过夕阳红(代后记)

一

我今年已经是75岁了,也就是说已经退休15年了。如果按照大学毕业参加工作为起点也已经过去了整整50年了。前几天应邀出席一个以“居家养老视角的城乡住房发展”为主题的研讨会,来自产、学、研、管等各个领域的专家出席了会议。会议由上海易居房地产研究院院长、上海市楼宇科技研究会监事长张永岳教授主持,他是著名的“房地产界三教授”之一。张教授在将我介绍给其他与会专家时说,钱教授是上海市楼宇科技研究会成立后的首任秘书长。钱教授的出色工作,让他的退休后的生活成功且精彩……当时我被张教授说得很不好意思,因为今天在座的各位专家,多半也都到了六七十岁的年纪,而且都是成功人士,我在他们中间是很普通的一员,没有太多值得炫耀的地方。

我回到家中与妻子天仪谈起刚才受到张教授称赞的事情,她却说,张教授说得很有道理,对你个人而言,人生最精彩的片段,恰恰就是在你从工作岗位退休后的这段时间。被她这么一说,我静思了一番,确实从我身上被人们认可的东西,大多数倒还真是在退休后所获得的。究其原因,是退休以前学习和工作经历中积累的知识、技能和人脉,尤其是在铁路系统领悟到了系统科学的“真谛”,结合长期专兼职从事诸如人大、党派、科协和学术团体等“额外”工作,从而获得了虚实结合运作经验和写作技能,使我能够在楼宇科技、养老和文学等领域里,充分地“玩”了一把,由此取得了一系列成绩。

二

在人们的日常生活中,“系统”这个词汇运用普遍。尤其是近年来“系统工程”这个词汇人们如雷贯耳,经常出现。但系统科学,却不是一般人都能认识和理解的,自然也不能自如地运用系统方法。因为把事物从大到小的细分的“还原法”已经根深蒂固地深入到普通老百姓的心目中。到医院看病要分科,政府、企业按照职能分部门、科室,都是应用“还原法”的原理划分的。像铁路部门,同一趟列车上的员工分别来自铁路内客运、车辆、公安、机务等不同系统的单位,由他们共同完成客运业务的做法,是一般旅客弄不清楚的。大家只知道他们都是在“铁路局”工作的职工,而铁路职工却能潜移默化地理解“系统”的内涵。作为曾经的铁道学会负责人,我还因此懂得了“系统科学”的基本原理,这些原理帮助我将不同专业的知识融合在一起,产生新的边缘学科。在上海市楼宇科技研究会的发起成立和日常运转,编写《5A 级楼宇物业管理标准》《智慧楼宇评价指标体系 1.0》《CCHC 居家养老模式服务管理标准》《养老科学概论》过程中,系统方法都得到了充分的应用,它能把许多不同专业的专家、教授有机地聚集到一起。

由于我在学术研究上有了一定的成绩,所以也被社会以及有关学校、团体所认可,如上海图书馆讲座、上海名家科普讲坛、东方讲坛等各种高层次的讲座都曾邀请我前往演讲,尤其是同济大学 110 周年校庆活动、澄衷(中学)讲坛等母校讲座,也有我演讲的一席之地。对于我这个曾经的学子而言,这确实是一件非常荣幸的事情。同济大学、上海交大、华东师大等高校也邀请我去讲课。上海交大聘请我为兼职研究员,上海大学因为我成功地指导学生撰写毕业论文,聘请我为客座教授,它们让我过了一把教授的“瘾”。

三

退休后能够成为一名文学作家,是我自己做梦也没有想到的事情。

我早年成为上海市科普作家协会的会员,科普作协号召会员走科普与文学相结合的创作道路,由此我在退休前撰写了第一本散文集《幸福相对论》,原以为到此为止了。由于在退休后还兼任了协会的副秘书长,另外,上海市楼宇科技研究会作为上海科协下属的学术团体,科普也是它重要的职责;于是作为秘书长的我又继续进行此类型的创作。两个学术团体都促使我笔耕不辍,由此又陆续出版了《幸福就在当下》《幸福久伴你我他》《上海高度》《上海广度》《上海力度》等5本散文集以及科普小说《居家养老解困记》。这些著作在出版时,都举行了隆重的研讨会暨首发式,其中有两次还是在"上海书展"上举行的。上述会议各种主流媒体还都有报道。更为幸运的是,在张永岳教授的帮助下,我找到了我在哈尔滨铁路局工作时的老同事、著名作家王晓玉教授,与她叙旧时,她建议我申请加入上海市作家协会。在她和达世新先生引荐下,我又成为上海市作家协会的会员,成了一名兼有文学作家和科普作家身份的"双重作家"。我发现作家的影响力是比较大的,因为一般的文学作品比科技成果受众更多。我也因此在《百度百科》和《360百科》等搜索栏目上也拥有个人的一席之地,于是市科协原副主席钱雪元与我开玩笑说,这是当下"知名人士"的标志。

四

俗话说"一个好汉三个帮"。我退休后能够得到如此多的发挥余热的机会,肯定要有平台给我表现。首先是上海城市房地产公司的主要领导在2007年年初聘我担任该公司的副总经理,让我进入了我原来并不熟悉的办公楼宇物业管理的领域,在郭际冬、张星玲、汪建平、汪颖、倪英浩等员工的共同参与下,成功地编制并出版了第一部5A级办公楼的物业管理标准。随后从上海世博会得到启发,发现海外对于楼宇的科技研究已经进入多专业集成研究的阶段,于是在刘道桐、张永岳、戴晓波、毛正峻、卫国昌等业界学者支持下,又请来了郑惠强、胡昊等著名教授,共同发起成立了上海市楼宇科技研究会,也填补了上海房地产界没有科技社团的空白，我也因此出任了首届理事会秘书长。在以郑惠强教授为理事长的理事会领导下，研究会在各方面都取得了显著的成果，有些达到了国际先进水平。这让我在海内外的各种学术交流中，登上了讲坛。通过各个项目的研究，也让我扩大了合作者的人脉。

同样我的科普文学作品能够问世，也是得到上海文学界和科普界的领导同仁的帮助和支持，不仅有著名文学作家和科普作家赵丽宏、叶辛、钱旭红、卞毓麟、杨秉辉、完颜绍元等老师为我的作品作序或点评，更有张光武、许兴汉、宋心昌等文友对我的创作进行了具体的指导。此外，上海出版界的褚赣生、张树、李莺、李乔、钟海谷等老师为我书的出版，也都付出了辛勤的劳动和心血。当然还有像江世亮、李正兴、周昭德等同仁的具体帮助也必不可少。最近，《上海老底子》公众号又成了我发表文章的理想平台，其受众呈几何级数增长，甚至引起了母校同济大学校史馆章华明馆长的关注，这也让我兴奋不已。那位编辑我至今从未谋面，"有贵人相助"的谚语，用在这里再合适不过了。

五

在以"居家养老视角的城乡住房发展"为主题的研讨会上，从北京来的中国老龄协会的曹锡南部长谈及未来养老事业的推进时，根据中国老年人的实际状况，提出要为"老有所乐、老有所为"搭建平台，发挥老年人的作用。我的经历说明"老有所为"，老年人在退休后确实有发挥余热尝试一番的地方，或许还能为社会再做一点贡献呢！关于"老有所乐"，也确实如此，毕竟我是退休职工，不需要像正常上班的人们一样，全勤点卯。在家里的时间还是更多一些，像老年人的回忆性写作、老友聚会、听音乐、书画、旅游、探亲、散步等各种"老有所乐"的活动我一点没有耽误。但是我又继续在力所能及的范围内，发挥了自己的专业特长乃至业余爱好的作用。当年清华大学曾提出，"练好身体，为祖国健康工作 50 年！"的口号，似乎只能是一个理想。因为一般大学生从二十四五岁毕业到六十岁退休，只有三十多年的时间。但由于"老有所为"的原因，让我实现了"为祖国健康工作五十年”的理想。

如今我的社会兼职基本没有了,偶尔还会因为各种原因,撰写一些文字。毕竟是老年人了,“老有所为”要为“老有所乐”服务。“最美不过夕阳红”,希望这篇文章能为老年人提高生活质量提供一点参考。

此文也作为将要出版的散文集《笔下寻乐记》的代后记。

评议与联想

许兴汉:读平雷兄的文章,感到其中一个很大的特点是:在其平实无华,娓娓而谈的行文中,总让你若有所悟,并最终收获一些人生感悟或微言大义。如此文只是细述了作者退休后,积极参与或主动追求了他在职时未曾了解或无暇顾及的一些社会活动和人文雅趣,却给一些正为如何提升退休生活质量的老年人,提供了许多有益的思索和参考,而这也是文章具有不断增强读者阅读黏性的一个重要原因!

凤凰石(微信名):为人,最美不过是以丰盈绚丽的匠心慧眼,书写出求索知识、奉献社会和感悟人生的真知灼见,启迪教诲有缘、生心者,行稳致远,与时代同步。而您,无龄感生活,乐学乐为乐施分享,真是行进在成功又精彩的人生大道上,敬赞中向您学习

傅雅君:带了深镜,阅完了《最美不过夕阳红》。人世间让我觉得有一点最普通的哲理:人生的成功与否,不是一朝一夕的,需要自己努力、自律、进取心、坚持到底的决心,才能积累积极向上进取的经验,即使这块金子被埋在泥土里,有朝一日一定被发现、被发掘,所以不管在任何环境下,金子一定是发光发亮的……

徐　满:退休后发挥你的写作才能及思维能力,十五年来笔耕不断,创作了大量的文章,在科普创作中花费不少精力,从而也获得了自身的晚年幸福感!从你这篇《最美不过夕阳红》的文章满满溢出的成就感和幸福感,会给广大老龄人一种启示,心态好什么都好。向你祝贺!

顾正兰:你的笔头功夫厉害!主要是知识面广,厚积薄发!记忆力超强,难得哦!

包秋莲：丰富多彩，贡献多多的退休生活，钱先生了不起！

顾亚民：平雷同学的文章看多了，不免会有些联想。作家的写作可以是职业的，因为那可带来薪资所象征的回报，这回报与作品的质地谈不上一定会有必然联系。但写作也可以完全不是职业的，它更接近于本能和需要，是和鸟儿的飞行与鸣叫一样的本能和需要，我以为平雷同学属于后者。“本能”体现的是一种天分、经历和喜好……而“需要”则是心灵精神层面的，它会带给写作人以愉悦感和事业上的满足感。偶遇会意的文字，必然会生发出内心畅快的笑。如此，精彩耐看的话语会源源流出。花儿的绽放绝不会是“寂寞开无主”，在适宜的林地里，一定是默默地喧腾着的。而我们的“群”就是一方适宜的林地。

周文华：又该为老钱的文章点赞了，你是个经历了人生风雨后非常热爱生活的人，尤其是退休后所走的人生之路，是精彩，成就斐然的，发光发热，旁人无可挑剔，令人羡慕的！你不是在养老，你还在发挥着余热对社会继续做着奉献，不久又有新书面世以飨读者，实是可喜可贺，祝你身体健康，精神旺盛，幸福快乐！

毛正峻：“地势坤，君子以厚德载物（周易）。”钱教授厚德，所以包容，所以多才，所以思逸如水，所以拟大作如烹小鲜。我们经常期待着的。

何吉林：平雷兄的大半生，把自己擅长交际和能够广泛涉猎各个领域的特点发挥到了极致，做出许多出色的成绩，令我佩服！

图书在版编目（CIP）数据

笔下寻乐记：钱平雷科普文学作品集 / 钱平雷著 . —上海：上海科学技术文献出版社，2021
ISBN 978-7-5439-8465-3

Ⅰ . ①笔… Ⅱ . ①钱… Ⅲ . ①散文集—中国—当代 Ⅳ . ① I267

中国版本图书馆 CIP 数据核字（2021）第 218035 号

策划编辑：张　树
责任编辑：李　莺　刘蔓仪
封面设计：张琳洁

笔下寻乐记：钱平雷科普文学作品集
BIXIA XUNLE JI: QIANPINGLEI KEPU WENXUE ZUOPINJI
钱平雷　著
出版发行：上海科学技术文献出版社
地　　址：上海市长乐路 746 号
邮政编码：200040
经　　销：全国新华书店
印　　刷：常熟市人民印刷有限公司
开　　本：650mm×900mm　1/16
印　　张：25.5
插　　页：5
字　　数：354 000
版　　次：2021 年 10 月第 1 版　2021 年 10 月第 1 次印刷
书　　号：ISBN 978-7-5439-8465-3
定　　价：68.00 元
http://www.sstlp.com